文学作品中的江淮方言词语例释

廖大国　著

苏 州 大 学 出 版 社

图书在版编目(CIP)数据

文学作品中的江淮方言词语例释 / 廖大国著. —苏州：苏州大学出版社，2013.5
ISBN 978-7-5672-0402-7

Ⅰ.①文… Ⅱ.①廖… Ⅲ.①文学作品研究-中国②江淮方言-方言研究 Ⅳ.①I206②H172.4

中国版本图书馆 CIP 数据核字(2013)第 088791 号

文学作品中的江淮方言词语例释
廖大国 著
责任编辑 周建国

苏州大学出版社出版发行
(地址:苏州市十梓街 1 号 邮编:215006)
宜兴市盛世文化印刷有限公司印装
(地址:宜兴市万石镇南漕河滨路 58 号 邮编:214217)

开本 700×1000 1/16 印张 14 字数 251 千
2013 年 4 月第 1 版 2013 年 4 月第 1 次印刷
ISBN 978-7-5672-0402-7 定价:42.00 元

苏州大学版图书若有印装错误,本社负责调换
苏州大学出版社营销部 电话:0512-65225020
苏州大学出版社网址 http://www.sudapress.com

凡 例

一、本书共收录文学作品中的江淮方言词语1900余条。词目及引例均采自正式出版印行的古今文学作品。

二、词目之下,先释义,后引例句。同一条中的例句,一般按原作出版先后顺序排列;从同一作品中所引例句,按其在原作中出现的先后顺序排列。章回作品在原作名称后标明章回数。为了节省版面,对于由集体编撰而从中引例较多的原作,如各县市的《中国民间文学集成》资料本、《扬州评话选》、《扬州民间故事集》、《郑板桥传说》等,一般只标书名,不标编撰单位。

三、对意义相同而写法不同的词语,一般分别立目,以便查检,并在词目后和释义前以"又作……"方式说明。

四、一词多义的,用①、②……分列义项,然后分别引例。

五、对以往某些著作中的释义有疑义的,在该词条末尾或某一义项后加"按"予以说明。

六、本书目录及正文词条,按词目首字的笔画数由少到多的顺序排列,首字笔画数相同的,再按其首笔一丨丿丶乛五种笔形顺序排列。首字笔画数相同且首笔的笔形相同的,再以第二笔的笔形顺序排列;首字相同的,则以第二字的笔画数和笔形顺序排列,以下依此类推。

词 目

十一画

正 文

一 画

一一当当 不慌不忙;有条不紊。〔例〕王少堂《武松》下册:“如果施恩方寸不乱,一一当当的,再用迎风八躁,把蒋忠躁在地下,那一来,蒋忠真要尿尿寻死了。”参见“逸逸当当”条。

一下子 大量。也含有到处都是、到处都有的意思。〔例〕王少堂《宋江》上册:“外头这个浮灰都落满了,料想决不是最近挂上去的,起码都有头二十年了,不然不会落上这一下子的浮灰。”

一下子头 一次性;一气呵成。〔例〕王少堂《宋江》下册:“一下子头走气退热,免得绑出去活现千人眼。”口语中连读时省略成“一下头”。

一大趟 成群结队的一大群。〔例〕陈登科《风雷》第一部第三十八章:“为群扭回头一看,老九领着一大趟人,有男有女,连陆素云和羊秀英,也扛着铁锨,随着人群,蜂拥而来。”

一口 一点儿。流行于阜宁、滨海、响水等地。〔例〕《中国民间文学集成·阜宁县资料本·盗宝鼓》:“老二的老婆就抱怨丈夫:‘你一口用没得,老大庄稼全种下去了,我家还一个粒子没种,也不想想办法。’”

一天厉害似一天 一天比一天厉害。〔例〕王少堂《宋江》上册:“这个病势很沉重,一天厉害似一天,请医服药无效”。

一气 一会儿。形容极小或极少。〔例〕陆文夫《得壶记趣》:“平日写作时,总是清茶一杯放在案头,写一气,喝一口。”

一火 一次;一回。〔例〕冯梦龙《古今小说》第三卷:“情兴复发,又弄一火。”

一尕 一点儿。〔例〕《中国民间文学集成·滨海县资料本·王小二三次结婚》:“她把眼睛朝开一睁,心里一喜,乖乖! 同我前头的丈夫,一尕不差。”《中国民间文学集成·阜宁县资料本·马良独修金山寺》:“马良一尕不推,提笔写上:马良独修金山寺。”

一头跐,一头滑 “跐”,读如“雌”,阴平声。意同“滑”。比喻两头不着实;全部落空。〔例〕王少堂《宋江》上册:“囚车失了,我再想来找这个矮子,矮子也少陪我了:那一来不是一头跐,一头滑么?"

一发 一茬;一轮。〔例〕王少堂《武松》下册:"他们才坐下来一刻工夫,茶馆里上客了。门堂里上了客,后头堂里也上了几桌客。头一发客稀稀朗朗,吃过算账走了。"

一动 动不动;动辄。其后常跟"就",表示很容易发生的某种情况或现象。多含厌烦之意。〔例〕王少堂《宋江》中册:"一动把人打伤了,都是我来赔礼呀,花钱呀,还有什么话说哩。"

一老一实 老老实实;干脆。〔例〕李涵秋《广陵潮》第六十六回:"不如给他一个推开窗子说亮钱,一老一实同他斩断葛藤,永无轇轕,那才是个正经办法。"《荡寇志》一百二十六回:"张三竟一老一实,当面招供。"

一冲性子 又作"一冲性儿"。①一任情绪冲动;任性行事。〔例〕《金瓶梅词话》第二十八回:"西门庆就不问谁来告你说来,一冲性子走到前边。"第六十二回:"你家事大,孤身无靠,又没帮手,凡事斟酌,休要一冲性子。"②性情暴躁。〔例〕文康《儿女英雄传》第二十三回:"更加姑娘那等天生的一冲性子,万一到个不知根底的人家,不是公婆不容,便是夫妻不睦。"

一字一板 慢条斯理,有条不紊。〔例〕陈登科《风雷》第一部第三十章:"任依群好似没有听见羊秀英哭泣的声音,只顾自己一字一板地说下去。"

一阵风 很快;一下子。〔例〕《金瓶梅词话》第七回:"赶人闹里,七手八脚,将妇人床帐、粧奁、箱笼,搬的搬,抬的抬,一阵风都搬走了。"

一声 一旦。〔例〕王少堂《宋江》上册:"一声玩到灯,各家接亲的接亲,接友的接友。"王少堂《宋江》中册:"往日李逵一声要闹事,戴忠都挡的定定的,今日戴忠气了不开口。"王少堂《武松》上册:"大娘子就作胆小,我这个胆却是最大,一声到了傍晚,太阳一落,就来事了!"《扬州评话选·扬州劫法场》:"这个地方就是为刽子手做的个暗号,一声到法场,就在这个地方下刀。"陈登科《风雷》第一部第三十七章:"像祝永康这样的人,从小在革命队伍里长大,根本没有个'家'的观念。工作一声紧张起来,也没有个时间的感觉,没有日夜之分。"

一花 稍稍一偏。形容极其容易。〔例〕王少堂《宋江》上册:"三个五个一溜,顶多十个八个一溜,就走阵脚旁边,一花就进了树林子了。"

一条声 众人异口同声。〔例〕王少堂《宋江》上册:"街上两边就拍着巴掌,一条声喊着:'看死蛇。'""二公差不必说了,哭起一条声"。王少堂《武松》上册:"在地的闲人,不约而同拍起巴掌来,一条声都喊杀得好。"陈登科《风雷》第一部第十六章:"陆素云到了家,只听屋里三个孩子哇哇地哭成一条声。"陈登科《活人塘》:"都是老的老,小的小,哭的哭,滚的滚,一喊一条声,连保安队弟兄们心都被他们哭软了"。

一纳揸 "揸",读如"渣"。大拇指与中指伸直时两指尖间的距离。〔例〕《中国民间文学集成·东台市资料本·圆头鳑鱼为什么个子长不大》:"圆头鳑鱼又称梅头鱼,就是个子小,不过一纳揸左右长。"

一转 四周,外围。〔例〕《儒林外史》第二十八回:"萧金铉道:'你又来了,腊肉有个皮长在一转的?这是猪肚内的小肠。'"

一拃 同"一纳揸"。〔例〕陈登科《活人塘》:"生七月子,在十一月初三,天上下雪,滴水成冰,睡在人家车屋里,没得胡椒糖,弄一碗锅烟灰熬茶喝,千山万水一把尿一把屎一拃五寸养到这么大。"

一抵一半 双方均分。〔例〕《中国民间文学集成·射阳县资料本·张三滑头》:"土地爹爹,当时你们说你们和我一抵一半,现在我弄下头,你们弄上头。"

一泡鸡屎坏一缸酱 比喻个别败坏了整体。泡,量词,如"屙泡屎"、"撒泡尿"。〔例〕陈登科《风雷》第一部第四十一章:"你怕啥,少了她这盘狗肉还不成席啊!不要一泡鸡屎坏一缸酱。"

一点个 一点儿。形容极少。〔例〕王少堂《宋江》上册:"虽是哭,一点个眼泪都没得。"

一骨鲁 一骨碌。〔例〕《西游记》第十六回:"他就一骨鲁跳起。欲要开门出看,又恐惊醒师父。"

一复如初 完全恢复了原样。〔例〕王少堂《宋江》中册:"这个封条没有揭坏吧?等它吹干了然后封上去,一复如初。"

一复时 一昼夜。〔例〕王少堂《宋江》上册:"他有神行法,能日行千里,夜趱八百!一复时能走一千八百里,你看厉害不厉害!"

一顿饭时 吃一顿饭的时间。〔例〕《儒林外史》第七回:"又过了一顿饭时,那乩扶得动了,写出四个大字:'王公听判。'"

一家伙 一下子。表示在暂短的时间内。〔例〕陈登科《风雷》第一部第二十一章:"一个面粉厂,一家伙收进这许多张芦席,我们的一定不收罗!"

一浪趟 又作"一浪荡"。形容一个接着一个。〔例〕《金瓶梅词话》第六十八回:"这玳安听了,说道:'再没了?小炉匠跟着行香的走,琐碎一浪荡。你再说一遍我听,只怕我忘了。'"《中国民间文学集成·东台市资料本·赵颜借寿》:"随即就跪下来,小伙也跟着跪下来了,去望他倈的人也都跪下来,跪了一浪趟。"

一递一× 又作"一替一×",是一种固定句式,后一个"一"的后面跟单音动量词。表示两人或多人的某一动作和行为一个接一个地轮番交替重复进行。〔例〕《西游记》第六十七回："僧和怪斗，其实堪夸：一递一拳捣，一递一把抓。"《金瓶梅词话》第八回："那西门庆一面跟着他，两个一递一句，叠说了一路话。"《水浒传》第二十四回："西门庆和这婆子一递一句，说了一回。"《老残游记》第四回："那知道张李二公又亲自到厢房里来道谢，一替一句，又奉承了半日。"王少堂《武松》下册："肚里饿了，鸡蛋又能充饥，又能下酒。手一抓一个，白盐碟子里一蘸，嘴一张，一递一个，直朝嘴里撂，如同流星赶月。"王少堂《宋江》上册："两个人泡茶下来也不吃，不约而同，'嗨——唏'，'嗨——唏！'倒也罢了，一递一声在块叹气！"陆文夫《队长的经验》："夫妻两个一递一句地说话，熬干了一灯油，直说到二更天气。"

一递×× 类似于"一递一×"的固定句式。"××"一般为数量词。〔例〕《金瓶梅词话》第七十六回："我想来，线铺子里没人，倒好教他二舅来替他开两日儿。左右与来昭一递三日上宿，饭倒都在一处吃。"第七十七回："起了他个名字，叫做惠元。与惠秀、惠祥，一递三日上灶。"

一崭齐 又作"一剗齐"。形容非常整齐划一。〔例〕王少堂《武松》上册："蒋忠既然是虚的，看见武松两个手才插进来，就把双掌缩回头了。手一声缩回头，对不住，底下的腿就出来了。上下是一崭齐，左腿直立，右腿一悬。"王少堂《宋江》上册："他朝校场里一坐，青州营标下的人员，一剗齐站在两旁。""丁字步，八字脚，雄赳赳，气昂昂，一剗齐，就站队站在那块，一边一排，如同刀切的仿佛。"

一脚 一直；直接。〔例〕王少堂《武松》上册："何九跟着西门兴到了解金貂，一脚到了二进厢房门首。"王少堂《宋江》上册："花荣一脚把三哥请到上房。"

一窝子 ①同伙。〔例〕《金瓶梅词话》第四十三回："一锭金子，至少重十来两，也值个五六十两银子，平白就丢了？瓮里走了鳖，左右是他家一窝子，再有谁进他屋里去！"②全家。〔例〕《金瓶梅词话》第六十七回："家中一窝子人口要吃穿盘搅，自这两日忙巴劫的魂也没了。"《警世通言》第二十四卷："自家一窝子男女，那有闲饭养他人？"

一赖个雪白 抵赖得干干净净。〔例〕王少堂《宋江》中册："你家东伙两个一赖个雪白，直即回我个不晓得，干净相。"

一歇 一会儿。〔例〕《金瓶梅词话》第一回："吃了一歇，酒阑了，便起身。"《醒世姻缘传》第二十六回："投一张犁，用不得一歇工夫，成千文要钱。"陆文夫《井》："如果有个女工穿着花裙、男工梳着油头来上班，他就会先盯着你看一歇"。陆文夫《有人敲门》："他转身对马明远和朱登三说：'等一歇，去把消息告诉你们的师傅。'"

一歇歇　一会儿。〔例〕《金瓶梅词话》第六回:“(那婆子)等了一歇歇,那雨脚慢了些,大步云飞来家。”《扬州民间故事集·抗英传说》:“外国人经不起打,一歇歇工夫,挨打得七零八落,还活捉住两个,绑绑扎扎带了回来。”

一路　一排。〔例〕《儒林外史》第三十回:“中间坐着一个看陵的太监,穿着蟒袍;左边一路板凳上坐着十几个唱生旦的戏了,右边一路板凳上坐着七八个少年的小道士。”

一憋气　一口气。又作“一别气”。〔例〕文康《儿女英雄传》第三十七回:“他拿起来一憋气就喝了个酒干无滴。”《醒世姻缘传》第六十九回:“这狄希陈一别气跑了二十七八里路。”

一磨子　一遍;一轮。〔例〕《金瓶梅词话》第二十一回:“这个李大姐只像个瞎子,行动一磨子就倒了”。

二　画

二刀毛子　发型的一种。指女性的齐耳短发。〔例〕《中国民间文学集成·盐城市歌谣谚语卷·十只舟船》:“黑毛子猪来白毛子羊,二刀毛子是花姑娘。”

二不稜登　傻里傻气。〔例〕《醒世姻缘传》第六十二回:“惟独一个二不稜登的妇人,制伏得你狗鬼听提,先意承志,百顺百从。”

二分数　×分数,表示把握性程度。二分数,即有二分把握。〔例〕王少堂《武松》下册:“原来这个畜生会水,不过他会而不精,只有二分数,比外行高明些。”

二水　第二遍,第二次。表示不新鲜。〔例〕王少堂《武松》上册:“没有这话,早已听见了,还要你来说! 二水,你都旧了。”

二百五　又作“二十五”。即“傻子”。〔例〕《扬州民间故事集·员外选先生》:“它本是一条瞎牛,现在我把它头上的角扳了,中间的筋也抽了,这才成了‘二百五’的‘二’字。”

二百钱整走　彻底完蛋。〔例〕《中国民间文学集成·射阳县资料本·癞蛤蟆巧吃天鹅肉》:“二蛤蟆一听,二百钱整走。”

二来来　多指行为的第一遍(次)无效而重新来第二遍(次)。〔例〕《金瓶梅词话》第二十七回:“于是把月琴顺手依在花台边,因说道:‘我的儿,再二来来越发罢了! 适才你和李瓶儿唇捣去罢,没地摭嚣儿来缠我做甚么?’”意同第四十六回中玳安所说的“一遍生活两遍做”。

二和药　又作“二和”“二货药”。用原有药物(多指中草药)第二次熬出的药汤。〔例〕《红楼梦》第二十回:“一时杂使的老婆子端了二和药来,宝玉见他才有汗意,不叫他起来,便自己端著与他就枕上吃了。”“晴雯服了药 至晚间又服了二和。”《扬州评话选 · 扬州劫法场》:“现在张老三二货药吃下去了,才算明白过来。”

二起 第二遍(次)。〔例〕王少堂《宋江》上册:“他的新靴子穿起来。这批人哩,还要来听二起的消息。这是初四早半天的话。”

二道毛 同“二刀毛子”。〔例〕王少堂《宋江》上册:“黄头发不要绕,也不要别针,没多长,就这个二道毛昂在头上,跟一盆蒲草差不多。”《中国民间文学集成 · 滨海县资料本 · 麻将歌》:“情人隔河把手招(七万),/亲人不抵二道毛(七万)。”

十月朝 农历十月初一。〔例〕刘鹗《〈老残游记〉续集遗稿》第三回:“又想正月香市,初一我穿什么衣裳,十五我穿什么衣裳;二月二龙抬头,我穿什么衣裳;清明我穿什么衣裳;四月初八佛爷生日,各庙香火都盛,我应该穿什么衣裳;五月节,七月半,八月中秋,九月重阳,十月朝,十一月冬至,十二月腊,我穿什么衣裳。”

十头八个 八至十个。〔例〕王少堂《武松》上册:“嘴里骂着,手里旋着,玩了十头八个回往,就是冬令天旋酒嘛,这个酒下了锅,有三四下子,酒就滚热了。”

厂屋 有柱无墙或墙不到檐的房屋。刘鹗《老残游记》第八回:“众人进得房来,是三间厂屋,两头各有一间,隔断了的。”

七大八 又作“七打八”。①模样(指人的长相或装束打扮的样子)。〔例〕《醒世姻缘传》第二回:“他高大爷先不敢在你手里展爪。就是你那‘七大八——’像个豆姑娘儿似的,你降他像钟馗降小鬼的一般。”②七不离八;差不多;接近。〔例〕王少堂《宋江》中册:“我们这个信才忙到个七大八,他跑得来一望:哎呀,你们怎么做这么一封信的呀?”《扬州评话选 · 凤雏理事》:“起首由来,怪哪一个不好,哪个的理由不正,听得有七打八差不多,庞先生一声大喝:‘住!’站堂的当差吆了堂。”

七裹八杂 零零碎碎;不分好坏优劣的所有东西。〔例〕《中国民间文学集成 · 阜宁县资料本 · 文章不及江司马造化不如李春方》:“到家把七裹八杂一收拾,挑着个行李就奔东南去了。”

丁头舍子 门开在一面山墙上的茅屋。〔例〕《中国民间文学集成 · 盐城市歌谣谚语卷 · 过去和现在》:“一套褂裤难换身,一双鞋子没有后跟,丁头舍子漏雨难蹲。”

人不过 觉得过意不去。〔例〕王少堂《宋江》中册:“去年在楼上吃了一年，一个钱没有把，今日跑得来又吃了一顿白儿大，他都吃得遂心人不过了。”

人物头子 了不起的人物。多含讽刺意味。〔例〕陈登科《风雷》第一部第三十六章：“你听听，真真像个人物头子的口风。”

人种 具有生育能力的男子。〔例〕《西游记》第五十四回：“那里人都是长裙短袄，粉面油头。不分老少，尽是妇女。正在两街上做买做卖，忽见他四众来时，一齐都鼓掌呵呵，整容欢笑道：‘人种来了！人种来了！’慌得那三藏勒马难行。”

人脚定 夜深人静的时候。〔例〕《中国民间文学集成·阜宁县资料本·钱短与人长》：“到了人脚定的时候，有几位仙人路过这里。”

人情 礼品、礼金或馈赠品，有时也指情面、友谊。〔例〕《水浒传》第十四回：“他便送些人情与这都头，你却来讨了。”《红楼梦》第四回：“因此早已打点下行装细软，以及馈送亲友各色土物人情等类。”《金瓶梅词话》第四回：“到明日娶过了门时，老身胡乱三朝五日，拿上些人情去走走。”王少堂《武松》上册：“老亲翁过八十大寿，他封了二百文人情过去拜寿，吃寿面。”

八更八 又作“八更八点”。无论迟到什么时候。〔例〕《扬州民间故事集·司徒庙的传说》：“老妈妈又说：‘你们兄弟五个快起来，下田割稻子，要快，今儿个八更八要割完。’”

九意 老早；此前很久。《中国民间文学集成·盐城市郊区资料本·讨饭谣》：“七（吃）辛受苦，/八方该债，/九意要还，/十（实）在没得。”

刁巴 撒娇。〔例〕《中国民间文学集成·盐城市歌谣谚语卷·离了妈妈要跳判》：“刁巴精，翻把巴，/只爱打扮不爱做，/离了妈妈要跳判，/跷腿亮脚往起摞，/疯疯傻傻常惹祸，/三天不打不能过。”

刁巴精 特别爱撒娇的人。〔例〕同上“刁巴”条。

刁厥 奸狡。〔例〕《金瓶梅词话》第九十七回：“他性儿也有些刁厥些儿。”

刀子鱼 鲫鱼。〔例〕《中国民间文学集成·盐城市郊区资料本·和睦庄邻》：“外甥听了这话，表示自己大方，毫不吝惜钱财，上岸买了斤把刀子鱼，煮了鱼咸还烧了鱼汤。”

刀螂 螳螂。〔例〕《中国民间文学集成·盐城市歌谣谚语卷·打起包袱走娘家》：“公公活像个蛇头鬼，/婆婆活像个刀螂虾。”《中国民间文学集成·盐城市歌谣谚语卷·蚂蚱娶亲》：“轿子正在空中过，/来了个蜻蜓大坏瓜，/勾来八百‘刀螂’手，/抱住‘姑娘’一枝花。”

力棒单 身体瘦弱，力气小。〔例〕《中国民间文学集成·阜宁县资料本·黄克诚在南窑》：“南窑的田少，一般人家只有亩把田，当时不少人家挑盐卖，劲大的挑一百多斤，力棒单的挑五六十斤”。

才 卜 读如“滑嗒”。水流撞击的声音。〔例〕《郑板桥传说·随船吟诗》：“郑板桥在桌上拿起狼毫来，飞龙走蛇，嗖嗖几笔就很快在纸上写出来：‘躡卜一小舟，才 卜水上游。卩 彐一声响，東東到扬州。’”

了了梢 末梢。〔例〕《中国民间文学集成·滨海县资料本·麻将歌》：“西凉将叫马超，/四牌搭在了了梢，/北国太后本姓萧，/生下弟兄何必觞吵。”

了不得了 惊讶语，意即“不得了啦”。有时也指至多、最大限度。《施公案》第一三〇回：“屋内淫妇，大声喊叫：‘街坊爷们，了不得了，有贼了！’”

了当 了结。〔例〕《金瓶梅词话》第五十一回：“他左右昼夜算计的我。只是俺娘儿两个，到明日科里吃他算计了一个去，也是了当。”第九十六回：“早年父祖丢下家产，不拘多少，到你手里都了当了。”《醒世姻缘传》第三十五回：“我出上这个老秀才，你出上你的小举人，我们大家了当。”

了局 了结；收场。〔例〕《红楼梦》第九回：“你不这样，怎么了局呢？”第十九回：“独我一个人在这里，怎么个了局？”刘鹗《老残游记》第十二回：“岁月如流，眼见斗杓又将东指了，人又要添一岁了。一年一年的这样瞎混下去，如何是个了局呢？”王少堂《宋江》上册：“不是别的，这个都宜乎平和了局，家里兄弟打不得，万万不能打啊！”

了梢 了结。〔例〕《中国民间文学集成·盐城市歌谣谚语卷·小男人》：“在家又怕老鼠咬，/出外又怕老鹰刁。/这样男人奴嫁他，/这一辈子怎了梢？”

三 画

三十晚 大年除夕。〔例〕《儒林外史》第二回：“不论别人，只这一位荀老爹，三十晚里还送了五十斤油与你，白白给你炒菜吃，全不敬佛！”王少堂《武松》下册：“由大年初一到三十晚上我大概没得哪一天不说谎。”《中国民间文学集成·盐城城区资料本·一副门对子》：“这天，是大年三十晚上，家家忙着过年写门对子。”《中国民间文学集成·阜宁县资料本·王小二过年》：“小要饭花子看这老头讲得在理，心想，是啊，三十晚上了，叫人家到哪块去？”

三下五除二 迅速地做完某件事。〔例〕《中国民间文学集成·东台市资料本·铁嘴杨佟的故事》：“轮到老头上座剃头时，已经到了晚下午。张师傅挥刀十分敏捷，三下五除二就剃好了。”

三上吊 多指杂技中人体倒悬在空中的动作。〔例〕《中国民间文学集成·盐城市歌谣谚语卷·一百怕》：“瓦匠怕的断脚手，/出门人单怕脱盘费。/晒场怕遭雷暴雨。/新打的土墙怕人推。/玩把戏就怕三上吊,/犯罪人就怕状纸盯住他追。”

三句半 少许几句话。《中国民间文学集成·阜宁县资料本·文章不及江司马 造化不如李春方》:“我告诉你,先送点把他,不要他好田,就要他家那牛窝,叫他写个三句半条子给你。”

三对面 当面对质。〔例〕《中国民间文学集成·盐城市歌谣谚语卷·一百怕》:“远怕水,近怕鬼。/盘话人就怕打嘴。/出家和尚怕受戒,/尼姑单怕犯清规。/撒谎就怕三对面,/寡妇怕人说是非。”

三岔豁子 又作“三叉豁子”“三叉滑子”。本义为衣服被子之类被撕出不规则的洞缝。比喻大纰漏、大麻烦、大灾祸。〔例〕王少堂《宋江》上册:“这也就险哩,果然发了脚离开了法场朝南门走,哼,这就玩了个三岔豁子了。”王少堂《武松》下册:“哪晓得武松这一阵子催,王洪心里着了躁,用蛮劲把裤腰线缝吱——一撕,撕了个三叉豁子。”《中国民间文学集成·阜宁县资料本·文章不及江司马 造化不如李春方》:“船到河中间,李春方甩起一脚,把个姑娘踢下水,抽起篙子逗脑壳子一下子,太阳心(穴)捣个三叉滑子,血直淌,连人带血顺着流(溜)冲走了。”

三角揸 三角形。〔例〕《中国民间文学集成·盐城市歌谣谚语卷·说芦柴》:“小锣子一打格排排,/府上门口戗捆柴。/莫把此柴看小可,/一样做出几样来:/打起折子长又长,/仓房能囤万担粮;/做起席子四角方,/晒得东西和五谷粮;/做起畚箕三角揸,/厨房里打扫合着它。”

干为 特为。表示特意地考虑到某种因素。〔例〕王少堂《宋江》下册:“‘好吧,把个面子给我! 把个面子给我!’‘我不干为你,把头剁掉了我都不行。’”

干份子 不打折扣的份额。〔例〕王少堂《宋江》下册:“我们也不要穿靴子,也不要喝酒,直接生意做下来不拘大小,提个干份子把我们。”

干血痨 痨病,多指妇女形体极度消瘦虚弱的症状。〔例〕《金瓶梅词话》第六十一回:“不是干血痨,就是血山崩。”

干沰沰 稠。所含水分较少。与“稀薄”相对。〔例〕王少堂《武松》上册:“武大老爹再朝木碗子里一望,直接跟调的焦面差不多,干沰沰的。”

干相 因对眼前发生的事情无能为力或无机会参与而只能在一旁观望。〔例〕《中国民间文学集成·阜宁县资料本·因受》:“来了不少公子、少爷,可到门口一看,都讲不出‘因受’二字是什么意思,只好在外头干相。”

干崩崩 形容干燥。〔例〕《中国民间文学集成·盐城市歌谣谚语卷·侃空》:“陡雨下有三丈六,/冲到海里龙王宫。/大小山头齐冲平,/路上塘灰干崩崩。”

工程 工夫;时间。〔例〕《喻世明言》第一卷:“老身有件要紧的事,欲往西街走走,遇着这个客人,缠了多时,正是:买卖不成,耽误工程。”

土地爹爹 迷信传说中的土地神。“爹爹”,这里含尊称的意味。〔例〕《中国民间文学集成·射阳县资料本·张三滑头》:“土地爹爹,当时你们说你们和我一抵一半,现在我弄下头,你们弄上头。”

土狗子 蝼蛄的俗称。〔例〕《警世通言》第四十卷:“有化作土狗子,不做声,不做气,躲在田傍下的。”《中国民间文学集成·滨海县资料本·土狗子为什么三截》:“这个土狗子爬到我身上,它想害我啊? 刘秀一气,从地上拿起土狗子一摘摘三截子。这个土狗子呐,就死得了。”《中国民间文学集成·射阳县资料本·蝼蛄与牛》:“蝼蛄俗称叫土狗子,原先它是个身躯很粗大、力量无穷、比较善良的动物,百姓们请它携犁带耙种庄稼,它毫不推辞。”

土脚 将熟泥用框模脱成的长方体土坯。一般用于砌墙。〔例〕《中国民间文学集成·盐城市歌谣谚语卷·胡二哥》:“胡二哥,胡二哥,/从前讨饭把棍拖,/土脚铺,破猪窝,/臭虫跳蚤无其数,/补巴碗,破底锅,/一年到头常挨饿。”《中国民间文学集成·盐城城区资料本·要溜口子》:“你们两个不能脱点土脚吗,把个房子修修。”《中国民间文学集成·阜宁县资料本·王小二过年》:“进屋一看,天哪! 哪块像个房子,屋顶上有一个筛子大的‘天窗’,一眼能望见天上的星,北山头用几块土脚堵堵,寒风直往里灌。”

土蛙子 一种长不大的小青蛙。口语中又称“麻蛙子”。〔例〕《中国民间文学集成·阜宁县资料本·李二毛的故事》:“严大秃子跑过来一看,豆酱缸里‘乓’(浮)着三只土蛙子,皮都烂得了。”

下子 用在动词后作补语,意即“一下”。〔例〕王少堂《武松》中册:“跑到外头去抓了一把泡灰来,就朝宋二爷脸上这一阵子泥,接着在颈项里寺了下子,代他在胸膛上揉了下子”。

下不去 受窘;难堪;下不了台;讨了个没趣。〔例〕王少堂《宋江》上册:“王英下不去了。刚才我对三爷说的,没得人吃,这一刻王贵顶住了上颚,说我顶欢喜吃,这个日子难过不难过呀?”“把你脸丢掉了,谁叫你招呼哥哥的?你好没有道理! 你好下不去!”

下巴箍子 即下巴。《中国民间文学集成·盐城市歌谣谚语卷·十二月小伙计》:“冬月小伙计四九心,/单布褂子颤噤噤,/下巴箍子打的响,/小伙计格铃铃。”

下头 下面、下方。〔例〕《金瓶梅词话》第三回:“那西门庆与妇人对面坐下。那婆子道:‘好教大官人得知了罢,大官人那日屋檐下头过,打得正好！'"

下礼 定亲仪式。〔例〕《儒林外史》第八回："我是个穷官，怕他们争行财下礼，所以耽迟着。"《醒世姻缘传》第四十九回："俺婆婆那时提下的亲，凡有下礼嫁娶的，他都背著俺婆婆吃独食。"《中国民间文学集成·盐城市歌谣谚语卷·这还像个什么家》："小红人，看见她，/聘礼再大舍得花。/先卖桃园三十亩，/再把房子往上加，/若还不够怎么办？/再贴坐下小红马。/八月中秋下过礼，/九月重阳带回家。"

下余 其余；剩下的。〔例〕王少堂《宋江》上册："原先赶来站班的人，也一起哄下来，都回到了宰坊。下余的人站在三位案主左右。""谈到龙灯，头尾最难扎，就由郑天寿亲自动手。下余的中间段子扎起来不为难。""青州营五营总镇，只有中营总镇黄信衙门在城里，下余前、后、左、右四营总镇，都镇守各处的要隘。"王少堂《武松》下册："下余七八个人一起仗着胆，走楼梯上了楼。"

下劲 使劲；用足气力。〔例〕陆文夫《林间路》："只是不时地向领路人发出询问：到了没有？没有到，下劲走；快到了，嘘口气。"

下河调 淮剧中一种曲调。〔例〕《中国民间文学集成·盐城市歌谣谚语卷·八段锦》："小小竹子匀啊匀条条，/送把那干哥哥刻上一支箫。/箫儿对着口，口儿对着箫，/先吹'满江红'后吹'下河调'。"

下晚 傍晚。〔例〕《红楼梦》第四十八回："我们那年上京来，那日下晚便挽住船。"陈登科《风雷》第一部第二章："祝永康出了龙庙集，天时已是下晚时分。"王少堂《宋江》上册："到了初四下晚，花荣到家了。"王少堂《武松》下册："李龙、李豹就在下晚的时间，太阳还没有落，站在上房腰门口两头望啦，小孩子要放学了。"《中国民间文学集成·东台市资料本·铁嘴杨佟的故事》："第二天下晚，杨佟向朋友借了件旧加褂子，进了剃头店。"

大市 普遍；一般。〔例〕王少堂《宋江》上册："这一骑马很快的，跑得雾滚烟飞，抵到枯树湾，也不过大市晚饭的时候。"

大发 厉害；超乎常理、常情。〔例〕《金瓶梅词话》第七十五回："大娘，你今日怎的，这等恼的大发了。"文康《儿女英雄传》第四十回："正在一头笑着，忽然又把眉一扢，就说：'站住！先别乐大发了！'"《聊斋俚曲集·翻魇殃》七："那范宅里人家也大，你看他行的事这样大发。"王少堂《宋江》上册："如其小而言之的得罪朋友，见面可以打个招呼，认个不是，这个大发了，把总管全家杀脱了。"《扬州民间故事集·吹大牛与圆大牛》："儿子见他老子吹得大发了，收不了场的时候，就出来替他圆谎。"

大杩子 木制坐式便桶。〔例〕《中国民间文学集成·阜宁县资料本·

俐嘴媳妇》:“人上桶是面桶,人下桶是脚桶,挑桶是粪桶,人抬桶是大槐子 连桶是桶是小杩子,不桶不桶是大杩子。”

大伯子 丈夫的长兄。〔例〕《老残游记》第四回:“这里于学礼的媳妇,是城里吴举人的姑娘,想着她丈夫同她公公、大伯子都被捉去的,断不能松散”。《中国民间文学集成·盐城市歌谣谚语卷·打起包袱走娘家》:“公公活像个蛇头鬼,/婆婆活像个刀螂虾。/大伯子活像个绿田鸡,/小叔子活像个癞蛤蟆。”

大明大白 公然;明目张胆。〔例〕《老残游记》第四回:“过了几天,又抢了一家子。抢过之后,大明大白的放火。”

大呼隆 众人合伙。多含贬义。〔例〕武仲平淮剧《登记》:“谈起负担我也有苦衷,/搞改革机关事业单位都行动。/如今不再吃‘皇粮’,/‘大呼隆’日子成旧梦。”

大相 模样。多指人的外表相貌。〔例〕王少堂《宋江》上册:“燕顺、郑天寿两骑马在前头,领着队伍,一个举着青铜刀,一个端着錾银枪,真本事有限,大相着实不错,这个来势还就有个惊人之状哩。”

大总 大概;也许。〔例〕《老残游记》第十二回:“所以今儿歇手不打了,大总等冰结牢壮了,从冰上过罢。”

大样 模样。〔例〕《红楼梦》第七十七回:“又深恨他们素日大样,如今哪里工夫听他的话?”

大椒角子 辣椒果。〔例〕《中国民间文学集成·盐城市歌谣谚语卷·十只舟船》:“四只舟船到东沟,/一船山芋一船藕,/顺带一船辣抽抽。/街上大姐不识货:/什么为个山芋?什么为个藕?/什么为个辣抽抽?/乡下大姐多巧妙:/实心子山芋空心子藕,/大椒角子辣抽抽。”

大腿椏巴 大腿和臀部的交接处。〔例〕王少堂《武松》上册:“两只裤脚子卷到大腿椏巴,也用红带子勒起来。”

兀子 又作“杌子”。矩形或圆形凳面的凳子。〔例〕陆游《老学庵笔记》:“徐敦立言:‘往时士大夫家,妇女坐椅子兀子,则人皆讥其无法度。’”冯梦龙《古今小说》第一卷:“又哭了一会,把个坐兀子填高,将汗巾兜在梁上,正欲自缢。”《水浒传》第二十四回:“那妇人也掇条杌子近火边坐了。”《通鉴长编》:“左右欲设垫,谓顾曰:‘有旨复平章事。’乃更以杌子进。”《二刻拍案惊奇》第七卷:“东老正要问他来历,恰中下怀,命取一个小杌子,赐他坐了。”《金瓶梅词话》第六十一回:“说着,只见王六儿也在旁边小杌儿坐下。”

上人 直系亲属中的长辈。多指父母和祖父母。〔例〕王少堂《宋江》上册:“你问他家累并不重,就是一个妻子,一个妹妹,没得上人。”“你说宋江见到这个下文哭不哭？上人得病，心里就难过了。”

上不得台盘 见不得世面，不能抬举。〔例〕《儒林外史》第六回：“那开米店的赵老二、扯银汉的赵老汉，本来上不了台盘，才要开口说话，被严贡生睁开眼睛，喝了一声，又不敢语言了。”第二十二回：“牛玉圃恼了，沉着脸道：‘你原来是上不得台盘的人！’”

上头 上面、高的地方。〔例〕《金瓶梅词话》第二十五回：“那金莲在上头便笑成一块。月娘道：‘六姐，你在上头笑不找紧，只怕时滑倒，不是要处！’”

上冻 结冰。〔例〕《郑板桥传说·茨菇案》：“可是天太冷，泥水都上了冻，如果再淘洗，茨菇嘴就会脱落，更卖不出什么钱。”

上样的 像样的；好的。〔例〕《金瓶梅词话》第三十八回：“俺每不争气，住在这假巷子里，又没个好酒店，那里得上样的酒来吃。”

上紧 赶快；抓紧。〔例〕《红楼梦》第九十二回：“才念的好些儿了，又想歇着。依我说也该上紧些才好。”《金瓶梅词话》第十六回：“妇人道：‘我的哥哥，你上紧些，奴情愿等着到那时候也罢！’”冯梦龙《古今小说》第二卷：“不是你亲去嘱咐，把夫妻之情打动他，他如何肯上紧。”《醒世姻缘传》第六十五回：“我猜你这衣裳情管（大概——笔者注）是放在张茂实家，我若要的不大上紧，你一定就与了别人。”《真本金瓶梅》第五十八回：“月娘听了就说：‘你上紧寻着，也不早了。’”

上梁 盖房子架上脊檩时所举行的庆典仪式。〔例〕《真本金瓶梅》第十八回：“饮酒中间，因说起后日花园卷棚上梁，约有许多亲朋，都要来递果盒酒挂红，少不得叫厨子置酒管待。”

上黑影 夜幕渐渐降临的时候。〔例〕陈登科《风雷》第一部第二十七章：“春芳不忍离开她，一直陪着她，谈着话，直到层层渐渐上了黑影，这两个人才发觉太阳已经快落山。”

上锅抹灶 做厨房里的事务。〔例〕《金瓶梅词话》第九回：“不叫他上锅抹灶，只叫他在房中。”

门口 看家守户的事。〔例〕王少堂《宋江》中册：“你老人家就是出去，你把门口交了把他，少一根草棒子，都唯他是问。”

门对子 贴在门上的对联。〔例〕《中国民间文学集成·盐城城区资料本·一副门对子》：“这天，是大年三十晚上，家家忙着过年写门对子。”

门窝子 用石头、砖头或木头制成的中间凹下的门臼。〔例〕王少堂《武松》上册：“上首一扇上头没得门转子，底下没得门窝子。”汪曾祺《大淖记事》：“他们偷偷地给他留着门，在门窝子里倒了水（这样推门进来没有声音)。”

门槛 窍门。也指找窍门或占便宜的本领。〔例〕陆文夫《由〈小贩世家〉等谈创作体会》:“他们吃饭的门槛是很精的。”《人之窝》上部第二十一回:“现在的女大学生门槛很精,欢喜先找一个有钱的老头子,一个活不了几天的老头子。等到老头子一死,她便有钱也有房子,然后再去找个小白脸,快快活活地过日子。”

口水沙沙 口水不断流淌的样子。〔例〕王少堂《宋江》上册:“李立笑得口水沙沙,就望着他们三个人。”

口号 口头禅。〔例〕王少堂《宋江》下册:“你看见我回来,这就是招呼我的呀:‘乖乖,回来啦?’‘我就这个口号哎!’”

口锅 双眼或三眼锅灶中靠外的一口锅。〔例〕《中国民间文学集成·盐城市歌谣谚语卷·两个媒人到我家》:“花喜鹊,叫喳喳,/黄狗欢的摇尾巴。/两个媒人到我家,/姑娘心里乐开花。/口锅刷刷烧开水,/里锅刷刷炒芝麻。/芝麻芝麻你莫炸,/听听媒人说什么。”

川 快速流淌。〔例〕《扬州评话选·探奸遭陷》:“他的鼻子被石老三一掌打了个‘乔迁之喜’,搬了家了,一直卷到天灵盖,血往下直川!”

川稀 指大便拉稀。〔例〕《中国民间文学集成·盐城城区资料本·老先生轮饭》:“把裤子一脱,扑啦扑啦,川稀了,把个墙上弄的叮里打挂的,臭味难闻。”

广盖 统而括之,不分主次。〔例〕王少堂《宋江》上册:“他这个样子说说,就是心里不如适骂几句嘛,是广盖地骂,还好过些。”

丫子 以柴簏或竹簏制成的用于捉黄鳝或虾的直尺形渔具。〔例〕《中国民间文学集成·滨海县资料本·农业》:“秋豆田里张丫子(捉黄鳝),芝麻棵里冒青烟(秋豆耐涝,芝麻耐旱)。”

也罢了 还好;还算可以。〔例〕王少堂《宋江》中册:“‘咦喂咦喂! 伙计啊,这一说你装疯是个好佬啊!’‘也罢了。’”

女将 ①妻子。〔例〕《中国民间文学集成·盐城市歌谣谚语卷·官场》:“男将当队长,/女将长翅膀。”《中国民间文学集成·盐城市郊区资料本·穷先生做官》:“女将就对男将说了:‘我家没落头睡啊。’”②已婚女子的通称。〔例〕汪曾祺《大淖记事》:“遇到上了一点岁数的或者‘女将’,抬头看看高跳,有点含糊,他就走过去接过二百斤的担子,一支箭似的上到跳跳顶。”《中国民间文学集成·东台市资料本·串场河的传说》:“只见那妖怪逮住那女将不放,一下子蹦到屋子外,顿时跑得无影无踪。”

小 ①收束;降下。〔例〕王少堂《宋江》上册:“渐来渐近,抵到杉篙木,敲住船锣，小篷，靠船。”下册：“不问过江顺风不顺风，打起篷来攮，顺风嘛当然好极了，不顺跌跄啊，没心烦啊，到了江州，小篷靠船。”“他们做事是最认真的，小了篷船就不会出大豁子了。”②小老婆，姘妇。〔例〕《金瓶梅词话》第八十八回：“县前我丈人的小，那潘氏尸首怎不见，被甚人领的去了？”

小马子 又作“小杩子”。小便桶。〔例〕《扬州民间故事集·吉高故事》：“吉高见船艄上有道奶奶小便用的小马子，就顺手把小马子撂下河淌掉了。”《中国民间文学集成·阜宁县资料本·俐嘴媳妇》：“人上桶是面桶，人下桶是脚桶，挑桶是粪桶，人抬桶是大桡子，连桶是桶是小杩子，不桶不桶是大杩子。”

小月 流产。也称“做小月子”。〔例〕《红楼梦》第五十五回：“凤姐儿因年内年外操劳太过，一时不及检点，便小月了。”

小划子 小船。〔例〕王少堂《宋江》中册：“第二天叫个小划子过了江”。

小伢子 又作“伢子”。小孩子。〔例〕汪曾祺《陈小手》：“团长，恭喜您，是个男伢子，少爷！”《扬州民间故事集·麻虎子来了》：“‘麻虎子来了！’这是扬州人哄吓小伢子常用的一句话。”《中国民间文学集成·盐城市歌谣谚语卷·十怕歌》：“大胖子怕热（一）汗水多，/丬舌子怕咬（二）嘴打锣；/推车的怕上（三）坡，/懒汉子怕事（四）厌恶做；/小伢子怕焐（五）气难喘，/道人怕吃肉（六）专吃素；/食道癌怕吃（七）不下肚，/坏鞋子怕拔（八）不能穿；/大麻风怕酒（九）痒难过，/坏棉袄怕虱（十）做成窝。”《中国民间文学集成·阜宁县资料本·灭人造人分男女》：“这姐妹俩到底是个小伢子，听到这话，天天巴望石狮子眼红。”

小伙 对男儿的称呼。〔例〕王少堂《武松》上册：“‘小伙，捉奸你还会帮忙呀！唉，你胆不小！这种人命关天的事你岂能做呀！’”王少堂《宋江》上册：“每每人家家里，上人训下人哩：‘哎，小伙啊，你从小倒好哩，越大越坏喽。’”《扬州民间故事集·听琴》：“我听到他的琴声，我就想起我那死去的大小伙。”口天淮剧剧本《弄巧成拙》：“你大哥二哥都生的丫头，你一定要生个小伙才能回来，妈妈抱孙子可指望你呢。”

小伙头子 年青小伙子。〔例〕《中国民间文学集成·射阳县资料本·民俗九篇》：“凡是小伙头子是不怕冷的，传说他们屁股头子上有三把火。”

小名 弱点；臭名声。〔例〕王少堂《武松》上册：“‘老太爷，嘴上方便呀，嘴上阴功呀！’喉下句话：主人翁不识我们呀，不要把我们小名字叫出来哇！”

小把戏 小孩子。〔例〕《扬州民间故事·神童解缙》：“学台大人见这小孩如此机智，故意讥笑他是不知高低的小把戏，也来参加乡试。”《扬州民间故事集·皮五癞子故事》：“他找了一群小把戏，买些爆竹，叫他们到爆竹店门口放，他跟在后面。”陆文夫《人之窝》上部第二十八回：“大翠、小翠和阿五家的那些小把戏，都挤到备弄里……”《中国民间文学集成·盐城市郊区资料本·“吃醋”的来历》：“起先，唐明皇不在意，因为他是个小把戏，想不到这块。”

小舍子 草篷式简易房。〔例〕陈登科《活人塘》：“圩外二十多户小人家，高高的房子变成小舍子，连一条狗都没得喂。”陈登科《淮河边上的儿女》：“我家是三步长的小舍子”。《中国民间文学集成·滨海县资料本·嫌穷爱富》：“外公爹我们这块没得地方蹲啦，把几钱把你侬去贩的烧饼卖卖，搭个小舍子躬躬。”《中国民间文学集成·阜宁县资料本·千手千眼观世音》：“缪善一个人蹲在竹林子里，住一间小舍子，有土地老爷庙那么大。”

小恭 小便。〔例〕王少堂《武松》下册：“才爬起来，要出小恭，拎着裤子，趿着鞋子，披着衣服，芦笆门一开，院子里头尿尿未免太龌龊，特为跑到城脚根去。”

小秧 水稻的幼苗。〔例〕《扬州民间故事集·长工兄弟与财主》：“到了做小秧田的时候，财主仍旧是用去年的老办法，叫老二把小秧做在河里。”

小菜子 泛指各种菜肴。〔例〕《中国民间文学集成·阜宁县资料本·烧纸倒水碗的传说》：“纸烧得了，就舀碗清水，把各种小菜子搛躝卜，再挑几个饭粒子放里头，然后往屋上一倒，意思是把穷神吃的。”

小唱 通俗易懂的歌曲。〔例〕陈登科《风雷》第一部第二十章：“尽管她避而不谈她与为群的事情，黄龙飞和黄三这批家伙，还是很快地给她编出小唱，教给孩子，在满庄上唱开。”

小傍中 接近中午的时刻。〔例〕《扬州评话选·朱元璋贩卖乌梅》：“承你四老爷情，说的是二十两银子一天的船钱，昨天小傍中开船，你四老爷就大仁大义算一天。”陈登科《风雷》第一部第二十一章：“天刚小傍中，她们就赶到了。”《中国民间文学集成·盐城市郊区资料本·武举蔡旋润的传说》：“打的狠喃，街上人一个不敢拢边，从小傍中一直战到太阳落，天黑了，仍然不分胜负。”

小猴子 小孩子。骂人话。〔例〕《金瓶梅词话》第四回：“那婆子一把手便揪住道：‘这小猴子哪里去？人家屋里各有内外！’”曾朴《孽海花》第五回：“顾大人别信这小猴儿的扯谎，我们爷今天老早出场，一出场就睡，直睡到这会儿还没醒。”陈登科《赤龙和丹凤》第一部：“姣姣一怔，退回来，骂道：‘小猴子，都九岁啦！把我吓一跳。’”

小照 照片。〔例〕《儒林外史》第二十八回：“有一个小照行乐，求大笔一题。”

小路 有妇之夫有外遇。〔例〕王少堂《武松》上册：“他们这些有钱的人家，总要点假面子，每每丈夫外头有条把小路，家里女眷顾面子不好觞吵。”

个 ①助词，相当于“的”，用来修饰定语和中心语。〔例〕《金瓶梅词话》第九回：“西门庆那厮，如今在哪里？我个嫂子，被他娶了多少日子？一一说来，我便罢休。”②用在数量词前，表示约数。〔例〕《金瓶梅词话》第四十三回：“一锭金子，至少重十来两，也值个五六十两银子……”③语气词，用于加强确定语气。〔例〕《金瓶梅词话》第二回：“西门庆道：‘干娘，相陪我吃个茶。’”

叉口 口袋。〔例〕《金瓶梅词话》第六十回：“一个急急脚脚的老小，左手拿着一个黄豆巴斗，右手拿着一条绵花叉口。”《拍案惊奇》第三卷：“只见门外一大黑影，一个人走将进来，将肩上叉口也似一件东西往庭中一摔，叫道：‘老嬷，快拿火来，收拾行货。’”

马 留神、注意。带有暗中监视之意。〔例〕王少堂《武松》上册：“不晓得，坏得很哩，今日有大事出呀！不对呀，我们要马住他几分哩！”王少堂《宋江》上册：“二公差呢，在旁边马住，心里正划算着：既然送三爷的程仪，应派我们有双靴敬哩！”《扬州评话选·皮五冒充五舅舅》：“小媳妇生怕五舅舅跑掉，眼睛马住些。”

马上 待会儿。〔例〕《中国民间文学集成·射阳县资料本·老嫂救弟》：“我看你就在这块玩，马上回头我多买两样玩意东西把你。”这与现代汉语中的“马上”所指“立刻、随即”之意有所区别。

马叉 ①性野；不守规矩。〔例〕《中国民间文学集成·盐城市歌谣谚语卷·十恨谣》：“九恨家规大，/实在是可怕，/若同外人说句话，/就说我‘马叉’。”②又作“麻叉”。迷信中的阎王派鬼捉拿恶人所用的工具。传说阎王身边有两个差人，一个“牛头”差人，一个“马面”差人。牛头差人手抓铁链，捉人用铁链一套就带走了；马面则手执钢叉专叉恶人。〔例〕《中国民间文学集成·阜宁县资料本·急拿王兆》：“王兆被阎王派的‘牛头马面’鬼用马叉叉死的消息传开了，大快人心，都说这是王兆的报应。”

马子 马桶；便桶。〔例〕《金瓶梅词话》第七十六回：“往常几时出个门儿来？只好晚夕门首倒马子走走儿罢了！”《真本金瓶梅》第四十回：“月娘道：‘半夜里吊在马子里，我和丫头点灯拨着瞧，倒是个小厮儿。’”

马快 很快；赶快。〔例〕陈登科《风雷》第一部第二章：“好！没关系，自己在路上来回走动走动，马快就好了。”

子子 子弹。前一个“子”读上声，后一个“子”读轻声。〔例〕王少堂《宋江》上册：“那个枪没得子子，里头全是土药啊。”王少堂《宋江》下册：“这个线枪，不是独子子，全用喷砂子子。比如看见有什么飞禽走兽在前头，乓！一枪打去,放出来和把大扫帚差不多。”

乡风 地方风俗、习惯。〔例〕王少堂《武松》上册:“‘我们家里有一个乡风。’‘什么乡风?’‘祭奠亡人要活人陪,活人不陪犹如不祭。’”

四 画

开年 明年,下一年。〔例〕《儒林外史》第五回:“依我的意思,这银子也不费用掉了,到开年,替奶奶大大的做几回好事。”《金瓶梅词话》第七十六回:“伯爵看了看:开年改了重和元年,该闰正月。”

开穷心 取笑;捉弄;寻开心。〔例〕王少堂《宋江》上册:“你将就些罢了,他拿你开穷心的噢!”

开茶 开水。〔例〕《中国民间文学集成·盐城市歌谣谚语卷·鳇鳇子》:“什么烧? 狐臊。/什么狐? 茶壶。/什么茶? 开茶。/什么开? 一把钥匙两头开,/一脚踢死你干犕犕。”

天疱疮 一种皮肤病。指皮肤表面生出的薄而透明的水疱。〔例〕《金瓶梅词话》第五十一回:“若是沾他沾身子儿,一个毛孔儿里生出一个天疱疮。”

夫子 挑夫,脚夫,夫役。〔例〕《真本金瓶梅》第一百回:“既是投宿,娘子请炕上坐,等老身造饭,有几个挑河夫子来吃。”《京本通俗小说·拗相公》:“就是两个夫子,缓缓而行也罢。只是少一个头口。”《水浒传》第十六回:“你们不替洒家打这夫子,却在背后也慢慢地挨。”

无儿鬼 不务正事或毫无责任心的人。也作“无儿八鬼”。〔例〕王少堂《武松》上册:“我哪儿晓得,问的个无儿鬼哩!”参见“五二八”条。

无大不大 形容极大。“无……不……”,固定搭配,双重否定,表肯定。〔例〕《中国民间文学集成·东台市资料本·老夫妻勇斗黑无常》:“看看脚印是有块没块的,无大不大的,通庄上也找不到有这么个大脚板。”

无心打肠 漫不经心。〔例〕《中国民间文学集成·阜宁县资料本·刘小二与三姑娘》:“三姑娘催他下钩,他无心打肠地把钩线抛到河心。”

无巧不巧 恰巧。〔例〕李涵秋《广陵潮》第五十一回:“无巧不巧,偏生拣着的这庙宇,就是王道士那座都天庙。”王少堂《宋江》上册:“无巧不巧,刚刚乱窜窜出来个巡更的,小大王举起刀来,嚓! 头砍脱了。”陈登科《风雷》第一部第五十二章:“春芳一沉愣,心想:真倒楣,无巧不巧,可可碰上这个倒楣鬼。”《中国民间文学集成·滨海县资料本·秦货郎让妻》:“头个雷无巧不巧,正好打在王大嫂的坟上,棺木被炸开。”

无根无绊 无依无靠；来路不明。〔例〕《西游记》第十八回："我老拙见是这般一个无根无绊的人，就招了他。"

无高八大 形容高大。"无……八……"是一种固定句式，"无"和"八"后面可以是相同或不同的一个单音形容词。〔例〕陆文夫《二遇周泰》："我借着街灯打量：这人无高八大的个子，络腮胡子。"

无理不故 又作"无理没故"。无缘无故。〔例〕王少堂《宋江》中册："三爷把张白纸条朝地下一铺，笔拿过来抓在手里：无理不故写几个什么字呀？哎！拿他咂咂味啊，一挥而就，四个字。""姑娘心里头有话：过到了这种倒霉日子，无理不故的还笑得起来吗！"王少堂《武松》上册："武松不是来预备扒柜台的吗？他为何不扒啊？慢慢的来吵。不能无理没故的，总要起个头才好扒哩。"

元宝翘 两端翘起，中间凹陷，如同金元宝的形状。〔例〕王少堂《宋江》上册："马头昂多高的，马尾翘多高的，马腰压了塘下去，压成元宝翘的架子。"

木 又作"木大"。口语中也说"木诈"，即以假话试探，使对方在不介意中吐露真情。〔例〕《扬州民间故事集・王家的称大》："那些小孩找不到铜板，就问这位老爹看见没有。老头想：'到了手的外快，怎么再给人家呢？何况是孩子，容易木。'"《扬州民间故事集・父子算命》："你那一套呢，现在不能用啦！我刚才木大他的，主要的就是靠看。"

木木樗樗 呆头呆脑的样子。"樗"音同"初"。〔例〕《西游记》第六回："水蛇跳一跳，又变做一只花鸨，木木樗樗的立在蓼汀上。"

不无 总是；免不了。〔例〕王少堂《宋江》上册："往年玩灯嘛，新夹陈，一年套一年，不无还有些旧的。""到了他家的楼上了，不无望望呀，吃吃玩玩了。"王少堂《武松》上册："家里没得人哎，要金莲照应，不无要添添菜，装装饭哩。"

不丑 不差；不赖；还可以。〔例〕王少堂《宋江》上册："茶馆里生意不丑"。"这么个人，又肉又臭又粗鲁，居然能想出这么个主意，这个主意还就不丑。"王少堂《武松》上册："西门庆左右坐的这两个打手师爷本事不丑呀，拳术功夫着实得过，刀枪棍棒都能要呢。"《扬州民间故事集・十个耳光不算帐》："'以狗为题！'四人他一句你一句……'不丑！'县官大人夸张说。"《扬州评话选・张松献地图》："张松大才，明白他的意思，把刘备一眼望：好！佩服！这个买手着实不丑。"

不犯于 犯不着；用不着。〔例〕王少堂《武松》下册："我如其再说一声要人嘛，谨防张都监不得下台，就硬来扠我了。到这一步，不犯于被他扠了。"

不犯之于 同"不犯于"。〔例〕王少堂《宋江》上册："你我无冤无仇，你又不犯之于要我的命啊。”

不当人子 罪过、造孽。用于对尊长或亵渎“神圣”时的谴责语。另有“不当人”“不当人子的”的说法。在其他方言区也有诸如“不当人化化的”“不当家花拉的”等大同小异的说法。“家”“化化”，语尾虚词，无实义。〔例〕《二刻拍案惊奇》第十五卷：“妇人心下晓得丈夫有疑了，想到一个有恩义的人，到如此猜他，也不当人子。”《儒林外史》第二十回：“我们都是烟火邻居，遇着这样大事，理该效劳，却又还破费老师傅，不当人子。”《西游记》第一回：“不当人！不当人！我拙汉衣食不全，怎敢当神仙二字？”《金瓶梅词话》第二十八回：“搅着些字纸和香儿一处放着，什么稀罕物件，也不当家化化的。”《红楼梦》第二十八回：“阿弥陀佛，不当家花拉的，就是坟里有，人家死了几百年，这会子翻尸倒骨的，作了药也不灵。”文康《儿女英雄传》第七回：“阿弥陀佛！说也不当家花拉的，这位大嫂一拉，就把我们拉在那地窨子里。”

不多 活该；理所当然。〔例〕《中国民间文学集成·盐城城区资料本·路不平旁人铲》：“‘二年来，他妈妈一块肉也吃不到，连一口肉汤也喝不到，他假孝顺，我不跟他要钱吗？’‘要得不多。’知县答道。”

不兴 不应该；不可以。〔例〕陈登科《风雷》第一部第十七章：“如今的社会，不兴打人；要是在前几年，我非将你的骨头砸扁。”

不呔嗨 没出息。〔例〕《中国民间文学集成·盐城市歌谣谚语卷·十只帮船》：“四只帮船送我到东台，/一船苍蒲一船艾，/还有一船‘不呔嗨’。/什么叫做苍蒲什么叫做艾，/什么叫做不呔嗨？/扁叶子的是苍蒲团叶子的是艾，/反动派是个不呔嗨。”

不吱声不吱气 一言不发；默无声息。〔例〕《中国民间文学集成·东台市资料本·瓦匠祭桥》：“瓦匠把斧子往河里一撂，哭着回了家，不几天就不吱声不吱气地死了。”

不作 又作“不作兴”。①不应该；不可以。〔例〕《老残游记》第七回：“若当朝山访道的时候，单身走路，或遇虎豹，或遇强人，和尚家又不作带兵器，所以这拳法专为保护身命的。”《扬州评话选·甘露寺相婿》：“假如亲事不成功，我叫人把他喊来，不作！”王少堂《宋江》上册：“说过的话不作说二话”。②不可能。〔例〕《扬州评话选·凤雏理事》：“哪里的个县令庞统，我怎么不晓得？不作不晓得。”王少堂《宋江》上册：“我这个人不大好说话，清风山的大王不作不晓得。”王少堂《武松》下册：“在武松度量，等到太阳正，拜弟施恩不作不来。”

不作兴 又作“不着兴”。①不应该；不可以。〔例〕李伯元《文明小史》第八回：“我们外国规矩，是向来不作兴送客的。”陆文夫《有人敲门》：“你怎么这么早就起来呀，大年初一不作兴空着肚子起床的。”陆文夫《毕业了》：“怎嘛，我就不着兴有自己的名字？”②不可能。〔例〕《老残游记》第七回：“若论那些大盗，无论头目人物，就是他们的羽翼，也不作兴有一个被玉太尊捉着的呢。”王少堂《武松》上册：“我这个人嘛，从来不会行阴，我有话还不作兴不说。”

不相干 又作“没相干”。没什么；无所谓；无足轻重的事物；不要紧。〔例〕王少堂《武松》上册：“‘你混讲什么？’不相干，怪我不好，好说闲话，跟你算账！算账！”“‘兄弟呀，什么东西呀？’‘不相干，坏帽子，坏帽子，坏帽子！’”《红楼梦》第三十九回：“丫环回说：‘南院马棚子里走了水了，不相干，已经救下了。’”第四十回：“刘姥姥道：‘不相干，我们走熟了，姑娘们只管走罢’。”

不是生意 不是好兆头；不是好办法。〔例〕王少堂《武松》上册：“‘不好！坏得很哩！不是生意啊，就怕来者是蒋忠约得来复打的啊。’‘就这话呢，就这话呢，我也怕这个！’”

不派 不应该。〔例〕王少堂《武松》下册：“姑娘直抖。不派啊，有人来救嘛，就跟人家走好了，为何又抖？嗐，不怪她怕，姑娘这一刻掸不到深浅，心里糊涂住了。”

不架相 不中看；其貌不扬。〔例〕《中国民间文学集成·射阳县资料本·吉高的故事》：“一看哪，他那个不架相的样子，就叫人弄个板子跟他一打，打过了又叫他上岸去拉纤。”

不除疑 又作“不祛疑”。疑惑；不放心。〔例〕王少堂《武松》上册：“武二爷这一刻在楼下正在一肚子不除疑”。《扬州民间故事集·程嵩故事》：“瞎子想：跑了这么长的路，好像出了城，心里有点不除疑，便问：‘先生，你究竟住在哪块？’”王少堂《宋江》上册：“慕容格这刻还有点不祛疑”。《中国民间文学集成·东台市资料本·结搞的故事》：“先生见帐子一股臭气，不除疑。用鼻子一闻手，手上的汗一股臭气，先生不觉哭了起来。”

不得过身 不被饶恕；罪责难逃。〔例〕《扬州民间故事集·酒鬼的万宝筒》：“酒鬼被她一推，一惊，酒醒了大半，晓得今天不找出金簪子不得过身。”王少堂《宋江》上册：“郑天寿想想，坏了，到了限期交不出货，就不得过身了。”王少堂《武松》下册：“‘你为什么事不得过身？’”《中国民间文学集成·滨海县资料本·看谁能当家》：“老头子叫他们立即回头把三妹说把三儿子做女人。要不然，不得过身。”

不揪不采 故意怠慢，不理不睬。“揪”，读如“丢”。〔例〕《金瓶梅词话》第二十一回：“金莲道：‘贼囚根子！他不揪不采，也是你爹的表子，许你骂他？’”第五十六回：“那妇人只顾饶舌，又见常二不揪不采，自家也有几分惭愧了,禁不的吊下泪来。"

不雅相 不雅观。〔例〕《金瓶梅词话》第二十六回:"老婆见了他,站起来是,不站起来是?先不先只这个就不雅相。"

不碍 不要紧;没关系。〔例〕陆文夫《得壶记趣》:"我不敢收,因为周先生的盆景都是珍品,放在我的案头不出一月便会死掉的。周先生说不碍,死掉就死掉。"

不醒的 不晓得;不知道。〔例〕《醒世姻缘传》第二回:"哎哟!你们不醒的。咬脐郎打围,井边遇着他娘是李三娘;如今大官人同着小娘子打围,不是咬脐郎么?"

太阳心 太阳穴。〔例〕《中国民间文学集成·阜宁县资料本·文章不及江司马 造化不如李春方》:"李春方一看新娘太阳心上一个疤,就问:'夫人,这疤是怎么回事啊?'"

太阳烘烘 烈日炎炎。〔例〕陈登科《风雷》第一部第十章:"我说的呢,太阳烘烘哪来这么一阵闪光,原来是詹秘书穿上新裤子了。"

五二八 "五二八鬼"或"无儿八鬼"的缩略语。指不正经的人。〔例〕《中国民间文学集成·盐城市歌谣谚语卷·当警察》:"要得发,当警察,/黑漆棍子腰眼夹,/打起人来眼一瞎,/吃吃喝喝嘴一抹,/拿人家东西一路刮,/站在街上像个五二八。"

五两六 20世纪60年代初对农民的口粮标准:每人每天供应五两六钱(十六两制)成品粮。〔例〕《中国民间文学集成·盐城市歌谣谚语卷·宝宝宝宝你莫哭》:"打水机秃秃秃,/干部吃的鱼跟肉,/社员吃的五两六。/宝宝宝宝你莫哭,/妈妈做个篮子把你拾大麦;/拾得少,扣得多,/就这么揉揉嚼嚼咽下肚。"

扎 用油炸。〔例〕《西游记》第二十五回:"把清油拗上一锅,烧得滚了,将孙行者下油锅扎一扎,与我人参树报仇!"

扎实 严重;厉害。〔例〕王少堂《宋江》上册:"嘴里放干净些!麻木得扎实哩!我跟你闹过的呀?讨嘴巴子吃哩!"

扎猛子 又作"栽猛子""吃猛子""打猛子"。头倒入水中的泅水法。〔例〕《西游记》第三十八回:"呆子真个深知水性,却就打个猛子,淬将下去。"王少堂《宋江》上册:"这一刻张横摸到一条鱼了,他就是一个猛子扎到底哟,走鱼穴里摸得来的。"《扬州民间故事集·洪钧老祖立地》:"老祖要它去海洋里捞沙。绿鸭答应了,一个猛子扎下去,三千多年才上来。"《扬州民间故事集·水獭猫生下赵匡胤》:"这孩子从小生性刚烈,几岁就能下江栽猛子抓鱼。"

牙 门或器皿盖只少许打开。〔例〕王少堂《宋江》上册:"不敢大开,牙了尺把宽。”中册：“天又要亮不亮，头门只牙了一点缝，只牙了一刻儿工夫。”王少堂《武松》上册：“他到了门口，看见门牙着。”“边口这只缸，缸盖牙着有二三寸，浅浅的一缸木瓜酒。”《扬州评话选·探奸遭陷》：“今日石秀仍然三更起身，打火点烛，掌着烛台往柜台外走，见楼门同昨夜一样，还是牙着。”

瓦苦 纳闷，痛苦。〔例〕《中国民间文学集成·盐城市郊区资料本·十恨歌》：“五恨五月五，/我越想越瓦苦，/脱下个衣裳没人补，/我越想越瓦苦。”

瓦瓷 瓦砾。〔例〕《中国民间文学集成·盐城市郊区资料本·捉弄忤逆媳》：“沈拱山玩点子了，他把个包袱皮子包起一大包砖头瓦瓷背在肩上来到两个媳妇的家门口。”《中国民间文学集成·射阳县资料本·吉高的故事》：“她篮子里只有六十个蛋，底下全是衬的砖头瓦瓷呀！”《中国民间文学集成·阜宁县资料本·一包瓦瓷养了老》：“要打开包，没钥匙，就用刀划开，往下一倒，尽是碎瓦瓷，三个儿子一看，全不争了。”

瓦蛋 儿童游戏用的小瓦砾。游戏的方式是，抛起其中的一块后，随即抓起下面散放的若干块，在抓起的同时要接住被抛起的那一块，以一次能抓取多少块论胜负。这种游戏活动又叫“打瓦蛋子”。〔例〕《中国民间文学集成·盐城市歌谣谚语卷·瓦蛋歌》：“一瓦二，二月二，/挑荠菜，荠菜包饼，/筋拽拽，筋拽拽。”

日中 中午时分。〔例〕《金瓶梅词话》第三回：“妇人应道：‘便是间壁干娘，央我做送终衣服。日中安排了些酒食点心，请我吃。’”

日里 白天。〔例〕《金瓶梅词话》第五十五回：“（潘金莲）日里便似熬盘上蚁子一般，跑进跑出，再不坐在屋里。”

中上 中午。〔例〕《儒林外史》第十八回：“还要买些肉馒头，中上当点心。”

中间段子 中间部分。〔例〕王少堂《宋江》上册：“谈到龙灯，头尾最难扎，就由郑天寿亲自动手。下余的中间段子扎起来不为难。”

中饭市 午饭时分。〔例〕王少堂《宋江》中册：“肚里又饿了，到了中饭市了，不要分了，把五吊钱拎到陈老三家弄一顿。”

中袄 比较短的棉大衣。〔例〕《扬州评话选·天齐庙包公断太后》：“身上穿的中袄，说长衫，不是的；说是短衫也不是，不长不短，中袄腰里还扎了一根绳子。”

中晌心 正午时分。〔例〕《中国民间文学集成·盐城市歌谣谚语卷·十二月小伙计》：“六月小伙计热难当，/中晌心里看牛汪，/大树底下有阴凉，/小伙计捞不到躺。”《中国民间文学集成·阜宁县资料本·十二月小伙计打雇工》:“六月小伙计热难当,/中晌心里看牛汪。/大树底下有阴凉,/小伙计捞不到躺。”

见风下笤 见机行事。〔例〕王少堂《宋江》中册:“和他这个人难说呀!要松不得绷不得,最好你上去下子,你和他见风下笤,看事行事。”

见风下棹 意同“见风下笤”。〔例〕《扬州评话选·智取生辰纲》:“你们停下子上岗去卖酒,这件事是活事,而且是最紧要的关口,要见风下棹,见机而作,看什么人说什么话。”

牛过了河扽尾巴 比喻败局已定而又采取无济于事的挽救措施。〔例〕王少堂《宋江》中册:“现在牛倒过了河了,还扽尾巴嘛!就由他去吧!”

牛汪 在夏秋之际让牛的身体淹在泥水中以避蚊虫叮咬的汪塘。〔例〕《扬州民间故事集·吉高故事》:“吉高心里话:好!你这是叫我石磙子掉下牛汪——有心不打场啊。”《中国民间文学集成·盐城市歌谣谚语卷·十二月小伙计》:“六月小伙计热难当,/中晌心里看牛汪。/大树底下有阴凉,/小伙计捞不到躺。”《中国民间文学集成·射阳县资料本·报复》:“我拾起个扁担一直把它追到村子南边,把它打下牛汪塘了。”

牛背腰子 轻度驼背。〔例〕《中国民间文学集成·滨海县资料本·溻尿传》:“公鸡脖子母鸡腿,/未曾走路屁股扭,/荷包肚子大如斗,/牛背腰子躬后头。”

手巾方 手帕。〔例〕《中国民间文学集成·盐城市歌谣谚语卷·八段锦》:“小啊小手帕四又四角方,/送把那干哥子带啊在身旁。/妹妹那好模样,/映在正中央,/想起那个干妹妹看看手巾方。”

手巾把子 洗湿而挤干的毛巾。〔例〕王少堂《宋江》上册:“三爷朝炕上一坐。才坐下来,孩子手巾把子来了,盖碗茶到了,四个茶食碟子摆下来了。”

手头子 手段;功夫;办事能力。〔例〕王少堂《宋江》中册:“大概最少要二十个人……都要手头子过得去的。”

手到擒来 又作“手到擒拿”。极易成功;十拿九稳。〔例〕《西游记》第六十二回:“哪里用甚么人马!又哪里管甚么时辰!趁如今酒醉饭饱,我共师兄去,手到擒来!”王少堂《宋江》上册:“晓得三老爷大才饱学,既来打这个灯谜,一定是百发百中,手到擒拿。”

手面 花钱用物的宽紧度。手面大,表示毫不吝啬。〔例〕《官场现形记》第二十六回:“黑八哥见他叔叔推头没有工夫见贾大少爷人,生怕出来被贾大少爷瞧他不起,说来连这点手面都没有,面子上落不下去。”王少堂《宋江》上册:“太公深知儿子最好结交朋友,手面大,用钱多。”

手段 手艺;技艺。〔例〕《金瓶梅词话》第三回:“婆子看了,口里不住声假喝采道：‘好手段！老身也活了六七十岁，眼里真个不曾见到这个好针线！’”

手脚不稳　指有偷窃行为。〔例〕《金瓶梅词话》第十二回：“也是一家子新娶个媳妇儿，是小人家女儿，有些手脚儿不稳，常偷盗婆婆家东西往娘家去。”《西游记》第三十九回：“你这猴子，手脚不稳，我把这还魂丹送你一丸吧。”

毛　烦躁、恼怒、发火。〔例〕《儒林外史》第五十一回：“祁太爷毛了，只得退了堂，将犯人寄监，亲自坐轿上公馆辕门面禀了抚军。”

毛了手脚　慌了手脚。〔例〕《老残游记》第一回：“若遇风平浪静的时候，他驾驶的情状亦有操纵自如之妙，不意今日遇见这大的风浪，所以都毛了手脚。”

毛手毛脚　行为莽撞。〔例〕陈登科《风雷》第一部第十二章：“你怎哪，还是那么毛手毛脚的。”

毛毛　差不多；接近于。〔例〕王少堂《宋江》中册：“出了口可怕了，对江过毛毛有二十里，看起来无边无岸呀。”

毛毛的　将近；差不多。〔例〕王少堂《宋江》上册：“花荣在宋家村蹲了毛毛的二年。”

毛长纸　祭祀时烧给亡人的纸钱。〔例〕《扬州民间故事集·吉高故事》：“我与他家无亲无故，我今天一不带毛长纸，二不带钱，保证他家请我吃饭，还要坐在上席。”

毛司里砖儿，又臭又硬　歇后语。比喻人既坏又态度强硬。“毛司”即厕所。〔例〕《金瓶梅词话》第八十五回：“那淫妇要了我汉子，还在我跟前拿话儿拴缚人，毛司里砖儿，又臭又硬，恰似降伏着那个一般。”

毛池　厕所。〔例〕陆文夫《绿色的梦》：“八九十来岁的顽童难以做到这一点，便以上毛池为借口，跑到竹园里去。”

毛针　茅草幼嫩的针状含苞。可生食。〔例〕《中国民间文学集成·滨海县资料本·时令》：“打了春，赤脚奔，挑野菜，拔毛针。”

毛厕　同“毛司”。〔例〕《金瓶梅词话》第十回：“只见他家使的一个大胖丫头，走来毛厕里净手。”第二十回：“进他屋里去尖头丑妇蹦到毛司墙上，齐头故事。”第二十八回：“取刀来，等我把淫妇剁做几截子，掠到毛司里去，叫贼淫妇阴山背后永世不得超生！”

毛鱼　鳗鱼。〔例〕《中国民间文学集成·盐城城区资料本·考生奇遇》：“大嫂的意思是什么呢？长的是毛鱼，短的是鳅鱼，大嘴的是鲇鱼。”《中国民间文学集成·东台市资料本·北海里为什么没得黄鱼》：“黄鱼感谢了扁毛鱼的提醒，又回到东海把这话一个传一个地告诉了所有的黄鱼，于是黄鱼没得一个敢去灵山以北。"

毛窝子 又作"毛窝"。用草和芦花混合编制的保暖鞋。〔例〕《老残游记》第八回："好在我们穿的都是蒲草毛窝，脚下很把滑的，不怕他。"陆文夫《乡曲儒生》："脚上套一双'毛窝子'，一种用芦花编成的鞋，比棉鞋暖和。"陈登科《淮河边上的儿女》："他……脱掉脚上的老毛窝，跳下池塘"。《梁实秋雅舍小品全集·球赛》："无所谓球鞋，冬天穿的大毛窝最实用。"《中国民间文学集成·盐城市歌谣谚语卷·小小毛窝七八寸长》："小小毛窝七八寸长，/先打底子后打帮，/半天打一只，/一天打一双，/拿到陈良庄，/一卖精大光。//小小毛窝七八寸长，/送给新四军穿脚上，/防冻又防霜，/迈步上前方，/打得敌人，/喊爹又叫娘。"

毛辣煞 毛茸茸的；也指物体表面粗糙、不光滑。〔例〕《中国民间文学集成·盐城市歌谣谚语卷·墙头一棵草》："抱抱抱，城隍庙；/城城城，肚子疼；/肚肚肚，蒋葫芦；/蒋蒋蒋，八条港；/八八八，毛辣煞；/毛毛毛，大红袍；/大大大，吹喇叭；/吹吹吹，吹你一鼻子灰！"

气不愤 又作"气不忿"。不服气。〔例〕《金瓶梅词话》第十一回："论起春梅，又不是我房里丫头，你气不愤，还教他服侍大娘就是了。"《中国民间文学集成·盐城市歌谣谚语卷·蚂蚱娶亲》："轿子正在空中过，/来了个蜻蜓大坏瓜，/勾来八百'刀螂'手，/抱住'姑娘'一支花。/来了个'将军'气不愤，/'蛛老爷'堂前禀告它。"《真本金瓶梅》第九回："李娇儿众人，见月娘错敬他，都气不忿。"《红楼梦》第三十一回："你们气不忿，我明儿偏抬举他。"

气吼吼的 气喘吁吁而又惊慌的样子。"吼"，读如"侯"。〔例〕《金瓶梅词话》第五十三回："正说话间，只见迎春气吼吼的走进来，说道：'娘快来！官哥不知怎么样，两只眼不住反看起来，口里卷些白沫出来。'"

气狠狠 又作"气恨恨"。生气的样子。〔例〕《金瓶梅词话》第九十四回："春梅气狠狠的，一手扯住他头发，把头上冠子跺了"。陈登科《风雷》第一部第六章："陆素云哪里还有耐心听他的，伸脚将门旁一条小板凳踢翻，气狠狠地说道：'俺管你是哪里来的，废话，你找他去。'"《金瓶梅词话》第二十四回："这惠祥在厨下忍气不过，刚等的西门庆出去了，气恨恨走来后边。"

气得直漕 气得直喘大气。〔例〕王少堂《宋江》上册："朱大爷座位一拉，在对过朝下一坐，话都说不出，气得直'漕'，胡子都气了支起来了。"

气嗓管子 即气管、喉管。〔例〕陈登科《风雷》第一部第四十九章："如果仍不老实，胆敢将头往外伸一伸，动一动，老子就捏断他的气管嗓子。"《中国民间文学集成·射阳县资料本·甲鱼、老虎和松树》："甲鱼气嗓管子也挨老虎咬断了,结果,两个全死得了。"

长鱼 黄鳝。〔例〕袁福荣淮剧《斜公鸡歪传》:"黑鱼气得精暴暴,/白跳气得水上漂。/青鱼咬断水渣草,/黄箭举起头上刀。/鳅鱼专把眼子找,/长鱼吐沫上下跷。"《中国民间文学集成·盐城市歌谣谚语卷·数鱼》:"鲤鱼一跳龙门现,/乌鱼七星能通天,/鳌鱼眨眼地直颤,/鲨鱼嬉水波连天,墨鱼大王墨汁溅,/鲸鱼喷水似涌泉,/长鱼过河一条线。"《中国民间文学集成·东台市资料本·生炒蝴蝶片》:"很多人不懂,看到长鱼不敢捉,以为是蛇,这样一年多似一年,块块总有长鱼游。"

长挑 身材修长。〔例〕《金瓶梅词话》第三十三回:"他浑家乃是宰牲口王屠妹子,排行六姐,生的长挑身材,瓜子面皮,紫膛色,约二十八九年纪。"第三十七回:"生的长挑身材,紫膛色瓜子脸,描的水髩长长的。"

长腿子 形容来得正及时,恰巧赶上好吃好喝的。〔例〕《红楼梦》第十四回:"凤姐正吃饭,见他们来了,笑道:'好长腿子,快上来罢。'宝玉道:'我们偏了。'"

什呢 什么。〔例〕武仲平淮剧《登记》:"不是我脸老皮厚,体什呢检,领什呢证?爆竹一放,喜烟一撒,左邻右舍哪个不承认我俩夫妻。"《中国民间文学集成·盐城市歌谣谚语卷·小男人》:"小大姐,刷蒲包,/眼泪直往河里抛。/人家问她哭什呢?/哭的男人没多高。"《中国民间文学集成·东台市资料本·王心斋先生的故事》:"他没事就站在天井里观看日月星辰,根据日月星辰的变化,能算出天下要发生什呢大事,你说奇不奇。"

什呢玩意 什么原因。〔例〕《中国民间文学集成·盐城市歌谣谚语卷·哥哥心里早有人》:"只有小妹心里明,/悄悄向奶奶透风声:/'哥哥心里早有了主,/心巧手巧美煞人。'/爹爹笑得细了眼,/奶奶小脚颠不停:/'快点找媒人,细尼姑,什呢玩意不早点吭声?'"

什呢事 怎么会;为什么。〔例〕王少堂《武松》上册:"直接就来起个风波,就把武松的状词甩掉。咦,不敢。什呢事不敢?望望底下武松这个人,不能甩。"王少堂《宋江》上册:"你老什呢事不看灯呢?我赏封都预备好了。"

什呢话 为什么。〔例〕《中国民间文学集成·阜宁县资料本·张郎休妻》:"什呢话张郎要把个妻子葛丁香休掉的喃?"

什话 怎么;为什么。〔例〕《中国民间文学集成·阜宁县资料本·文章不及江司马 造化不如李春方》:"有个地理先生识得风水,说牛窝那块是个好地方。什话叫牛窝喃?两边两座山,中间有两顷大个洼塘,牛老放在那块吃草、饮水,就叫牛窝。"

化骨烊灰 彻底毁灭。〔例〕《中国民间文学集成·阜宁县资料本·蚊子的传说》:“老太太用扫帚拨掉上面的灰,看见蚊子只剩下几根烧焦的骨头了,她举起扫帚,对准焦骨猛打,使蚊子化骨烊灰。”

斤把斤 一斤左右。两个同样的量词之间加‘把’,构成固定搭配,如“两把两”“担把担”“尺把尺”等,表示一至二之间的约数。口语中也说“两把二两”“担把两担”“尺把二尺”等。〔例〕《中国民间文学集成·盐城市歌谣谚语卷·劝人教育后代根》:“十三十四不学好,/也会偷钱赌输赢。/先是打沙跳白果,/后来玩艺渐渐生。/由小就把香烟吸,/老酒能喝斤把斤。”

今个 今天;现在。〔例〕《扬州民间故事集·父子算命》:“我们这个江湖么,是靠看,靠望,靠听。我今个主要的就是靠看。”王少堂《武松》上册:“老大哥,今个清大早上的,还没有洗脸,一口茶还没有喝,我们就都拱到梦里去啦!”

公道 便宜。〔例〕《扬州评话选·张松献地图》:“刘备跟张松暗搭机风,你那件东西卖把我,要虽要,价钱要公道些,价钱一大,穷人买不起。”王少堂《武松》上册:“诸位爷,照顾小店吃东西吧! 东西好,价钱公道,地方又宽大。”

凶 ①程度副词,意同“很”。〔例〕王少堂《武松》上册:“旁人忙犹自可,唯有站在上锅的王二麻子忙的凶哩!”②能干。〔例〕《中国民间文学集成·射阳县资料本·王小二招亲》:“这个女婿凶呐,天上飞的,地下跑的,要活的有活的,要死的有死的,佩服呀!”《中国民间文学集成·阜宁县资料本·大力士韦九成》:“王老爷从没看过这么凶的牛,要出一百二十元买下来。”

风婆子 轻佻的女人。〔例〕《金瓶梅词话》第二回:“西门庆笑道:‘你看这风婆子,只是扯着风脸取笑!’”

匀条 匀称;均匀。〔例〕《中国民间文学集成·盐城市歌谣谚语卷·八段锦》:“小小竹子匀啊匀条条,/送把那干哥哥刻上一支箫。/箫儿对着口,口儿对着箫,/先吹‘满江红’,后吹‘下河调’。”

乌鱼 黑鱼。〔例〕《中国民间文学集成·盐城市歌谣谚语卷·数鱼》:“鲤鱼一跳龙门现,/乌鱼七星能通天,/鳌鱼眨眼地直颤,/鲨鱼嬉水波连天,/墨鱼大王墨汁溅,/鲸鱼喷水似涌泉,/长鱼过河一条线。”《中国民间文学集成·盐城市歌谣谚语卷·月令、时、梅、伏、九》:“四月九,大风吼,乌鱼游到锅门口。”

乌鱼管子 小黑鱼。〔例〕《中国民间文学集成·射阳县资料本·孔夫子游邗城》:“乌鱼和黑鱼看起来是一样东西,其实有区别,半斤以内的叫乌鱼,一般称为乌鱼管子。”

乌焦巴弓 指被火烧得焦黑。〔例〕《扬州评话选·张松献地图》:“我一时糊涂,中他诡计,将大小的兵船钉起来,被周郎一把火,烧的落花流水,乌焦巴弓,败回中原。”王少堂《宋江》上册:“要大王跟我们贡一把火,大伙儿就烧得‘乌焦巴弓’了。”

勾死鬼 又作“勾使鬼”。本指受阎王之命勾取人的魂魄的鬼魅,比喻勾引他人干坏事的人。〔例〕《金瓶梅词话》第十三回:“原来是那淫妇使的勾死鬼,来勾你来了。”《〈老残游记〉续集遗稿》第三回:“这一想,可就是仿佛看见阎罗王的勾死鬼似的,两只脚立刻就发软,头就发昏,万站不住,飞跑进了自己屋子,捂上脸就哭。”陈登科《风雷》第一部第八章:“你一早不来碾芦柴,到处乱哧溜,活像个勾死鬼。”

勾搭连环 来往密切,关系复杂。〔例〕《金瓶梅词话》第九十七回:“落后他家又礼来相谢,正月里我往他家与孝哥儿做生日,勾搭连环到如今。”

勾廊鼻子 弯勾鼻梁。又作“勾狼鼻子”。〔例〕《中国民间文学集成·盐城市歌谣谚语卷·麻将歌·万字》:“一万家私不算小(一万),/二丫头引来小少豪(二万),/三十晚上炕粘糕(三万),/四万万呀皆同胞(四万),/伍子胥把昭关逃(五万),/六郎要斩杨忠保(六万),/情人隔河把手招(七万),/八字一撇一捺刀(八万),/勾廊鼻子吊眼梢(九万)。”《中国民间文学集成·盐城市歌谣谚语卷·十不全》:“滑头滑脑秃浆往外冒,/头上没得毛,/勾狼鼻子吊眼梢,/嘴像大赤瓢,/麻脸赛核桃。”

火叉 “丫”形火棍,一种烧火用的工具。〔例〕王少堂《武松》下册:“出了城走二十里,有个荒镇,荒镇过去二里半路,有个火叉头的路,右边大路到恩州大道,左边小路到飞云浦,错不错?”《儒林外史》第十一回:“杨执中急了,拿火叉赶来,一直打了出来。”《中国民间文学集成·盐城市歌谣谚语卷·灶户叹五更》:“四更鼓儿排,/冷风阵阵来,/一阵阵寒冷好难挨,/坐不住身子东倒又西歪。/腰痛骨头酸,/头昏眼难开,/两膀麻木好难抬,/巴不得火叉一丢倒下来。”

火旺 驱鬼压邪的能力。〔例〕《中国民间文学集成·射阳县资料本·金玉翠》:“我确实不是人而是鬼,你的火旺低,可以和你在一起,你表哥火旺高,我见不得他,你可懂吗?”

火急火燎 急急忙忙。〔例〕《扬州民间故事集·羊肉烧藻菜》:“买驴人听了张老三火急火燎地说出的一番话,感到内疚了。”

火线 导火索。〔例〕《中国民间文学集成·盐城市歌谣谚语卷·攻打季家圩》:“三月里来三月三,/顾二胡子躬身把腰孱,/神大枪一拜出了汗,/火线一点炸两瓣。”

火烧不辣 火辣辣的感觉。〔例〕王少堂《武松》:“王婆打了一阵子,手打得火烧不辣,只听他说愈打愈快活。""这个嘴巴子你晓得打得多重啊?五条杠噢,活像五条麻花子,李逵的左嘴巴子站时就暄起来了,火烧不辣的。"

火舔子 火舌。〔例〕王少堂《武松》下册:"这个火来得就猛,一个火舔子,舔到檐口,檐口其余的短窗子着了,上下槛着了,屋里头冒乌烟了。"

为什呢 为什么。〔例〕《中国民间文学集成·东台市资料本·可达和尚与三昧寺》:"为什呢把这个慈济寺改成三昧寺呢?这里头有一些动人的故事。"

斗分子 以一定份额的钱或物参与众人合伙的活动。〔例〕《金瓶梅词话》第一回:"自从武松搬来哥家里住,取些银子与武大,交买饼馓茶果,请那两边邻居。都斗分子来,与武松人情,武大又安排了回席。"

斗巧 凑巧。〔例〕《醒世恒言》第三十一卷:"有事斗巧,物有故然,却来得迟些,都散了。"

斗香 "斗"读上声,指巴斗。多箍香捆扎成的如同斗粗的香柱。〔例〕《中国民间文学集成·盐城市歌谣谚语卷·短桩》:"送桩没得短桩灵,/短下桩来送友邻。/养个儿子喜三庄,/奶奶念佛烧斗香。/长命百岁天保佑,/苏才郭福彭祖寿。"

斗别气 跟别人怄气。〔例〕《醒世恒言》第十四卷:"今日曹门里周大郎女儿死了,夫妻两个争竞道'女孩儿是爷气死的。'斗别气,约莫有三五千贯房奁,都安在棺材里。"

斗篷 斗笠。《扬州民间故事集·灯草星和石头星》:"我身上的蓑衣头上的大斗篷帮了忙,跳下来一点也不要紧。"

认生 见到生人害怕或不自然。〔例〕《醒世姻缘传》第四十回:"顿的茶,切的瓜,这三位大相公认生不吃,那一位光头小相公老辣,吃了两块。"

认得你狠 承认你厉害。《中国民间文学集成·阜宁县资料本·俐嘴媳妇》:"王妈一听,'罢了,罢了,俐嘴媳妇,我认得你狠。'"

心一拎 心一惊。〔例〕王少堂《宋江》中册:"戴宗听到要去抓宋三爷,心一拎,不好了,我们宋三爷出了大事了。"

心口 胸部。〔例〕王少堂《武松》上册:"他替他老子盖了十三四块,余下三四块就给自己盖盖心口。"

心心念念 牵肠挂肚,念念不忘。〔例〕《金瓶梅词话》第九十八回:"一夜心心念念只是放韩爱姐不下。"第九十九回:"到次日,心心念念要告春梅说。"《聊斋俚曲集·富贵神仙》三:"这个店家甚可恶,见官人病了,心心念念的,只待往外撵。"《喻世明言》第一卷:"谁知陈大郎的一片精魂,早被妇人眼光儿摄上去了。回到下处,心心念念的放他不下。"

心里拎拎的 提心吊胆。〔例〕《扬州评话选·张松献地图》:“刘备听住听住,心里拎拎的,汗毛竖竖的,两个眼睛望住他。”

心里话 心想。〔例〕《扬州民间故事集·吉高故事》:“吉高心里话:好!你这是叫我石磙子掉下牛汪——有心不打场啊。”《中国民间文学集成·阜宁县资料本·马良独修金山寺》:“刚才听说全部修,那要花多少钱?心里话,还亏没坐主桌上席。”

心肠 兴致,心思。〔例〕《扬州评话选·朱元璋贩卖乌梅》:“郭光卿的想法:他现在静极思动,没得心肠开店,强留不住,不如来个欲擒故纵。”王少堂《宋江》上册:“惟独愚兄一人,避难他乡,孤苦伶仃,骨肉分离,哪里还有心肠看灯?”

心窝膛不满 比喻贪心,不知足。心窝膛,指人的胸前凹窝部位。〔例〕《扬州民间故事·买“报应”》:“老头子做生意,以次充好,抬高市价,赚了不少钱。但他心窝膛还是不满,多了还想多,叫宝贝呆儿子也出去做生意。”

𠁣𠃛 读如“吱嘎”。车、船、门等物的摩擦声。〔例〕《扬州民间故事集·张玉书的传说》:“张玉书看看好笑,也不等他们了,一口气全说出来:‘𠁣𠃛一声响,的笃到扬州。’”《郑板桥传说·随船吟诗》:“郑板桥在桌上拿起狼毫来,飞龙走蛇,嗖嗖几笔就很快在纸上写出来:‘躡卜一小舟,扌卜水上游。𠁣𠃛一声响,東東到扬州。’”

尺瓢嘴 下唇长而上翘的嘴形。〔例〕《中国民间文学集成·滨海县资料本·溺尿传》:“小辫没得鱼贯奘,/小小虱子砌成楼,/秤砣鼻子尺瓢嘴,/未曾说话口水流。”

巴不到 巴不得。“到”,读如“岛”。〔例〕《金瓶梅词话》第三回:“却说西门庆巴不到此日,打选衣帽齐齐整整……径往紫石街来。”《扬州民间故事集·癞子花头多》:“癞子巴不到他说这句话哩!拎着水獭,恨不能有四只脚朝他门里跨。”

巴不能个 巴不得。〔例〕《醒世恒言》第九卷:“朱进达终日被浑家聒絮得不耐烦,也巴不能个一个掰两开。”

巴斗 即“笆斗”。柳制盛粮的器具。〔例〕《金瓶梅词话》第六十回:“一个急急脚脚的老小,左手拿着一个黄豆巴斗,右手拿着一条绵花叉口。”《老残游记》第十回:“北墙上嵌了两个滴圆夜明珠,有巴斗大小。”

巴巴 既然;难得。〔例〕《扬州评话选·打焦俊》:“朋友,你巴巴看上姓焦的,姓焦的来了!”王少堂《宋江》上册:“大人,巴巴他们大家的好意,你老就给个面子,稍饮几盅!”王少堂《武松》上册:“好吧,武爷爷,巴巴今天过节,又闲得无聊,我们来陪武爷爷,只此一次,下不为例。”《中国民间文学集成·

阜宁县资料本·三个女婿拜寿》:“今天巴巴外公爹爹六十大寿,我们三个碰巧来到一块,不能吃个哑巴酒,大家来个三句半对子凑凑酒兴。”

巴巴饼 有黏性的饼块。也泛指黏结而成的片状物。〔例〕《中国民间文学集成·盐城市歌谣谚语卷·铎巴巴饼》:“铎巴巴饼,/吃巴巴饼,/吃半边,/留半边,/留把外婆奶奶混半天。”

巴巴能 又作“巴不能”。巴不得。〔例〕《中国民间文学集成·阜宁县资料本·一包瓦瓷养了老》:“三个儿子半信半疑,但巴巴能是真的。”《中国民间文学集成·阜宁县资料本·周恒爽徒手捉敌》:“褚英培眼巴巴地看着周恒爽,巴不能他下命令。”

巴锔 连接破裂器具(如缸、碗、盆)部件使之固定的钉铆。〔例〕王少堂《武松》上册:“那一刻大馆子里讲究家伙呀,拿出来的大小家伙考究没得二样呀……不像差不多的小馆子里都是杂凑班,上了巴锔照常用。”

以作 大约。〔例〕王少堂《宋江》上册:“什么人? 也是个少年朋友。以作三十岁罢了,也算是个念书人。”

双胞子 双胞胎。也作“双胞儿”。〔例〕《中国民间文学集成·阜宁县资料本·孟姜女·秦始皇·楚霸王》:“窝里两只小老虎是双胞子,看肉球好玩,没吃,两下里围住肉球盘弄着玩。”

双眼箍子 双眼皮。〔例〕《中国民间文学集成·阜宁县资料本·文章不及江司马 造化不如李春方》:“姑娘捞到船上,醒过来把脸一抹,头一梳,咹,不丑,雪白的团脸,双眼箍子。”

水柜 用于存放粮食或其他杂物的长条形木柜。〔例〕《金瓶梅》第五十回:“只见书童儿与傅伙计坐着,水柜上放着一瓶酒,两双钟箸,几个碗碟,一盘牛肚子,平安儿从外边拿了两瓶鲊来。”

水面 指当天加工的湿挂面。〔例〕《金瓶梅词话》第五十二回:“西门庆道:‘你两个打双陆。后边做着过水面,等我叫小厮拿面来咱们吃。’”

水济济眼 湿漉漉的眼睛。多指经常流泪的眼疾。〔例〕《真本金瓶梅》第七十八回:“我见那水眼淫妇,矮着个靶子,像个半头砖儿也似的! 把那水济济眼挤着。”

水唧子 竹管形玩具,一端入水,快速摇动后因离心力而另一端摔出水柱。〔例〕《中国民间文学集成·滨海县资料本·小升 小斗 簸箕大张口》:“小升在铁汤罐里舀了一些温汤水,用水唧子嗤在老秋狐的腿上。”

水酒 薄酒。〔例〕王少堂《武松》上册:“晚生今天一杯水酒,也不成待客之礼,望太爷们从爽一点,不要谦辞。”

五　画

正日　农村遇红白喜事,往往要摆三天酒席,而中间一天最重要,是要举行仪式的一天,称“正日”。〔例〕李伯元《官场现形记》第三回:“于是定了头一天暖寿,是本公馆众家人的戏酒。第二日正日,是营务处各营官的。”《中国民间文学集成·滨海县资料本·空棺材下葬》:“第二天,正日了。那时候姑娘出嫁时都要怠饭。”《中国民间文学集成·阜宁县资料本·陆昌陪闺女》:“姑娘要出嫁了,陆昌送了满满两箱子画把闺女当嫁妆。正日晚上,女婿见新娘子只有两只箱子做嫁妆,气老丈人太小气。”

甘为　专为。意同“看在你的面上”。表示行为的特定目的和对象。〔例〕王少堂《宋江》中册:“半个大菜,我们店里并且不卖,甘为你来人家主顾生意,这是个刮削账啊!”

可可　又作“可可的”。恰巧;正好。〔例〕《金瓶梅词话》第六回:“那士兵先下了知县相公禀帖,然后径奔来抓寻武大家。可可天假其便,王婆正在门首。”陈登科《风雷》第一部第十章:“今天早上,这几个家伙,也该他倒霉,在梅家渡口,可可遇上他了,一个个都像小鬼似的,偷偷地溜回家去。”第五十二章:“春芳一沉楞,心想:真倒楣,无巧不巧,可可碰上这个倒楣鬼。”陈登科《活人塘》:“唉,黄狼拣病鸭咬,就这么凑巧的,可可打伤这条苦根。”

可可的　又作“可可”。见上条。恰巧;正好。〔例〕《西游记》第三回:“这宝贝镇于海藏中,也不知几千百年,可可的今年放光。”王实甫《破窑记》一:“抛绣球招婿聘妇,可可的打着个贫子。”李潜夫《灰阑记》一折:“可可的我妹子正在门首,待我去相见咱!”《醒世姻缘传》第十五回:“本府差下人来,要一万两军饷,……可可的把库里的银子昨日才解了个罄尽。”文康《儿女英雄传》第二十一回:“及至他昨晚得了个信,今日天不亮便往这里赶,赶到青云堡褚家庄,可可儿的大家都进山来了。”

左嗓子　(唱歌)走调,发音不准。〔例〕袁福荣淮剧《斜公鸡歪传》:“呃唷喂,我怎么汗毛竖竖的,你还唱歌呢,标标准准的左嗓子,我耳朵塞起来拿鼻子听。”

石头狢刺　“狢”,读如“格”,入声;“刺”,读如“旯”,阳入声。不规则的碎石块。〔例〕《金瓶梅词话》第二十五回:“就是石头狢刺儿里迸出来,也有个窝巢;枣胡儿生的,也有个仁儿。”按,李申《金瓶梅方言俗语汇释》释“狢刺”为“旮旯,狭窄偏僻的地方”;王利器主编《金瓶梅词典》释为“即石头窠,或石头之间”,均欠确切。江淮方言中同样称不规则的碎砖块为“砖头狢刺”。

打太平拳 比喻针对双方或多方的争执、争斗，以旁观者的身份说一些无关紧要而又无害于自己的话。《红楼梦》第九回：“众顽童也有帮打太平拳助乐的，也有胆小藏过一边的。”按，陆澹安《小说词语汇释》释其为“浑冷拳”，欠当。

打水不浑 无济于事；不足以解决基本问题。〔例〕《金瓶梅词话》第二十四回：“妈妈子，一瓶两瓶取了来，打水不浑的，勾谁吃，要取一两坛儿来。”第八十三回：“汤他这几下儿，打水不浑的，只像斗猴儿一般。”第八十六回：“你若娶他，便与我一百两银子……你如今两串钱儿，打水不浑的做甚么？”

打水机 即“抽水机”。〔例〕《中国民间文学集成·盐城市歌谣谚语卷·宝宝 宝宝你莫哭》：“打水机秃秃秃，/干部吃的鱼跟肉，/社员吃的五两六。/宝宝宝宝你莫哭，/妈妈做个篮子把你拾大麦；/拾得少，扣得多，/就这么揉揉嚼嚼咽下肚。”

打平伙 又作“打平火”“打拼伙”“打平和”。众人合资吃喝。〔例〕《二刻拍案惊奇》第五卷：“而今幸得无事，弟兄们且打平伙吃酒压惊。”《金瓶梅词话》第七十七回：“西门庆家中这些大官儿，常在他屋里坐的，打平和儿吃酒。”《中国民间文学集成·盐城市歌谣谚语卷·实际是公款》：“嘴馋要酒喝，/就喊打拼伙。/明里掏腰包，/实际是公款。”

打打岔 分散注意力；消闲。〔例〕王少堂《宋江》中册：“把箱子开开来，把包裹内的东西顺了放在箱子里，拿了本闲书，箱盖一盖，用锁锁起来。就看看闲书，打打岔。”王少堂《武松》上册：“武二爷心里很中意，他最喜欢的就是酒，坐在这块也无聊，不如弄杯酒打打岔吧。”

打闪 闪电。〔例〕李涵秋《广陵潮》第七十五回：“据人说起来，那车子便像天上打闪，人坐进去，身子便同打闪一样，一闪打过去，一闪又打过来。”

打号子 劳动时为减轻疲劳或协调动作而发出的呼喊声。〔例〕《醒世恒言》第二十八卷：“众水手齐声打号子起锚，早把吴衙内、贺小姐惊醒。”

打失警 打寒颤。〔例〕《西游记》第四十二回：“行者闻言，打了个失警。”

打白差 替人干事，得不到报酬。王少堂《宋江》上册：“代这些大官儿做到事就倒楣了，钱把得太少，一半打白差。”

打场 在场地上用碌轴碾压，使谷粒种实自禾秆上脱粒。〔例〕《醒世恒言》第七十九卷：“那日正在打场，将他套上碌轴。”《扬州民间故事集·趁热吃糕》：“例如农民用牛打场，它明明走的是圆圈，怎么不叫打圆，而说成是打场（长）？”《中国民间文学集成·射阳县资料本·十二生肖鼠为王》：“老牛慢腾腾地走上前说：‘我为人拉犁、耕田、打场，我应该做头子。’”

打尖 途中吃点东西以充饥。〔例〕文康《儿女英雄传》第四回：“那条凳上坐着许多作买作卖单身客人，在那里打尖吃饭。”《老残游记》第五回：“渐渐的打尖的客陆续都到店里”。王少堂《宋江》上册：“马上爷，你老人家可是要打尖用饭？照顾小店可好？”王少堂《武松》下册：“到了青州道边界，肚里饿了，想要打尖。”陆文夫《得壶记趣》：“买舟北上时都是在枫桥镇歇宿、打尖”。王冠亚《严凤英》二：“就在杨桥打尖歇脚。”

打当 料理后续事宜。〔例〕王少堂《宋江》中册：“有朝一日，恐其这黑大汉把人打死了，他拎起腿来跑了，你姓戴的跑不了，你将来要吃大亏。就作他不肯连累你，他不跑，你花钱打当不算，你还要受大罪。”

打肉 买肉。〔例〕《扬州评话选·探奸遭陷》：“今日非常奇怪，开门半会工夫，才有人来打肉。”

打年货单子 买年货。〔例〕《中国民间文学集成·阜宁县资料本·王小二过年》：“我吃肚里，穿在身上，口袋里一文钱没得，怎法去打年货单子呢？”

打伙 结伴。〔例〕《金瓶梅词话》第二十一回：“金莲又拉玉楼说：‘咱三个打伙儿走走去。’”《红楼梦》第九回：“茗烟见人欺负我们，岂有不为我的，他们反打伙儿打了茗烟。”《醒世恒言》第二十八卷：“那丫头们巴不得妇人小姐不来呼唤，背地自去打伙作乐。”

打羊桩 站着不动。〔例〕王少堂《宋江》下册：“马头朝上一昂，前蹄朝起一悬，打羊桩，啊哼！吓得像人一样子站了起来。”

打坝 比喻有意中断自己的言行或从旁阻止他人的言行。〔例〕王少堂《宋江》上册：“正谈到这个地方，嗯，又打住坝了，话还是没有谈的终局。”王少堂《武松》上册：“武二爷正要往下说，忽然又打住坝了。”

打花 指鱼尾激烈摆动而使水泛起波纹。〔例〕《西游记》第六回：“急转头，打个花就走。二郎看见道：‘打花的鱼儿，似鲤鱼，尾巴不红。’”陆文夫《天时地利》：“如果将有雷阵雨，气压降，早晨起来小鱼儿都在水面打花。”《扬州民间故事集·呆女婿学话》：“有一个人看到鱼塘里的鱼在打花，说：‘河里鱼儿乱打花，手中无网又无叉。’”《中国民间文学集成·阜宁县资料本·卖呆学话》：“一塘好清水，缺乏鱼打花。”

打时 旧时民间掐指卜算未知之事的方法。〔例〕《中国民间文学集成·盐城市歌谣谚语卷·昨晚叫我去开会》：“又想到亲戚家里去蹲蹲哟，鸽子妈嗳，/听说到处查生人，伙家，/我两手打时没得章程。”《中国民间文学集成·射阳县资料本·癞蛤蟆巧吃天鹅肉》：“你去找我家的‘二蛤蟆’，我打时没得他灵，多晚下雨，什么时候刮风他全晓得。”

打呛 因吃、喝或游泳时食物或液体进入气管而引起咳嗽。〔例〕王少堂《宋江》下册:“好像是打呛,又像有什么东西捂住嘴。”

打汪 夏秋之际,牛将身体泡在汪潭里以避蚊虫叮咬。〔例〕《扬州民间故事集·长工兄弟与财主》:“牛吃水上河边,牛打汪下汪潭,到井里喝水打汪怎么下得去? 这桩事体我不会。”可参见“牛汪”条。

打祃 将材料、物品作有规则的堆砌。〔例〕《金瓶梅词话》第九十六回:“派众人抬土的抬土,和泥的和泥,打祃的打祃。”

打抽风 即打秋风。源于收租,除租粮外,地主借口“丰”年再抽点外加粮。后多指巧立名目向他人勒索财物的行为。〔例〕《郑板桥传说·水壶诗》:“我们老爷交往的都是穿的绸、吃的油的斯文人,哪有你这副寒酸相的? 嘿嘿! 怕是来打抽风的吧!”

打招 又作“打遭”。在空中翻滚、打转。〔例〕王少堂《宋江》上册 “玩灯的人非要把龙灯停住,打两个招,舞一舞,这个放鞭炮的人也就有了面子,就喜欢了。”王少堂《武松》下册:“怎么叫‘撬’? 即是龙头下来,龙尾上去,就等于打个遭。”《中国民间文学集成·盐城市歌谣谚语卷·上梁》:“斧头落地打个招,/二龙戏珠梁上绕,/福禄寿星齐来贺,/主家金银动担挑。”

打罗 用罗筛筛粉状物。罗筛,用于筛细粉的筛子。“罗”,罗筛的简称,形如竹制的单层蒸笼。〔例〕《金瓶梅词话》第八十六回:“谁打罗,谁吃饭。”

打春 立春。〔例〕《中国民间文学集成·滨海县资料本·时令》:“打了春,赤脚奔,挑野菜,拔毛针。”

打荡 洗刷;整理。〔例〕《中国民间文学集成·射阳县资料本·甲鱼、老虎和松树》:“他们把老虎甲鱼捞起来,打荡干净就下锅煮了。”《中国民间文学集成·东台市资料本·路不平 有人铲》:“又有这么一天,仁惨正在打荡阴沟的时候,发现一个东西。”

打信 寄信。〔例〕王少堂《宋江》上册:“你残年打信去接我到此地来,柴进本不让我走。”

打换 调换。〔例〕冯梦龙《古今小说》第三十六卷:“故意叫骂埋怨,却把点茶老儿的儿子衣服,打换穿著。”

打哨子 吹哨子。〔例〕《西游记》第三回:“逐日操演武艺,教小猴砍树为标,削木为刀,治旗幡,打哨子,一进一退,安营下寨,顽耍多时。”

打唻唻 又作“打哩哩”。在牛干活时,用牛人为牛哼唱不成曲调的歌,目的在于为牛提神助兴。〔例〕《中国民间文学集成·射阳县资料本·牛的来历》:“太白金星就叫人下次再用它的时候,在后面唱唱,就随嘴哼,打‘唻唻’。”《中国民间文学集成·阜宁县资料本·神牛下凡》:“一天,神牛偷偷地下界来到人间，帮农人耕田耙地。神牛听到农人的‘哩哩’声，耕起田来又快又好。”

打倒算盘 退一步想想；反过来想想。〔例〕《扬州民间故事集·临死咬一口》：“妈妈不要哭了，打打倒算盘，佯如二十年前没有养我。”

打高肩 以人的肩膀为梯而登高。〔例〕《中国民间文学集成·盐城市歌谣谚语卷·五更金鸡闹悠悠》：“我越思越想越发愁，/妹妹打高肩把我滑墙头，/逼得我往高空上溜。”

打旋磨 打转转；团团转。〔例〕《金瓶梅词话》第二十五回：“落后媳妇子走到屋里，打旋磨跪着我，教我休对他娘说。”第五十一回：“见祝麻子打旋磨儿跟着”。第六十四回：“那玉箫跟到房里，打旋磨儿跪在地下央及。”《红楼梦》第九回：“你那姑妈只会打旋磨儿，给我们琏二奶奶跪着借当头。我眼里就看不起他那样主子奶奶。”

打雄 禽类的交媾。〔例〕《中国民间文学集成·东台市资料本·拼死吃河豚》：“俗话说：‘人穷色不穷，麻雀儿还要打个雄喃。’”

打黑影子 又作“上黑影子”。指天晚渐黑。〔例〕王少堂《宋江》上册：“走着走着，打黑影子了。”“这一刻才要打黑影子，还看见呢，这位掉过脸来就朝舱门口一蹲，把头埋着就望着舱里。”

打塌项 打掩护；打圆场。〔例〕《中国民间文学集成·阜宁县资料本·渔滨河边》：“郑廷珍替哥哥打塌项：‘妈妈，哥哥心里我晓得，气的没办法，一天苦到晚，不够这税那捐的，他也是喝的闷酒，消消愁的。’”

打楞 发愣。〔例〕王少堂《武松》上册：“金莲这一刻还不敢来尝，生怕把自己毒死，就在旁边打楞。”

打滂滂 又作“打澎澎”。游泳时两脚轮流上下击水的动作。形容时间较短，也可用来比喻胡乱折腾。〔例〕王少堂《宋江》中册：“渔船上的舵工，十个有十个会水，下水打个把滂滂，如同洗冷水澡的，是一点也不要紧。”《中国民间文学集成·盐城市歌谣谚语卷·侃空》：“媳妇出门就栽猛，/儿子来回打澎澎。”《中国民间文学集成·滨海县资料本·溻尿传》：“得亏是奴家会游水，/打个澎澎游回头。”

打飘 动作、姿势不稳，摇摇晃晃的样子。〔例〕王少堂《宋江》上册：“郑天寿的内功膂力皆不行，他只能用这么重的枪。花荣就嫌轻，嫌短。轻点也可以敷衍用，不过在手里觉得有些打飘。”

打瞌睆 打盹。〔例〕陆文夫《唐巧娣翻身》：“呃！是的，打了个瞌睆人也精神点。”

卡 细骨头。口语中多说成“卡子”。〔例〕《扬州评话选·探奸遭陷》：

"随后鸡子烫过了箝毛，毛是潮的，搁在钵内当然成饼；然后破肚，肫肝五脏搁在毛上，最后再把鸡卡、鸡骨倒到五脏之上。"也可作动词，指被细骨头刺了喉咙。

卡强 硬要占人上风。〔例〕蔡思果《香港之秋·谁有资格写白话文?》："写不出的字还很多，如占人上风叫'ㄎㄚ(读如卡，阳平)强'这个卡字我还没有找到。"王少堂《武松》上册："孙二娘坐对席，派张二爷坐对席呀，不，他家奶奶比老爹狠，卡强卡惯了的，这个不是一天的。"

卡嗓子 声嘶力竭地叫喊。骂人语。〔例〕《中国民间文学集成·阜宁县资料本·文章不及江司马 造化不如李春方》："姑娘气了，头一抬，爬起来大发牢骚：'卡嗓子了嘛，杀的来了吗?'"

占不着 因数量太少而难以做成或不必做。〔例〕《中国民间文学集成·滨海县资料本·麻将歌》："鱼不鱼来鸟不鸟，/一只小鸟占不着烧。"

闪 撇下；冷落在一边。〔例〕《西游记》第二回："大王，你好宽心！怎么一去许久？把我们俱闪在这里，望你诚如饥渴！"

田埦 田埂。〔例〕《中国民间文学集成·盐城市郊区资料本·半世打光棍》："钉耙当拐棍，/田埦当板凳，/一天混三顿，/半世打光棍。"

只声 作声、吱声、吭声。其中"只"读成入声。〔例〕《老残游记》第二十回："张大脚跟了进去。陶三问：'两个羊八羔子呢?'张大脚说：'三爷请坐，就来，就来。'张大脚连忙跑过来说：'伫二位别只声。这陶三爷是历城县里的都头，在本县红的了不得，本官面前说一不二的，没人惹得起他。'"

只说 原以为。表示原先意想中的情况。〔例〕《金瓶梅词话》第六十一回："贼野狗，死囚，还不起来！我只说先往铺子里睡去，你原来在这里挺的好觉儿，还不起来跟我去?"

只情 不管三七二十一。〔例〕《西游记》第二十四回："呆子不论米食面食，果品闲食，只情一捞直噇"。

只得 只有。均读作入声。〔例〕《儒林外史》第十四回："我的束修其实只得一百两银子，这些时用掉了几两，还要留两把作盘费到杭州去。"

叭蚱 即"蚂蚱"。喻指极其平凡的人；无名之辈。〔例〕《醒世姻缘传》第二卷："可是说'叭蚱秀才'的话，'飞不了你，跳不了你。'"

叫个 叫做。〔例〕王少堂《宋江》上册："他这个笑的声音就交撕布呐，没有二样。他这叫个'撕布笑'。"

叫叫 哨子。〔例〕《扬州民间故事集·公鸡叫叫》："朋友叫主人挑来一担粘土，帮他做了许多小泥公鸡，又安上芦柴叫叫，身上用石灰浆这么一刷，再用颜料一画，尾巴上插上几根公鸡毛。"

叫的应 极其灵验;立竿见影。〔例〕《真本金瓶梅》第三十三回:"月娘要上楼去,可是作怪,刚上到楼梯中间,不料楼磴陡趄,只闻月娘哎了一声,滑下一只脚来……刚到家,叫的应就肚中疼痛。"

叫哥哥 昆虫名。即"纺车婆"。〔例〕《中国民间文学集成·盐城市歌谣谚语卷·牵牛郎带新娘》:"牵牛郎,带新娘,/娶的河东纺织娘。/蚂蚱抬花轿,/蚂蚁发嫁妆;/蜜蜂来送礼,/送的白花糖;/蜘蛛来送礼,/送的珠罗帐;/萤火虫来送礼,/红灯笼亮堂堂;/叫哥哥没得送,/带个二胡来唱唱;/知了喊大曲,/油叫吱子唱小唱。"

出人情 为贺喜而向他人赠送钱物送礼。〔例〕《中国民间文学集成·阜宁县资料本·一分钱人情》:"掌柜的见这个人只出一分钱的礼,感到好笑,心想,哪有这样出人情的,不好下笔记账。"参见"人情"条。

出门 出嫁。〔例〕汪曾祺《晚饭花·三姊妹出嫁》:"姐儿仨同一天出门子,都是腊月二十三。"《中国民间文学集成·滨海县资料本·董知事审石狮》:"李二姑娘家只有三口子,爹爹、妈妈和她自己,还有个大姐出门了。"

出尖 冒尖。〔例〕《醒世姻缘传》第二十回:"这是两个出尖的光棍,其外也还有几个脓包,倚负这两个凶人。"《石点头》三:"此人虽则庄稼出身,粗知文理,大有材干,为人却又强硬。见官府说公事,件件出尖。"《金瓶梅词话》第四十六回:"两头戳舌,献勤出尖儿,外合里表,奸懒贪馋,背地瞒官作弊,干的那茧儿,我不知道?"

出跳 即"出挑"。多指人的才、貌出色。〔例〕《金瓶梅词话》第七十六回:"贲四的那孩子长儿,今日与我磕头,好不出跳了,好个身段儿。"《豆棚闲话》十二:"只有晚生当日曾与几位先生经手几个,后来出跳伶俐。"按,李申《金瓶梅方言俗语汇释》释为"言年青人身体容貌发生变化,多用来赞美女子变的更加漂亮";王利器《金瓶梅词典》释为"谓青年男女的容貌变得比前出色",疑以"变"释"出",江淮方言中此词语并无"变化"的意思。

四不像 长相丑陋;其貌不扬。〔例〕《中国民间文学集成·阜宁县资料本·张玉书私访》:"松江知府听了,觉得这个老头子,人四不像口气倒蛮大的,心里气闷,吃着想着,如何报复他一下。"

四让指宽 比四个指头的宽度之和略宽些。〔例〕王少堂《宋江》上册:"这一口刀放了样了,有一庹长,四让指宽,朱红漆刀把子,在脑后晃晃的。"

四块瓦 又作"四片瓦"。由四块拼成的东西。老式青布棉鞋,每只鞋由两块瓦状的鞋帮拼合后绱在鞋底上做成,每双共用四块,故俗称"四块瓦"。〔例〕《金瓶梅词话》第七十七回:"只见那来友儿穿着青布四块瓦,布袜靸鞋,扒在地上磕了个头,起来帘外站着。"

四两棉花八把弓 互相作详细的谈论、探讨。〔例〕《扬州评话选·程咬金卖筢子》:“妈妈,我同你四两棉花八把弓——细弹(谈)细弹(谈)。”

四时八节 泛指各种节日。〔例〕《金瓶梅词话》第七回:“这个不当甚么,先与你老人家买盏茶吃。到明日娶过门时,还找七十两银子,两匹缎子,与你老人家为送终之资。其四时八节,只照头门上行走。”

四角崭方 形容方方正正的样子。〔例〕《中国民间文学集成·东台市资料本·路不平 有人铲》:“又有这么一天,仁惨正在打荡阴沟的时候,发现一个东西,四角崭方的,大红花绿的,抓在手上还沉甸甸的。”

四周围 即周围,一圈四遭。〔例〕《金瓶梅词话》第五十九回:“郑爱月儿出来:……正面贴三颗翠面花儿,越显那芙蓉粉面;四周围香风缥缈,偏相衬杨柳纤腰。”

归 即“算”。〔例〕《儒林外史》第二十一回:“到晚,牛浦回家,问着他,总归不出一个清账,口里只管‘之乎者也’,胡支扯叶。”

乍古 “乍”,读如“肮”。性格、脾气不和顺,与人难以相处。〔例〕王少堂《宋江》中册:“怪道金大坚背后说你脾气乍古,你真乍古。已经穷成这个样子了,就爽快些跟我走了,还要拿模做样地耽搁三天。”

失失慌慌 匆匆忙忙。〔例〕陈登科《活人塘》:“大凤子、七月子一听去破路,准备与国民党军队打仗,失失慌慌吃了两碗山芋粥,把门一锁,一家娘儿三个,都扛起大蒲锹铁铣,跑到三官殿去集合。”《中国民间文学集成·阜宁县资料本·黄毛三撒谎》:“老奶奶见黄毛三子失失慌慌的跑回来,上气不接下气的。”

失晓 睡到该起床或预定起床时间而尚未醒来。即睡过了头。〔例〕《水浒》第二回:“太公问道:‘客官失晓,好起了。’”《金瓶梅词话》第二十七回:“失晓人家逢五道,溟冷饥鬼撞钟馗。”第八十三回:“晚夕贪睡失晓,至茶时前后还未起来,颇露圭角。”陆文夫《队长的经验》:“你想想看,种田的人哪个爱睡失晓,这里头有原因。”

失惊打怪 大惊小怪,惊慌失措。〔例〕《金瓶梅词话》第七十三回:“春梅道:‘都是他失惊打怪叫我起来,吃帐钩子抓下来了,才在踏板上拾起来。’”《水浒传》第六十九回:“你家莫不有什么事,这般失惊打怪?”刘庭信《新水令·春恨》曲:“空着我便耳热眼跳,心神恍忽,失惊打怪。”文康《儿女英雄传》第十回:“我只道什么大不了事,原来就为这块砚台。能值几何!也值得这等失惊打怪!”

生疼 形容疼痛得厉害。〔例〕《儒林外史》第五十三回:“陈木南肚里气得生疼,拉着他只管下了去。”文康《儿女英雄传》第二十七回:“女孩儿家怎么这么蠢哪！拉的人胳膊生疼！”王少堂《宋江》中册：“你看他刚才说到这个‘高’字，声音就特别高，把人耳朵底震得生疼的。”

乍乍 刚刚开始；起初。〔例〕陈登科《风雷》第一部：“他是一个真的献身于革命事业的战士，乍乍离开自己成长的摇篮——革命部队，心情上好似风筝断线。”

仗着胆 互相壮胆。〔例〕王少堂《武松》下册：“下余七八个人一起仗着胆，走楼梯上了楼。”

代 为；给。〔例〕王少堂《宋江》上册：“他喊刀来做什么？代宋江松绳子的。”王少堂《武松》下册：“我家大太太上房里面有个丫头，叫韩玉兰，长得很体面，今年二十四岁。虽则是个丫头，品格很好，我太太很喜爱她，待她如亲生子女。现在想代她配人，也没有相当的。”

代矮子宽心 无济于事地宽慰不幸者。〔例〕王少堂《宋江》中册：“宋江这刻回思想想，叹了一口气，没有开口。心里有话：这种话代矮子宽心的话，这案子还望活命吗？到那块活命去呀？”

白工 又作“白功”。白做，劳而无功。〔例〕武仲平淮剧《登记》：“再说种田也很难，/只能把个饭碗捧。/一亩能收多少谷？/粮价一个劲地下浮动。/农药、化肥涨了价，/机耕、排灌加费用。/算来算去一本账，/种死田麻雀屙屎是白工。”《中国民间文学集成·盐城市郊区资料本·白头翁的来历》：“观音老母对她们说：‘十八个强盗能得道，而你们道奶奶不能成仙，你们是有口无心，白功！白功！’”

白大 占靠、享用而不花分文。多指吃拿他人的东西而不花钱。〔例〕王少堂《宋江》上册：“这种白大呢有人吃惯了，看见他们弟兄，招呼起来就更热闹。”《扬州民间故事集·“妙计啊，妙计！”》：“晚上一开台，他就到后台往门帘口一站，弄个白大戏看看。”《扬州民间故事集·玫瑰千条鱼》：“原来运司衙门里有个差人爱敲竹杠，几次想吃厨师的白大，偏偏这厨师是个铁头犟，硬是不买账，反把他碰了一鼻子灰。”

白淌淌 淡白色。〔例〕《中国民间文学集成·盐城市歌谣谚语卷·月亮出来亮堂堂》：“月亮出来亮堂堂，/开下盒子浆衣裳。/衣裳浆得白淌淌，/送小哥，上学堂。”

白湛湛的 明明白白、直截了当。〔例〕《金瓶梅词话》第四十四回：“为这孩子，来看他，不打紧，教人把肚子也气破了，将他爹和这孩子，背地里咒的白湛湛的。”

甩子 不诚实、不可靠或不踏实的人。〔例〕陈登科《赤龙与丹凤》第一部：“县长姓管，名俊义，绰号叫管甩子。”

甩货 劣等的东西。〔例〕《中国民间文学集成·阜宁县资料本·大力士韦九成》:"韦九成从河东秧田放水回家,路过魏王庄洼大路,见姓王的地主家三条牛拉一车麦把,陷下去不得上来。他说:'你们这些牛全是甩货。'"

甩起来 总共;充其量。〔例〕《中国民间文学集成·盐城市歌谣谚语卷·打起包袱走娘家》:"亲妈妈哎亲妈妈,/你把我嫁个好人家:/堂屋没得个猪圈大,/锅屋甩起来一大揸。"

卯 遗漏;因疏忽而失去机会。〔例〕《扬州民间故事集·"妙计啊,妙计!"》:"有个卖麻团的小伙,是个扬剧迷,戏班子一到,都卯不了他,场场必到,而且用不着买票。"

犯头 作对的双方只要碰到一起就自然会不和谐。在这样的情况下,一方视另一方为犯头。如口语中常说:他们两个人是犯头,一旦碰到一起,不是吵嘴,就是打架。〔例〕《西游记》第三回:"我等在此,恐作耍成真,或惊动人王,或有禽王、兽王认此犯头,说我们操兵造反。"

犯对 故意与人作对。〔例〕《西游记》第十五回:"你看你说的话!不是他吃了,他还肯出来招声,与老孙犯对?"

犯私 东窗事发。〔例〕《中国民间文学集成·盐城城区资料本·老强偷和小强偷》:"老强偷一听,不得了,犯私了,被人家撞见了。"

犯事 同"犯私"。〔例〕吴趼人《二十年目睹之怪现状》第二十八回:"这个只怕是在冬天犯事的。"

犯绝 设法刁难人。〔例〕《中国民间文学集成·射阳县资料本·癞蛤蟆巧吃天鹅肉》:"二蛤蟆心想:老烂尸首(骂人话,即老死人),你要犯绝气了。"

犯嫌 讨厌;麻烦。〔例〕王少堂《宋江》上册:"照我这个死法,倒死得不犯嫌哩。"王少堂《武松》上册:"论理我还不作兴先打你,不过因为这个柜台犯嫌,不能不先动手。"《扬州评话选·甘露寺相婿》:"孙权把他一望:这个乔老头子真犯嫌!刘备招亲不晓得他搅在里头干什么事?"

犯嘴 顶嘴;无理强辩。〔例〕《金瓶梅词话》第二十三回:"昨日和西门庆勾搭上了,越发在人前花哨起来,常和众人打牙犯嘴,全无忌惮。"第七十三回:"两个又犯了回嘴。"

犯犟 顶撞;不顺从。〔例〕《中国民间文学集成·滨海县资料本·谈谈店》:"从来没有人和我犯过犟,我说几斤就几斤,不相信就割下来称。"

外后天 又作"外后日""外后朝"。大后天。〔例〕《老学庵笔记》:"今人谓后三日为外后天"。《金瓶梅词话》第三回:"明日是破日,后日也不好,直到外后日,方是裁衣日期。"

外好里枒槎 “枒”,读如“丫”;“槎”,读如“嚓”。对外人好,对自己人反而差。〔例〕《西游记》第三十三回:“我那师父是个慈悲之人,又有些外好里枒槎。”

包袱皮子 打包袱用的布块。〔例〕《中国民间文学集成·盐城市郊区资料本·捉弄忤逆媳》:“沈拱山玩点子了,他把个包袱皮子包起一大包砖头瓦瓷背在肩上,来到两个媳妇的家门口……”

包管 肯定;保证。〔例〕《施公案》第七十九回:“太府好好回朝,多多拜上二位首领,完望担代。明早朝王,必然启奏,包管大家无事。”

主意窝 脑袋。〔例〕《中国民间文学集成·盐城市歌谣谚语卷·思维》:“要得办法多,摸摸主意窝。”

半个指头遮遮脸 采用极有限的方式聊以掩饰难堪。〔例〕《扬州评话选·程咬金卖筢子》:“程咬金嘴里蛮硬,心里有话:果真要一张筢子卖不掉,就给他郎舅俩笑话啦!哪怕有人来问一问,也能有半个指头遮遮脸了。”王少堂《宋江》上册:“你老一定都知道,我们是行旅在外,弄半个指头遮遮脸啦。一点敬意,你老带在身旁随意买点点心,容后我兄弟再到江州再来补情!”

半中腰 半当中。〔例〕《金瓶梅词话》第二十五回:“两个打到半中腰里,都下来了。”王少堂《宋江》中册:“把我弄得上不上,下不下,在半中腰,周身没处着劲,怎么办?”王少堂《武松》下册:“绕过了山根,走到小路半中腰,武松招呼姑娘站住。”《中国民间文学集成·滨海县资料本·情歌》:“你要交情就爱交,/切莫交到半中腰。/洗衫要洗长流水,/晒衣要晒长竹篙。”

半拉拉的 未完未了。〔例〕《中国民间文学集成·盐城市郊区资料本·公冶长懂鸟语》:“听到乌鸦的喊声,公冶长立即爬起来,跑到南山一看,那里果然有只被老虎吃得半拉拉的大肥羊。”

半桩子 指约有成人一半高、正处于发育期的青少年。〔例〕《中国民间文学集成·盐城市歌谣谚语卷·衣食住行》:“半桩子,饭缸子。”饭缸子,喻指处于发育期的人饭量大。

半虚空 无可依着的空间。〔例〕王少堂《宋江》中册:“头二十人还赌着,忽然听见半虚空黑宝塔掉下来了。”《中国民间文学集成·盐城市歌谣谚语卷·小小鲤鱼粉红鳃》:“小小仙鹤一点红,/一翅飞去落在半虚空,/张生想拿弹弓,/红娘一抛撩在个半空中,/我的个张相公,/人到何时不相逢。”《中国民间文学集成·东台市资料本·系梁》:“系梁系到半虚空,/摇头摆尾在当中,/请问金龙哪里去,/金龙直奔主人翁,/龙凤呈祥发主公。”

半顿 不明事理。〔例〕《中国民间文学集成·盐城城区资料本·五更情歌》:“二更鼓儿敲,明月照桂花,十七八岁的大姐姐埋怨她咯妈妈。骂一声老半顿(哪),不是叫我活守寡?"《中国民间文学集成·阜宁县资料本·一分钱人情》:"这有什么难的,赶快派人去带,就说,主家请你赴宴,你去就是好吃,不去就是半顿。"

头绪　原因。〔例〕《中国民间文学集成·东台市资料本·初试包龙图》:"他叫大家轮流喝水漱口,把漱口的水吐在空碗中。大家总不晓得是什么头绪,一个跟着一个到包拯跟前喝一口水漱一下,然后吐在空碗中。"

让档　有意放弃有利的空间、机会。〔例〕《中国民间文学集成·盐城市歌谣谚语卷·选种育种》:"一要质,二要量,田间选种不让档。"

讨巧　借机占便宜。〔例〕《儒林外史》第十一回:"'我这镇上开小押的汪家店里,想着我这座心爱的炉,出二十四两银子,分明是算定我节下没有些柴米,要来讨这巧。'"

讨饭晒干瓢　乞讨无门。比喻走投无路,无以生计。〔例〕陈登科《活人塘》:"他回来,他就饶我了吗?唉!我娘儿不知到哪块去讨饭晒干瓢。"

讨债鬼　骂别人纠缠不清。〔例〕《儒林外史》第四十三回:"'六哥,你就是个讨债鬼,缠死人了。'"

皮风骚痒　因得势而表现出轻狂的样子。〔例〕《二刻拍案惊奇》第二卷:"小道人少年心性,见说有些口风儿,便一团高兴,皮风骚痒起来。"

皮脸　顽皮。〔例〕王少堂《武松》下册:"这些金银锭子有趣哩,五两一锭,一锭金,一锭银,摆成回龙卍字形。这是强盗皮脸,摆了玩的。"

皮麻　顽皮。〔例〕《中国民间文学集成·滨海县资料本·小升 小斗 簸箕大张口》:"老秋狐骂了:'死伢子,日里皮麻,晚上撒尿,尿湿了床,我要咬你几口。'"《中国民间文学集成·射阳县资料本·王小二招亲》:"因为他小时候皮麻,水性很好,一口气能憋好长时间。"

皮糠　将稻谷加工成米的过程中所蜕成的细糠粉。〔例〕《中国民间文学集成·盐城市歌谣谚语卷·恋歌》:"豌豆开花弯对弯,/马带铜铃引过山。/只要哥心合妹意,/皮糠饼子比蜜甜。"

奶子　奶妈。〔例〕《金瓶梅词话》第十六回:"次后投入大人家做家人,把人家奶子拐出来做了浑家。"第三十回:"忽有薛嫂儿领了个奶子来,原是小人家媳妇儿"。第四十三回:"却说西门庆拿着金子,走入李瓶儿房里,见李瓶儿才梳了头,奶子正抱着孩子玩耍。"

奶头孩子　未断奶的小孩。〔例〕陈登科《风雷》第一部第十四章:"庄上会编芦席的青年妇女,就有二十多个,有的人还有奶头孩子。"

奶奶哼　一种酥松的香瓜,不费咀嚼,便于牙齿不好的老人食用。〔例〕汪曾祺《陈四》:"这时正是各种瓜果下来的时候,牛角酥、奶奶哼(一种很

‘面’的香瓜）、红瓤西瓜、三白西瓜、鸭梨、槟子、海棠、石榴，都已上市。”《中国民间文学集成·滨海县资料本·瓜王出征》：“打断骚瓜黑汉腿，/打得面瓜奶奶哼。/打得番瓜心害怕，/打得酥瓜泪纷纷。”

加褂子 罩衫。〔例〕《中国民间文学集成·东台市资料本·铁嘴杨佟的故事》：“第二天下晚，杨佟向朋友借了件旧加褂子，进了剃头店。”

边口 旁边。〔例〕王少堂《武松》上册：“边口这只缸，缸盖牙着有二三寸，浅浅的一缸木瓜酒。”

边流边流 满满当当的样子。〔例〕《中国民间文学集成·阜宁县资料本·文章不及江司马 造化不如李春方》：“一走走到水城兴化，那地方也是个乌龟地，不问怎么旱法子，河里老是边流边流的。”

发狠 扬言；发誓。〔例〕《金瓶梅词话》第二十一回：“爹使性步马回家，路上发狠，到明日还要摆布淫妇哩。”王少堂《武松》上册：“西门庆发了狠了，预备来烧棺柩。”《扬州民间故事集·吉高故事》：“他发狠要好好地出出气”。陈登科《风雷》第一部第七章：“他几年前就发狠……”陈登科《活人塘》：“有的讲孙在涛在上海召集一班逃亡地主，地痞流氓，如何发狠：回来把新河集杀的鸡犬不留。”《中国民间文学集成·东台市资料本·结搞的故事》：“姐夫……发狠从此不管结搞的事了。”

发脚 动身；起程。〔例〕《醒世姻缘传》第一回：“约定……卯时俱到教场中取齐发脚。”王少堂《宋江》上册：“宋江还没有发脚哩，刘高的捕班就先到枯树湾了。”《扬州评话选·智取生辰纲》：“此时杨爷却没有睡。从发脚那天起，杨爷一直晏睡，时刻防备。”《中国民间文学集成·滨海县资料本·没锅烟囱的传说》：“望住你们家烟囱子，冒黑烟，晓得你们家才生火做饭，冒白烟了，就晓得饭快煮好了，这时候发脚来，刚好不早不迟。”

发棵 植物分蘖（“蘖”读如“聂”，树木被砍去后长出的新芽；泛指植物从茎的基部长出的分枝）。〔例〕吴正林淮剧《老九剪彩》：“春风从咱家乡过，路边小草也发棵。”

发愿 发誓。王少堂《宋江》上册：“我们做的是公道大王啊，因为之后吃了亏，被官府逼得走投无路，这才发愿不做公道大王的啊！”

对子 对联。〔例〕《中国民间文学集成·盐城市郊区资料本·穷先生做官》：“周家庄有个穷教馆的，穷到什么地步呢？过年连一张对子纸总买不起。”

对扒 两人平分，各得一半。〔例〕王少堂《宋江》下册：“‘啊唷！大爷，四六还少？’‘还少。’‘好，就是对扒。’”王少堂《武松》下册：“作兴在哪块偷件东西，日里不得出货，夜里在城头上喊我递递接接，卖出银子来提个份子把我。一九、二八、三七、四六、对扒,不能玩,犯法啦!还是我这个狗肉的交易做做,安稳些。"

对半扒 同"对扒"。〔例〕《中国民间文学集成·滨海县资料本·秦货郎让妻》:"王家屋基、田产同秦家对半扒。"

对头星 死对头,互不相容的人。〔例〕陆文夫《对头星》:"灶披间里隔两开,一面支炉灶,一面堆柴爿。"

对成数 五成数;一半。〔例〕王少堂《宋江》上册:"你埋嘛把个篙头子要埋足了呢,没有埋得足,大概埋了个对成数。"

对过 对方。〔例〕王少堂《宋江》上册:"他是有勇无谋,只晓得自己狠,不晓得对过也有狠处,今非昔比了。"

对过通 穿透;连通。〔例〕《中国民间文学集成·射阳县资料本·彭祖与罗刹女》:"张天师刚刚伸手去拉她手的时候,倒被罗刹女一把把他手抓住了,把头上金针朝下一拔,逗他手心里一戳对过通。"

台斧 斧头。〔例〕《中国民间文学集成·盐城市歌谣谚语卷·下斧》:"台斧落地底朝上,/今年府上砌华堂,/万两金银用不了,/剩下金银放金箱。"

纠筋 抽筋。〔例〕王少堂《宋江》上册:"我被他腿都打了纠筋,腿只剩了一条半,还要招呼过去磕头赔罪请安呀?"

六　画

动动 动辄。表示很容易产生某种行为或情况。〔例〕《中国民间文学集成·盐城市歌谣谚语卷·丰收要节约》:"节约记心上,/丰收莫铺张。/张把纸,两封香,/动动就是斗把粮,/本来无鬼无神,/何必点烛烧香。"

动船装 又作"用船装"。形容多得需用船来装载。〔例〕陆文夫《棋高一着》:"刘如山对我的意见,大概得动船装吧?"陈登科《风雷》第一部第二十章:"凭为群那条汉子,还怕找不到女人?用车拉,用船装,要多少有多少。"

吉庆 吉利。〔例〕《中国民间文学集成·盐城城区资料本·一副门对子》:"两个人向人家要了红纸、笔墨。人家总是吉庆话,那我们写什么呢?"《中国民间文学集成·射阳县资料本·柴刮刮替鹊桩做媒》:"鹊桩说:'对呀,我们虽不拣良辰吉日,也要逗个双日,图个吉庆哪。'"

考究 看(听)上去。〔例〕王少堂《武松》下册:"他们打更,两个人是老对子,不是敲的老式更,老虎剔牙,要抖花子的。花子抖起来滚圆,考究敲起来还有板有眼。"

考较 观察、比较、推究。〔例〕《老残游记》第十九回:"老残饭后一面差许明去替他购办行李，一面自己却到中西大药房里，找着一个掌柜的，细细的考较了一番。原来这药房里只是上海贩来的各种瓶子里的熟药，却没有生药。”

老 ①对排行最末者的称呼。如“老儿子”“老姑娘”“老女儿”等。〔例〕《西游记》第十八回：“我那太公有个老女儿。”王少堂《宋江》中册：“这位姑娘啊，我看年龄还不过大，你老的寿很高啊，大约是个老女儿。”②以老资格自居企图压服他人。〔例〕王少堂《武松》上册：“不好，他就这么朝外走了。嗯，来人老哩，你老，我还能给你老了去吗？”

老门径 窍门；办法。〔例〕王少堂《宋江》上册：“嗯，有点老门径哩！”

老扎 成熟，老练。〔例〕王少堂《武松》上册：“过了两天啊！他老扎了，不怕人了，直接大摇大摆，直进直出，就如是自己的住家一样。”王少堂《宋江》上册：“宋江怕虽怕，到底老扎些，壮着胆子来探他的深浅。”《扬州评话选·张松献地图》：“我这个卖户脸要放老扎些哩，先来逗他，逗生意，逗生意，也可以把生意逗成功。”

老气 年纪很大的样子。〔例〕《金瓶梅词话》第二十一回：“那潘金莲嘴快，插口道：‘好老气的孩儿，谁这里替你磕头哩……’”

老巴子 排行最末的人。〔例〕《扬州民间故事集·六个把兄弟行酒令》：“六个人拜兄弟，老大是教书先生，老二是医家先生，老三是看风水的地理先生，老四是说书先生，老五是出家和尚，老巴子是乡下种田的。”《中国民间文学集成·滨海县资料本·四才女吟诗》：“这四个姑娘排行：吴姑娘为大，王姑娘为二，赵姑娘是三，刘姑娘是小老巴子。”

老布 手工织就的土布。〔例〕陈登科《风雷》第一部第十七章：“从孩子身上拿过他那件老布棉袍，披到肩上。”

老头子 丈夫的俗称。〔例〕《中国民间文学集成·盐城市歌谣谚语卷·小板凳》：“小板凳，夺夺挨，/嫁个老头子不长财；/东喝酒，西看牌，/这个牢日子过不来！”

老杀头 对老人的骂称。〔例〕《中国民间文学集成·盐城市歌谣谚语卷·五更金鸡闹悠悠》：“男唱：我一心想走你家后门口走，/只怕你家内有个老杀头，/常常到茅缸上去解手。”

老衣 寿衣。〔例〕王少堂《武松》上册：“吴氏大娘原轿抬回，准备棺木老衣，预备到狮子桥候官府来相验后收尸。”下册：“都监府有个办杂务的爷们，一切都归他承办，把上头的银票领下来，预备出去办棺木老衣了。”

老壮 壮实。〔例〕王少堂《宋江》上册：“他们直即是到鱼老大府上去找鱼老大，鱼老大还朝那块跑呢？当然都拣大的了，出色的老壮的了，小的不要啊。”

老妈妈子 对老年或中年妇女的俗称。〔例〕《红楼梦》第二十回:“那些老妈妈子们,老天拔地,伏待一天,也该叫他们歇歇。”《真本金瓶梅》第三十七回:“西门庆道:‘你看这老妈妈子,我平日要他做甚么?’”王少堂《武松》上册:“个贼老妈妈子,哎,你还没有尝到乔大爷的味水哩,这是个零头!”

老实 不客气。〔例〕《儒林外史》第二回:“众人道:论年纪,也是周先生长,先生请老实坐吧。”第十一回:“三公子道:他是我们表侄,你老人家年尊,老实坐吧。”

老病 食道障碍病。〔例〕《真本金瓶梅》第七十八回:“杨姑娘老病死了”。《金瓶梅词话》第八十二回:“六月初一日,金莲娘潘姥姥老病没了,有人来说。”王利器主编的《金瓶梅词典》释为“终年不愈的病”,似属望文生义。

老娘 接生婆。〔例〕陶宗仪《南村辍耕录》卷十四:“妇女曰娘,而世谓稳婆曰老娘。”《金瓶梅词话》第九十回:“来旺儿便说:‘如今东门外细米巷,有我个姨娘,有名收生的屈老娘。’”王少堂《宋江》上册:“我家媳妇要养了,我要去喊老娘。”

老鸦 乌鸦。〔例〕王少堂《武松》上册:“公门中的事叫天下老鸦一样子乌。”《中国民间文学集成·盐城市歌谣谚语卷·骂情》:“九月里,看菊花,/处处菊花受人夸,/人间菊花人人爱,/无须老鸦乱哇呱。”

老爹 对男性长者的尊称。〔例〕《儒林外史》第六回:“二奶奶顶上大老爹,知道老爹来了,热孝在身,不好过来拜见。”第十六回:“匡超人道:‘不瞒老爹说,我来家已是有半年了。’”

耳头 耳朵。〔例〕《中国民间文学集成·盐城市歌谣谚语卷·醒世歌》:“娇娘子,谁讨厌?/不可苦苦将她恋。/鸳鸯枕上耳头软,/恩爱过头恐有变。”

耳刮子 耳光。〔例〕《金瓶梅词话》第四回:“婆子骂道:‘贼唇娘的小猢狲,你敢高则声,大耳刮子打出你去。’”《金瓶梅词话》第十二回:“被西门庆兜脸一个耳刮子,把妇人打了一交。”第四十一回:“一经因秋菊开的门迟了,进门就打两个耳刮子。”《水浒传》第四十五回:“和尚家倒会缠人,我老大耳刮子打你!”《红楼梦》第六十回:“赵阿姨气的发怔,便上来打了两个耳刮子。”《桃花扇》:“我们走去,打他个耳刮子。”

芒 锋,针。〔例〕《中国民间文学集成·盐城市郊区资料本·没芒》:“我的坏手表确实没芒,你打我,我就能打你。”

芒子 点火用的纸捻子,一般由松软易燃的草纸制成,粗细如筷子。〔例〕《中国民间文学集成·东台市资料本·结搞的故事》:“结搞得知,乘先生在睡中觉，悄悄地拿了串小鞭炮和一根水烟芒子，来到凉亭。"

西山太阳 正午偏后的太阳。〔例〕《中国民间文学集成·盐城市歌谣谚语卷·麻将歌·四门风》："东家娘子生得标(东风)，/南园里去摘红椒(南风)，/西山太阳没多高(西风)，/北风呼呼雪花飘(北风)。"

在 ①指活着。〔例〕《儒林外史》第二十回："一日两，两日三，乡里又没有个好医生，病了不到一百日，就不在了。"②从。〔例〕《儒林外史》第九回："四公子在板缝里张一张，见上流头一只大船，明晃晃点着两对大高灯：一对灯上字是'相府'，一对是'通政司大堂'。"

在块 在这(那)儿。〔例〕王少堂《宋江》上册："一个人正在块摆趣劲，送信的这个孩子，到了房门口朝下一站：'大爷。'""两个人泡茶下来也不吃，不约而同，'嗨——唏！''嗨——唏！'倒也罢了，一递一声在块叹气！"王少堂《武松》下册："内中有一位少年朋友说阴话：'老大爷，我们不要挡他啊。我们挡，他还在块想朝上蹦哩。在我看，放漂亮些，急是不怪急，下不去啊！'"

有人家 指找到对象了。〔例〕《金瓶梅词话》第三回："西门庆道：'便是连日家中小女有人家定了，不得闲来。'"

有个碰头 有点希望；也许能成功。〔例〕王少堂《宋江》上册："换个新只寨官来，摸头摸不着；摸尾摸不着，我们几个人弄个手本跟他搞下子，这还有个碰头。"

有日子 很久；很长一段时间。〔例〕《汪曾祺文集·戏剧剧本卷·裘盛戎》："侯长有/有日子没见，您倒好？朱盛斌/好！太好了！"

有心不打场 三心二意、心不在焉的样子。〔例〕《扬州民间故事集·吉高故事》："吉高心里话：好！你这是叫我石磙子掉下牛汪——有心不打场啊。"

有讲究 有隐情；有私弊。〔例〕李伯元《官场现形记》第二十二回："无奈内中有个输钱顶多的人，心上气不服，一口咬定牌里有讲究，骰子也靠不住。"

有点个 有点儿。〔例〕王少堂《宋江》中册："那个时候，地方官坐堂，这一阵吆五喝六的，着实有点个惊人哩。"

有亲 有亲戚关系。〔例〕《金瓶梅词话》第十四回："如今倒是蔡太师用些礼物；那提督杨爷与我舍下有亲，他肯受礼？"

有理没理 无论如何；不管怎么说。〔例〕王少堂《宋江》上册："现在有理没理，人总归把我当着清风山的大王了，这一刻不顾全清风山，清风山如其保不住，我连临时的安身之地都没有了。"

有得 ①将久久不能摆脱、消除。〔例〕王少堂《宋江》上册："你不说，我们心里有得不得安哩!”②富裕。〔例〕《中国民间文学集成·阜宁县资料本·有来有去》:“从前,有张、王、李表兄弟三个,同在一个书房里念书。张、王两家有得,李家贫寒。”

灰堆 堆放草木灰的地方。泛指垃圾堆。〔例〕王少堂《宋江》上册:“他真是穷有穷主意:今天早上,不晓在哪块灰堆上,拾了两根钱串子来,就把他那只破靴子,兜底朝起一扎”。

死不丢 打在水中的木桩上叮着的一种螺蛳,水位退下时就露出,即便被晒死也不从木桩上脱落下水,故称“死不丢”。多用于比喻特别会缠人的人。〔例〕《中国民间文学集成·盐城市郊区资料本·武举蔡旋润的传说》:“蔡旋润想:这家伙真是桥桩上的螺蛳——死不丢。”

死鬼 对已去世者的称谓。〔例〕《金瓶梅词话》第八十六回:“说不的当初死鬼为他丢了许多钱底那花了,就打他恁个银人儿也有。”《儒林外史》第九回:“小老还是听见我死鬼父亲说:‘在洪武爷手里过日子,各样都好。’”

死家去 “回家去”的骂语。〔例〕陈登科《风雷》第一部第二十章:“你替俺死家去,不要在这里黄口白牙,乱嚼蛆!”

成 整;满。〔例〕王少堂《武松》下册:“武二爷在牢里头,有康武日夜代他调理刑伤,又停了两天,能吃饭了,直接成大碗的吃。”

夹屁 “夹屁股”的略写,即大便后揩屁股。〔例〕《中国民间文学集成·滨海县资料本·王二进月宫》:“我家那块地,太阳一晒冒盐硝,屙屎找不到一根夹屁草,哪家住那里呀?”

夹巷子 也作“夹巷儿”。两墙之间的小巷。泛指两物体之间的很小的过道。〔例〕王少堂《武松》下册:“到了打麦场西边,有两个草堆,刚好靠在一起,中间有个小夹巷子。”

夹肢窝 腋窝。〔例〕《儒林外史》第四十二回:“姑娘们拿出汗巾子来揩,他又夺过去擦夹肢窝。”王少堂《武松》下册:“武松身上原来有丝绦束着,且束得很紧,这个蓝布卷子塞到衣服里左夹肢窝底下,即使武松站起来跑路,这件东西都不会掉的。”

夹裤 指棉裤去掉其中的棉花而成的两层布的裤子。〔例〕陈登科《风雷》第一部第三章:“洗好脚,打开包袱,拿出一条黄色夹裤,换下身上的湿棉裤,披一件军大衣,独自在屋里来回踱着。”

扛 填平;加高。读如“冈”。〔例〕《中国民间文学集成·阜宁资料本·九龙喷水漫泗州》:“沈万山没筑城之前,雇了一批民夫运土扛塘。可是扛了几个月,塘老是填不满。”

扛牙 “扛”读如“冈”。食物过硬,咀嚼时使牙受阻。〔例〕《西游记》第二十六回:“好妖精!你想要吃我们哩!吃倒好吃,只怕有些扛牙。”

扛丧 “扛”读如“冈”。争吵,互相辱骂。〔例〕《西游记》第三十五回:“令弟已是死了,不必这等扛丧。”

扛顺风旗 比喻在言语或行动上无原则地顺从他人。〔例〕王少堂《宋江》上册:“不好了,顺着说不会吗?这叫个扛顺风旗。”《扬州评话选·打焦俊》:“这个样子,他们两个人打不起来,要想办法叫他们打起来,老哥哥搧小扇子,你们替我扛顺风旗。”

扣屁眼嘬指头 形容极其吝啬。〔例〕陈登科《赤龙与丹凤》第一部:“宋蚺是扣屁眼嘬指头的人,一个铜钱看得比磨盘还要大,怎能舍得自己掏腰包请人吃花烟。”参见“挖屁眼嘣指头”条。

扣眼睛 眼窝凹陷。〔例〕陈登科《风雷》第一部第一章:“还有一个年轻人,最多也不过二十二三岁,大号个子,刀条脸,扣眼睛,高鼻梁,黄黄的脸,瘦得活像一根芦柴”。

托 两手侧平举时两手指尖之间的距离;以两手平举的长度为单位丈量长度的动作。〔例〕王少堂《武松》上册:“看见腰门旁边有根门闩,托把长,茶碗口这么粗,武松伸手一把抓,朝背后头一别。”《扬州民间故事集·吉高故事》:“财主要长工搓绳子的条件很苛刻,每人每天要搓三百托,完不成,分文不给。”“我们那儿搓绳子论桶论缸不论托,我每天能搓三桶带一缸。”参见“庹”条。

扫地把子 扫帚。〔例〕陈登科《风雷》第一部第十章:“春芳去抢鸡毛掸子没有抢到,从门后拿起扫地把子,奔着金花打去。”陈登科《活人塘》:“沈长友伏在床头,听说要把屋里收拾干净些,忙站起身,向薛陆氏:‘扫地把子呢!地扫扫。’”《中国民间文学集成·射阳县资料本·贪心的哥哥凹鼻子》:“张大听说一个‘滚’字,屁滚尿流地往外跑,那个鼻子拖在后头像个扫地把子,也顾不得疼了。”

扫竹 用竹枝编扎成的扫帚。〔例〕陈登科《风雷》第一部第六十章:“街西边,摆满了叉耙扫竹扬场锨,锹锄犁耙打牛鞭,篦箩柳筐,篓子竹篮,缸坛瓦罐,锅碗盆勺,土产特产,百样俱全。”

扬场 把打下的谷物、豆类等用木锨扬起,借助风力吹去壳、尘土,分离出干净子粒的活计。文康《儿女英雄传》第十四回:“村外一个大场院,堆着大高的粮食,一簇人像是在那里扬场呢。”按,陆澹安《小说词语汇释》释为“打谷”,欠当。

扬吭 “吭”,读如“冈”。扬言;虚张声势。〔例〕王少堂《宋江》中册:“陈三刚刚把一碗饭招牌礅出来,这块一老一少两个伙计正好走来,多远地就扬吭了。”

扬话唱曲 随口哼小调。〔例〕《中国民间文学集成·盐城市郊区资料本·锯条的来历》:“鲁班要外去出人情,就叫两个徒弟把几个木头断下子。两个徒弟见师傅不在家了,就乐哉起来,一边拖一边扬话唱曲的。”

扠 拇指尖与中指尖间的最大直线距离。〔例〕《金瓶梅词话》第四回:“看见他一对小脚,穿着老鸦缎子鞋儿,恰刚半扠,心中甚喜。”参见“一纳查”“一拃”条。

过 ①传染。单用。〔例〕《金瓶梅词话》第七回:“婆子开口说道:‘……娶过门时,生辰贵降,官人放他来走走,就认俺这门穷亲戚,也过不上你穷。”②过口,带有漱口的意思,不单用。如“过一过”“过一下”“过了口”。〔例〕《金瓶梅词话》第五十四回:“西门庆一手拿药,一手扶着他头颈,李瓶儿吃了叫苦,迎春就拿滚水过了口。”

划渣 用带齿的钩钯捞取岸边水下的河泥作肥料的农活。〔例〕《中国民间文学集成·盐城市歌谣谚语卷·劝郎莫赌钱》:“东庄有个张大叔,/罱泥划渣又养猪,/庄稼每年打得多,/丈夫啊,日子越过越好过。”《中国民间文学集成·盐城市歌谣谚语卷·农时》:“头九二九,寒风抖抖,罱泥划渣,照常动手。”

划算 计算、盘算,动词。〔例〕《中国民间文学集成·盐城市郊区资料本·对诗文店》:“划算来划算去,十五两银子过年不泼绰,再弄两个钱,才能过个富裕年。”

尖酸 又作“尖”。聪明、机灵。〔例〕文康《儿女英雄传》第十三回:“原来这河台姓谈,名尔音,号钰甫。便有等尖酸的,指了新旧河台的名号编了一副对联。”《扬州民间故事集·月宫盗盐》:“皇帝想让宝物越来越多,就把它分给大臣们带家去种。海边的大臣最尖,拿了一大半到海边去种,内陆大臣只拿了一小块。”

光 刮动。〔例〕王少堂《武松》上册:“执刑的把个板子摆在腿上,来回光啊光的,光的稀痒的,奇怪哩!”

光挞挞 又作“光塌塌”。光溜溜的。〔例〕《金瓶梅词话》第一回:“武松走了一会,酒力发作,远远望见乱树林子,直奔过树林子来,见一块光挞挞的大青卧牛石,把那棒倚在一边,放翻身体,却待要睡。”《老生儿》三:“你觑那光塌塌的坟墓前”。

光棍堂 光棍汉。〔例〕《中国民间文学集成·盐城市郊区资料本·闹寿堂》:“赖陈庄后头的戴家有个光棍堂叫戴小三子,地无一分,只有四檐靠地的顶头舍子。”

当子 空隙。当,读去声。〔例〕《扬州评话选·大破八门阵》:“这个不管他,反正是以号灯为记,既然红灯亮了,我们就走,我们走他们人当子里头穿过去。”王少堂《宋江》上册:“宋江夹在人当子里头,连门兵都没有在意。”中册:“在麻木山人旁边,刚刚有这么个小当子。”

当当 到当铺去典当东西。〔例〕王少堂《武松》上册:“‘且慢打官司,老爷差我那些钱先把我!’哪块来呢?我当当也来不及呀。”《扬州评话选·甘露寺相婿》:“我晓得了,你是怕我多年不做官,手头不宽,我这个老长亲出不起你家姑娘的人情?告诉你,哪怕卷衣当当,这笔人情非出不可!”《中国民间文学集成·阜宁县资料本·王小二过年》:“当铺的伙计此刻正在上门板。小二说:‘别关门,我要当当。’”

早半天 上午。〔例〕王少堂《宋江》上册:“他的新靴子穿起来。这批人哩,还要来听二起的消息。这是初四早半天的话。”

早茶 早饭的雅称。〔例〕王少堂《宋江》中册:“你平日一钱如命,早上连早茶都舍不得吃,买两个钱蚕豆嚼嚼,就当早茶了。”

吊过来说 换句话说。〔例〕《金瓶梅词话》第二十六回:“我若教贼奴才淫妇与西门庆做了第七个老婆,不是吊过来说,就把潘字吊过来哩。”

吊纸 吊丧。〔例〕《儒林外史》第七回:“一连开了三日吊,司、道、府、县,都来吊纸。”《中国民间文学集成·盐城城区资料本·死鬼心里明白》:“我们这块的老百姓就有这样一条歇后语:吉高吊纸——死鬼心里明白。”

吊谎 撒谎。〔例〕《金瓶梅词话》第五十三回:“碜说嘴的,在真人前赤巴巴吊谎,难道我便信了你。”

吃白大 吃白嘴。即吃别人的东西本该付钱而不付钱。〔例〕王少堂《宋江》中册:“去年在楼上吃了一年,一个钱没有把,今日跑得来又吃了一顿白儿大,他都吃得遂心人不过了。”王少堂《武松》下册:“他以为吃白大要说二话,也要来逞逞狠。”《中国民间文学集成·东台市资料本·渔人就医》:“要不是我那老婆打岔,还要吃上好几次白大鲜鱼。”

吃白辣嘴 吃白食。〔例〕《中国民间文学集成·盐城城区资料本·阴间也怕吃白辣嘴的》:“吃白辣嘴的真的来了,大面朝南,往这椅子上一坐。桌上有酒有菜,吃白辣嘴的稳稳当当,把一桌酒菜吃了。”

吃闷憋子 讨了个没趣。也指吃了亏。〔例〕《中国民间文学集成·盐城城区资料本·礼度上的戏弄》:“他不作声,只好吃了闷憋子。”《扬州民间故事集·吉高故事》:“那个跑堂的吃了闷憋,再也不敢捉弄穷人了。”

吃括 吃喝。〔例〕《扬州评话选·扬州劫法场》:“这是出斩的犯人最后的一顿吃括,过去国家规定的恩典。”

吃独食 避开他人,单独饮食。《醒世姻缘传》第四十九回:“俺婆婆那时提下的亲,凡有下礼嫁娶的,他都背著俺婆婆吃独食。”《扬州评话选·皮五冒充五舅舅》:“这个老家伙吃独食,吃不了剩下来给别人沾光都办不到,宁可倒下恶水缸,也不给别人沾光。”

吃载 因船上装载货物而船身入水的程度。〔例〕《老残游记》第一回:“船身吃载很重,想那舱里一定装的各种货物。”

吃菜瓜 受斥责;挨批评。〔例〕《中国民间文学集成·盐城市郊区资料本·锯条的来历》:“你们不好好拖,完不成任务,看你们明天吃师傅的菜瓜。”

吃酒 喝酒。〔例〕《金瓶梅词话》第四十回:“那西门庆吃了一夜酒的人,倒去头,那顾天高地下,鼾睡如雷。”

吃匾食 背着他人吃喝。〔例〕《金瓶梅词话》第四十一回:“党太尉吃匾食,他也人照样儿行事,欺负我。”

吃接晌 劳动时在早饭与中饭或中饭与晚饭之间吃东西。〔例〕《中国民间文学集成·盐城市歌谣谚语卷·十二月小伙计》:“三月小伙计天气长,/一天三顿接不上。/老板家里吃接晌,/小伙计没指望。”

吃馊粽 端午节后将出嫁的女儿带回娘家作客的礼节性习俗。〔例〕李涵秋《广陵潮》第六回:“老太不得已暂舍了秦氏,却好回家过端午节。便于五月初六日,命仆妇去接三小姐过街,顺便吃馊粽子。”《中国民间文学集成·射阳县资料本·端午节“吃馊粽”的由来》:“在盐城北边一带,五月端午节后的两三天内,都兴把出嫁的姑娘带回娘家‘吃馊粽’子。”

吃寡酒 只喝酒而不吃菜肴。〔例〕《燕青博鱼》二:“酒便有了,可没些肴馔,这寡酒如何吃的。”《拍案惊奇》第二十六卷:“寡酒难吃,须赐我小菜少许。”《金瓶梅词话》第三十三回:“春梅姐姐,你拿筯儿与哥哥,教他吃寡酒。”《水浒传》第二十七回:“大娘子,我从来吃不的寡酒,你再切些肉来与我过口。”

吃瘪子 碰壁;碰钉子。〔例〕李伯元《官场现形记》第五十四回:“他吃了这个瘪子,心思顿时不灵,手足也就顿时无措了。”

吸攻吸攻 隐隐约约的震动感或疼痛感。〔例〕陈登科《活人塘》:“她伸手在七月子心口摸来摸去,心窝上吸攻吸攻的跳,可也是越跳越没劲,眼看渐渐要停止不动了。”

吸定 紧紧地贴近。〔例〕王少堂《宋江》上册:“两个人都抓住戟耳子底下,对面扯扽,两足尖钩住马肚腹,胸前吸定鞍山。”

吆五喝六 人声鼎沸,热闹非凡。〔例〕王少堂《武松》下册:“好赌的赌鬼也聚在一起吆五喝六，什么差事也不干了，一起都在庙里狂欢取乐。”王少堂《宋江》上册：“看见一阵老将儿，军衣号帽，吆五喝六的把他拥进来。”《扬州民间故事集·程嵩故事》：“有个泼皮无赖王二，和几个酒肉兄弟从浴池里赤条条爬上来，往躺椅上一仰，便吆五喝六地闹起来：打毛巾、泡茶、捶背、修脚，把个跑堂的忙得屁打脚后跟，叫苦不迭。”

团转 “转”，读如“螺”。四周；附近。〔例〕《扬州民间故事集·小癞子和蚌姑娘》：“楼房是砌成了，不过家前屋后还应有树木，没得树木怎么能算得上庄子？限你三天之内房子团转要有树木。”

团螺 周围；附近。〔例〕《中国民间文学集成·滨海县资料本·王小二三次结婚》：“这话对还有点对。那把什呢人家呢？团螺哪块有这么个相巧的呢？”

回嘴 ①还嘴；顶嘴。〔例〕《儒林外史》第九回：“我们是娄三老爷装粗米的船，谁人不晓得？这狗攮的，再回嘴，拿绳子来把他拴在船头上，明日回过三老爷，拿帖子送到县里，且打几十板子再讲！”王少堂《宋江》下册：“他吵你不喊，他骂你不回嘴，他打你不回手。”②反悔。〔例〕《中国民间文学集成·阜宁县资料本·宰相女儿糊灯笼》：“君无戏言，宁可一死也不得回嘴。”

刚么 “刚”，读“江”。刚刚。〔例〕王少堂《宋江》中册：“这块是一点蒸气没得，上头树叶挡住阳光，一阵一阵的风吹在身上，身上刚么有汗，舒服受用。”

则声 吱声，作声。〔例〕《金瓶梅词话》第四回：“你敢高则声，大耳括打出你去。”

肉肐子 肉泥加佐料做成圆形放入油锅煎煮而成的菜肴。即“狮子头”。〔例〕《西游记》第三十一回：“我们拿住他，往下一掼，掼做个肉肐子。”

囫河鱼 一种头呈圆形，成熟后约一寸长的小鱼。〔例〕《郑板桥传说·谁有“囫河鱼”就到谁家做客》：“这‘囫河鱼’又叫‘囫头鱼’，不就是里下河一带才有的一种小鱼儿么，苏州的河里没得！”

年成 年景；收成。〔例〕王少堂《宋江》上册：“粮食长在田里，正在苗秀的时期，人心一致都望一场雨，能有一场雨来，年成就好了。”

年程 年代；年头。〔例〕《真本金瓶梅》第十八回：“如今年程，论的甚么使的使不的？汉子孝服未满，浪着嫁人的，才一个！”《金瓶梅词话》第七十二回：“我是奴才，如今年程反了！”

先不先 首先。常用于表述先决条件和前提。〔例〕《金瓶梅词话》第二十六回：“老婆见了他，站起来是？不站起来是？先不先只这个就不雅相。”第三十四回：“不该小的说，还是爹惯了他，爹先不先和他在书房里干的龌龊营生。”今盐城地区人们的口语中仍有此说。王利器主编的《金瓶梅词典》释为“其他的先不管,首先干不该干的事情,含有办事缺乏考虑之意”,欠当。

先打头 从前;很久以前。〔例〕《中国民间文学集成·盐城城区资料本·徐铎嘣笔》:“原儒学街南边有一座文庙,先打头大凡新上任的县官,或进京赶考的考生,或考中的状元回家,都要经过此街,到文庙去朝拜圣人孔老夫子。”

先头 以前;过去。〔例〕《水浒》第二十八回:“看看天色晚来,只见先头那个人又顶一个盒子入来。”《金瓶梅词话》第九回:“先头陈家娘子陪床的,名唤孙雪娥。”王少堂《武松》下册:“王大爷,这个茶账,连先头吃的小点心,加上小账一起,共计三百六十五文。”

丢下耙儿弄扫帚 干完这样,又干那样。比喻忙个不停。〔例〕《红楼梦》第四十七回:“你一个媳妇虽然帮著,也是天天丢下耙儿弄扫帚。”

丢裆 丢丑;出洋相。〔例〕《中国民间文学集成·盐城市歌谣谚语卷·十只帮船》:“七只帮船送我到靖江,/一船坛子一船缸,/还有一船活丢裆。/什么叫做坛子什么叫做缸? /什么叫做活丢裆? /小口是个坛子大口是个缸,/反动派是活丢裆。”《中国民间文学集成·盐城市郊区资料本·“王皮娄”与“玉波楼”》:“我自北向南经商,昨天从瓜洲渡江,今日来到府上,想沾光一口茶汤,不想反倒丢裆,请诸位老爷绅士高抬贵手。”

氽 漂浮在水面。〔例〕《中国民间文学集成·盐城市郊区资料本·彭祖八百岁 有话不可对妻言》:“石头氽在水上了,庄上的人全部团得来看了。”《中国民间文学集成·阜宁资料本·凤凰何少鸡何多》:“将所有的银牌子撂下井,说当中会氽上来一个,再将氽起来的这只牌子拿起来,上边是谁的名字,谁就是下一代圣人。”

伢子 孩子。〔例〕陈登科《活人塘》:“无数穷汉年不过,多少伢子无爹娘,哪日太阳门前过,死人跳出活人塘。”

仵作 又作“仵作子”。旧时官府中判案时专门负责验伤或验尸的人员。《恒言录》卷四:“宋时,执役葬事者谓之仵作。”〔例〕《金瓶梅词话》第二十六回:“知县自恁要分上,胡乱差了一员司吏,带领几个仵作来看了。”《老残游记》第十五回:“县里次日一清早,带同仵作下乡一一相验,没有一个受伤的人……”《施公案》第七十八回:“贤臣带笑高叫:‘尔等军民听真,你们瞧看,不许喧哗。’又吩咐:‘人来,传仵作验尸。’”

仵作子 旧时检验命案死尸的人。〔例〕王少堂《武松》上册:“‘你为什么事要来呼冤呢?’‘这个老爷的恩典,小人们身上带了伤了。’‘啊! 带了伤,来验伤。’喊仵作子过来验了。”《中国民间文学集成·盐城市郊区资料本·

包公巧断金龟案》:"在高邮搭起个验尸厂子,把尸首搭起来。该应,尸首还好好的呢。仵作子用烧酒这么浑身上下一洗,查来查去,没病、没伤。"

仰八叉 又作"仰巴叉""仰扒扠""仰拍叉"。仰面朝天跌倒。〔例〕《金瓶梅词话》第三十八回:"把二捣鬼仰八叉推了一交。"《儒林外史》第五十四回:"看见和尚仰巴叉睡在地下,不成模样。"《施公案》第一百四十六回:"只听咕咚一声,把那人栽了个仰八叉。"周立波《暴风骤雨》第一部:"天上雨地下滑,赤裸裸地闹个仰八叉。"陆文夫《公民》:"黄宝妹脚一滑,跌了个仰扒扠。"《醒世姻缘传》第九十五回:"寄姐不曾隄防,被素姐照着胸前一头拾来,跌了个仰拍叉,扯回鞭去,照着寄姐乱打。"

伙家 "伙计啊"的合音词。对平辈熟人、朋友的昵称。〔例〕王少堂《宋江》上册:"咦!伙家,新正初四才开口,你就骂我旧啦?""啊,伙家啊,无味了!十三、十四不算,单今日晚上,你大概来来去去,六七趟都有了。"

自家 代词,自己。〔例〕《金瓶梅词话》第八十六回:"月娘便拦说:'他不是材料,休要理他。要与傅伙计,自与傅伙计自家吃就是了,不消叫他。'"

血洒洒的 血不断地流出、下滴。〔例〕《扬州民间故事集·假佛像》:"哪晓得腿坐麻了,一软,一个面磕地,门牙磕掉四个,鼻子里血洒洒的。"

血腥气 主要指生鱼、生肉等荤食品的味道。〔例〕《金瓶梅词话》第八十八回:"经济哭着,还要拉着他说话,被他身上一阵血腥气,撒手挣脱,却是南柯一梦。"

向后来 以后;日后。〔例〕《中国民间文学集成·盐城市歌谣谚语卷·巧老婆》:"左膀子裁过腋肢窝哎,/扦面磨磨不要撩衣袖,/右膀子裁过手面子多哎,/跑路甩袖子多好过;/前头又裁过肚脐子眼哎,/上街玩要不要撩衣裤;/说起好处更外多,/后面又裁过就地拖哎,/向后来西北风大,/没得棉裤遮遮屁股也暖啊火。"

向道 吩咐;嘱托。〔例〕《中国民间文学集成·射阳县资料本·孔夫子游邗城》:"你家夫子向道你的这几件小事就把你难住了吗?"《中国民间文学集成·阜宁县资料本·谎架》:"财主奶奶一头哭住,一头追问:'老爷临死向道什呢的?'"

后梢翘 开始阶段平平,到后头特别好。〔例〕王少堂《武松》下册:"哪晓得这个黎二头陀有个后梢翘,照这个样子,也作兴把这个和尚的棍子招架完了,再来还手,有取胜的希望。"

行行的 又作"兴兴的"。好好的;正在顺利进行过程中。〔例〕《扬州评话选·凤雏理事》:"枭雄刘备刻薄哩,跟人家说得行行的,不对了:'辱临敝邑,枉顾荒州,但不知先生来见刘备有何见谕?'"王少堂《宋江》上册:"他走得行行的，忽然脚底下有件东西一绊，一个踉跄。”“王英走得兴兴的，听见街上嘈号。”

行当 职务；官职。口语中称做官为“当行当”。〔例〕《老残游记》第一回：“这老残既无祖业可守，又无行当可做，自然‘饥饿’二字渐渐的相逼来了。”王少堂《武松》下册：“除非你不收这个人，你把这个人收下来，作兴把个大行当他担。这一来，这封信你非把它保存好了不可啊。”《扬州评话选·程咬金卖筢子》：“吾儿此次回来，也要弄个周正行当，好好营生，私盐是不能再卖了。”

行阴 耍阴谋诡计；暗算他人。〔例〕王少堂《武松》上册：“老太爷，你不要冷笑吵，你老人家这一声冷笑，把我汗毛子都笑竖起来了。你不能跟我行阴啊！”“我这个人嘛，从来不会行阴，我有话还不作兴不说。”王少堂《宋江》中册：“老板和他行阴了，走到柜台里出来了：‘我出来望着你来人家扒了玩。’”

行瘟 得了瘟症；流行性瘟症。〔例〕《儒林外史》第三回：“我早上拿了钱来，你那该死行瘟的兄弟还不肯。”王少堂《宋江》上册：“局气坏，沿路上马得了病，马行瘟，吃草吃得好好的，头摇摇就仰下去了。”《扬州评话选·朱元璋贩卖乌梅》：“我听上人讲过，有一年行瘟，人家店门口不敢摆板凳，因为怕有人坐下来歇脚，头一摇就去了。”

会东 花钱请客。王少堂《武松》上册：“你把这位武松武二爷请出来，把我们大众看看，我们就会东，就走路了。”

合 读如“阔”。罩；盖。翻转器皿，使之口朝下反扣。〔例〕《金瓶梅词话》第二十回：“谁知人在背地里，把圈套做的成成的，每日行茶过水，自瞒我一个儿，把我合在缸底下。”第二十六回：“你在路上死活未知，存亡未保，我如今合在缸底下一般，怎的晓得？”《水浒传》第五十五回：“两边都钻上两个头须来，把船只一扳，仰合转来，凌振却被合下水里去。”

合着 口语中多说“合得着”，“合”，念如“葛”。即“用得着”。〔例〕《中国民间文学集成·盐城市歌谣谚语卷·说芦柴》：“小锣子一打格排排，/府上门口戗捆柴。/莫把此柴看小可，/一样做出几样来：/打起折子长又长，/仓房能囤万担粮；/做起席子四角方，/晒得东西和五谷粮；/做起畚箕三角揸，/厨房里打扫合着它。”

杀气 消气；解恨。〔例〕王少堂《宋江》上册：“他拿落儿们这条青龙杀气。”

杀馋 解馋。〔例〕王少堂《武松》下册：“捡一片牛肉，往嘴里一摺；又捡一片，往嘴里一摺。片子太小，吃得不杀馋，不要筷子了，两双半爽快些，抓了一把往嘴里一捺。”

爷 父亲。〔例〕《中国民间文学集成·盐城市歌谣谚语卷·十恨谣》："一恨我的娘，/我娘无主张，/只会拣田庄，/不会拣儿郎。/二恨我的爷，/实在是可怜，/人家做大媒，/他却站一边。”

肋巴骨 又作“肋膀骨”。肋骨。〔例〕《扬州评话选·探奸遭陷》："两手抱住前头一个树枝子，约作碗口粗，后头也是这么一根碗口粗的树枝子，前后心挡得好好的；两边肋巴骨被手膀子夹住了。”王少堂《宋江》上册："忽然听见旁边一阵风，赶快把眼光垂下来一望，烁亮的枪尖子奔自己右边肋巴骨戳过来了。”

杂碎 动物的内脏等零碎部分。〔例〕《中国民间文学集成·射阳县资料本·粗心姑娘》："她妈妈家杀猪，托顺人路过姑娘家传个口信，关照她家来吃杂碎，顺便在家过两天。”陆文夫《打羊》："好吧，今天晚上先吃点儿狗杂碎，其余的腌起来。”

杂煞 很多；严重；厉害。《中国民间文学集成·盐城市郊区资料本·有理敢拔护堤桩》："这一笔贪污的款子杂煞呐，一个铜裹头，一个铁包尖，这要好多钱，那么多的木桩，他们要贪污多少银子啊。”

各样 异样，特别。〔例〕《西游记》第三十回："我这大圣部下的群猴，都是一般模样。你这嘴脸生得各样，相貌有些雷堆，定是别处来的妖魔。”

多少 很多。〔例〕王少堂《宋江》下册："跟老年人在一起有多少好处哩，我又长了见识了。”

多早晚 又作“多咱晚”。什么时候。〔例〕《红楼梦》第十四回："我且问你，你们多早晚才念夜书呢?”《金瓶梅》第六十八回："我的马走得快，你步行，赤道挨磨到多咱晚?”

多肉 肉瘤。〔例〕《扬州民间故事集·师傅何以称“先生”》："上面八条龙都琢好了，琢怀底龙时，他发了呆，怎么也处理不好龙下颌底下的一块‘多肉’。”

多远的 很远。〔例〕王少堂《宋江》上册："街上人很多，可是他这骑马来，没得阻挡，人多远的就看见高挑子，晓得知寨大老爷来了。”《儒林外史》第十四回："那头上珍珠的白光，直射多远，裙上环佩，丁丁当当的响。”

多很了 过多；太多。〔例〕王少堂《宋江》中册："目下路道荒险，匡约钱能用到家就罢了，不宜多带，多很了反为不美。”

多晚 又作“多咱”“多偺”“多噜”“多昝”。什么时候。〔例〕王少堂《武松》上册："请问老哥：这张三多晚抓住的?”《金瓶梅词话》第四十三回："不知到多咱才得来家。”王少堂《宋江》上册："你老今天走后，多咱才来?”吴趼人

《二十年目睹之怪现状》第三十三回："有好的我没有见过，多偺我同你去打一个茶围。"曾朴《孽海花》第十七回："瓦德西先生多喒给你这信的？"《醒世姻缘传》第七十三回："这天多咎了，你往哪里去呀？" 陆文夫《有人敲门》："琴珍，这几天有什么好戏？多晚替我买张票。"

多晚子 什么时候。〔例〕《扬州民间故事集·扬州剪纸》："一次，花丫头忍不住问老奶奶：'师傅，多晚子教我剪花样子呀？'"

齐人 召集有关人员使之聚集到一起。〔例〕《老残游记》第十三回："到了第二天晌午时候，各营盘里，掌号齐人，把队伍都开到大堤上去。"王少堂《武松》下册："'孩子们，鸣锣齐人，分兵救火，备马抬兵！'这一声招呼，随时有孩子拿了一面锣，乓乓乓……敲起来。"

齐打伙 众人齐心协力。〔例〕《红楼梦》第九十九回："来了一个多月，连半个钱也没见过！想来跟这个主儿是不能捞本儿的了。明儿我们齐打伙儿告假去。"李涵秋《广陵潮》第三十回："这位奶奶起先不肯上我们的船，我因为太太是定要见他的，我们才齐打伙儿将他搀得来。"

齐整 像样的，好的。〔例〕《红楼梦》第十六回："方才我见姨妈去，不防和一个年轻的小媳妇撞了个对面，生的好齐整模样。"第四十回："如今又见了这小屋子，更比大的越发齐整了。"第七十回："众丫鬟笑道：'好一个齐整风筝，不知是谁家放断了绳，拿下他来。'"《真本金瓶梅》第一回："出月初三日，却是我兄弟们的会期；到那日也少不的要整两席齐整酒席"。

交 读如"告"。遍；次；回。〔例〕王少堂《宋江》上册："人家才打过的，你跑了去打二交，他就晓得啦。"

衣包 胎胞。〔例〕《金瓶梅词话》第五十三回："后见王姑子制就头胎衣包，虽则是做成末子，然终觉有些注疑，有些焦辣辣的气子，难吃下口。"《红楼梦》第七十七回："谁是你一个衣包里爬出来的！辞他们做什么？"

充大头虾 充大。口语中多说"假充大头虾"。〔例〕《中国民间文学集成·盐城市歌谣谚语卷·骂情》："二月里，开杏花，/世间竟有大傻瓜，/傻头傻脑傻得绝，/傻瓜也充大头虾。"

充军 对无聊游逛的骂语。〔例〕陈登科《风雷》第一部第十七章："谁叫你到湖里去充军的？"《中国民间文学集成·东台市资料本·老夫妻勇斗黑无常》："又不是偷瓜贼，老到我家门口充什哩军呢？"

充魂 意同"充军"。〔例〕王少堂《宋江》上册："就在家里坐坐罢啦，出来充魂哩噢！"陈登科《风雷》第一部第三十二章："黄大成不知从啥地方充魂充到俺门前来。"《中国民间文学集成·盐城市歌谣谚语卷·耕作》："七耕金，八耕银，九月耕田如充魂。"

壮 又作“奘”。粗。〔例〕《红楼梦》第六回：“只要他发点好心，拔根寒毛比咱们的腰还壮呢！”《金瓶梅词话》第七十八回：“你买……一盒好大壮瓜子送进去。”文康《儿女英雄传》第七回：“大师翻箱倒笼，找出小拇指头儿壮的一支真金镯子来。”《扬州评话选·通天河》：“两根胡子分在左右，每根比大拇指还要壮，有五尺长。”王少堂《宋江》上册：“这个盔缨底下的金丝，他都能射，像我这么壮的身子他不能射么？”王少堂《武松》下册：“仿佛编辫子，分三股编，编起来有大拇指这么壮，编得很紧的。”《西游记》第五十一回：“翎翅薄如竹膜，身躯小似花心。手足比毛更奘，星星眼窟明明。”参见“奘”条。

问 向。〔例〕《儒林外史》第三回：“范进道：‘眼见得我这里还有几两银子，若用完了，再来问老爹讨来用。’”

关目栅 门道；窍门。〔例〕《中国民间文学集成·东台市资料本·“省俭”与“都省俭”》：“他过日子一定比我还省俭，要不他怎么会叫‘都省俭’呐？决定登门去向‘都省俭’讨教讨教，看他究竟有哪些‘关目栅’。”

关目 ①对不便说明道白的事物的讳称。〔例〕《金瓶梅词话》第九十八回：“那王六儿见他两个说得入港，看见关目，推个故事，也走出去了。”《古今小说》第一卷：“那妇人听得说着了他紧要的关目，羞得满脸通红，开不得口。”②花样；窍门；手续程序。〔例〕王少堂《宋江》中册：“啊呀，关目不少，他还要双手合掌，念佛哩。”《中国民间文学集成·盐城城区资料本·田氏兄妹狠斗黄金荣》：“斗牛，这个里面有关目呢。”《中国民间文学集成·射阳县资料本·福在丑人边》：“按风俗，初一早上起来开门的时候有一套关目呢，要点个财神把子把家里各个角落里统统燎一下子。”

米达尺 有厘米、毫米刻度的尺子。〔例〕陈登科《风雷》第一部第十六章：“随手拿起一根木棒，捧在手里，仔细看看，认出是一根米达尺，翻过一看，又好像是一根小小的木槽。”

沍水 人或船只在水中运行时，其本身或附着物在水中产生阻力。王少堂《宋江》中册：“下了水，衣服一多啊，沍水犯嫌哩，着实碍事，总划得不快。”

冲 读去声。无目的地行走。〔例〕王少堂《武松》上册：“武大老爷在日卖炊饼，他那炊饼担子冲呀冲呀冲到这个地方。”

冲盹 打瞌睡。〔例〕《扬州评话选·大闹秦相府》：“济颠和尚闭着眼睛在冲盹。家人上去把他推醒。”

冲家 倾家荡产。〔例〕王少堂《宋江》上册：“闹成这个样子，害得他们这些人家丢官的丢官，送命的送命，冲家的冲家。”《扬州评话选·朱元璋贩卖乌梅》：“家私，我估到了，只有一万两，他只要一把小的一掷，他就冲家。”陈登科《风雷》第一部第二十章：“轻则供地主豪绅玩乐，重则冲家丧命，人财两空。”《中国民间文学集成·滨海县资料本·一顿早茶三百两》:“这么多家财有什呢用噢,我死以后这家财肯定被他冲了。”

兴子 兴致。〔例〕《金瓶梅词话》第五十四回:“若一醉了,便不知天好日暗,一些兴子也没有了。”

兴兴头头 兴致勃勃。〔例〕王少堂《宋江》上册:“两个人兴兴头头地出去代我办事的,怎么只绕了下子就回来了,朱仝又气成这个样子?”也指新年里正月的前一段时日,如:“你这小伙,这正月兴兴头头的,别瞎说这不吉利的话!”

污糟 污,读去声。因身上肮脏而感到不舒爽。王少堂《宋江》中册:“跑到外头去抓了一把泡灰来,就朝宋二爷脸上这一阵子泥,接斗在颈项里带了下子,代他在胸膛上揉了下子,他手上还有泥,又代宋江把手腕子手面上通身糊起来。‘不得命了,污糟死了!’”

汗巾子 同“手巾方”,指手帕、手绢。〔例〕《儒林外史》第四十二回:“两个婊子,轻轻试试,扭头折颈,坐在一条板凳上,拿着汗巾子掩着嘴笑。”

汗毛竖竖的 毛骨悚然的感觉。王少堂《宋江》中册:“侉老爹赶快跳下车子,身上好难过。哪块难过哪?好像汗毛竖竖的。”

汗浸浸 因出汗而使体肤有湿漉漉的感觉。〔例〕《扬州评话选·火烧博望坡》:“坐下来,刘备身上汗浸浸的。你找话说了,虽天暖,四更天,早晚凉,怎么会汗浸浸的?”

汤 轻微碰擦。〔例〕《真本金瓶梅》第七十三回:“叫个人把他实辣辣打与他几十板子,叫他忍疼,也惧怕些!甚么斗猴儿似的,汤那几棍儿他才不放在心上!”《金瓶梅词话》第七十六回:“一个碗内两张匙,不是汤着就是抹着。”《西厢记》一之二:“软玉温香,休道是相亲傍,若能勾汤他一汤,倒与人消灾障。”《秋胡戏妻》三:“你瞅我一瞅,鲸了你那额颅;你扯我一扯,消了你那手足;你汤我一汤,拷了你那腰截骨。”

汤着 碰着;遭遇。〔例〕《西游记》第二十回:“行者道:‘这个馕糠!好道汤着饿鬼了。’”第二十三回:“东扑抱着柱科,西扑摸着板壁。两头跑晕了,立站不稳,只是打跌。前来蹬着门扇,后去汤着砖墙。”

汤寒 挡寒。“汤”,抵挡。〔例〕《西游记》第四十八回:“陈老大喜,即命取素果品,炖暖酒,与列位汤寒。”《真本金瓶梅》第九十五回:“大壶内有金华酒,筛来与薛嫂儿汤寒。”

汤罐 旧式锅灶两灶眼之间利用余热炖热水的铁罐或陶罐。〔例〕王少堂《武松》上册:“你家这么个清清白白、端端正正的好寡妇嫂子,把那些野鬼弄上门啦,汤罐里的水,一带就带热了,动也动不得呀!”《中国民间文学集成·盐城市歌谣谚语卷·小男人》:“小大姐,刷蒲包,/眼泪直往河里抛。/人家问她哭什呢?/哭的男人没多高。/睡下没得狸猫大,/站起没得公鸡高,/汤罐洗澡还嫌大,/灯盏洗澡刚刚好。”

守 待到;等到。〔例〕王少堂《宋江》上册:“守你老到了江州,我兄弟一定要过去代你老请安问候。”陆文夫《有人敲门》:“一直守到晚上,尤琴珍还没有回厂。”

守亲 旧式结婚之日,新郎在家等待新娘的到来。〔例〕《金瓶梅词话》第三十五回:“他和小厮两个在书房里,把门儿插上着,捏杀蝇是的,赤道干的什么茧儿,恰似守亲的一般。”《玉镜台》三:“和他守何亲,等甚喜?”按,王利器主编《金瓶梅词典》释为:“旧时风俗。指夫妇在新婚后的第一个月内时常厮守在一起”;李申《金瓶梅方言俗语汇释》释为:“旧俗新婚夫妻一个月内要时常厮守在新房里,叫‘守亲’。《玉镜台》三:‘和他守何亲,等何喜?’”均误。在江淮方言中,这里的“守”并非“厮守”。其实,李引“守何亲,等何喜”中的“守”与“等”形成互文,“守”正是“等”待的意思。

讹 一作“囮”。①逼迫;强行使他人就范。〔例〕王少堂《宋江》上册:“他们直即要讹着我去看灯,我才上街的。”《儒林外史》第四十二回:“爷同那个姓鲍的走到东花园鹫峰寺旁边一个人家吃茶,被几个喇子囮著,把衣服都剥掉了。”《施公案》第七十一回:“分明穷急讨钱不给,他就生心,就便是换金子,又无执照,空口讹人。”陈登科《活人塘》:“你听妈妈说:今天中晌,那个黄狗把我拖去,讹住我挖坑,活生生地埋下一个同志。”②强行夺取。〔例〕王少堂《宋江》中册:“这件衣裳明里是买,暗底下是讹得来的。”《二十年目睹之怪现状》第二十八回:“得罪了他……那就被他讹一个不得了。”《中国民间文学集成·盐城市歌谣谚语卷·农民票》:“韩德勤造出农民票,/个个见了头直摇。/市场上面无人用,/买东西讹住卖主要。”

讹错 相差。〔例〕王少堂《宋江》上册:“今日初十,我到十六日大早走,对于清风山,也不过讹错五天,也不为之过。”“有一位仁兄啊,跟宋江这一比,就讹错天壤了。”

那一码 那一种情况;那么一回事。〔例〕王少堂《武松》下册:“坏了,只闻其声,不见其人,怕的是那一码。”王少堂《宋江》中册:“如其遇到那一码,那不干干净净,人财两空嘛!”

那块 那里;那儿。与“这块”相对。〔例〕王少堂《宋江》上册:“丁字步,八字脚,雄赳赳,气昂昂,一划齐,就站队站在那块,一边一排,如同刀切的仿佛。”

异怪 奇怪;特别。〔例〕王少堂《宋江》中册:“一直到这一刻才把他这副脸看清了，黑得异怪呀，眉毛和胡子长得也怕人。"

毕剥焦干　形容极其干燥。〔例〕《扬州评话选·智取生辰纲》："老爹，你望望我们的椰瓢看，也是毕剥焦干！周围一个溪涧汪塘都找不到，那来的水？"

收科　收场；了结。〔例〕《野叟曝言》第二十三回："主人的约束又严，倒弄得没有收科。"《警世通言》第二十二卷："刘妪见老儿口重，便来收科道：'再等女儿带过了残岁，除夜做碗羹饭起了灵，除孝罢。'"

阴而不阳　佯装忍俊、漫不经心，怪里怪气的样子。〔例〕王少堂《宋江》上册："这个孩子走进房，冷冷地朝下一站，阴而不阳的：'大爷。'"

阴死鬼冷　阴冷。〔例〕陆文夫《苏州人到广州来》："苏州室内无火、堂屋穿风，有点阴死鬼冷。"

阴阳　阴阳生。旧时专门从事看风水的人。〔例〕《儒林外史》第四回："次日，请将阴阳徐先生来写了七单，老太太是犯三七，到期该请僧人追荐。"《真本金瓶梅》第六回："久等多时了，阴阳也来了半日，老九如何这时才来？"《西游记》第二十三回："那妇人道：'女婿，你师兄说今朝是天恩上吉日，就教你招进来了；却只是仓卒间，不曾请得个阴阳，拜堂撒帐，你可朝上拜八拜儿罢。'"

阴话　暗含讥讽、嘲弄的话。〔例〕王少堂《武松》下册："内中有一位少年朋友说阴话：'老大爷，我们不要挡他啊。我们挡，他还在块想朝上蹦哩。在我看，放漂亮些，急是不怪急，下不去啊！'"

阴寒症　民间认为男女房事后男性因着凉或冷饮所致的病症。〔例〕《金瓶梅词话》第一回："朝来暮往，如此也有几时。忽一日，大户得患阴寒病症，呜呼哀哉死了。"

如其　如果；假使。〔例〕王少堂《宋江》上册："我如其今天把这条命送掉了，死得才叫冤枉哩。"中册："二老爷如其在府里垫一个嘴子，就可以把我们大伙抓去，也当叛党办罪。""如其路上有什么缺子，你要慢慢的过去。"王少堂《武松》上册："你如其不要这口刀来追我吧，你不上算，你来空手追我，我也就不惧你啦。"《扬州评话选·朱元璋贩卖乌梅》："如其是行瘟，那就可怕了。"

如意大谈　随心所欲，随随便便。〔例〕王少堂《宋江》中册："抓起笔来就在挂字画的空当里，白粉墙上如意大谈的弄几句。"

好丑　好歹。〔例〕《中国民间文学集成·阜宁县资料本·正德皇帝江南私访》："公公想，假如是真的碰上大官，有所怠慢，不是招来麻烦吗？好丑随它去。"

好好 竟;居然。〔例〕王少堂《宋江》上册:“这位是老板,坐在柜台里头,眈盹眈了倒在地上睡着了。怎么好好这么萎的?”

好好的 偏偏。〔例〕陈登科《风雷》第一部第五十三章:“你看,就是这个女人叫羊秀英,好好的又要退组”。

好些 好多。〔例〕王少堂《武松》上册:“啊,不是一个人,好些人陪着他哩。”《施公案》第一百一十四回:“只听叫声:‘众位寨主得知,庙外边来了好些人马,还有一乘大轿。’”

好佬 有能耐或有权势的人。〔例〕王少堂《宋江》中册:“咦喂咦喂!伙计啊,这一说你装疯是个好佬啊!”

好说好说 客套话。意为“别客气”。〔例〕《金瓶梅词话》第七十一回:“西门庆道:‘老公公说那里话!常言同僚三世亲。学生亦托赖老公公余光,岂不同力相助。’何太监道:‘好说,好说。共同王事,彼此扶持。’”

好意 有意;故意,“好”读去声。〔例〕王少堂《宋江》下册:“‘啊?你做啥?撞我的船啊!’‘啊,老哥,哪个好意撞吗?’”《西游记》第八十回:“我们不是好意要出家的,皆因父母生身,命犯华盖,家里养不住,才舍断了出家。”

妈妈 妻子,读作上声,今溧水、扬州、南通、盐城等地使用时,有人记作“马马”。〔例〕《扬州评话选·扬州劫法场》:“嗯,你们不懂哎!今天关帝老爷娶‘妈妈’了!”《喻世明言·灌园叟晚逢仙女》:“(秋先)原是庄家出身,有数亩地,一所草房。妈妈水氏已故,别无儿女。”

妈妈子 ①妻子的俗称。〔例〕《金瓶梅词话》第七回:“张四贼,老苍根,老猪狗!我无儿无女,强似你家妈妈子,穿寺院,养和尚,唇道士!你还在睡里梦里!”《真本金瓶梅》第五十八回:“老头儿过来,造化了你家妈妈子,不是害病想吃,只怕害孩子坐月子,想定心汤吃!”②老妇。〔例〕《金瓶梅词话》第二十回:“左右有他家冯妈妈子在那里,再派一个没老婆的小厮,晚夕同在那里上宿睡就是了。”

妈的巴子 骂人语,同“他妈的”。〔例〕《扬州评话选·天齐庙包公断太后》:“他妈的巴子,地保,你太混蛋!大人到了这儿,你为什么不去送信给我?”

红丝络络 “络”,读如“裸”。布满血丝的样子。〔例〕王少堂《武松》下册:“两道虬眉倒竖,一双三角怪眼,白眼睛珠子,红丝络络的黑眼睛珠子同两个朱砂球仿佛,炯炯有光。”

纤面 长面条。〔例〕《中国民间文学集成·阜宁县资料本·小黄狗》:“芝麻芝麻你不炸,/听听堂屋媒人说什么话。/说的是小大姐切纤面,/切在锅里一大片,/盛在碗里一条线。”

纥络 角落;旮旯。〔例〕《西游记》第四十六回:"须臾,剃下发来,窝作一团,塞在那柜脚纥络里。"

约作 大约。〔例〕王少堂《宋江》上册:"年纪约作三十岁。"《扬州评话选·探奸遭陷》:"两手抱住前头一个树枝子,约作碗口粗,后头也是这么一根碗口粗的树枝子,前后心挡得好好的;两边肋巴骨被手膀子夹住了。"

约酌 又作"约着"。同"约作"。〔例〕《中国民间文学集成·盐城市郊区资料本·巧立西瓜案》:"沈拱山拿了一只西瓜,约酌比街上价格差不多,把足钱。"《中国民间文学集成·盐城市郊区资料本·扳倒"踢斛加尖"规》:"约着二更时分,外面人脚已定,他便轻手轻脚的摸上岸。"

七 画

寿纸 为临终的人打点的纸钱囊。〔例〕《中国民间文学集成·盐城市歌谣谚语卷·小媳妇苦难挨》:"九月里小媳妇苦难挨,/睡在床上爬不起来。/有人到我娘家去,/打份寿纸带回来。"

远路没轻担 挑着担子走远路,就不会觉得担子轻。比喻做某件事,时间久了,就会觉得不那么轻松。〔例〕王少堂《宋江》下册:"哪晓得远路没轻担,这个一百步噢,把晁盖跑累了,脸都挣红了。"

违拗 违背;反对。〔例〕《施公案》第一回:"施案不敢违拗,只得答应。"王少堂《武松》上册:"武松手指着金莲,叫金莲过来行礼。金莲不敢违拗。"

麦口 收获麦子的时节。〔例〕《中国民间文学集成·射阳县资料本·报复》:"去年麦口,我去田里割麦的,遇到两条黄狗打架,把我带茶的罐子弄戽掉了,罐子又打掉了。"《中国民间文学集成·阜宁县资料本·姐妹三个说大话》:"这年五月,笃逗'麦口心'里,三个闺女的父亲六十岁生日到了,姐妹三个全回家来出礼祝寿。"

麦稃 麦子带壳磨碎后所成的颗粒。多作为幼禽饲料。〔例〕《真本金瓶梅》第五回:"我屋里并不养鹅鸭,哪里有麦稃?"

麦秾 麦秸。〔例〕陈登科《风雷》第一部第十七章:"从床边扯出一把麦秾草,伸到灯头上,点着火,放到豆秸上。"

走 从。〔例〕王少堂《宋江》上册:"这条船三道篷打足了,顺风顺水,走上风直朝下风郎,直即跟跑马仿佛。"王少堂《宋江》中册:"我如其把刚才的话一说,我们宋三爷就走今日就愁起,一直愁到临死才告止,这个罪不好受。"王少堂《武松》下册:"我在里面做事洗家伙,我就希望你们走门口过。该哉我小人心诚,居然等到了。"《扬州评话选·杨香武一盗九龙杯》:"他看见这些门堂官，走箍拐上就来气。”

走水 ①失火。〔例〕《红楼梦》第三十九回：“丫环回说：‘南院马棚子里走了水了，不相干，已经救下来了。’”②镶边。在衣服上镶缝的边沿。也称“滚边”。《金瓶梅词话》第六十五回：“陈经济扶灵床，都是玄色纻丝灵衣，玉色销金走水，四角垂流苏。”按，王利器主编《金瓶梅词典》引《金瓶梅词话》例句释为“可使水珠滚动，形容表面极光洁”，当属误释。

走作 出差错。〔例〕《儒林外史》第五十二回：“老哥如不见信，我另外写一张包管给你，他那中间人我都认识，丝毫不得走作的。”

贡脓 溃烂生脓。〔例〕《西游记》第七十三回：“这颗头今日也不济了，长时刀砍斧剁，莫能伤损，却怎么被这金光撞软了皮肉？久以后定要贡脓，纵然好了，也是个破伤风。”

坎 覆盖；反扣。〔例〕《醒世姻缘传》第四回：“你还把网巾除了，坎上浩然巾……”王少堂《宋江》中册：“头一个顶锅的把口锅放下来，就朝江坎子斜坡子上一坎，把锅坎平了，摆好了。”《中国民间文学集成·盐城市歌谣谚语卷·今生今世不分离》：“不分离来不分离，/大碗坎在小碗里，/郎啊，我们二人才分离。/你我恩爱好夫妻，/今生今世不分离。”《中国民间文学集成·阜宁县资料本·黄河与长江的传说》：“雨一停，来了一个男伢子，把这棵大树一拔，树洞往下一‘坎’，百十个人全掉在地上。”

赤瓢 带柄、平口、呈畚箕状的瓢勺。〔例〕《中国民间文学集成·盐城市歌谣谚语卷·十不全》：“滑头滑脑秃浆往外冒，/头上没得毛，/勾郎鼻子吊眼梢，/嘴像大赤瓢，/麻脸赛核桃。”

坑头 低头。〔例〕《中国民间文学集成·滨海县资料本·名医巧安胎》：“侄孙媳妇怕难为情，坑着头不作声。”《中国民间文学集成·阜宁县资料本·孙悟空是吕纯阳生的》：“坑头拾起个小石子，往下一砸，不偏不巧，笃逗黎山老母奶帮子。”

志子 用来标示事物的长短、大小、高低的标记。〔例〕王少堂《宋江》中册：“李逵一边说，一边还随手验，还随手比，验的、比的这个志子直即有碗口大。”

块块 到处。〔例〕《中国民间文学集成·东台市资料本·生炒蝴蝶片》：“很多人不懂，看到长鱼不敢捉，以为是蛇，这样一年多似一年，块块总有长鱼游。”

声气 说话时的声音、音量。〔例〕《金瓶梅词话》第十一回：“俺们到前边自说的一声儿，有那些声气的。”第五十三回：“月娘便立了听着，又在板缝里瞧着，一见是潘金莲与孟玉楼两个，同靠着栏杆，低了声气，絮絮答答的讲说。”《照世杯》卷四：“那晓得儿子同媳妇狮子也舞过一遍了，听得太公声气，穆文光急了，惊叫媳妇回说不曾来。”李涵秋《广陵潮》第三十三回：“卜氏说到此，声气已经呜咽。”

花 ①散裂。〔例〕王少堂《武松》下册：“一把上新籼米，放在瓦缶子里加水，炖在干炭炉子上就跟煮粥差不多，让它嘟，要把米嘟花了。”②绕开；避开。〔例〕王少堂《宋江》中册：“黄蜂刺跨出轿档。轿子花在旁边。”③偏斜。〔例〕王少堂《武松》上册：“这一把抓住，手腕字一用劲，朝回头一带，施恩脚底下花了两步，好不容易两脚才站住。”

花头经 花招；窍门；本领。〔例〕《扬州民间故事集·羊肉烧藻菜》：“张老三虽不懂买驴人玩的花头经，但他明白，自从带回那碗倒霉的菜，老婆的脾气才变坏的。”

花老母 花皮青蛙。〔例〕《中国民间文学集成·盐城市歌谣谚语卷·蚂蚱娶亲》：“‘草草婆’叫喳喳，/下了一窝小‘蚂蚱’。/领了蚂蚱成人大，/没得门当户对家。/南庄有个‘油蛐蛐’，/纺织娘做媒来配它。/看下良辰并吉日，/花红彩轿来娶它。/四个‘蛤蟆’抬花轿，/‘花老母’来做伴妈。”

花瓶耳子 花瓶两侧对称的把手。〔例〕王少堂《宋江》上册：“他们军衣号帽，一个个走路都拿起子来，花瓶耳子支起来，两手叉腰站成排。”

劳什子 讨厌的东西。〔例〕《红楼梦》第三回：“什么罕物！人的高低不识，还说灵不灵呢！我也不要这劳什子。”

芦秫 “秫”，读如“苏”，轻声。高粱。〔例〕《中国民间文学集成·盐城市歌谣谚语卷·养女不嫁条龙庄》：“养女不嫁条龙庄，/十年要有九年荒。/麦穗子有苍蝇大，/芦秫秸子线香类。”《中国民间文学集成·盐城市歌谣谚语卷·十只舟船》：“五只舟船到东台，/一船竹子一船柴，/顺带一船芦秫秸。”《中国民间文学集成·阜宁县资料本·十八罗汉的来历》：“有件事情转告老板爹爹，南田头芦秫棵里有十八个蛤蟆强盗，今天晚上要扒窃老板爹爹家。”

杠门 将门闩上，并用木棍之类抵住以加固。〔例〕王少堂《宋江》上册：“关切头门口，里头容到了七成数的人，就要把头门杠起来。”中册：“怕李逵来扒啊，把大门关起来，把大门杠起来。”

村话 粗野的话。〔例〕《红楼梦》第二十六回：“外边听了村话来，也说给我听。”

杈针棵 带刺的蔷薇丛。〔例〕《中国民间文学集成·滨海县资料本·四才女吟诗》：“吴姑娘说：‘三尺白绫雪上施，’王姑娘说：‘刺猬拱进杈针棵，’赵姑娘说：‘小粉子撒在面缸里，’刘姑娘说：‘抱起秤砣砸铁锅。’”

杩子 马桶。〔例〕《红楼梦》第六十一回：“别讨我把你头上的杩子盖似的几根黄毛揪下来。”《金瓶梅词话》第四十回：“半夜里吊在杩子里，我和丫头点灯拨着瞧，倒是个小厮儿。”

朿朿 读如“的笃”。时间极短；一下子。〔例〕《扬州民间故事集·张玉书的传说》：“张玉书看看好笑，也不等他们了，一口气全说出来：‘𠂆𠃌一声响，朿朿到扬州。’”《郑板桥传说·随船吟诗》：“郑板桥在桌上拿起狼毫来，飞龙走蛇，嗖嗖几笔就很快在纸上写出来：‘蹒卜一小舟，才卞水上游。𠂆𠃌一声响，朿朿到扬州。’”

更外 格外。〔例〕《中国民间文学集成·盐城市歌谣谚语卷·巧老婆》：“左膀子裁过腋肢窝哎，/扦面磨磨不要撩衣袖；/右膀子裁过手面子多哎，/跑路甩袖子多好过；/前头又裁过肚脐子眼哎，/上街玩耍不要撩衣裤；/说起好处更外多，/后面又裁过就地拖哎；/向后来西北风大，/没得棉裤遮遮屁股也暖啊火。”

更格 今天。〔例〕《中国民间文学集成·东台市资料本·杀猪宰羊成佛道》：“到佛国以后，两个和尚一想的，我俫念经念格数十年，更格才成格个仙。”

两下 两处；双方。〔例〕《金瓶梅词话》第五十二回：“新酒放在两下里，清自清，浑自浑。”《喻世明言》第一卷：“说罢，斟酒递与婆子，婆子将杯回敬，两下对坐而饮。”《醒世姻缘传》第七十五回：“这事怎么在的我，只在妈的主意。要说从小儿在一搭里相处，倒也你知我见的，省的两下里打听。”《歧路灯》第九十九回：“家伯年过七旬，舍弟太小，在两下里住，我少不得在家等着本省乡试进进场。”《施公案》第一二九回：“天霸说：‘先访李姓妻许氏的年貌，素日的行为，合李姓的形影。访真了好上辛集，再访拿韩道卿妻许氏，年纪形容。两下一对，便知详细。’”文康《儿女英雄传》第八回：“那骡夫、店家又两下里一齐在旁撺掇，是我一时慌乱，就匆匆而走。”王少堂《宋江》上册：“这刻秦明望着黄信，黄信也望着秦明。两下望者：梁山我们究竟去不去？”

两不找 在物质交换中双方收支相当。〔例〕《扬州民间故事集·吉高故事》：“老板说：‘这叫草烧茶，茶换草，茶钱草钱两不找，明天再请早！’”

两面刀 两面三刀；言行不一。〔例〕《金瓶梅词话》第二十回：“他自吃人在他跟前那等花丽狐哨，乔龙画虎的，两面刀哄他，就是千好万好了。”

两就就 双方迁就、凑合。〔例〕王少堂《宋江》中册：“戴爷，这么着：我们两就就，你阁下在路辛苦一点，多放两个夜站，我呢，我尽力而为，尽力赶，作兴要不了三天。”

码 用盐腌。〔例〕《扬州民间故事集·王家的秤大》：“三儿子接着说：‘把你的皮剥下来卖给天晓得乐器店蒙鼓，把骨头和头发卖到荒货店，把肉用大子盐一码，卖给熏烧店煮咸肉……’老头子急忙打断他的话：‘呆孩子，不能腌，腌了要有折耗的！’”

来人疯　人来疯。小孩在人多的情况下便喜欢撒娇。〔例〕陈登科《风雷》第一部第二十一章：“呃吆，都是来人疯，还爬到阿姨腿上，快下来，把阿姨衣服弄脏了。”

来尿　遗尿。〔例〕《中国民间文学集成·盐城市歌谣谚语卷·一百怕》：“瘸子怕走独木桥，/瞎子就怕屎粪堆。/说书就怕漂场子，/张天师单怕鬼来迷。/小孩怕人说来尿，/黄鼠狼就怕狗来追。”

连不三的　赶忙；赶紧。〔例〕《中国民间文学集成·盐城市郊区资料本·倪大王的传说》：“倪大王两只手抱起一只石狮子，围着天井跑了三圈，连不三的将石狮子朝下扔，不停地喘气。”

连跑是跑　形容跑得紧忙。〔例〕《老残游记》第十三回：“那些村庄上的人，大半都还睡在屋里，呼的一声，水就进去，惊醒过来，连跑是跑，水已经过了屋檐。”《二刻拍案惊奇》第三十三卷：“乡客叫得一声阿也，连吼是吼，早已后气不接，呜呼也哉。”在江淮方言中，“连×是×”是固定搭配，在“连”和“是”的后面是同一单字动词，表示这一动作连续、紧忙。严薇青注本《老残游记·再版后记》中说：“我在《凡例》中把第十三回里的‘连跑是跑’认为是错误字句，参照其他版本，改为‘连忙就跑’。后据读者李雨清同志来信指出：‘连跑是跑’是江苏镇江一带的方言，并非错误。’”其实，“连跑是跑”，也并非只是镇江一带的方言，在江淮方言区域，几乎普遍使用。

连枷　一种靠人工挥动拍打谷物、豆子、芝麻等的果壳，从而使子粒掉下来实现脱粒的工具，该农具由一个长柄和一组平排的竹条或木条组成。〔例〕《扬州评话选·程咬金卖筢子》：“什么钉钯呀，锄头呀，叉筢呀，连枷呀，扫帚呀，这些铁木家伙都在那里。”

扶手子　楼梯栏杆或坐椅两侧用以搁手臂的部分。〔例〕王少堂《宋江》中册：“三爷慢慢地扶着扶手子上了楼。”

抠眼　眼窝凹陷。〔例〕《扬州民间故事集·蚊子装嘴》：“李老君正在呼啦呼啦拉风箱，忙着炉子。抬头一望，来了个长嘴抠眼、长翅膀长黑毛的怪物。”

找眼　又作“找眼子”。找岔子；吹毛求疵。〔例〕王少堂《宋江》中册：“不好了，他问这个事是什么原故？这个囚攮的，专门找眼。”

扽　拽；拉。〔例〕王少堂《宋江》上册：“这个结嘛宜乎解呀，你这一扽，这个疙瘩就越死越呆，今生也不得下来了。”“两个人都抓住戟耳子底下，对面扯扽，两足尖钩住马肚腹，胸前吸定鞍山。”

抄头 相向而行。〔例〕王少堂《宋江》上册:“玩灯是桩兴事,要人赶着望,要人跟着望,要人抄头拦着望,才有兴趣咧。”

报疤 报复;报仇。〔例〕《中国民间文学集成·盐城市郊区资料本·公冶长懂鸟语》:“今天晚上我去替你报疤,你先去安心养伤吧!”《中国民间文学集成·阜宁县资料本·府官王岱的传说》:“用什么办法挽回这个面子,报过这个‘疤’呢? 他想出了一个办法。”

折 折算,折合。〔例〕《儒林外史》第一回:“你只在这一带玩耍,不必远去,我老汉每日两餐小菜饭是不少的,每日早上,还折两个钱与你买点心吃。”

折子 用芦柴篾或竹篾编成的用于圈囤粮食的席条。因其圈囤粮食时的外形似巨形碗状,故有些地方又称“折碗”。〔例〕陈登科《风雷》第一部第十章:“报告祝书记,朱部长要我来请示你,仓库折子不够。”《中国民间文学集成·东台市资料本·种田》:“百二十亩田,/打啊千二百担稻。/家里个折子,/拄啊二槽。”《中国民间文学集成·盐城市歌谣谚语卷·说芦柴》:“小锣子一打格排排,/府上门口戗捆柴。/莫把此柴看小可,/一样做出几样来:/打起折子长又长,/仓房能囤万担粮;/做起席子四角方,/晒得东西和五谷粮;/做起畚箕三角揸,/厨房里打扫合着它。”参见“摺子”条。

扳罾 用一种以木棍或竹竿作支架的鱼网捕鱼。〔例〕《扬州民间故事集·朱正林故事》:“这一天,朱正林在港边扳罾,差人到了,朱正林晓得是县官用的坏计,随手收起网,回来弄了点老酒,烧了几条鱼,请差人吃了一顿饭。”

抢场 雨前或雨中抢收晒在场地上的粮食。〔例〕《扬州民间故事集·吉高故事》:“小麦登场,场上晒了几十担,忽然几个雷一响,乌云一飘,下了一阵雷暴雨。抢场来不及,淌掉几十担小麦。”《中国民间文学集成·阜宁县资料本·小半仙寻宝》:“没过一袋烟工夫,天全黑下来了,老板一看,不好! 赶紧喊老板娘抢场。连抢是抢,场上大麦被雨冲淌得一半。”

抛梁 造屋上梁时,由主持工匠从屋梁上向地下人群中抛撒糖果食物以图吉利的仪式。〔例〕《中国民间文学集成·盐城市歌谣谚语卷·抛梁》:“油面师傅手艺巧,/蒸出馒头我抛梁。/前抛三把多富贵,/后抛三把多吉祥。/——恭喜恭喜!”

抖花子 指合奏打击乐时用不同的乐器按一定的板眼敲击出某种花腔。〔例〕王少堂《武松》下册:“他们打更,两个人是老对子,不是敲的老式更,老虎剔牙,要抖花子的。”

抖抖活活 因恐慌而战战兢兢的样子。〔例〕《中国民间文学集成·盐城市郊区资料本·写春联》:“钱贯心没办法,只好抖抖活活地从口袋里掏出五个铜钱送到陈画士手里。”《中国民间文学集成·射阳县资料本·吟诗赎夫》:“灵哥就抖抖活活地把前因后果一说。”

护风 风对人或其他事物产生阻力。〔例〕王少堂《武松》下册:“他蹑着脚步子,实在不响,乃因他穿的长衣服,走起路来护风,这个风声被武二爷听见了。”

护疼 又作“护痛”。对疼痛所作出的反应;怕疼。〔例〕文康《儿女英雄传》第五回:“那骡子护疼,把脑袋一拨甩,就把骑着的掀了下来。”王少堂《宋江》上册:“小刀掏出来,戳他的手面子。他可护疼啊,他一护疼,手一松,就拖出去宰了。”王少堂《宋江》上册:“箭伤眼里,鲜血直流,马因护痛,前蹄朝下一跪,瘫下来了。”

扭头折颈 扭捏作态的样子。〔例〕《儒林外史》第四十二回:“两个婊子,轻轻试试,扭头折颈,坐在一条板凳上,拿汗巾子掩着嘴笑。”

抉 翘起。〔例〕《西游记》第三十三回:“行者见了,心中暗喜道:‘好东西!好东西!我若把尾子一抉,飕的跳起走了,只当是送老孙。’”

把 ①嫁。〔例〕《扬州民间故事集·莫姑姑——苦》:“莫姑姑七岁时,父母就病故了。他被把到人家做小媳妇。”②给。〔例〕《儒林外史》第五回:“况他又心慈,见那些穷亲戚,自己吃不成,也要把人吃;穿不成,也要把人穿。”③让,使得。〔例〕《儒林外史》第十九回:“他每日在店里,手里拿着一个刷子刷头巾,口里还哼的是‘清明时节雨纷纷’,把那卖头巾的和店邻看了都笑。”④在量词后面表示约数,读轻声。〔例〕《儒林外史》第十回:“他……力太用猛了……一只钉鞋踢脱了,踢起有丈把高。”第十四回:“我的束修其实只得一百两银子,这些时用掉了几两,还要留两把作盘缠费到杭州去。”

把小心 提醒;警告。〔例〕王少堂《宋江》上册:“他这是喊明了要射我盔缨,把准头给我看看的,骨里也是把小心把我:哎,你不能再追啦,再追我还就不顾人情啦!”

把子 器物上的把手。〔例〕王少堂《武松》下册:“左手扠腰杆,是茶壶把子;右手翘大拇指,是茶壶嘴子。”

把脸 给面子。〔例〕王少堂《宋江》中册:“你老要有什么事,直即吩咐我们,我小人来效劳,他们这些人,你直即不要把脸把他们。”

把准头 给底细。〔例〕王少堂《宋江》上册:“他这是喊明了要射我盔缨,把准头给我看看的,骨里也是把小心把我:哎,你不能再追啦,再追我还就不顾人情啦!”

把滑 又作“扒滑”。防滑,止滑。〔例〕《老残游记》第八回:“不要紧,我有法子。好在我们穿的都是蒲草毛窝,脚下很把滑的,不怕他。”蔡思果《香港之秋·谁有资格写白话文?》:“扒——(读如巴)指黏着不滑,如‘这双鞋子很扒滑’。”

闷 隐瞒。〔例〕王少堂《武松》下册:“不要再噜苏了,回头噜苏了,上头晓得,我们又要挨骂。算了吧,闷掉了吧。”

闷声大发财 闷声不响;一言不发。〔例〕王少堂《宋江》中册:“拳头以上势下,就认定了张顺张二爷的头顶,嗯,闷声大发财,不招呼,先把他的头砸扁了再说。”

闷灶 没有烟囱的锅灶。〔例〕陈登科《风雷》第一部第三章:“春芳家的厨房,是不能住人的。一间小草房,人进去腰也直不起来。一头是个闷灶锅,锅台离地还不到一尺高。”

闷艄 船上加盖的后舱。〔例〕王少堂《宋江》上册:“这一位可是在闷艄里睡觉?不是的,正在闷艄里吃饭。”

闷鼻 又作“闷鼻子”。碰鼻;下不去。〔例〕王少堂《宋江》上册:“老爹,你这多肉啊!我特为好意来告诉你,你给我这么一个闷鼻。”

闷嘴大瘪气 没精打采的样子。〔例〕《中国民间文学集成·射阳县资料本·报复》:“陈大先生闷嘴大瘪气,没娘吊气的家去了。”

旱谷 旱地生长的农作物的统称。〔例〕《扬州评话选·智取生辰纲》:“今朝却也真炎热之至,这条路又难走得很,两边长的旱谷子,黍稷有人把高。”陆文夫《酒话》:“在泰兴,凡是种旱谷的地方,每个村庄上都有一个或几个糟坊,即酒坊。”

里锅 两眼灶或三眼灶中最里面的一口锅。〔例〕《中国民间文学集成·盐城市歌谣谚语卷·两个媒人到我家》:“花喜鹊,叫喳喳,/黄狗欢的摇尾巴。/两个媒人到我家,/姑娘心里乐开花。/口锅刷刷烧开水,/里锅刷刷炒芝麻。/芝麻芝麻你莫炸,/听听媒人说什么。”

呆登登 呆若木鸡的样子。〔例〕《金瓶梅词话》第五十五回:“嘻嘻哈哈,也不顾人看见。只想着与陈经济抅搭,便心上乱乱的焦燥起来,多少长吁短叹,托着腮儿呆登登。”

男将 男人;丈夫。〔例〕《中国民间文学集成·盐城市歌谣谚语卷·官场》:“男将当队长,女将长翅膀。”《中国民间文学集成·东台市资料本·狐狸精》:“到啊早晨,天亮啊了,男将眼睛睁下来一望的,哎哟喂,明间里堆啊一家伙金子。”

呔 呼唤人的声音。相当于“喂”。“呔”,读如“逮”。〔例〕王少堂《宋江》上册:“呔!好倔强牛子,别走了!”“呔——!你混讲什么!”王少堂《武松》上册:“呔,乔郓哥兄弟可在家吗?咱武松过来奉请!”陈登科《风雷》第一部第一章："黄大权从凳子上滑下地，把桌角一拍：'呔……你是胡扯的啥！'"

呕 又作"怄"。故意以冷言冷语、恶言恶语气人。〔例〕《老残游记》第十七回："老残看刚弼怒容满面，连声吆喝，却有意呕着他顽。"《施公案》第三回："鬼嘴的猴头儿！呕的你九老爷也没了法儿了。"《扬州民间故事集·饭后钟》："王播气恼：好哇，你嫌弃我，不明赶我走，却用鬼主意来怄我……罢，罢，罢！此处不留人，自有留人处。"

吵起来 普遍流传。〔例〕陈登科《风雷》第一部第二十七章："我怎没有了解，庄上人都谈的吵起来，还能是假的。"

吵唠 吵架；争执。〔例〕《中国民间文学集成·滨海县资料本·麻将歌》："姐妹多好吵唠，/舌尖子送把干妹咬。"《中国民间文学集成·射阳县资料本·灶神的来历》："于是章程就拿定了，回头来直朝家跑，到家里无事生非逗住女人吵唠。"《中国民间文学集成·阜宁县资料本·寻宝遇仙记》："正在哭的时候，有两个神仙在空中吵唠，一路吵来。"

吵窝子 又作"剿窝巢"。内讧。〔例〕王少堂《宋江》上册："他们时常吵窝子，和小孩子差不多。"

听住听住 即"听着听着"。在两个相同的单字动词后分别跟"住"，表示同一动作的延续。〔例〕《扬州评话选·张松献地图》："刘备听住听住，心里拎拎的，汗毛竖竖的，两个眼睛望住他。"

听壁根 偷听别人谈话。〔例〕王少堂《武松》下册："估计里头面吃得差不多了，拧了把手巾，水铫子一拎，要想进来打手巾搀水，以公借私，听听壁根。"

呛 用酒或糖、盐水泡制食品。〔例〕汪曾祺《四方食品》："前些年回乡，家乡人知道我爱吃'呛虾'，于是餐餐有呛虾。我们家乡的呛虾是用酒把白虾（青虾不宜生吃）'醉'死了的。"

吹大气 吹牛；说大话。〔例〕陈登科《风雷》第一部第二十六章："老九别吹大气，你一不会剖篾子，二不会编芦席，你能干啥呢？"陆文夫《崔大成小记》："他们从张春桥骂到姚文元，连下来便骂崔大成，说他不该叫作崔大成，应该改名吹大气。"

吹手 旧式婚丧仪式中吹奏乐器的人。〔例〕王少堂《武松》上册："三班头是什么东西呀？吹手一班，和尚一班，道士一班，叫三班头。"

吹塘灰找裂麻缝 "塘灰"，地上的灰尘；"裂麻缝"，地面裂开的细缝。吹毛求疵；故意找别人的岔子。〔例〕王少堂《武松》上册："武二爷这一刻在楼下正在一肚子不除疑，想吹塘灰找裂麻缝哩，还当得起楼上有人走路吗？"

呜嘀打 模拟唢呐、喇叭之类吹奏的乐调声。〔例〕《中国民间文学集成·盐城市歌谣谚语卷·哥哥去当新四军》:“小喜鹊,叫喳喳。/小花狗,摇尾巴。/喇叭一吹呜嘀打,/爆竹一声霹雳啪。”

别爪子 对病态蜷曲手指的謔称。〔例〕王少堂《武松》下册:“武松举千斤石后,观众无不喝彩,别爪子也把两只手背对敲起来。”

帐 语尾词。而已;罢了。〔例〕王少堂《武松》下册:“这个东西院门栅栏子上锁,是名义帐,钥匙就摆在二老子面前,开一开没得关系。”王少堂《宋江》上册:“我出来看灯,本来勉强帐,我要回去了。”

针尖对麦芒 针锋相对,旗鼓相当。〔例〕《中国民间文学集成·滨海县资料本·刘关张拜兄弟》:“张飞哪天吃过这杯酒的呢?今天碰到关羽是针尖对麦芒,一个不让一个。”

针线匾子 又作“针线扁子”“针线笾子”。用竹篾或柳条编制成的用于存放针线等缝补用具的器具。〔例〕《中国民间文学集成·射阳县资料本·苏小妹助兄对对子》:“听了之后,也不作声,捧一个针线匾子,坐在门口绣起花来了。”《中国民间文学集成·阜宁县资料本·渔滨河边》:“把个针线匾子往桌上一掼,发狠老不出门做针线了。”王少堂《武松》上册:“她把针朝鞋帮子上一别,往针线扁子里一摆。”《中国民间文学集成·盐城市郊区资料本·智斗狐狸精》:“看你家穷,今晚带一针线笾子银洋钱来给你。”

告 与;和;同。〔例〕《金瓶梅词话》第九十九回:“到次日,心心念念要告春梅说。”

告止 告终;截止。〔例〕王少堂《宋江》中册:“我如其把刚才的话一说,我们宋三爷就走今日就愁起,一直愁到临死才告止,这个罪不好受。”

告诵 告诉。〔例〕《西游记》第二十三回:“师父!这娘子告诵你话,你怎么佯佯不睬?”《中国民间文学集成·盐城市歌谣谚语卷·侃空》:“说我空,我更空,/听我细细来告诵:/一日天气陡然变,/树头不动刮狂风。/纸糊灯笼刮不动,/磙子刮得影无踪。”

告着 糟蹋。〔例〕《中国民间文学集成·东台市资料本·孙花波的传说》:“狐狸精看到老判官就不敢上门,就告着他的。怎么告着法子呢?孙花波家东边有十几亩田,狐狸就搬来一田的砖头瓦片,把他长的好好的庄稼作掉啊。”

秀穗 抽穗。〔例〕王少堂《宋江》上册:“粮食长在田里,正在苗秀的时期,人心一致都望一场雨,能有一场雨来,年成就好了。”《中国民间文学集成·射阳县资料本·贪心的哥哥凹鼻子》:“张二早晚就服侍这一棵苗,尿屎往这一棵苗根送,天天薅,日日锄,看着它长大了,秀出了一个又长又粗的高粱穗子,心里好不欢喜。”参见“琇”条。

私肚子 女性因私通而怀孕。〔例〕《金瓶梅词话》第八十五回:“那秋菊在家,把金莲、经济两个干的勾当,听的满耳满心,要走上房告月娘说:二人怎生偷出私肚子来,倾在毛司里,乞掏坑的掏出去,何人不看见!”

私窠子 私娼,即暗娼。〔例〕《金瓶梅词话》第九十五回:“有两个私窠子,一个叫薛存儿,一个叫伴儿。”

呑 手伸进看不见的衣袋或洞穴里去掏摸。如口语中说将手伸进螃蟹窟里掏螃蟹叫“呑螃蟹”。〔例〕《西游记》第三十四回:“都去地下乱摸,草里胡寻,呑袖子,揣腰间,哪里得有?”

何能 怎么可能。王少堂《武松》上册:“我何能为他耻笑? 前头如没得老虎,我回头不回头倒没得关系;前头既有老虎,我不能回头! 我难不成就惧怕这一只老虎吗?”

但看 倒要看看;偏要看看。〔例〕陆文夫《有人敲门》:“尤琴珍紧闭着嘴唇,翻动着眼睛,陡然把脖子一梗:‘怕,我怕啥呀,但看谁能吃掉我!’”

伸气 呼吸。〔例〕《扬州评话选 · 智取生辰纲》:“今朝却也真炎热之至,这条路又难走得很,两边长的旱谷子,黍稷有人把高,就是有点风也被遮挡住了,人和在蒸笼内走路仿佛,暖得就差伸不出气来。”

伸腿觉 无忧无虑的睡眠。〔例〕《中国民间文学集成 · 盐城市歌谣谚语卷 · 小黄狗汪汪叫》:“小黄狗,汪汪叫,/中央军,又来到,/大人小孩心里跳。/吃不好,安稳饭;/睡不好,伸腿觉。”

作子 办法;计谋。〔例〕陈登科《活人塘》:“这都是杀千刀,把狗拖的,绝子绝孙的孙在涛做就的作子,他把街上的大烟鬼子周连奎弄通了,一口咬住你爸爸与他伙偷的。”

作气 生气。〔例〕《中国民间文学集成 · 阜宁县资料本 · 黄克诚在南窑》:“黄师长一点没作气,还笑呢,他说:‘没关系,一回生,二回熟嘛!’”

作为 又作“约作”。差不多;大约。〔例〕王少堂《宋江》上册:“花老爷衙门里里里外外没得一百人,连外头当差的,连他家亲兵,作为八十个吧。”“这个小铜锤,上戥盘戥,大概作为二两重。”王少堂《武松》上册:“望了三天,饮食吃得多了;望了六七天,脸上颜色就好看些了;望了作为半个月,精神也有了。”

作兴 ①应该。〔例〕王少堂《武松》上册:“论理我还不作兴先打你,不过……”陆文夫《有人敲门》:“尤琴珍没有考取,只能怪她,可作兴把一元二次方程式都忘记了!”②可能。〔例〕王少堂《宋江》中册:“我尽力而为,尽力赶,作兴要不了三天。”王少堂《武松》下册:“这种大亮性,作兴有人睡觉睡不着,到院子里来玩玩。”《扬州评话选 · 火烧博望坡》:“他先生常在那一路出人,不作兴认不得诸葛亮。”《扬州民间故事集·汪中的传说》:“人家都说汪相公记性好,他每天在店堂里读书,作兴每天听到你记帐的数目哩。”高晓声《蜂花》:“你文化比我高,作兴派得着好工作。”③可以;许可。〔例〕《扬州民间故事集·书场端大碗》:“……说书人和书场老板不作兴挣较。”陈登科《风雷》第一部第五章:“眼目下大姑娘都作兴自由了,青天白日把男人往家里拖。”④抬举、照应。〔例〕《儒林外史》第四十九回:“只因上年国子监里有一位虞博士,着实作兴这几个人,因而大家联属。而今也渐渐淡了。”

作难 为难。〔例〕《金瓶梅词话》第七十六回:“不然,教他爹两下里不作难,就行走也不方便。”《儒林外史》第八回:“说到交代一事,王太守著实作难。”

作掉 糟蹋掉;浪费掉。〔例〕《中国民间文学集成·东台市资料本·孙花波的传说》:“孙花波家东边有十几亩田,狐狸就搬来一田的砖头瓦片,把他长的好好的庄稼作掉啊。”

作脱了 浪费了;糟蹋了。〔例〕王少堂《宋江》中册:“你老人家何必骂他们呢?骂他们他们又听不见,把力气都骂作脱了。”

作践 又作“作贱”。糟蹋。〔例〕《西游记》第十一回:“自出了森罗殿,见那阴司里,不忠不孝,非礼非义,作践五谷,明欺暗骗。”《醒世姻缘传》第九回:“外边男人把晁大舍一把揪翻,采的采,挦的挦,打桌椅,毁门窗,酒醋米面,作贱了一个称心。”《中国民间文学集成·射阳县资料本·谢石测字》:“女婿外出三年,若他在外又找女人,回家故意作践女儿,我这么责罚女儿岂不白白害了女儿一条性命!”

作蹋 糟蹋、浪费。〔例〕王少堂《宋江》上册:“啊,还分呢,手还要分脏了哩,工夫还要分作蹋掉了哩。”

你人家 您;您老人家。多用于对尊长者的敬称。《扬州评话选·扬州劫法场》:“姑奶奶,你人家上扬州,爹可晓得啊?”

希希朗朗 形容稀疏。〔例〕陈登科《风雷》第一部第一章:“此人名叫黄龙飞,年已五十开外,嘴上有十七八根希希朗朗的黄胡子。”

坐坐 指请客吃饭。〔例〕《儒林外史》第十八回:“主人随即搬了许多考卷文章上楼来,午间又备了四样菜,请先生坐坐,说:‘发样的时候,再请一回,书出的时候,又请一回。’”

坐馆 教书;当教师。〔例〕《郑板桥传说·麻丫头写契据》:“他们一起渡过河来,请在那儿坐馆的郑板桥的父亲郑立庵先生写张契据。”

孚热 焐热。〔例〕陈登科《风雷》第一部第四章:“万寿年刚睡下,被窝还没有孚热,又轻轻爬起来,开开门,走到外边。”

邻居家边的 看在邻居的份儿上；邻居情谊。〔例〕王少堂《武松》上册：“我其实弄了四样菜，顺便把你瞎老子搀过来吃一顿，邻居家边的，他素昔又没得好菜吃。”陆文夫《人之窝》上部第十一回：“好啦好啦，邻居家边的，等歇我派人来处理。”

岔嘴 插嘴。〔例〕《中国民间文学集成·阜宁县资料本·乾隆游私塾》：“老先生抬头一看，见是一个布衣平民，生气地说：‘去！去去！此乃通用，你不懂不要乱岔嘴。’”

肝花 肝脏。〔例〕《西游记》第七十五回：“抓住肝花打秋千、竖蜻蜓、翻跟头乱舞。”

肐揪 纽结；疙瘩。〔例〕《红楼梦》第一百十六回：“宝钗听了，不觉把眉头肐揪著，发起怔来。”

角壁旮旯 到处。〔例〕《中国民间文学集成·盐城市郊区资料本·宋泽夫的传说》：“收到点粮食，就像案板上摆下一块大肥肉，角壁旮旯的苍蝇，‘呜嗡呜嗡’地踢上来了。”

条台 多指在房屋正厅对门靠墙放置的长形台儿。〔例〕王少堂《宋江》中册：“桌椅条台还有箱子，摆得这么整整齐齐的。”王少堂《武松》下册：“桌椅条台，陈设得很好，很像书香人家的气派。”《中国民间文学集成·射阳县资料本·老嫂救弟》：“连忙家来叫小兄弟把衣服全脱光了……朝条台上祖先龛子里一坐，关照他不能说话。”《中国民间文学集成·阜宁县资料本·一家亲》：“骆处长夫妇走后的第二天早上，我母亲抹条台时，在瓦香炉底下发现一个红纸包子。”

饪珍 将尚未完全枯熟的元麦粒炒熟后磨碾成的条状食品。〔例〕《中国民间文学集成·盐城市歌谣谚语卷·物候》：“楝树开花，饪珍粑粑。”

卵鸟嘴 “鸟”，读如“掉”。指说话不算数、常常出尔反尔。〔例〕《金瓶梅词话》第二回：“听信你兄弟说空生有卵鸟嘴，也不怕别人笑耻。”

迎亮 朝着、就着亮光。〔例〕《金瓶梅词话》第八回：“妇人见他手中擎着一根红骨、细洒金、金钉铰川扇儿，取过来则迎亮处只一照。”第八十二回：“迎亮儿一看，就知是孟玉楼簪子。”王少堂《宋江》中册：“把眼睛觑到信高头也罢了，怎么还把个鼻子还凑上去闻闻，有臭味呀？迎亮还又照照，照过了又摆平望望。”

忤作 专事收敛、解剖尸体的人。〔例〕《醒世姻缘传》第十一回：“那个武城县循良至清至公的个父母果然应了晏外科的口，烂的有钵头大，半尺深，心肝五脏都流将出来。那些忤作行收敛也收敛不得。”

快当 迅速。〔例〕《喻世明言》：“梁尚宾道：‘一时间那得个主儿？须是肯折些，方有人贪你。’客人道：‘便折十来两，也说不得。只要快当，轻松了身子好走路。’”李涵秋《广陵潮》第六十七回：“其实他老人家每逢外出去游玩，总是不会快当的，单是他老人家梳头换衣裳，也要摸索好几个时辰呢。”《中国民间文学集成·阜宁县资料本·文章不及江司马 造化不如李春方》：“姑娘，把我来撑，好快当点个子。”

快点个 快点儿。〔例〕《扬州民间故事集·司徒庙的传说》：“噢，快点个，你们把稻田里的烂泥，统统糊到草堆上。”

灶锅老爷 又作“灶官老爷”。灶神。〔例〕《中国民间文学集成·射阳县资料本·告阴状》：“妈妈听说儿子写状纸告阎王，这可不得了，连忙把状纸往锅膛里一甩，烧掉了。这一下可真惹了事，这状纸被灶锅老爷收到了。”《中国民间文学集成·阜宁县资料本·听衬话》：“在灶官老爷面前烧几张只长，点起香、烛，磕几个头。”

这么子 这样办。〔例〕王少堂《武松》上册：“这么子，外头做半段头的飞来椅，即便有人伏在窗上，坐在墙头上，都有飞来椅挡着，可保跌不下来，没得危险。”

这们 这么。〔例〕《老残游记》第一回：“这两个人本是老残的至友，一齐说道：‘这们长天大日的，老残，你蹲在家里做甚？’”第五回：“谁知道就闹的这们利害，连伤了他四条人命！”

这们些 这么多。又作“这么些”。〔例〕《醒世姻缘传》第十九回：“怪道要这们些银子！我就没想到他会唱哩。”第三十四回：“二人抬到屋里，他娘和媳妇子方才知是银钱，说：‘他掘了多少？就分这么些给你？’”《老残游记》第五回：“老残道：‘那有这们些强盗呢？’那人道：‘谁知道呢！’”王少堂《宋江》上册：“包裹里怎么有这么些金银的啊？”“你带这么些麻绳做啥？”

这块 这儿；这里。〔例〕王少堂《宋江》第二回：“你坐在这块等初十，难不成怕初十跑掉了吗？”

这咱晚 到了这时候。强调“已经很迟”。〔例〕《金瓶梅词话》第四回：“这咱晚，武大还未见出门，待老生往他家，推借瓢看一看。”

这些腿子 这一类人。含鄙夷之意。〔例〕《中国民间文学集成·阜宁县资料本·马良独修金山寺》：“马良看不惯这些腿子，钱越多越啬刻，要他们掏口袋，就这样惨，瞎扯蛮。”

冻铃铛 又作“冻凌铛”。冰凌。〔例〕王少堂《武松》下册：“前发齐眉，后发披肩，头上淌汗，本来有热气，稀潮的，一个个水珠子，水珠子要朝下滴，被后头西北风一吹，冻起来了。这头发梢子上冻铃铛有半寸长，就跟一排珠翠仿佛。”孙智宏淮剧《赶鸭》：“我今年活到四十三，/没见过太阳出西山。/

公鸡竟然能下蛋,/冻凌铛也能晒成干。/早知孩他妈有进步,/我何必对他绕弯弯。”

冷蒸 青麦所制的食品,又作“冷珍”。同“饪蒸”。〔例〕《中国民间文学集成·盐城市郊区资料本·十二月食谣》:“三月立夏吃鸡蛋,/四月清和冷蒸炒。”《中国民间文学集成·盐城市郊区资料本·农谚》:“楝树开花,冷珍抓抓。”

汪 液体停滞、积存。〔例〕《红楼梦》第三十一回:“从早辰吃了口清茶,还汪在心里。”

沤 长时间放在水里浸泡。〔例〕王少堂《宋江》中册:“我当真要他的命吗,也只想把他沤个七成数八成数,带上去朝江边上一睡,把人家望望,作个样子,叫旁人晓得我的厉害。”

沤田 水田。与“旱地”相对。〔例〕《中国民间文学集成·阜宁县资料本·不是天灾胜天灾》:“沟圩埂界筑碉堡,/天天下乡要木料。/哪个不把小棍敲,/逼得穷人把命逃。/高田水车没人踩,/沤田黄秧没人栽。”

沙 流出。〔例〕《中国民间文学集成·盐城市歌谣谚语卷·小麻雀》:“虎说的,上山重叠叠,/为何不杀鳖?/鳖说的,四个爪子爬不动,/为何不杀老河蚌?/河蚌说的,嘴一张水一沙,/为何不杀大草虾?”

汽汗水 “汗”,读如“唤”。水蒸气。〔例〕王少堂《宋江》上册:“这就是山气,如同澡堂池子里有汽汗水,它周年到头不见天日嘛。”

泛头 又作“犯头”。双方只要碰到一起就自然会不和谐,在这样的情况下,一方视另一方为泛头。如口语中常说:他们两个人是泛头,一旦碰到一起,不是吵嘴,就是打架。《西游记》第三十一回:“我若是认了这个泛头,就与他打啊,噫!我还害酒哩!”按,陆澹安《小说词语汇释》释为“虚花头”,欠当。见“犯头”条。

没中用 不中用,不顶事。〔例〕《儒林外史》第十六回:“你哥又没中用,说了几句‘道三不着两’的话。”

没牙虎 讥人齿缺。〔例〕《醒世姻缘传》第三十三回:“别说先生打你,只怕你娘那没牙虎儿难受!”

没头端 水漫过头顶。也比喻遭受重大损失或灾祸。〔例〕王少堂《武松》上册:“武二爷望望:你不吃,就由你不吃了吗?两个手捺住谢三姐左右肩头,硬行把她朝酒里捺:‘好婆子,代我下去吧!’一捺一个没头端。”王少堂《宋江》下册:“他大爷一进去,没头端把腰里带的几个钱输得干干净净的。”

没老没小 无论老少。〔例〕《西游记》第五十四回:“没老没小,尽是粉面娇容,绿鬓云鬟之辈。”

没血色 不知趣。〔例〕陈登科《风雷》第一部第二十一章："我一向还以为他是个部长，他原来是这样一个没有血色的人，往后鬼才烧茶给他喝。"

没好药搽头 难以对付。〔例〕《扬州民间故事集·程嵩故事》："他是方圆几百里闻名的刀笔程嵩。惹了他，可没好药搽头哇！"

没弄头 没意思；没指望。〔例〕陆文夫《献身》："汪昌平前后扫了一眼，对我低声耳语：'现在没弄头了，桃子都是他们吃，把垃圾塞在你口袋里！'"

没相干 无所谓；无足轻重；没关系。〔例〕《中国民间文学集成·盐城市歌谣谚语卷·亮月歌》："初一、二、三，/亮月没相干；/初四和初五，/亮月露一露；/初七和初八，/举手头顶看；/落四不落五，/十六参参土；/十七八，杀只鸭，/十八九，坐定守；/二十轮灯，月出一更，/二十二三，月出两头担；/二十五六头，月出好用牛；/二十八九，亮月扭一扭。"《中国民间文学集成·盐城市歌谣谚语卷·干旱传谣》："自从二月涨两水，/个个只说没相干。/谁知今年来的快，/穿过阜宁到沙湾。"《中国民间文学集成·滨海县资料本·三八二十三》："你把我乡下人当作没相干。"《中国民间文学集成·射阳县资料本·乳燕苍耳》："太太说：'没相干，你告诉我听听瞧。'"

没娘吊气 又作"没娘掉气"。没精打采的样子。〔例〕《中国民间文学集成·射阳县资料本·报复》："陈大先生闷嘴大瘪气，没娘吊气的家去了。"《中国民间文学集成·阜宁县资料本·圆梦》："秀才一听，很扫兴，没娘掉气地走了。"

没得过身 厉害；难以解决。《中国民间文学集成·盐城城区资料本·白蛇前传》："有个女人，抱个细小的在桥上走，看到卖糖圆子，细小的哭了没得过身要吃糖圆子。"

没得魂 形容多得不计其数。〔例〕《中国民间文学集成·滨海县资料本·告老鹰》："吃去我家三千口，/吞掉兔子没得魂。"

没脚蟹 末流的人或物。〔例〕《真本金瓶梅》第五十八回："没脚蟹行货子藏在那大人家，你在那里寻他去？"《金瓶梅词话》第六十四回："你那书房子里，开了门还大瞧瞧，没脚蟹的营生，只怕还拿甚么去了。"李伯元《官场现形记》第五十一回："如今我是没脚蟹，赛如瞎子一样。"李涵秋《广陵潮》第五十九回："一个男子汉，没有本事在外面讨生活，只管同我们这没脚蟹母子做对。"王少堂《武松》上册："倘有不测，二叔不在家中，叫我这个没脚蟹如何办法？"王少堂《宋江》上册："他的妻子跟妹子，两个没脚蟹，举目无亲，没得办法啦！"陆文夫《井》："她又没有父母和三兄四弟，没有娘家人的媳妇是只没脚蟹，得听婆家的。"陆文夫《人之窝》下部第十八回："王知一家是个没脚蟹，是可欺的。"《扬州民间故事集·鹅蛋香粉》："做生意的人丢了本钱，就像没脚蟹。”

没落 落，“落头”，地方。“没落”，即“没地方”。〔例〕陈登科《活人塘》：“日里那两个黄狗，临走向我说过，这个人没有了还要找我，明天再去一看，不出乱子吗？一定要到我家来翻。‘人有三尺长，天下没落藏’，那就行了吗？”

没搭煞 无聊，没意思；没出息；不正经。〔例〕《金瓶梅词话》第五十七回：“没搭煞贪财好色的事体，少干几桩儿也好。”《西游记》第三十九回：“老官儿，这等没搭煞。”《拍案惊奇》第十六卷：“又过了两日，那老儿没搭煞，黑暗里已自和那婆娘摸上了。”《二刻拍案惊奇》第三卷：“又被人卖了，也是个没搭煞的人了。”《红梅记》第五回：“后生家没搭煞，一个人在世间那里不见些美色来，是他们这般害痴？”徐阳辉《有情痴》曲：“人都道你没搭煞，做不来，我偏爱你有情痴，脱得俗。”按，李申《金瓶梅方言俗语汇释》释为“没有理智，荒唐冒失，不谨慎”，欠当。

没腔气 没油水；不怎么样。常用于表示失望。〔例〕《中国民间文学集成·阜宁县资料本·马良独修金山寺》：“他不从马良面前先来，是怕马良没腔气，把事弄砸了。”

完风 密不通风。〔例〕李涵秋《广陵潮》第六回：“无如瑞花之臀，将马桶压得完风不透，想要钻隙而出，那里能够？”

完粮 缴纳公粮。〔例〕《扬州民间故事集·程嵩故事》：“有一次，有个乡下人要完粮，就带十块大洋去街上钱庄换钱。”

穷大龙 特别穷困的人。〔例〕《中国民间文学集成·盐城市歌谣谚语卷·不亏毛主席亏哪个》：“少啦少啦逗啦逗，/不亏毛主席亏哪个？/穿不愁来吃不愁，/又得田来又得牛。/穷大龙，出了头，/掌印把，抓大权；/一切事情行民主，/翻身当家多自由。”

补衬 只能用作打补丁、做鞋底之类的边角布料。〔例〕《西游记》第四十一回：“妖王笑道：‘那包袱也无甚值钱之物，左右是和尚的破偏衫，旧帽子，背进来拆洗做补衬。’”

诌谎 编造谎言。〔例〕《二刻拍案惊奇》第九卷：“凤生本是昨天听得叫唤明白在耳朵里的，却诌了一个谎。”

祃觉 “祃”读如“骂”。察觉。〔例〕《金瓶梅词话》第四十九回：“早是没曾祃觉出来，等住回，娘若问你，也是这般说。”今言暗地里留神探察为“打祃觉”。

尾 探求；寻找；追踪。〔例〕王少堂《宋江》上册：“自己领着燕顺、郑天寿，带了头二十个孩子，一起尾奔花荣。尾了有二里多路下来。”王少堂《武松》上册:“我就尾着哭声走到尊府门口。”“既有个卖果子的行业,就好尾根了。”《中国民间文学集成·盐城市郊区资料本·帮穷人过好年》:“他尾住哭声,走到一个顶头舍子门口。”

局 ①运气。〔例〕王少堂《武松》下册:“人要走局好玩哩。走路走得好好的,走出十两一大锭银子来。”②纠缠;紧盯不放。〔例〕《儒林外史》第三回:“屠户被众人局不过,只得连斟两碗酒喝了,壮了壮胆,把方才这些小心收起,将平日的凶恶样子拿出来,卷一卷那油晃晃的衣袖,走上集去。”

局大 运气好。〔例〕《中国民间文学集成·盐城城区资料本·蟹为啥钻洞和煮熟变红》:“老大局大,螃蟹可悲!鱼虾倒霉。”《中国民间文学集成·盐城市郊区资料本·智解鸭官司》:“真局大哩,迎面来了个沈拱山。”

局气 运气。〔例〕王少堂《宋江》第一回:“局气坏,沿路上马得了病。”王少堂《武松》上册:“不能说你坑我,说我的局气不好。”“长气心想:哎哟喂,局气大哩!”《扬州评话选·天齐庙包公断太后》:“适才是一阵怪风,能把人的鼻子刮了歪过来,今天我们还算局气好哩。”《中国民间文学集成·阜宁县资料本·李春方和刘衮的传说》:“嘉靖帝感慨地说:‘文章不及山西马,局气要数李春方啊。’”

局运 命运。〔例〕王少堂《宋江》上册:“我这个局运怕的也走定了,遇到催命判官了,不死嘛,怕的也差不多了。”

局骗 诈骗。〔例〕《金瓶梅词话》第五回:“我的一时间不是,乞那西门庆局骗了,谁想脚踢中了你心。”第十九回:“恰掉在面糊盆内一般,乞那厮局骗了,说你家中有事,上东京去了。”

尿尿 读如“虽”。排解小便。前一“尿”为动词,后一“尿”为名词。〔例〕王少堂《武松》下册:“芦笆门一开,院子里头尿尿未免太龌龊,特为跑到城脚根去。”“如果施恩方寸不乱,一一当当的,再用迎风八躁,把蒋忠躁在地下,那一来,蒋忠真要尿尿寻死了。”王少堂《宋江》中册:“‘这一说,正好。我要出恭!’‘我要尿尿哩!’大约都有十一二个跑到房间里来,把个房间里糟死了,又骚又臭。”

尿尿寻死 企图撒出小便来淹死自己。〔例〕王少堂《宋江》上册:“我如再说个不对啊,你老人家就要尿尿寻死了。”

尿尿把把 尿尿,解小便;把把,解大便。在江淮方言中,“屙屎”与“饿死”同音,可能因避讳“饿死”音而称小孩大便为“把把”。〔例〕《西游记》第四十回:“也罢,我驮著你,若要尿尿把把,须和我说。”

尿泡 又作“尿胞”。膀胱。〔例〕《西游记》第三十一回:“尿泡虽大无斤两,秤砣虽小压千斤。”王少堂《武松》下册:“鲁大师把衣服脱下来,把这个猪尿泡贴着衣服反面肩窝的部位，孙二娘另外用块布蒙在尿泡上，把布连衣服四面绞好。”《金瓶梅词话》第三十回：“仰着合着，没的狗咬尿胞空欢喜！”

尿泡尿 排解一次小便。〔例〕陈登科《风雷》第一部第十五章：“这个洼地，光长草不长庄稼，又怕涝又怕旱，蛤蟆尿泡尿，锅跟能撑船撵兔子。”第一部第二十九章：“你也没去尿泡尿，照照自己的影子。”陆文夫《井》：“也不尿泡尿照照自己，你现在哪一点比得上她，还要在家里称老大！”

尿鳖 夜壶。男性小便用的壶形溺器。也用来比喻废物。〔例〕《拍案惊奇》第三十一卷：“我们带这两个尿鳖送去县里，添差了人来拿人。”

屁坐子 屁股着地跌倒。〔例〕王少堂《武松》上册：“武大两手抓住刀把子，屁股一捺来品了。哪晓品的劲过猛了，扑咚！把自己跌了个屁股坐子”。

屁股坐子 又作“屁坐子”。屁股着地跌倒。〔例〕王少堂《武松》上册：“咕咚这一声，是小二一个屁股坐子望下一坐；拍托这一声，是托盘翻跟斗。”“武大两手抓住把子，屁股一捺来品了。哪晓得品劲过猛了，扑咚！把自己跌了个屁坐子。”

张 看。〔例〕《儒林外史》第九回：“这小船却没有灯，舱门又关着，四公子在板缝里张一张，见上流头一只大船，明晃晃点着两对大高灯。”

陀螺 周边；附近。〔例〕陈登科《活人塘》：“今天在城里开下来的黄狗，跟大群蝗虫过来一样，陀螺各庄住满了。”

忍疼 知道厉害；吸取教训。〔例〕《金瓶梅词话》第七十三回：“叫个人把他实辣辣打与他几十板子，教他忍疼，也惧怕些！甚么斗猴儿似的，汤那几棍儿他才不放在心上！”

鸡生鹅斗 吵闹、争斗频繁。〔例〕《红楼梦》第二十一回：“从今咱们两个撂开手，省得鸡生鹅斗的，叫别人笑话。”

鸡屎秃子 斑秃。〔例〕《中国民间文学集成·盐城市歌谣谚语卷·一百怕》：“鲜花就怕严霜打，/羊癫疯就怕掉下水。/鸡屎秃子怕日晒，/烂红眼就怕沙灰迷。”

纯 都；全部。〔例〕《扬州民间故事集·都天菩萨》：“五岳神晓得这一方的人纯吃的一口井里的水，就把这个灾撒到了这口井里。”

纯和 松软柔和。王少堂《武松》下册：“这个新稻草不纯和啊，戳人呀！非要垫褥子不可。”

纵 摇晃，跌跌撞撞。〔例〕陈登科《风雷》第一部第三十六章：“只见小猪在地上纵了几纵，站起两条后退，抖抖身上去。”

八　画

玩艺头　原因；门道，诀窍。〔例〕王少堂《宋江》上册："这是什么玩艺头啊？""你说他粗人，粗人有粗人的玩艺头。"

玩艺帐　又作"玩意帐""玩意仗"。无足轻重；无所谓；表面应付而已。〔例〕王少堂《宋江》上册："它不是那个大馆子，客人三个菜、五个菜吃过了，酒也喝过了，回头吃饭就玩艺帐了。"王少堂《武松》上册："乔郓哥人虽穷最爱交情，提到交情，倒不好意思较量，三五千银子，交情个把朋友，玩意帐！"《中国民间文学集成·盐城市歌谣谚语卷·劝郎饮酒莫过量》："少年人吃酒不过是玩意仗，/逢场作戏解解愁肠。"

玩头　又作"玩意头"。原因；缘故。〔例〕王少堂《武松》上册："'啊，主人怎么又要吃的呀？他刚才吃的一碗面呀！''主人肚里又饿了！''咦，乖乖，什么玩头呀？我就不懂呀！'""奇怪哩，暂时两条腿就变了相啦，鼓起头二百个疙瘩。最大的有鸡蛋大，小的有青果大。这个按下身的吓一跳手按着他脚后跟，忽然看他腿上，啊，一个，又一个。这什么玩头？"

玩意东西　玩具。〔例〕《中国民间文学集成·射阳县资料本·老嫂救弟》："我看你就在这块玩，马上回头我多买两样玩意东西把你。"

环　①蜷缩。〔例〕《扬州评话选·杨香武一盗九龙杯》："手指头一点，这个小伙就不动了，不但不动，手朝起环，筋往起皱。"王少堂《武松》下册："武二爷却毫不在意，翻了个身，三截朝地下一环，五头聚会。"《中国民间文学集成·盐城市歌谣谚语卷·伸腿环腿都自在》："敞开大门睡觉，/放心大胆吃饭，/解放区行的民主，/伸腿环腿都自在。"②不择条件地息宿。〔例〕王少堂《宋江》上册："我们日求三餐，夜求一环，多图安乐少图财，就算了。"

环头路　回头路。〔例〕陈登科《风雷》第一部第二十二章："俺们走过环头路，也跑过冤枉腿。"

现人眼　丢人现眼；丢脸。〔例〕王少堂《宋江》下册："一下子头走气退热，免得绑出去活现千人眼。"

现天　暴露；败露了真相。〔例〕王少堂《宋江》上册："奈因我硬挣不起来，我有个软七寸子，我家乡有个命案哩。一声闹现了天，我虽不是清风山的贼首，郓城县杀人凶手都赖不掉啊！"中册："我们先以为宋江是梁山羽党呀，还在恍惚之间，还未知宋江和梁山交情的深浅，这一刻现了天了。"

现世宝　对丢脸、出丑的人或物的卑称。〔例〕《红楼梦》第六十五回："我们金玉一样的人，白叫这两个现世宝玷污了去，也算无能。"王少堂《武松》上册:“咦,乖乖,谁要你这样现世宝的干儿子啊?”《儒林外史》第三回:“胡屠户道:‘我自倒运,把女儿嫁与你这现世宝穷鬼,历年以来不知累了我多少!’”

青梗梗 青翠的样子。〔例〕陈登科《风雷》第一部第十一章:“这些树虽无绿叶,枝干长得青梗梗的。”

青旋旋 形容青色较浓。〔例〕高茂卿《儿女团圆》第二折:“一个好儿也,你看那青旋旋的头儿,小小的口儿,高高的鼻儿,我抱将去。”《金瓶梅词话》第八回:“被风把长老的僧伽帽刮在地下,露见青旋旋的光头。”《水浒传》第四十五回:“一个青旋旋光头新剃,把麝香松子匀搽。”按,李申《金瓶梅方言俗语汇释》释为“形容人圆圆的头顶,青青的头皮”,欠当。旋旋,指色泽的浓度,并非“圆”的意思。

坦坡 “坦”读去声。倾斜度很小的坡地。与“陡坡”相对。〔例〕《老残游记》第八回:“子平上得台阶,那老者立于堂中,说道:‘北边有个坦坡,叫他们把车子推了,驴子牵了,由坦坡进这房子来罢。’”文康《儿女英雄传》第二回:“安老爷着邳州直河巡检的禀报,报称沿河碎石坦坡一段被水冲刷,土岸蛰陷,禀请兴修。”

苦丁子咸 形容咸得厉害。〔例〕《金瓶梅词话》第九十回:“我买将你来伏侍我,你不愤气,叫你做口子汤,不是精淡,就是苦丁子咸。”

苦艳艳 读如“苦阴阴”,即苦酽酽,略带苦味。〔例〕《金瓶梅词话》第五十九回:“旁边烧金翡翠瓯儿,斟上苦艳艳桂花木樨茶。”第七十三回:“你叫春梅来,叫他另拿小铫子儿顿些好甜水茶儿,多着些茶叶,顿的苦艳艳我吃。”

苫 读如“扇”。遮盖。〔例〕《西游记》第十四回:“如今脸上无了泥,头上无了草,却像瘦了些,腰间又苫了一块大虎皮,与鬼怪能差多少?”

苫稂草 “苫”,读如“年”;稂草,即稻草。在以稻草铺成的铺上睡觉。〔例〕《中国民间文学集成·盐城市歌谣谚语卷·土改分田真正好》:“想起从前真可恼,/外出做工没人要,/嫌我力气小,/哎呀叶子哎,/唷哩叶子哎,/嫌我力气小。/周年到头吃不饱,/寒天没被没棉袄,/没得席子苫稂草。”

直即 ①干脆。〔例〕王少堂《宋江》中册:“你家东伙两个一赖个雪白,直即回我个不晓得,干净相。”下册:“我们也不要穿靴子,也不要喝酒,直即生意做下来不拘大小,提个干份子把我们。”②简直。王少堂《宋江》上册:“这条船三道篷打足了,顺风顺水,走上风直朝下风郎,直即跟跑马仿佛。”中册:“李逵一边说,一边还随手验,还随手比,验的、比的这个志子直即有碗口大。”

直苗苗 挺拔;笔直。〔例〕《中国民间文学集成·盐城市歌谣谚语卷·你我何时配成双》:“小小竹竿直苗苗,/送与哥哥做支箫,/先吹单相思,/后吹凤凰调,/吹得妹子心欢笑。"

直杵杵 直截了当。〔例〕陈登科《风雷》第一部第五十三回:"回去,不要把这些话,直杵杵地都告诉熊彬。"

直将 后接动词,表示不间断的动作和态势。〔例〕《中国民间文学集成·盐城市歌谣谚语卷·孬中央 有三怕》:"二怕我们拼刺刀,/戳在他身上跑不掉,/直将往下倒。"《中国民间文学集成·盐城市郊区资料本·游湖捣官船》:"你看官船来了,你代我放大胆子,拿起篙子捣他的船。他让你,你不让他,直将捣!"《中国民间文学集成·东台市资料本·小哥哥洗澡》:"跳下水,扑通通,/学起孙猴闹龙宫。/鸭子呱呱叫,/鱼儿直将跳。"

直捉捉 直挺挺。捉,读如"戳"。〔例〕《金瓶梅词话》第十九回:"慌的金莲起来这边看视,见妇人穿着一身大红衣服,直捉捉吊在床上。"按,李申《金瓶梅方言俗语汇释》释为:"直挺挺。'捉捉'似为'挺挺'之误。"释义正确,但"捉捉"并非"挺挺"之误,在盐城等江淮方言区,今仍有此说。

直接 简直。〔例〕王少堂《武松》上册:"武大老爹再朝木碗里一望,直接跟调的焦面差不多,干沰沰的。"下册:"武二爷在牢里头,有康武日夜代他调理刑伤,又停了两天,能吃饭了,直接成大碗的吃。"《中国民间文学集成·射阳县资料本·新郎不送客》:"再等人们想起她来呀,把房门推开来一望,新娘子又吊死嘞,家里头直接就闹的是天翻地覆。"

直屡屡 同"直苗苗"。〔例〕《金瓶梅词话》第二十五回:"这惠莲手挽彩绳,身子站的直屡屡的,脚趾定下边画板,也不用人推送,那秋千飞起在半天云里,然后抱地飞将下来。"

茅匠 盖草屋的工匠。又称"草匠"。〔例〕《中国民间文学集成·东台市资料本·"你就叫我粟队长"》:"他喊过小陈指着房屋漏雨的地方,半开玩笑地说:'我帮你找茅匠,保证修好,你可要管饭给工钱啊!'"

茅针 一种形如钢针的茅草心,含苞未开时剥开呈嫩纤维状,味甜可食。〔例〕《中国民间文学集成·盐城市歌谣谚语卷·节气》:"立过春,光脚奔,挑野草,拔'茅针'。"参见"毛针"条。

茅缸 粪便缸;厕所。〔例〕《中国民间文学集成·盐城市歌谣谚语卷·农民票》:"韩德勤造出农民票,/个个见了头直摇。/市场上面无人用,/买东西讹住卖主要。/张三不要枪托捣,/李四不要坐大牢。/哪个不要就倒霉,/要过农民票子往茅缸里撂。"《中国民间文学集成·盐城市歌谣谚语卷·五更金鸡闹悠悠》:"男唱:我一心想走你家后门口走,/只怕你家内个老杀头,/常常到茅缸上去解手。"

茅屎坑 厕所的俗称。多指简陋的厕所。〔例〕陆文夫《万元户》:"还有那个茅屎坑，就在屋角边，一个摇镜头就免不了要摇进去，不文明。”

杵 用力使物体的一端向前触动。〔例〕《扬州评话选·皮五冒充五舅舅》：“皮五辣子走着，把头低着，跑着望着脚上的一双新鞋子，一头杵进一条呆巷子。”

板定 肯定。〔例〕王少堂《宋江》上册：“我如其派别人，王英板定要争着去，还就没得人能争得过他。”下册：“这只又好看，又好玩，不怕我家老鼠闹得厉害，有了这猫子板定能够逼鼠了。”

板聋 完全失聪。〔例〕王少堂《宋江》下册：“照这一说，耳音不济？哼！还不止不济，也不止有点聋，他这个‘聋’要加个字面：‘板’，是个板聋。”

板锨 木锨。锨头为平面，一般用于扬场。〔例〕《中国民间文学集成·盐城市歌谣谚语卷·踊跃缴公粮》：“阴天短来晴天长，/麦子上场赶太阳。/和风一到板锨扬。/晒干扬净除麦芒。”

丧阴德 缺德；伤天害理。〔例〕《儒林外史》第二十五回：“若是准了这一边的情，就要叫那边受屈，岂不丧了阴德？”

画招 承认错误，并表示不再重犯。〔例〕王少堂《武松》上册：“何九吓得连连画招。何以呀？人家是大财主呀，他一声发起性子来说办我，还费事吗？”《中国民间文学集成·盐城市歌谣谚语卷·可恨洋人害中原》：“兵舰打坏沉海底，/没死的鬼子爬到岸边。/一个个跪在地下喊饶命，/画招不再到中原卖大烟。”

卖给你了 被你彻底搞糟了；断送在你手里了。〔例〕陆文夫《二遇周泰》：“该死的，这甏榨菜卖给你了。”

奔 ①对准。〔例〕王少堂《武松》上册：“蒋大爷才仰下来，听见上头喊一声‘着！’这一刻塘灰、树叶子已过去了，看得清清楚楚，上头两个脚奔自己小肚子踩下来。”②通往；到。陈登科《风雷》第一部第二十一章：“她想，奔县委会去的马路，一定是最宽敞的，最繁荣的，也是最热闹的一条马路。”

转话 找借口。〔例〕《中国民间文学集成·阜宁县资料本·智擒敌特》：“为了防止发生意外，部首长决定先将安排下来休息，在陈军长未与客人见面之前，观察他的动静。便转话对来客说：陈军长到三师去了，我们通知他回来。”

转钱 设法挣钱、筹钱。〔例〕《金瓶梅词话》第十五回：“攮一回才散火，转钱又不多。”第七十二回：“休说你们，随机应变，全要四水儿活，才得转出钱来。”第八十六回：“十个九个媒人，都是如此转钱养家。”

转弯 斡旋；调解。口语中多说“转弯子”。〔例〕王少堂《宋江》中册：“我代你老人家去喊酒肴啊，张老二不敢连家伙送……之后说到这个地方嘛，旁人转弯嘛,送了。”《扬州评话选·凤雏理事》:“这是打架的官司,二十八个人不为多,转转弯的,拉拉劝的,说说闲话的,一方只摊了十几个人,二十八个人不为多。”

轭头股子　轭头,一种套在牛脖子上用于驾驭牛的器具。多呈“人”字形。〔例〕《中国民间文学集成·盐城市歌谣谚语卷·困难时期穿吃住》:“柴箔垡头砖垫铺,/五根檩条洋槐树;/三间房子八人住,/四张轭头股子铺。”

拑　拔除。多指使动物脱毛的动作。〔例〕《中国民间文学集成·盐城市歌谣谚语卷·只怪哥哥死无用》:“鼓买家来不会敲,/只怪哥哥不买刀;/刀买家来不会磨,/只怪哥哥不买鹅;/鹅买家来不会拑,/只怪哥哥不买田;/田买家来不会种,/只怪哥哥死无用。”

拢拢　将就行事。〔例〕王少堂〈武松〉上册:“老爹,我看你这个稀粥就拢拢吧,我就怕你稀粥都喝不长呀!”

拣着脚　不按正常的步伐行走,拣合适的地方下脚。〔例〕王少堂《宋江》中册:“戴大爷屏住气,脚底下拣着脚,到了稻草铺边。”

软七寸子　致命弱点。〔例〕王少堂《宋江》上册:“奈因我硬挣不起来,我有个软七寸子,我家乡有个命案哩。一声闹现了天,我虽不是清风山的贼首,郓城县杀人凶手都赖不掉啊!”

软和　温和;柔顺。〔例〕王少堂《武松》下册:“这一刻你不要硬了,尝过我这一棍滋味啦,晓得厉害了吧?你稍微低下子头,能够把个面子,我还可以成全你。和尚这一刻该派要软和些啦,哪个的话?越打越硬。”

软幌腿　即“罗圈腿”。〔例〕《中国民间文学集成·盐城市歌谣谚语卷·十不全》:“新房里未见当家的面,/我急得好心焦,/晚上吃过了洞房酒,/偷眼将他来瞧。/不看还罢了,/咦呀呀咦呀,/一看吓了一大跳,/他鬼头又鬼脑,/身子没得十三个拳头高,/活像个丑八怪,/下面软幌腿,/上面弯弯腰。”

抷　攥;握。〔例〕王少堂《武松》上册:“请武二爷把他抷紧了,不要松手。”下册:“把这个草理顺了,两手抷着草,草头对着地下慢慢的戳,要把草戳齐了,往刀口里送。”

抷强　依仗某种优势,强占上风。〔例〕《中国民间文学集成·盐城市郊区资料本·张玉书私访》:“张长仲家有大小两个老婆,大老婆像个抷强的呢,他养的儿子,专门包个高明的教书先生。”

拈芝麻凑斗　口语中也说“拾芝麻凑斗”。原意为把一粒粒芝麻捡起来可以凑成一斗,意即“聚少成多”。〔例〕王少堂《宋江》上册:“一个不多,十个许多。拈芝麻凑斗,就来跟他们凑凑看。”

担担斤重　分担部分责任。〔例〕《中国民间文学集成·阜宁县资料本·小半仙寻宝》:“黄毛子心想,老板对我也不丑,我不如把他牵家去,万一官府追下来,也好替他担担斤重。”

拐旮旯 拐弯的角落。〔例〕王少堂《宋江》中册:“房间里 桌椅条台跟箱子什么东西,代他一齐都搬到我们对过去,摆在我们那个拐旮旯子里头。”

拐米 牵动砻或石磨加工稻米。“牵磨”又叫“拐磨”。〔例〕《金瓶梅词话》第九十四回:“常言:拐米倒做了仓官。说不的了,你休气哭。”

拐磨 牵磨。〔例〕《扬州民间故事集·神童解缙》:“解缙的父母很辛苦,母亲每天夜里推着拐磨磨豆腐,父亲每天一大早就挑着装满豆腐的圆篩上街卖。”

拖一片挂一片 形容衣着破烂不堪。〔例〕《中国民间文学集成·阜宁县资料本·文章不及江司马 造化不如李春方》:“姑娘脸上灰拉拉的,颈项脖子像个乌龟皮样子,头上虱子做了窝,身边穿的拖一片挂一片的,脚上是泥灰做的袜子。”

拖泥落索 拖泥带水;不利索。〔例〕《西游记》第六十回:“踏草拖泥落索,从来未习行仪。”

拍个巴掌 打个赌。〔例〕王少堂《宋江》上册:“你同我拍个巴掌看,凭我们老爷请三老爷看灯请不动,我请他却一请个准!”

拍双 两倍。〔例〕《扬州评话选·程咬金卖筢子》:“你帮帮我的忙吧,借这么三千、五千钱给我,等我发了财,拍双还你好不好?”《中国民间文学集成·盐城市郊区资料本·包公巧断金龟案》:“什呢玩艺啊! 包大人硬叫我验个没伤的尸首,验不出来,被打了二十板子,以后再验不出来,还要拍双。”

顶头舍子 又作“丁头舍子”。门开在山头,矮而小的茅屋。〔例〕《中国民间文学集成·盐城市郊区资料本·帮穷人过好年》:“他尾住哭声,走到一个顶头舍子门口。”《中国民间文学集成·阜宁县资料本·王小二过年》:“他们走到一户人家门口,这家子住的是顶头舍子,一副笆门子。”《中国民间文学集成·阜宁县资料本·文章不及江司马 造化不如李春方》:“财主家有个小伙计姓李,家里很穷,一年到头拱个丁头舍子。”参见“丁头舍子”条。

顶头府 同“顶头舍子”。〔例〕《扬州评话选·程咬金卖筢子》:“程咬金家住在西头末了一家,一间‘顶头府’——山尖上开门的房子,家中只有一个老母。”

顶缸 代人受过。〔例〕《金瓶梅词话》第九回:“西门庆不当死,不知走的那里去了,却拿这个人来顶缸。”《红楼梦》第六十一回:“平儿听了笑道:‘这样说,你竟是个平白无辜之人,那你来顶缸的。’”《西游记》第三十七回:“三藏回入里面道:‘是哪三桩?’行者道:‘明日要你顶缸、受气、遭瘟。’”

顶窝　顶替;补缺。〔例〕《金瓶梅词话》第七回:“我来有一件亲事,来对大官人说,管情中得你老人家意,就顶死了的三娘窝儿。”第七十二回:“没了李瓶儿,他就顶了窝儿。”第七十五回:“你若有造化,也生长一男半女,我就扶你起来,与我做一房小,就顶你娘的窝儿,你心下如何?”

顶颡　“颡”,读如“嗓”。形容吃得极饱,吃下去的食物已经顶到嗓子眼。〔例〕《金瓶梅词话》第四十六回:“先是伯爵与希大二人整吃了一日,顶颡吃不下去,见西门庆在椅子上打盹,赶眼错,把果碟儿带减碟儿倒在袖子里,都收拾了个净光,和韩国道就走了。”

抵死　说得使对方无言以对。〔例〕陈登科《风雷》第一部第二十章:“你听到的,为啥不进去说? 这样的人,就是要当面把他抵死。”

披屋　靠墙砌的没有脊子的附屋。〔例〕王少堂《武松》上册:“走到院墙根,只见右边有一间披屋。”

抱　孵。〔例〕《中国民间文学集成·射阳县资料本·乳燕苍耳》:“这苍耳把小燕子喂塞死了,这样她自己又可以下蛋重新抱小燕子了。”

抱腰　助产的动作。〔例〕《金瓶梅词话》第二回:“又会收小的,也会抱腰,又善放刁。”“王婆道:‘又与人家抱腰、收小的,闲常也会做牢头、做马伯六。’”

拉劝　劝阻他人争吵、打架。〔例〕《金瓶梅词话》第二十一回:“我叫小厮打了李家一场,被众人拉劝开了。”《扬州评话选·风雏理事》:“……转转弯的,拉拉劝的,说说闲话的……”《中国民间文学集成·盐城市歌谣谚语卷·油烧蜡烛一条心》:“红娘子你是我的人,/亲娘打你我肉疼。/有心去来把劝拉,/又怕你亲娘不认人。”《中国民间文学集成·盐城市歌谣谚语卷·打起包袱走娘家》:“叫他下田去薅草,/他和田鸡打一架。/不是格端来拉劝,/一直打到黄稻收到家。”

拉地倒　拉倒。〔例〕《中国民间文学集成·滨海县资料本·麻将歌》:“掏小花找小猫,/不掏小花拉地倒。”

拉呱　闲谈;聊天。〔例〕陈登科《风雷》第一部第五章:“他一看金花的眼神,就知道她们来的目的是看他这位生客,因此有意识地主动和金花拉呱几句,满足她们的要求。”第三十六章:“任为群,就是浑身绑着枪,又好做啥?俺们在这里闲拉呱几句,也不犯法。”《扬州民间故事集·扬州八怪传说》:“有位老师傅见他看得仔细,就跟他拉呱。”

拉弯子　劝解。〔例〕陈登科《风雷》第一部第六章:“为着扭转这种僵局,他不得不自己出来为自己拉弯子。”

拨算　驱使。〔例〕《中国民间文学集成·阜宁县资料本·怕老婆》:“女人一听,眼瞪多大的,心想,我怎么能听你拨算呢?"

到嘴不到肚 没吃饱,还想吃。也指因饥饿而咽食极快。〔例〕王少堂《武松》上册:"武二爷望望:酒虽好,吃的不过瘾,到嘴不到肚。"王少堂《宋江》中册:"不问好丑,要把我们吃饱了。哎,你看到嘴不到肚。斋僧不饱,强如活埋。"

拗 将液体往容器里倒、灌。〔例〕《西游记》第二十五回:"把清油拗上一锅,烧得滚了,将孙行者下油锅扎一扎,与我人参树报仇!"按,人民文学出版社 1980 年 9 月版《西游记》注说"拗,舀的同音字",欠当。江淮方言中"拗""舀"并非同音字。

些个 少许;一些。〔例〕《朱子语类》第十六卷:"欠了些个,德便不全,故不得其正。"《五代史平话·梁史》上卷:"身下没些个盘缠,名既不成,利又不遂。"《西游记》第十三回:"神通若使些儿个,三界神祇恼得忙。"《老残游记》第一回:"别的病是神农黄帝传下来的方法……今日奇缘,在下倒也懂得些个。"《扬州评话选·大破八门阵》:"看看他旁边的赵云……跟他动起手来不得讨好,只好忍住些个。"

些酸 极其酸痛。〔例〕王少堂《宋江》中册:"你把扁担朝后一摘呀,把我个腰闪得些酸的。"

虎头鲨 又作"虎头沙"。浑身紫褐色,有细碎黑斑,头大而多骨,鳍如蝶翅。该鱼俗称"虎头呆子"。吴语称之为"塘鳢鱼"。〔例〕汪曾祺《故乡的食物》:"塘鳢鱼是什么鱼? ……后来我知道:塘鳢鱼就是虎头鲨。"《中国民间文学集成·盐城市歌谣谚语卷·打起包袱走娘家》:"只有你女婿长得美,/团头滑脑活像个虎头鲨。"《中国民间文学集成·盐城市歌谣谚语卷·蚂蚱娶亲》:"'蜻蜓'吓得没主意,/投奔他舅舅'虎头鲨'。"《中国民间文学集成·盐城市歌谣谚语卷·数鱼》:"虎头呆子伏在码头底;/河豚鱼味更加鲜。"《中国民间文学集成·射阳县资料本·诗文宴》:"第三个盘子里是一碗热汤,端上来热气直冒;第四个是几个虎头沙鱼……"

果子 油炸短条状面制食品。〔例〕《施公案》第一二九回:"酒保说:'有有有,油炸果子,全都现成。'"《中国民间文学集成·盐城市歌谣谚语卷·十不全》:"新正月吃过人家春叙酒,/受了人家套,/簪环首饰都买来了。/果子、茶食几大包"。《中国民间文学集成·盐城市歌谣谚语卷·劝人教育后代根》:"砂糖果子芝麻饼,/吃得勤来买得勤。"《中国民间文学集成·滨海县资料本·摇篮曲》:"摇啊摇,摇啊摇,/ 摇到外婆桥,/又包果子又包糕。"

味水 滋味;味道。"尝到味水",这里指尝到苦头,知道厉害。〔例〕王少堂《武松》上册:"个贼老妈妈子,哎,你还没有尝到乔大爷的味水哩,这是个零头!”

呵卵脬 又称“呵卵泡”。“卵”“脬”皆指男子性器。比喻拍马屁。〔例〕《金瓶梅词话》第五十三回:“自家又没得养,别人养的儿子,又去溜遭魂的,搠相知、呵卵脬。”

呵呵嚅嚅 “呵”,读如“蒿”;“嚅”读如“来”,去声。驾牛劳作时,趋牛前行的歌声。〔例〕陈登科《风雷》第一部第四十五章:“陆素云扶着犁,扬着鞭子,呵呵嚅嚅,声音振奋人心。”

明公 赞颂、肯定语。意同“挺好的”。〔例〕《中国民间文学集成·盐城市歌谣谚语卷·老虎不要再凶》:“反动派,劝你不要再行凶!/登在四川山洞,就是明公,/龟头一缩,爬进山根,/晒晒太阳,避避大风,/如若再到解放区来行凶,/一定要把老命送终!”

明间 平房通常一排三间,对着正门的一间叫“明间”或“外间”,两端称“里间”。〔例〕《金瓶梅词话》第四十三回:“月娘等迎接进来,见了礼数,明间内坐下。”王少堂《宋江》上册:“就是人家房子明间里用的这个槅子。”陈登科《风雷》第一部第三章:“在春芳卧房外边是明间”。陈登科《赤龙与丹凤》第一部:“这是一排三间破草屋,东头是锅屋,西头是房。明间有一张三条腿的破木桌,靠在后檐墙。”

明格子 明天。〔例〕《中国民间文学集成·东台市资料本·铁嘴杨佟的故事》:“你明格子还去县里告状,只要如此如此就行了。”

昂风 顶风受阻。〔例〕《中国民间文学集成·东台市资料本·灯草星和石头星》:“哥哥虽然担子重,但石头不昂风,不费事就过了银河。”

昂烟 物质未充分燃烧而生烟。〔例〕王少堂《宋江》上册:“余火还未尽,有不少地方还昂烟哩。”

呱话劳神 多言多语,喋喋不休。〔例〕陈登科《风雷》第一部第五章:“你快走开,不要在这里呱话劳神,俺不知道这些事。”

咍咳 又作“台孩”。读如“胎害”。有出息;大方。〔例〕《金瓶梅词话》第四十四回:“那里看人去!恁小丫头,原来这等贼头鼠脑的,倒就不是个咍咳的。”《燕子笺·试窘》:“我看那副嘴脸,也不像是台孩发迹矣。”按,王利器主编《金瓶梅词典》释为“形容小孩憨厚老实”;李申《金瓶梅方言俗语汇释》释为“憨实,可爱”,均欠当。

呜 同“谄”。胡编乱造。〔例〕《渔樵记》三:“说了这一日,都是你这老茼麻嘴,没空生有,说慌吊皮,片口张舌,呜出来的。”《梁实秋雅舍小品全集·好汉》:“有人说罗宾汉根本无其人,是好事者呜出来的故事。”

呢呢痴痴 反应迟钝,动作缓慢。〔例〕《西游记》第十三回:“又见呼的一声,跳出十只肥鹿,一大阵黄獐,见了人,呢呢痴痴,更不恐惧。”

罗汉狗子 头大尾小的小鱼。〔例〕汪曾祺《我的家乡》:“小鱼小虾,比青菜便宜,是小户人家人佐餐的恩物。小鱼有名‘罗汉狗子’‘猫杀子’者很好吃。”《中国民间文学集成·盐城市歌谣谚语卷·数鱼》:“鳄鱼铁甲冲在先;/钉子鱼入网挂两面;/马鲛鱼出在公海边;/罗汉狗子柴隔的;/跳跳鱼儿爬水面。”

物了 扭伤筋骨。〔例〕《中国民间文学集成·盐城市歌谣谚语卷·五更金鸡闹悠悠》:“男白:半夜深更,天气寒冷,小妹子脚小,站得又不稳,肩膀拐子一歪,把我往下一摔,肩膀拐子一蹩,把我往下一跌!女唱:跌了哥哥膀子,‘物了’哥哥手,/跌得我家情郎不开口,/‘物了’我才郎‘股拐瘤’。”

物色 勾引,勾搭。〔例〕《儒林外史》第三十回:“他如此妙品,有多少人想物色他的,他却轻易不肯同人一笑,却又爱才的紧。”第四十一回:“那些好事的恶少,都一传两,两传三的来物色,非止一日。”

乖呱 对小孩的昵称。多用于当面呼唤。〔例〕《中国民间文学集成·阜宁县资料本·刘小二与三姑娘》:“三姑娘听说他家有这么多宝贝,高兴的连声喊好,忙问姑娘:‘乖呱,你全听到了,愿意上人家去吗?’”

乖乖隆的冬 又作“乖乖隆的咚”“乖乖咙冬”。惊叹语。意同“哎呀呀”。〔例〕《扬州民间故事集·太阳和公鸡》:“乖乖隆的冬,要是太阳娶个老婆生下小太阳,地上的万物不就全部晒死?”《扬州民间故事集·一根扁担睡三人》:“乖乖隆的冬,他们三个人真的睡在一根扁担上?”《郑板桥传说·吟诗与“营私”》:“钱财主听了,心里不禁一沉,哎哟,乖乖隆的咚”。《中国民间文学集成·东台市资料本·可达和尚与三时寺》:“乖乖咙冬!……说得不错啊。”

刮 不点名地变相批评、指责。〔例〕陆文夫《唐巧娣翻身》:“唐巧娣用一种奇异的目光看着我:‘你在大会上还没有被刮够呀!’”

刮削 占刮;剥削。〔例〕王少堂《宋江》中册:“我何能刮削人,太叫人下不去!代我赶快去改一个。”

季花鱼 鳜鱼。〔例〕《中国民间文学集成·盐城市歌谣谚语卷·数鱼》:“海参淡菜味道鲜;/章鱼头上拖丝线;/乌贼鱼放敌一阵烟;/季花鱼身上花斑点。”

使促狭 又作“使促掐”。以恶作剧的方式捉弄人。〔例〕《金瓶梅词话》第六十八回:“怪小淫妇儿,使促狭,灌撒了我一身酒。”《醒世姻缘传》第六十二回:“他还要忙里偷闲,苦中作乐,使促狭,弄低心,无所不至。”《二刻拍案惊奇》第三十九卷:“谁人使促掐,把我的头发剪去了。”《西游记》第七十四回:“若论赌变化,使促掐捉弄人,我们三五个也不如师兄。”

佯打耳睁 装着没听见或不懂;心不在焉。〔例〕《金瓶梅词话》第五十八回:“他佯打耳睁的不理我,还拿眼儿瞟着我。”按,《真本金瓶梅》误改为“佯打耳聋”。

佯如 “佯”,读如“强”。只当;姑且当作。〔例〕《扬州民间故事集·临死咬一口》:“妈妈不要哭了,打打倒算盘,佯如二十年前没有养我。我进了牢门想过,我做了许多坏事,我该杀头,死了我不怨人。”参见“强如”条。

爬板门 身材偏矮的人在大年三十爬板门、边爬边念叨以祈求长高的习俗。〔例〕《中国民间文学集成·盐城市歌谣谚语卷·爬板门》:“板门爷,/板门娘,/板门短,/板门长,/你长高了没得用,/我长高了做新娘(郎)。”

采问 理睬。〔例〕《金瓶梅词话》第五回:“武大几遍只是气得发昏,又没人来采问。”

戗 音同“枪”,去声。①倚着墙壁或其他物体放置。〔例〕王少堂《武松》上册:“圆筛子里放了几块肉,戗了个粉牌。”王少堂《宋江》上册:“有根哨棒戗在桌子旁边。”《扬州评话选·甘露寺相婿》:“过了一刻,她……在内厅入座,拐杖一戗。”《中国民间文学集成·盐城市歌谣谚语卷·说芦柴》:“小锣子一打格排排,/府上门口戗捆柴。/莫把此柴看小可,/一样做出几样来。”《中国民间文学集成·盐城市歌谣谚语卷·人情》:“门前戗的讨饭棍,骨肉至亲不登门。”《中国民间文学集成·阜宁县资料本·上子下子与杜子》:“老板娘拿一根木棍戗在土墙上,说就姓这个。”《中国民间文学集成·射阳县资料本·金玉翠》:“门开了,东边有一把宝剑戗在那里。”②镶嵌。〔例〕《西游记》第七十回:“亭子中间有一张戗金的交椅。”

股拐瘤 踝骨。〔例〕《中国民间文学集成·盐城市歌谣谚语卷·五更金鸡闹悠悠》:“男白:半夜深更,天气寒冷,小妹子脚小,站得又不稳,肩膀拐子一歪,把我往下一摔,肩膀拐子一鳖,把我往下一跌! 女唱:跌了哥哥膀子,‘物了’哥哥手,/跌得我家情郎不开口,/‘物了’我才郎‘股拐瘤’。”

肥腊腊 “腊”,读如“搭”,入声。肥胖的样子。〔例〕《金瓶梅词话》第五回:“你说没麦稃,怎的栈得你恁肥腊腊的。”《水浒传》第二十五回:“你说没麦稃,怎的赚得你肥腊腊的?”

周正 ①正派。〔例〕王少堂《宋江》上册:“今天又有秦明、黄信、花荣在座,都是周正人哪。”《中国民间文学集成·阜宁县资料本·孟姜女》:“孟姜女是个周正人,哪块肯吵。”②要害。〔例〕王少堂《武松》上册:“我虽打了十几拳,没有打到它周正部位。”③正规。〔例〕《真本金瓶梅》第二十三回:“昨日我拿他的鞋,略试了试,还套着我的鞋穿;倒也不在乎大小,只是鞋样子周正才好!”④正经。〔例〕王少堂《武松》上册:“像你拙口钝腮的,周正话还没有会说哩,你还能说谎吗?”⑤端正。〔例〕《西游记》第四十二回:“他见孩儿生得五官周正,三停平等。”⑥正式。〔例〕《扬州评话选·程咬金卖筢子》:“吾儿此次回来,也要弄个周正行当,好好营生,私盐是不能再卖了。”

周周正正 真正。〔例〕王少堂《武松》上册:“这一方邻居呀,一个好的也没得呀,全是坏人啦,还要请吗?带个信就来了。那一来周周正正就惹鬼上门了。”

昏头六晄 头脑昏沉,神志不清的样子。〔例〕陆文夫《井》:“你们这些大姑娘啊……咳,反正说了也没用,到时候便会昏头六晄,恋爱是不长眼睛的!”

鱼卡 鱼骨头。〔例〕《中国民间文学集成·东台市资料本·郑鹏亮的故事》:“府官喉咙里像戳了个鱼卡。”王少堂《宋江》中册:“他就先用筷子把鱼肉子和鱼汤搅了下子,又一阵子捣,先捣碎了,把大卡搛了摔脱,差不多的小卡,绒卡,就由它去了。”参见“卡”条。

鱼玄 鱼类身体表面的黏液。口语中也称“黏玄”。〔例〕《中国民间文学集成·盐城市歌谣谚语卷·数鱼》:“美人鱼出在松江花亭县;/娃娃鱼常学小儿啼;/鳊白鲤鲫常常见;/大嘴鲢鱼浑身‘玄’;/虎头呆子伏在码头底;/河豚鱼味更加鲜。”

鱼贯 铁制针状引线工具,可将绳或线从物体的一面穿引到另一面。〔例〕《中国民间文学集成·滨海县资料本·溺尿传》:“小辫没得鱼贯奘,/小小虱子砌成楼,/秤砣鼻子尺瓢嘴,/未曾说话口水流。”

忽 质量低劣。读入声。〔例〕《中国民间文学集成·盐城市歌谣谚语卷·敬烟》:“有事要去找上级,/摸出香烟去敬客。/摇头晃脑他不吃,/实际两个指头已烧黑。/不是心里不想吃,/是嫌烟‘忽’不合适。”

狐臊 狐臭。〔例〕《中国民间文学集成·盐城市歌谣谚语卷·鳇鳇子》:“鳇鳇子,在哪里?/在海里。/什么海?毛蟹。/什么毛?喜鹊毛。/什么喜?芦花喜。/什么芦?香炉。/什么香?檀香。/什么檀?酒坛。/什么酒?烧酒。/什么烧?狐臊。/什么狐?茶壶。/什么茶?开茶。/什么开?一把钥匙两头开,/一脚踢死你干犄犄 。”

狗奶子 枸杞子。〔例〕《金瓶梅词话》第三十三回:“我在水红花儿下梳妆末了,狗奶子花迎着门子去咬。”汪曾祺《故乡的食物》:“枸杞到处都有。开花后结长圆形的小浆果。即枸杞子。我们叫它‘狗奶子’,形状颇像。”

狗吃屎 面部着地跌倒。〔例〕《打董达》三折白:“又把他一个通勾子,跌了个狗吃屎。”《西游记》第三十二回:“挣起来正走,又被一个小妖睡倒在地,扳著他脚跟,扑的又跌了个狗吃屎。"

狗骨树 橡樟树。因木质坚硬如骨,故俗称"狗骨树"。〔例〕《扬州民间故事集·王二借旗杆》:"原来,去年冬月,王二扒了棵狗骨树根,其形怪异,酷似判官头颅。"《中国民间文学集成·东台市资料本·狐狸精》:"他家东南上有块荒草田,草田旁边有个塘,塘旁有棵狗骨树。"

狗咬尿胞空欢喜 "尿胞",膀胱。得非所望;一场空。〔例〕《金瓶梅词话》第三十回:"仰着合着,没的狗咬尿胞空欢喜。"

狗溺尿的脾气 脾气乖僻。〔例〕陈登科《风雷》第一部第三十三章:"他这个狗溺尿的脾气,这一辈子也改不了。"

狗攮的 骂人语。即"狗日的"。〔例〕《金瓶梅词话》第八十回:"贼狗攮的养汉的淫妇,把人家弄的家败人亡。"《醒世姻缘传》第七十回 :"陈公公骂道:'这狗攮的好可恶! 这不是欺我么!'"《歧路灯》第十五回:"你们这些狗攮的,单管惹人的气!"《儒林外史》第九回:"船上那些人道:'狗攮的奴才!'"

臬 掀开;揭开。〔例〕《扬州评话选·智取生辰纲》:"你把这个笾子上盖的白布臬掉,把我们看看,锅灰有多大。"

变天 阴天。〔例〕《扬州评话选·张松献地图》:"天如下雨,我就不走了,哪怕是个变天,可以做句话说下子怕走在路上下雨,今日不走,明日再说罢。"

变恼 翻脸;闹别扭。〔例〕《中国民间文学集成·滨海县资料本·麻将哥》:"一脸的麻子赛核桃(九筒),/麻子脸一红就变恼(九筒)。"《中国民间文学集成·阜宁县资料本·蛇蜕壳与猪拱泥》:"蛇与猪原先是对好朋友,他们长的差不多,都有四条腿,身上有鳞无毛。后来,为吃延寿草,两个变恼了,成了死对头。"

京江其 "江",读如"刚"。饼状面制食品。也称"金刚脐"。吴语称"老虎脚爪"。〔例〕《中国民间文学集成·射阳县资料本·张玉书吃"京江其"》:"张玉书回京以后,也时时有人送这种饼给他,京城的人就问了,这个饼叫什呢名字吵? 他想来想去便说叫'京江其'。因镇江过去又叫京口,他就根据这两个地名而起的。"

夜头早晚 夜晚,口语里也单说"夜头"。〔例〕《金瓶梅词话》第二十五回:"那厮杀你便该当,与他何干? 连我一例也要杀! 趁早不为之计,夜头早晚,人无后眼,只怕暗遭他毒手。"

夜饭 晚饭。〔例〕《金瓶梅词话》第五十三回:"那刘婆在李瓶儿房里,走进来到月娘房里坐了,月娘留他吃了夜饭。"

夜顿子 夜餐。〔例〕王少堂《宋江》下册:"这个火啊,还不是晚饭火,晚饭火不会到这一刻才着呀,这都是夜里赌钱的,煮夜顿子吃的,害死人了!"

夜壶 男性小便用的便器。〔例〕《拍案惊奇》第三十一卷:"拿出一个夜壶来每坛里倾半壶尿在酒里。"

疙蚤 跳蚤。〔例〕《中国民间文学集成·盐城市歌谣谚语卷·捉疙蚤》:"小大姐忙睡觉,/锅门口来了黑疙蚤,/跳到大姐腿肚咬一口,/大姐忙划'洋火'照。/疙蚤就往大姐腿上跳,/小大姐来得'速',/点起马灯逮疙蚤。"

放刁 撒娇;要无赖。〔例〕元·萧德祥《杀狗劝夫》四折:"动不动掏人的颡子,哎!这好歹斗的书生,好放刁的贼子。"《真本金瓶梅》第二回:"这开茶坊的王婆,也不是守本分的,便是积年通殷勤,做媒婆,做卖婆,做牙婆,又会收小的,也会抱腰,又善放刁,端的看不出这婆子的本事来!"第七十五回:"他还打滚儿赖人!莫不等的汉子来家,把我别变了?你放恁个刁儿,那个怕你么?"

放焰口 追悼死者的一种佛事仪式。〔例〕《金瓶梅词话》第六十八回:"晚夕设放焰口,施食。"

性子 爆炸物上的导火索。〔例〕《扬州评话选·扬州劫法场》:"巴虎取了个火种,把性子点着了,嗤——通!这一下子,癞子头上血都炸出来啦!"

怕的 恐怕;也许。〔例〕王少堂《宋江》上册:"宋三爷望望:……怕的我性命难保了。""天寒了,进了屋,暖帘朝下这一放,身上衣服怕的都嫌多。"王少堂《武松》下册:"心里想:这打呼的怕的就是武松。""坏了!只闻其声,不见其人,怕的是那一码。"《扬州评话选·凤雏理事》:"'先生来得不巧。'坏了!怕的还没处上窝。"

怪不道 怪不得;难怪。〔例〕《扬州评话选·朱元璋贩卖乌梅》:"怪不道人说,过到老,学不了,等他卖的时候,我也好见识见识。"《扬州评话选·探奸遭陷》:"怪不道那个做眼线儿的小伙,胡子上这么油光光的!"《汪曾祺文集·戏剧剧本卷·裘盛戎》:"杨兮/是让你来对照对照,找找差距?吴国春/怪不道今儿那么'卯'上!"陈登科《风雷》第三十七章:"怪不道人说,你吃个蚤子,也少不了寿余和学成一条腿。"

怪物劳 奇怪的人。〔例〕《金瓶梅词话》第七十六回:"这个骂他怪门神,白脸子,撒根基的货;那个骂他是丑冤家,怪物劳,猪八戒,坐在冷铺里贼。"

怪道 同"怪不道"。〔例〕《铁拐李》二折:"旦云:'你才发昏来,与你穿上衣服了也。'正末云:'怪道这等热燥,快脱了者。'"《真本金瓶梅》第六十回:"伯爵道:'真个?怪道前日上纸送殡都有他。'"《金瓶梅词话》第五十一回:"怪道他昨日决烈的就往前走了。"《水浒传》第一〇三回:"前日在柏树下被俺打的那厮,一定是庞元了,怪道张世开寻罪过摆布俺。"《红楼梦》第一回:"我家并无这样贫窘亲友,想一定就是此人了,怪道又说他必非久困之人。"《醒世姻缘传》第六回:"怪道公公两次托梦叫我往北去投奔爹娘!"

炒米 爆米花。〔例〕王少堂《宋江》上册:"爆竹放得起了烟,声音同炸炒米仿佛。"

炕灶 庆贺新灶砌成的仪式。因刚砌的新灶是湿的,烧火后才会慢慢炕干。旧时习俗,为图吉利,第一次要做美味佳肴庆贺,叫做"炕灶"。〔例〕《中国民间文学集成·盐城市歌谣谚语卷·炕灶歌》:"烧火先烧里锅塘,/烧剩草,吃剩粮,/每年余上万担粮。"《中国民间文学集成·盐城市郊区资料本·灶头上为啥要画鱼》:"土锅腔改砌新灶,媳妇就用平时节省下来的粮食换得鱼肉来炕灶,叫'新锅新灶,鱼肉跳跳。'"

炕房 孵坊。〔例〕汪曾祺《大淖记事》:"她被水冲走了!正赶上十一子在炕房门外土坪上打拳,看见一个人冲了过来,头发在水上漂着。"

单 执意;偏偏。〔例〕《中国民间文学集成·盐城市郊区资料本·白蛇前传》:"这个老头子说:'不要吵。不卖把你,你单要,好吧,你把圆子还把我,钱还把你。'"

单怕 只怕;也许。〔例〕王少堂《宋江》下册:"我也没有听见过,单怕是新开的一个缺。"

单要 偏要;硬要。〔例〕王少堂《宋江》上册:"不要紧哎,我说你没有说,你单要说说的,我们就请股香,到老爷这块来赌咒好不好?"

单看 偏要看看;倒要看看。〔例〕王少堂《武松》上册:"我何不把这干娘请下来跟她谈谈,我单看这干娘是正是邪。"《扬州评话选·圯桥进履》:"这个树根长了凸在土外,就把它当个小板凳,坐下来,朝树干上一倚,来个瘫子娶媳妇——坐等,单看哪个来的早。"袁福荣《斜公鸡歪传》:"你他妈敢笑话我,今天我就打给你看看,单看你长得多结实!"

河歪 河蚌。〔例〕《扬州评话选·通天河》:"跳'马披'的,跳'判官'的,高跷、抬阁、龙灯、高肩,挑茶担,打花鼓的,河歪精,荡湖船,吹弹歌舞,笙箫管笛,一切的玩意这些才过去。"王少堂《宋江》上册:"不但有座灯,还有行灯,行灯就是龙灯啦,花担子啦,荡湖船啦,河歪精啦,踩高跷啦,花色不少。"参见"歪子""歪歪"条。

油扎鬼 油条。〔例〕《扬州民间故事集·王二借旗杆》:"师傅辛苦了,晚上无好菜下酒,尽吃油炸鬼。"

油叫吱子 一作"油叫鸡子"。蟋蟀的一种。〔例〕《中国民间文学集成·盐城市歌谣谚语卷·牵牛郎带新娘》:"牵牛郎,带新娘,/娶的河东纺织娘。/蚂蚱抬花轿,/蚂蚁发嫁妆;/蜜蜂来送礼,/送的白花糖;/蜘蛛来送礼,/送的珠罗帐;/萤火虫来送礼,/红灯笼亮堂堂;/叫哥哥没得送,/带个二胡来唱唱;/知了喊大曲,/油叫吱子唱小唱。"

油皮　皮肤的最外层。〔例〕《红楼梦》第九回:"秦钟的头早撞在金荣的板上,打去一层油皮。"《真本金瓶梅》第六十一回:"西门庆见他额上磕伤一道油皮"。王少堂《宋江》中册:"难为我把他油绸裤子撕一大块过来了,但油皮一块也没有去。"陆文夫《棋高一着》:"你说光洁度不够,他说车床不好……成年到头,嘴唇边上的油皮也不知磨掉多少。"参见"游皮"条。

油花　极少量的油。〔例〕《郑板桥传说·西寺里的对子》:"苍松和尚很生气,对郑板桥就更冷淡了,连吃茶的茶叶也不给了,只给点黄菊花泡泡,吃饭时只有点青菜加点盐,连油花都没有。"

油面师傅　擅长制作面食的工匠。〔例〕《中国民间文学集成·盐城市歌谣谚语卷·抛梁》:"油面师傅手艺巧,/蒸出馒头我抛梁。/前抛三把多富贵,/后抛三把多吉祥。/——恭喜恭喜!"

油腔味　油脂气味。〔例〕王少堂《宋江》中册:"这荤腥要趁热吃,三谦两谦那一来就冷了,冷了吃下去会油腔味。"

油滋马哈　沾满油渍,油腻腻的样子。〔例〕《中国民间文学集成·盐城城区资料本·小厨子学艺》:"包大厨子又说:'这门手艺嘛,油渍马哈的,忙菜的时候不想吃,回家想吃倒没得吃了。'"

泡　次;回。〔例〕王少堂《武松》下册:"武松望着他冷笑做啥?你恭不少啊!在和事居茶馆里你出的恭,这一刻倒又出恭了。我明白了,和事居这泡恭是假的,你实在是去进饮食的。"

泡灰　草木灰。〔例〕王少堂《宋江》中册:"跑到外头去抓了一把泡灰来,就朝宋二爷脸上这一阵子泥,接斗在颈项里带了下子,代他在胸膛上揉了下子,他手上还有泥,又代宋江把手腕子手面上通身糊起来。'不得命了,污糟死了!'"

泼皮　生命力强;经得起折磨。〔例〕《中国民间文学集成·射阳县资料本·"狗百岁"的含义与由来》:"还有的为自己家里的孩子起个小名,目的是把他的命压住,就起个贱名,当中又以狗偏多,一来狗属贱物,二来狗'泼皮'。"

泼泼撒撒　散乱丢失。〔例〕《西游记》第八十一回:"像老猪吃东西泼泼撒撒的,也不知害多少年代病是!"

泼绰　足够;丰富。〔例〕《中国民间文学集成·盐城市郊区资料本·对诗文店》:"划算来划算去,十五两银子过年不泼绰,再弄两个钱,才能过个富裕年。”

宝宝脾气 小孩子脾气。〔例〕《扬州评话选·扬州劫法场》:“哪晓得姑娘是个宝宝脾气,看见上人把封信摔落地上,脸一红,弯下腰拾起信,望望上人,‘咦喂咦喂! 不去就不去,何必这个样子!’”

定当 停当;办妥。〔例〕《金瓶梅词话》第十六回:“我叫众位得知罢,亲事已都定当了。”《儒林外史》第五十四回:“恭喜聘娘接了这样一位贵人! 你看看,恁般时候尚不曾定当,可不是越发娇懒了!”武仲平淮剧《登记》:“你们登记领证定当了,我还要出通知,烦呢!”

定汤定水 多指粥不粘稠,粥汤像清水一般。也用于比喻场面、气氛的冷冷清清。〔例〕《扬州评话选·甘露寺相婿》:“酒至半酣,国太朝席上望望:这酒吃得定汤定水的,没有意思;酒本来是助兴的,要谈谈说说。”

定定的 牢牢的;死死的。〔例〕《扬州评话选·甘露寺相婿》:“我家这个亲母也太不像话了,女婿已来招亲,你还瞒我定定的。”王少堂《宋江》中册:“往日李逵一声要闹事,戴忠都挡的定定的,今日戴忠气了不开口。”

官用 公用、合用。〔例〕王少堂《宋江》中册:“我一个人独用啊,我不敢,我们两下官用。”

官的 公开的;名正言顺的。〔例〕王少堂《宋江》上册:“他们两个人上街是私的……我们把三老爷请上街看灯,是官的。”

空 欠。〔例〕《扬州评话选·扬州劫法场》:“他准备离开扬州,当空人的要还人,人空他的就去要,要不到便罢,总归不留骂名。”

空子 空余时间。〔例〕陈登科《风雷》第一部第二十三章:“今天晚上,开完了总支委员会,才抽出空子,回来看看你。”

空捞捞的 空落落的。〔例〕陈登科《风雷》第一部第五十四章:“在过去打游击的时候,一手拿锄头,一手拿枪,弄惯了。如今,晚上出来,手里不拿着点东西,走路就觉得空捞捞的。”

实骨子 口语中也说“其实骨子”。其实;实质上。〔例〕王少堂《宋江》下册:“他本不肯说,被逼急了没得法子,只说了一个‘地’字,底下想想还是不至于说,实骨子是指地窖子,没有好全说出来。”《扬州民间故事集·六月十六青苗会》:“明说是祈求田禾茂盛,五谷丰登,实骨子是纪念为庄民抗捐税而牺牲的窦广安和华九高。”《中国民间文学集成·东台市资料本·豆腐一大片,多跑三爿店》:“你用这种扣料加水坑顾客的手段做交易,明里头你看到十天多赚十两银子,实骨子里你亲手推倒了我家这爿店。”

实情 确实;实在。〔例〕王少堂《宋江》中册:“我实情不知道李逵同你们二位哥是朋友,他也未曾说着。”《中国民间文学集成·盐城市歌谣谚语卷·小小舟船下江东》:"推开格子转回头来看啊,/看鱼翁啊站在那船头,/下的还是滚钩,/拉网啊拿鱼啊实情儿忙不休。"

实辣辣 着着实实;实实在在。〔例〕《真本金瓶梅》第七十三回:"叫个人把他实辣辣打与他几十板子,叫他忍疼,也惧怕些!甚么斗猴儿似的,汤那几棍儿他才不放在心上!"

郎 又作"攮"。风鼓帆篷而推动帆船前行。故帆船也叫"郎风船"或"攮风船"。〔例〕王少堂《宋江》上册:"这条船三道篷打足了,顺风顺水,走上风直朝下风郎,直即跟跑马仿佛。"下册:"将这些船上的箱儿笼儿归并上一两条大船,五个人打起篷来攮了就走。"

郎不郎秀不秀 干什么事都不合适的人;不伦不类。〔例〕《拍案惊奇》第二十二卷:"你这样的人,种火又长,拄门又短,郎不郎秀不秀的。"

郎用 足够用;笃定用。〔例〕王少堂《宋江》中册:"翰林是他的底子,蔡京不是他的名字吗?这种章书信上郎用呀。"

肩膀拐子 肘肩交接处。〔例〕《中国民间文学集成·盐城市歌谣谚语卷·五更金鸡闹悠悠》:"半夜深更,天气寒冷,小妹子脚小,站得又不稳,肩膀拐子一歪,把我往下一摔,肩膀拐子一蹩,把我往下一跌。"

戽 读如"虎"。①打翻;泼撒。〔例〕王少堂《宋江》下册:"你瞧!把酒都戽在我靴子上。"王少堂《武松》上册:"武大郎吃了一点小苦了:担子打了翻掉了,炊饼打了戽掉了。"《扬州民间故事集·狗咬吕洞宾》:"吕大仙一气,不卖了,把一锅的汤圆子朝地上一戽,给狗吃。"《中国民间文学集成·射阳县资料本·栽秧的传说》:"从前,秧是不栽的,就和现在人种麦子一样,地一耕一耙,到了谷雨时节啦,把稻往水田里一戽,让它去长。"②用瓢、桶、舀子之类的工具排水。〔例〕陈登科《风雷》第一部第三十七章:"你早就应该把这塘里臭水戽干,把脏东西挖出来,放在阳光下晒晒,送到地里去,这是非常非常好的肥料。"

话把子 话柄;口实。〔例〕《扬州民间故事集·书场端大碗》:"扬州书场向来有个规矩:说书人书编得不圆,让人抓住了话把子,书客就可以端大碗,说书人和书场老板不作兴挣较。"

话招 认错;讨饶。〔例〕《中国民间文学集成·射阳县资料本·老嫂救弟》:"小弟弟连忙话招:'只要你带我去,我保证不惹是非。'"

该 欠。〔例〕《儒林外史》第五十二回:"我有个朋友陈正公,是这里人,他该我几两银子,我向他要讨。"

该个 今天。〔例〕《中国民间文学集成·滨海县资料本·王小二三次结婚》:"你侬该个这么客气的?"

该应 ①本该倒霉。〔例〕王少堂《武松》下册:"你要知道,论他的本领,不派从上头掉下来;他怎么样掉下来的呢? 都是他自己大意哎。这个叫个'该应'啊。"《中国民间文学集成·盐城市郊区资料本·包公巧断金龟案》:"在高邮搭起个验尸厂子,把尸首搭起来。该应,尸首还好好的呢。仵作子用烧酒这么浑身上下一洗,查来查去,没病、没伤。"《中国民间文学集成·阜宁县资料本·张郎休妻》:"把个千顷田卖掉了,重砌了个庄园。该应,没几天又是一场天火,烧的草木不剩。"②理应如此。《中国民间文学集成·盐城市歌谣谚语卷·四季相思》:"二次会见情人面,/该应我们前世有缘头,/你爱我我爱你瞒住爹娘把情偷,/只说是如漆如胶越共情越厚,/又谁知薄情的人儿半路途中将奴丢,/天老爷在上头。" ③凑巧。《中国民间文学集成·盐城市郊区资料本·包公巧断金龟案》:"该应这一天,老妈妈想起这么一个人来了,就来到京城去请包公把这件事情弄清楚。"

该派 应该;理所当然。〔例〕王少堂《宋江》上册:"咦,一刀砍下来,该派就痛得很哩,我怎么一点不痛?""这双旧靴子该派带回去了,换换脚啊!"《中国民间文学集成·阜宁县资料本·马良独修金山寺》:"眼看马良眨眼工夫就要死了,该派他到朱家投胎。"

该债 欠债。〔例〕《儒林外史》第五十二回:"可知道'不怕该债的精穷,只怕讨债的英雄'!"《中国民间文学集成·盐城市郊区资料本·讨饭谣》:"七(吃)辛受苦,/八方该债,/九意要还,/十(实)在没得。"

刷白 雪白。〔例〕《扬州民间故事集·扬州八怪传说》:"老板见李鱓写了这么一段揭丑的文字,气得脸刷白,看样子要发怒了。"

刷色 形容因气愤或恐慌而脸上变得没有血色。〔例〕王少堂《武松》上册:"王婆这个罪不能受了,脸都刷了色了,眼睛都定了光了,眼泪只滴。"《扬州评话选·张松献地图》:"曹操一听,脸都气刷了色啦!"

刷括 精彩;漂亮。〔例〕王少堂《宋江》上册:"就凭今天一点风没得,他两把桨硬荡啊,刷括得很。"《扬州民间故事集·玫瑰千条鱼》:"厨师连忙取出,清洗干净,拌以蛋清虾糊、各式调料,放在油锅里略加煸炸,然后又加些菇片、笋丁、鲜汤等配料,以绿叶衬底装盘,刷刷括括一道菜就做好了。"《中国民间文学集成·盐城市歌谣谚语卷·荡湖船》:"我同娘子荡花船,/荡起花船撑起篙,/穿来又穿去呀,/翘头又翘梢呀。/忽瓢瓢子瓢,/忽瓢瓢子让瓢,/花船上(里格)娘子头上刷括又俊俏哎。"《中国民间文学集成·滨海县资料本·厨子现丑》:"张三师心里话:这个藏的刷刮。对小厨子说:'你看,这大肠多肥,不丑!'"

屄声嗓气 阴阳怪气的腔调。骂人话。用于厌恶他人说话时的腔调。

〔例〕《醒世姻缘传》第六十七回:"送给他去也只是'驴膫子上画墨线,没处显这道黑',只怕惹的他屄声嗓气的哩!"

限定 一定;肯定。〔例〕王少堂《武松》上册:"张王李赵排行第二的多得很啦,限定就是喊他的吗?"

姑老爷 对别人的女婿或丈夫的尊称。〔例〕《老残游记》第五回:"又有人说:'大奶奶是去不得的,倘若是姑老爷去走一趟,倒没有什么不可以。'"

㧟 读同"快",阴平声。单肩背、挎。〔例〕《中国民间文学集成·盐城市歌谣谚语卷·麻将歌·饼子》:"夹铜洋钱银子包,/儿童上学㧟书包,(二饼)/山东驴子学马叫,(三饼)/私通外国罪犯天条。"《中国民间文学集成·阜宁县资料本·龙大头的传说》:"龙大头……㧟着粪兜子四下拾粪。"

驾驾势 成全,支持。〔例〕孙智宏淮剧《赶鸭》:"众位鸭哥哥,/众鸭姐姐,/众位鸭奶奶,/众位鸭爷爷,/求你们莫生气,/求你们多支持,/求你们驾驾势,/求你们莫顽皮,/我打躬作揖,/已经把头低。"

细小伙 小孩的统称。〔例〕《中国民间文学集成·盐城市歌谣谚语卷·劝你今后不要赌》:"劝你忙时把生活做,/下雨阴天看看书,/没事带带你家细小伙。/麻症绝寿哉,/没事带带你家细小伙。"

细小的 同"细小伙"。〔例〕《中国民间文学集成·盐城城区资料本·怕老婆》:"好吧,你去吧,带三个铜钱去,代细小的买蓬蓬车再买点糖、饼带家来。"同上《白蛇前传》篇:"有个女人,抱个细小的在桥上走,看到卖糖圆子,细小的哭了没得过身要吃糖圆子。"

细来小去 微不足道的情况或无足轻重的举动。〔例〕王少堂《宋江》上册:"报事能妄报吗?这是细来小去的呀,如若紧要的军情,他也信口开河,这还了得吗?"

细的 小孩子。〔例〕《中国民间文学集成·盐城市郊区资料本·帮穷人过好年》:"他家养七八百只鸭子,我家细的就跟他家大师傅捋捋鸭头。"

细细的 慢慢地;有节制地。〔例〕《西游记》第二十四回:"八戒道:'哥哥,吃的忙了些,不像你们细嚼细咽,尝出些滋味。我也不知有核无核,就吞下去了。哥啊,为人为彻;已经调动我这馋虫,再去弄个儿来老猪细细的吃吃。'"

细作 仔细。〔例〕《中国民间文学集成·东台市资料本·燕蛇》:"衙门的老爷一听,怕要出人命案子,急忙坐轿子到汪家,坐在厅屋里,把这两亲家都喊出来,细细作作的一顿问,真是各说各有理。"《中国民间文学集成·东台市资料本·小气鬼》:"你倈用细功找,一天找不到,我倈三天总不走!你倈找啊细作点。"

孤老 又作“姑姥”“孤佬”。“老”“姥”“佬”均读轻声。姘夫，嫖客。〔例〕《金瓶梅词话》第十三回：“你家孤老今日请俺们赏菊饮酒，吃的不割不截的，又邀了俺们进来。你这里有酒，拿出俺们吃！”《喻世明言》第三卷：“孤老来得少了，恰好得女儿来接代，也不当断这样行业，索性大做了。”《扬州民间故事集·假佛像》：“男的一头打门一头骂：‘臭娘们，家里关姑姥了，怎么不开门？’”《水浒传》第四回：“我女儿常常对他孤老说提辖大恩。”《清平山堂话本·曹伯明错勘赃记》：“终是妓者心不一，原来他自有个孤老，唤做倘都军。”《古今小说》第二十九卷：“见邻妓家有孤老来往，他心中欢喜，也去门首卖俏。”李涵秋《广陵潮》第六十九回：“恰好被饶三看见，骂道：‘这小龟蛋又鬼张鬼致地找谁？敢莫替你妈寻觅孤老吗？’”

孤拐面 又作“孤拐脸”、“骨挝脸”、“拐子脸”。面庞小而颧骨突出的脸形。〔例〕《西游记》第二回：“原来那猴子孤拐面，凹脸尖嘴”。

终局 结束；了结。〔例〕王少堂《宋江》上册：“正谈到这个地方，嗯，又打住坝了，话还是没有谈的终局。”

九 画

帮衬 帮助，帮忙。〔例〕《儒林外史》第二十四回：“而今打从你这里过，路上盘缠用完了，特来拜望你，借几两银子用用，你千万帮我一个衬。”第五十四回：“三公子道：‘专等老弟到敞署走走，我那里还有事要相烦帮衬。’”

郝心 贴心。〔例〕《中国民间文学集成·盐城市歌谣谚语卷·吃娘奶》：“吃娘奶，‘郝’娘心，/离娘奶，冷如冰。/吊住个奶子滴滴亲，/娶了个老婆起黑心，/丈母是西天佛，/老婆是活观音，/老娘是眼中钉。”

带 附加，用于表述整数后的零头。〔例〕《扬州民间故事集·吉高故事》：“我们那儿搓绳子论桶论缸不论托，我每天能搓三桶带一缸。”

带舵 本指行船时扳舵，使船改变方向。比喻话说转弯抹角或话说出后又改口。〔例〕王少堂《宋江》上册：“他也还会带舵哩，他不说他溜，说出恭，就这么抱头鼠窜，只朝后头奔。”王少堂《武松》上册：“你如单单地说个九钱九，这就不好带舵了，恐其来人有数。”“刚才说过不要的，不能再收，岂能出乎反乎？嗨，带舵。”

带谎说 夸张一点说。〔例〕王少堂《宋江》上册：“三个人在高头吃，毕静无声。带谎说，掉根针在地下能听得见回声。”《扬州评话选·杨香武一盗九龙杯》：“在两旁边有众大臣站立，人虽多，僻静的，没有哪个敢说话，带谎说，针掉下来都听得见响。”

带媳妇 为儿子娶亲。〔例〕《中国民间文学集成·盐城市歌谣谚语卷·劝郎莫赌钱》:“西庄有个李二爹,/种田还把生意做,/银钱每年赚得多/丈夫啊,砌了房子带媳妇。”

草鸡毛 盲目;莽撞。〔例〕陈登科《活人塘》:“沈长友冷冷脸说:‘是的吗,哪个拿枪,哪个进家,哪个在外面保水,都要计划好,就这样草鸡毛,能把人杀掉吗? 鬼闹呢!’”

草鱼 读如“曹鱼”。鲫鱼。〔例〕《中国民间文学集成·阜宁县资料本·刘小二与三姑娘》:“钓的都是巴掌宽的大草鱼,没到顿把饭的工夫,就把鱼篓子装得满满的。”

草草婆 又作“草老婆”。昆虫名。形如蚂蚱,但头部比蚂蚱细小,身体比蚂蚱细,呈草绿色。〔例〕《中国民间文学集成·盐城市歌谣谚语卷·蚂蚱娶亲》:“‘草草婆’叫喳喳,/下了一窝小‘蚂蚱’。/领了蚂蚱成人大,/没得门当户对家。”

草疙纠 用草打成的草结或草团。农家以稻草生火做饭,一般先将稻草打成草疙纠,便于燃烧,且便于送入灶堂内。〔例〕《中国民间文学集成·盐城市歌谣谚语卷·捉黄狼·注》:“此歌谣含当年马裕仁带队北上海边抗日之意。戏法是:七八岁十几个不等的儿童,并列成队,双手别背后。队后一儿童手执一个稻草疙纠。”

草科 又作“草棵”。草丛。〔例〕《西游记》第十五回:“斗不数合,小龙委实难搪,将身一幌,变着一条小水蛇儿,钻到草科中去了。”第三十三回:“这怪从草科里爬出,对长老马前,乒乓的只情磕头。”陈登科《风雷》第一部第三十七章:“几只野鸡,在天空拐个弯子,又散落到草棵里去。”

草鞋爽 “爽”,读如“嗓”。草鞋上的筋绳。〔例〕《西游记》第一回:“足下踏草履,乃是枯莎搓就之爽。”

茶干 香豆腐干。〔例〕《老残游记》第五回:“晚间吃完了饭,回到店里,买了几块茶干,四五包长生果,又沽了两瓶酒,连那沙瓶携了回来。”汪曾祺《金冬心》:“按扬州请客的规矩,菜单曾请铁保珊过了目。凉碟是金华竹叶腿、宁波瓦楞明蚶、黑龙江熏鹿脯、四川叙府糟蛋、兴化蛏鼻、东台醉泥螺、阳澄湖醉蟹、糟鹌鹑、糟鸭舌、高邮双黄鸭蛋、界首茶干拌荠菜、凉拌枸杞头。”《桥边小说三篇·茶干》:“茶干是连万顺特制的一种豆腐干。豆腐出净渣,装在一个一个蒲包里,入锅,码好,投料,加上好抽油,上面用石头压实,文火煨煮。煮得了,再一块一块从麻包里倒出来。这种茶干是圆形的,周围较厚,中间较薄,周身有蒲包压出来的细纹……是佐茶的妙品,所以叫‘茶干’。”

垩本 “垩”,读如“丫”,去声。肥料。〔例〕王少堂《宋江》下册:“老爷叫我的船,我要把几担灰粪摔掉了,这灰粪是垩本呀,拿大钱收下来的啊。”《中国民间文学集成·盐城市歌谣谚语卷·牛是农家宝》:“牛是真宝贝,/种田不受罪;/种田没得牛,/急得要磕头。//养牛自己好,/不过吃把草;/养牛不蚀本,/田里多垩本。”

胡大热说 口语中也说“胡大乱说”。胡言乱语。〔例〕王少堂《武松》下册:“大和尚,我小人刚才是烧得胡大热说的,望大和尚不必计较。”

胡桃子 蛮不讲理、胡作非为的人。〔例〕陈登科《风雷》第一部第三章:“胡桃子,不讲理,思想坏。人不像人,鬼不像鬼,整天在外边,东集赶到西集,谁不知道她。”“这号人,你不惹她,还要被她说长道短,生来就是那种胡桃子的人,惹了她,能闹得你祖宗牌子翻斤头。”

药葵 向日葵。〔例〕《中国民间文学集成·盐城市歌谣谚语卷·小月亮 白沙沙》:“小月亮,白沙沙,/打个包袱走娘家,/一走走到西河边,/迎面碰见亲妈妈:/多少人家你不把,/独巧把个绝人家。/房子没得猪圈大,/草堆没得一铁叉;/棒棒棱子做锅盖,/药葵秸子做火叉。/吃了上顿没下顿,/寒吃萝卜夏吃瓜。”《中国民间文学集成·阜宁县资料本·文章不及江司马 造化不如李春方》:“小伙计把破衣烂衫当当,买了两只鹅、两瓶酒,用药葵秸子一挑就走了。”

查子账 “查”,读如“渣”。本该了结而又难以了结的旧账。多用来比喻人与人之间复杂而又难以断绝的关系。〔例〕《金瓶梅》第二十五回:“教我骂了两句:‘贼狗肉,我从新又怕起你爹来了。’我倒疑影和他有些甚么查子账。”

枵 读如“消”。薄。〔例〕王少堂《宋江》中册:“我看你老人家吃到点心,觉着都有点不大投口,所以今日特为关切大师傅把皮子擀枵些,馅心里头又加点虾籽作料。”参见“消”、“嚣”条。

相与 ①对付。〔例〕《老残游记》第七回:“但是大盗却容易相与,如京中保镖的呢,无论十万二十万银子,只须一两个人,便可保得一路无事。”②结交;奉承。〔例〕《儒林外史》第一回:“时知县倚着危素的势,要在这里酷虐小民,无所不为。这样的人,我为甚么要相与他?”李涵秋《广陵潮》第四十六回:“又知道他东爱一个,西爱一个,相与一个人,曾不到得一月半月便又丢掉了,我何苦反去交给他。”

相巧 凑巧。〔例〕《中国民间文学集成·滨海县资料本·王小二三次结婚》:“这话对还有点对。那把什呢人家呢?团螺哪块有这么个相巧的呢?”

相白脸 口语中也说“相白眼”。闲坐着互相对望。形容无所事事。

〔例〕《中国民间文学集成·射阳县资料本·穷秀才写对联》:“县老爷一望,这个人家两个人坐在家相白脸呢。”

相验 验尸。〔例〕《老残游记》第十五回:“县里次日一清早,带同仵作下乡一一相验,没有一个受伤的人,骨节不硬,皮肤不发青紫。”王少堂《宋江》中册:“你赶快打报呈,过江报案,请县主下来相验,非提凶手不可啊!”王少堂《武松》上册:“吴氏大娘原轿抬回,准备棺木老衣,预备到狮子桥候官府来相验后收尸。”《中国民间文学集成·盐城市郊区资料本·识别移尸案》:“县官受了重贿,也装模作样地下来相验一番。”

相嘴 接吻。〔例〕《中国民间文学集成·阜宁县资料本·一计害三命》:“在他们抱头相嘴的时候,王姣梅佯言要舔舔他的舌头,马三不知是计,果然把舌头伸出来。”

柱戗 本指嵌在箩筐之类器物边沿内的支柱。喻指支撑。〔例〕《金瓶梅词话》第九十四回:“大奶奶,你这半日没吃甚么。这回你觉好些,且起来吃些个,有柱戗些。”

梻板 “梻”,读如“佛”,阴平声。在农用风车和脚踏水车的水槽中转动汲水的木板。〔例〕《中国民间文学集成·盐城市歌谣谚语卷·脚板子底下水连天》:“小小车轴两头尖,/十二个车栓子颠倒颠,/梻板榷子如跑马,/脚底板子底下就水连天。”

要 ①乞讨。〔例〕《老残游记》第七回:“东造道:‘自然以为民除害为主。果能使地方安静,虽无不次之迁,要亦不至于冻馁。’”②被。《中国民间文学集成·盐城市歌谣谚语卷·铎巴巴饼》:“田呢?/田种菜了。/菜呢?/菜要鸡吃得了。/鸡呢?/鸡要人吃得了。”

要不成了 表示遗憾的感叹语。〔例〕《中国民间文学集成·阜宁县资料本·乾隆私访风谷》:“乾隆以为就一个和尚的,说:‘要不成了,好大的仁能寺不招生吗?’”

要得好 最好(的办法);好不如。〔例〕王少堂《宋江》中册:“这个事情怎么办呢?结皱了,要得好啊,就要我先疯了把他望下子。”《扬州评话选·张松献地图》:“这个酒吃不得,饯行酒,三杯一吃,站起身走路。要得好现在就跟刘皇叔多谈几句。”

耍子 玩耍。〔例〕《西游记·美猴王》:“我们今日赶闲无事,顺涧边往上溜头寻看源流,耍子去耶!”

歪 读去声。晃动;摇摆。〔例〕《中国民间文学集成·盐城市歌谣谚语卷·小麻雀》:“人又多,客又多,/为何不杀鹅?/鹅说的,头上有个肉疙瘩,/为何不杀鸭?/鸭说的,走起路来两边歪,/为何不去杀螃蟹?”

歪子 河蚌。〔例〕王少堂《武松》下册:"再朝箱子里一望,全是工本药,花色多哩,里头有许多葫芦;瓶子也有十多个,大瓶子、小瓶子、扁瓶子、方瓶子,短瓶子;还有碗里调的,歪子里头和的,碗底子里调的,干的、稀的,等等不一。"参见"河歪""歪歪"条。

歪头骈颈 "骈",读如"夯"。垂头丧气的样子。〔例〕《中国民间文学集成·阜宁县资料本·周恒爽徒手捉敌》:"在路上装着歪头骈颈的样子,麻痹敌人。"

歪歪 河蚌。〔例〕《扬州民间故事集·歪歪灯》:"每逢旧历七月三十这天晚上,不管城里城外,士、农、工、商,家家户户一概都点歪歪灯(在蚌壳里放些豆油、灯草,点起来当灯)。"《扬州民间故事集·小癞子和蚌姑娘》:"他在长满柴草的浅水边拾到一只大河歪(河蚌),足有七八斤重,就带回家去了。"《中国民间文学集成·盐城市歌谣谚语卷·一摇二摆》:"一摇二摆,送哥下海。/取鱼摸虾,早点回家。/摸个虾,带把妈妈。/摸个鱼,带把姨。/摸个歪歪,带把乖乖。/摸个螺螺,带把哥哥。/摸个蚬子,带把姐姐做针线匾子。"参见"河歪""歪子"条。

歪斯缠 胡搅蛮缠或无理取闹。《金瓶梅词话》第十五回:"歪斯缠怎么?他在虎口里求津唾。"第五十四回:"我倒灌醉了,那淫妇不知那里歪斯缠去了。"《石头记》第七回:"气恼不过,偏要与这梦鳅歪斯缠,弄他个不利市。"陈登科《风雷》第一部第三章:"俗话说,好汉怕赖汉,赖汉还怕歪斯缠。和这样的人,有啥理好评的。"

歪缠 胡搅蛮缠。〔例〕《二刻拍案惊奇》第二十二卷:"上官翁见这些人又来歪缠,把来告了一状。"《真本金瓶梅》第七十九回:"潘金莲晚夕不管好歹,还和他歪缠不清。"

研 读如"年"。身体紧贴平面挪动。〔例〕王少堂《宋江》上册:"他害了百十天大病,睡在床上,这包巾他也没有除,一直这么研啊缠的,可经得起啊?"

砑 碾压。〔例〕《西游记》第五十七回:"轮铁棒,丢了磁杯,望长老脊背上砑了一下。那长老昏晕在地,不能言语。"第七十四回:"恨一声,咬响钢牙,掣出铁棒,跳下高峰,把棍子望小妖头上砑了一砑,可怜,就砑得像个肉陀!"文康《儿女英雄传》第九回:"我这张弹弓是铜胎铁背、镂银砑金、打一百二十步开外不同寻常兵器,从我祖父手里传流到今,算个传家至宝。"

砍下头来不过碗大的疤 比喻没有什么可怕的。〔例〕陈登科《风雷》第一部第二十三章:"你放心,砍下头来不过碗大的疤,这些用不着你去担心。"

面 酥松、不费咀嚼的口感。〔例〕汪曾祺《陈四》:"这时正是各种瓜果下来的时候，牛角酥、奶奶哼(一种很‘面’的香瓜)、红瓤西瓜、三白西瓜、鸭梨、槟子、海棠、石榴，都已上市。”《中国民间文学集成·滨海县资料本·瓜王出征》：“打断骚瓜黑汉腿，/打得面瓜奶奶哼。/打得番瓜心害怕，/打得酥瓜泪纷纷。”

面子话 表面应付或故意给人留面子的话。〔例〕《金瓶梅词话》第七十五回：“妇人骂道：‘贼牢，你在老娘手里使巧儿，拿些面子话儿来哄我！’”

面糊 用面粉调制的糨糊。〔例〕《金瓶梅词话》第十九回：“恰吊在面糊盆内一般，乞那厮局骗了，说你家中有事，上东京去了。”王少堂《宋江》上册：“宋江随时又代他添个名字上去，把这一封信装上了信封，叫孩子去找一点面糊来，把封口封好。”

面磕地 面孔着地跌倒。〔例〕《西游记》第五十七回：“只见三藏面磕地，倒在尘埃。”王少堂《宋江》中册：“进房不晓得跨房门槛，脚尖子朝房门槛子上一绊，噗通！一个面磕地。”《扬州民间故事集·假佛像》：“哪晓得腿坐麻了，一软，一个面磕地，门牙磕掉四个，鼻子里血洒洒的。”《中国民间文学集成·东台市资料本·结搞的故事》：“马少爷吃了一拳一腿，跌了个面磕地，鼻青脸肿，还不知怎么回事。”

牵牛郎 昆虫天牛。〔例〕《中国民间文学集成·盐城市歌谣谚语卷·牵牛郎带新娘》：“牵牛郎，娶新娘，/娶的河东纺织娘。/蚂蚱抬花轿，/蚂蚁发嫁妆；/蜜蜂来送礼，/送的百花糖。”

掷着鬼 即碰上鬼，遇到鬼，形容最糟糕的情势；最低限度。又作“绑着鬼”。〔例〕《金瓶梅词话》第二十回：“金莲道：‘就是揭实枝梗，使了三两银子满篡。掷着鬼，还落他二三两金子。’”《金瓶梅词话》第二十一回：“随问怎的，绑着鬼，也不与人家足数，好歹短几分。”第四十三回：“若不是我在根前劝着，绑着鬼，是也有几下子打在身上。”

挂角 在餐桌或酒席上满座后再加座。〔例〕王少堂《武松》下册：“第二进堂里头满满的人，想张桌子挂个角都挂不下去。”

拷 购买(零售的液态货物)。〔例〕陆文夫《井》：“别弄错啦，要拷料酒，料酒是黄酒的下脚。”

拱 ①阴谋推翻。〔例〕《金瓶梅词话》第六十四回：“你心地好了去了，虽有小人也拱不动你。”②钻。〔例〕《醒世姻缘传》第一回：“谁知晁大舍道这办人肩膀不齐了……拿官腔说了两句淡话，自先起身，往外一拱。”王少堂《宋江》上册：“我开可以，外头人太多，开下来就朝里头拱呢。”王少堂《武松》上册：“我们就都拱到梦里去啦！”《中国民间文学集成·盐城市歌谣谚语卷·五更金鸡闹悠悠》：“女白：我家门口宽宽融融的，请哥哥往家内一拱，旁人不晓得蹦卜丝缝。"《中国民间文学集成·阜宁县资料本·文章补给江司马 造化不如李春方》:"财主家有个小伙计姓李,家里很穷,一年到头拱个丁头舍子。"参见"躬"条。

挜 强劝他人接受。〔例〕《扬州评话选·张松献地图》:"我这个卖户脸要放老扎些哩,先来逗他,逗生意,逗生意,也可以把生意逗成功。张松急透了,硬挜硬逗了。"王少堂《宋江》上册:"你这是将技艺卖钱,不挜人,不逗人,人爱看才看,居心给钱才给钱啊!"

挜当 勉强挤进两者之间的位置。也作"椏档"。〔例〕王少堂《宋江》上册:"好在客人是本地人多,都晓得,就是有个把外路人,也好商量,就一齐请他们到旁的桌上去挜当、挂角。""顾客纷纷而来,顷刻间前到后都满了,想一张桌子挂个角,椏个档都椏不下去。"

挠狮狗 卷毛狗。也比喻胡搅蛮缠的人。〔例〕《中国民间文学集成·盐城市歌谣谚语卷·打起包袱走娘家》:"亲妈妈哎亲妈妈,/你把我嫁个好人家:……/姑娘活像个挠狮狗,/姑爷活像个小蜢蚱。/只有你女婿长得美,/团头滑脑活像个虎头鲨。"

挡戗 能起作用。〔例〕文康《儿女英雄传》第十七回:"我如今又不出马了,你走后,我留他也是无用,倒是你此次远行带去,是件挡戗的傢伙。"

挺尸 本义为停放死尸。"睡觉"的骂人话。〔例〕李涵秋《广陵潮》第三十八回:"奇怪不过,父母挺尸在床,儿媳还可以从吉成婚……"《金瓶梅词话》第三十九回:"贼囚根子,快磕了头,趁早与我外头挺尸去!"《二刻拍案惊奇》第三十五卷:"这时候还不起来,挺着尸做甚么?"《扬州评话选·朱元璋贩卖乌梅》:"让我来骂他一下子:'……家去挺尸去!'"陆文夫《人之窝》下部第十九回:"阿根……还不给我回去挺尸!"《中国民间文学集成·盐城市歌谣谚语卷·老汉今年五十五》:"少逗拉少米来米,/大烟鬼子害无底。/半夜三更不挺尸,/眼望屋梁想主意。"

挺觉 "睡觉"的骂人话。〔例〕《真本金瓶梅》第二十五回:"搏了那黄汤,挺你那觉,平白惹老娘骂!"《金瓶梅词话》第六十一回:"贼野狗,死囚,还不起来!我只说先往铺子里睡去,你原来在这里挺的好觉儿,还不起来跟我去?"第八十一回:"被来保推他往屋里挺觉去了。"《儒林外史》第十一回:"吃罢,扒上床,挺觉去了。"

挺屍 同"挺尸"。〔例〕《红楼梦》第四十四回:"下流东西,灌了黄汤,不说安分守纪的挺屍去,倒打起老婆来了。"第一百一回:"真真的小短命鬼儿!放着屍不挺,三更半夜嚎你娘的丧!"

挺腰子 胸部前挺突出。引申为要派头、拿大。〔例〕《红楼梦》第七回:

"别说你这样儿的，就是你爹、你爷爷，也不敢和焦大挺腰子呢。"

括 打。〔例〕《扬州评话选·皮五冒充五舅舅》："我这个五舅也不大好说话，不对，让我来服侍他，请他吃太平拳，来括他两下子！"

拾豆腐 买豆腐。〔例〕王少堂《宋江》下册："人家来拾豆腐就顺便打酒，来吃酒就顺便打酒吃豆腐，这样生意就拉拢好做了。"

挑子 上下两端装轴、可悬挂的长方形条幅。〔例〕王少堂《宋江》上册："再预备些高挑子、灯球等等。""这一个门军掌着高挑子，拎着根铁尺，抢步出南寨门。"

挑河 挑土挖河。〔例〕《金瓶梅词话》第四十二回："你倒说的好，有一朝天旱水浅，朝廷挑河，把石头乞做工的夫子两三镢头坎的稀烂，怎了？那里少不的还他银子。"第一百回："既是投宿，娘子请炕上坐。等老身造饭，有几个挑河夫子来吃。"《中国民间文学集成·盐城市歌谣谚语卷·治水情歌》："哥哥离乡去挑河，/妹在家里挖沟土；/打起号子乐呵呵，/河水传情恋哥哥。"

挑河夫子 挑土开河的民工。〔例〕《金瓶梅词话》第一百回："既是投宿，娘子请炕上坐。等老身造饭，有几个挑河夫子来吃。"

挑箩撅担 泛指挑担子。〔例〕《中国民间文学集成·阜宁县资料本·文章不及江司马 造化不如李春方》："小家伙把担子子朝下一蹾，歇歇脚，那边过来个老头子，看他这挑箩撅担的，还带着锅碗瓢盆，像是个搬家的。""看你这挑箩撅担，像是去赶考吧？"

垫嘴子 挑唆；从旁说别人的坏话。〔例〕王少堂《宋江》中册："二老爷如其在府里垫一个嘴子，就可以把我们大伙抓去，也当叛党办罪。"

挣 屏住气使劲。〔例〕王少堂《宋江》下册："哪晓得远路没轻担，这个一百步噢，把晁盖跑累了，脸都挣红了。"《扬州民间故事集·灯草星与石头星》："后娘做事心不公，兄弟担子分轻重，石头星过了淮河坝，灯草星挣得脸通红。"

挖屁眼嘲指头 又作"扣屁眼嘬指头"。口语中也说"抠屁眼嘲指头"。"嘲"，吮吸。形容吝啬、刻薄。〔例〕《扬州评话选·朱元璋贩卖乌梅》："你这个人刻薄得可怕……你看人家姓朱的才是大仁大义，哪个像你的，挖一会屁眼，还要嘲一会指头。"参见"扣屁眼嘬指头"条。

指头顶子 手指头的顶端。常用于喻物件体积的大小。〔例〕王少堂《宋江》上册："这个十颗大珍珠却是出奇了，一颗有指头顶子大，朱大爷出生没有看见过。"

点点饥 口语中也说"垫垫讥"。吃少量的食物，聊解饥饿。〔例〕王少堂《宋江》中册："三个人先喝喝茶，先弄两个点心，点点讥。"

点点潮　饥饿时胃中的不适感叫做“潮人”或“嘈人”。点点潮，意同“点点饥”。〔例〕王少堂《宋江》上册：“敬过茶之后，有人把茶食碟子端上来。作啥？恐其大人肚里饿，先行点点潮。”参见“嘈人”“潮人”条。

点到　一到目的地（就离开）。〔例〕王少堂《宋江》上册：“我再三商量，我说我去，点到就回，没多耽搁，这么他才让我来的。”

背过去　昏死过去的避讳说法。〔例〕王少堂《武松》下册：“在这一刻，一着急作兴就背过去，背过去仙丹都没救，那一来糟了糕了！”

背旮旯子　又作“背惨拉子”“背哈喇子”。偏僻的角落。〔例〕文康《儿女英雄传》第十五回：“怎么著！你们连个大厅也不开，把人家让到那背旮旯子里去，这都是你们干出来的！”《醒世姻缘传》第五十九回：“这里就好，背惨拉子待亲家的。”《金瓶梅词话》第二十一回：“我在这背哈喇子，谁晓的？”

背时　时运不济；倒霉。〔例〕吴趼人《二十年目睹之怪现状》第八十九回：“荀才道：‘不过不肯信付我们这背时的罢了。’祝三拍手道：‘正是，大人猜着了也！’”

背绑　将人两个臂膀朝身后捆绑。〔例〕王少堂《宋江》上册：“七手八脚，把刘高拖下来，鞭杆子夺过去，麻绳拿过来，膀臂一剪，背绑牢栓，摔在一边。”

背得住　经得起；熬得住。〔例〕王少堂《宋江》上册：“人是这个事，捆起来也背得住打。”

背道　偏僻的小路。〔例〕《儿女英雄传》第三回：“大道正路不妨，十里一墩，五里一堡，还有来往的行人。背道须要小心。”

竖蜻蜓　头朝下脚朝上倒立。〔例〕《西游记》第七十五回：“抓住肝花打秋千、竖蜻蜓、翻跟头乱舞。”

省得　“省”，读如“醒”。知道，了解。〔例〕李涵秋《广陵潮》第一回：“乡下人不省得表号名字，人见他无兄无弟，顺口呼他为黄大，呼他女人为黄大妈。”

昧心食　私下吃东西而不外露。有俗话说“猪子不吃昧心之食”，意谓既然吃了食物，总是要长肉长膘而显现出来的。〔例〕《西游记》第二十五回：“三藏道：‘我们是出家人，休打诳语，莫吃昧心食。果然吃了他的，陪他个礼罢。何苦这般抵赖？’”

是凡　凡是。〔例〕李涵秋《广陵潮》第七十五回：“我们那条街上，是凡有开店铺的，都拿这‘卫生’两字做了。”

冒里冒失　突然；冷不防。〔例〕《扬州评话选·扬州劫法场》：“这回上来帮忙的角儿，也就损德，一只手抓住他的脉门，一只手就托着他的手肘子，把他手肘子冒里冒失一推，就把脉门抓着，往怀里一撮。"《中国民间文学集成·东台市资料本·狐狸精》："我帮你画个符，你家婆娘每天到啊下半夜就成狐狸精，坐啊铺上，把头搬下来梳头。这个时候，你把这道符往她背脊后头冒里冒失的一贴，她就来不及变人。"

冒诈 假冒诱骗。〔例〕王少堂《宋江》下册："我哪块还冒诈你呀！你不相信打开来望。"

咋个 昨天。〔例〕《中国民间文学集成·射阳县资料本·彭祖与罗刹女》："罗刹女就问道：'他多晚去的啊？''咋个去的。'罗刹女把嘴一咂说：'咋个是凶日子啊。'"

毑 读如"意"。写字时觉得有的笔画写得不合意而再用笔尖勾画、加工。〔例〕王少堂《宋江》中册："写字不准毑，下次再毑，我要敲你的手心的。"

虼蚤 跳蚤。〔例〕《金瓶梅》第三十四回："昨日吴大舅亲自来和爹说了，爹不依，小的虼蚤脸儿，好大面皮儿！"第五十二回："桂姐笑骂道：'怪碜花子，你虼蚤好大面皮儿，爹他肯信你说话。'"汪曾祺《桥边小说三篇·詹大胖子》："学生给他编了一首顺口溜：'谢大少，捉虼蚤。虼蚤蹦，他也蹦，他妈说他是个大无用！'"

虼蚤脸 像跳蚤一样小的脸蛋。〔例〕见"虼蚤"条。

咯吱 抓搔别人的护痒处使人痒痒的逗趣动作。〔例〕汪曾祺《大淖记事》："她正在船头把身体往前倾着，用力涮着一件大衣裳，一个不知轻重的顽皮野孩子轻轻走到她身后，伸出两手咯吱她的腰。"

咯顶 瓜果的蒂。〔例〕《中国民间文学集成·盐城市郊区资料本·巧立瓜果案》："昨夜摘上船的西瓜，一定是水凌凌的鲜咯顶，相隔几天以后，才是枯咯顶，请太爷参详。"

哈话 不知轻重、不考虑后果的过头话。口语中称说言行毫不顾忌严重后果为"哈"（阳平声），这种人又往往被称为"哈子"。〔例〕《西游记》第二十回："次日天晓，行者去背马，八戒去整担，老王又教妈妈整治些点心汤水管待，三众方致谢告行。老者道：'此去倘路间有甚不虞，是必还来茅舍。'行者道'老儿，莫说哈话。我们出家人，不走回头路。'"按，人民文学出版社 1980 年 9 月版《西游记》注释为"愚蠢的话、丢人话"，欠当。

咪呀马的 说话做事不干脆、不利索；不明事理、糊涂。《中国民间文学集成·射阳县资料本·不能咪呀马的》："老牛一听发急了，生气地说：'我讲的都是原则问题，你们在原则问题上可不能咪呀马的。'"

哪个的话 表示根本就不是那么一回事。〔例〕王少堂《武松》下册："这一刻你不要硬了，尝过我这一棍滋味啦，晓得厉害了吧？你稍微低下子头，能够把个面子,我还可以成全你。和尚这一刻该派要软和些啦,哪个的话?越打越硬。”

哪块 ①难道。〔例〕王少堂《宋江》下册:“我哪块还冒诈你呀!你不相信打开来望。”王少堂《武松》上册:“莫怕!你这个柩哪块是你要烧的吗?咦,有人买嘱你烧的,有上家西门庆呀。”下册:“今日从一晚到这一刻,没有住腿,又是大月亮,五六十个强盗漫高,我们怎么看不见呢?眼睛哪块上了膜子了?”②何处。〔例〕《金瓶梅词话》第二十八回:“他才十一二岁,晓得甚么?知道生在哪块!”王少堂《宋江》上册:“大人的马不晓得到哪块去了。”王少堂《武松》上册:“他一脚到哪块?到正门上。”③怎么。《中国民间文学集成·阜宁县资料本·孟姜女》:“孟姜女是个周正人,哪块肯吵。”

骨头生黄锈 形容早已死亡。〔例〕陈登科《风雷》第一部第十五章:“要不是来了共产党,俺这些老头子,骨头早就生黄锈了。”

骨头作痒 想自讨挨打。〔例〕陈登科《风雷》第一部第十七章:“任为群甩起腿,又在门上踢了几脚,吼叫道:‘你开不开,我晓得你那身上骨头作痒了。’”

骨头骨脑 指残剩的骨头,借指没有什么价值的东西。〔例〕《儒林外史》第十八回:“胡三公子叫家人取了食盒,把剩下的骨头骨脑和些果汁装在里面。”

骨嘟 噘着。〔例〕《儒林外史》第六回:“四斗子骨嘟着嘴,一路絮聒了出去。”

钩被 缝被子。〔例〕《中国民间文学集成·射阳县资料本·三月不洗被》:“下午女人就把它收家来,为男人钩被子。”

看人兑汤 见人行事,见风使舵。一般用于贬义,形容势利。〔例〕《郑板桥传说·踢驴子》:“哪知道当时扬州府学的学官是个老冬烘、势利鬼。他虽然不学无术,倒会看人兑汤。平素见了那些靠花钱买来‘生员’资格的公子哥儿,就笑脸相迎,讨好巴结;见了一般穷秀才,就摆臭架子。”

看不过 妒忌。也作“看不得”。〔例〕《中国民间文学集成·盐城城区资料本·吃白辣嘴的故事》:“你们两个是狗,我吃下子白辣嘴,你们就看不过了?”

看水碗 一种迷信的问病治病方法。人受惊或遇祟,女巫或其他妇女用看水碗的办法破译吉凶或探询救药的方法。其一般做法,是在碗中放水少许,用湿纸蒙住碗口,再用手蘸水滴在碗口的纸上,然后观察湿纸上水珠的情形状态以作判断。因此,口语中又叫“蘸水碗”。参见“站水碗”。

看相 袖手旁观。〔例〕王少堂《宋江》上册:“我不能再在这块看他的相啦，我要来解个围才好哩！”“我如其看他们的相，即是看自己的。”

看得见 不多；数量很有限。〔例〕《醒世姻缘传》第三十四回：“李九强得了他够两吊多钱，十来两多银子，这刚才又去了三十，剩的也看得见了。”

看牌 打牌。〔例〕《金瓶梅词话》第六十回：“或掷骰或猜枚，或看牌，不拘诗词歌赋，顶真续麻，急口令，说不过来吃酒。”《中国民间文学集成·盐城市歌谣谚语卷·小板凳》：“小板凳，夺夺挨，/嫁个老头子不长财；/东喝酒，西看牌，/这个牢日子过不来。”

拜垫子 跪拜时摊在地上用于护膝的垫子。也作“拜垫”。〔例〕王少堂《武松》上册：“接着点银蜡，烧牙香，把拜垫子朝下一放。”王少堂《宋江》中册：“戴宗为他在后头拿拜垫子，拿膝头子走路。”

毴尿 “毴”，读如“逼”；“尿”，读如“虽”。眼泪。骂人话。〔例〕《金瓶梅词话》第十九回：“我又不曾把人坑了你甚么，缘何流那毴尿怎的？”

毴声颡气 “毴”，读如“逼”；“颡”，读如“嗓”。即“屄声颡气”。骂人话。用于厌恶他人说话时的腔调。也作“毴声浪气”。〔例〕《金瓶梅》第七十八回：“关王卖豆腐——人硬，我又听不上人家那等毴声颡气。”第七十五回：“偏有那些毴声浪气的！”参见“屄声颡气”条。

怎干 怎么；怎么样。〔例〕王少堂《宋江》上册：“两个花色：有包心，没包心。没包心还玩片儿汤呢还怎干？”

怎咹 怎么样；怎么。〔例〕《中国民间文学集成·射阳县资料本·张天师遭鬼迷》：“你过去了，这个人家怎咹哪？女婿对你好不好呀？”《中国民间文学集成·东台市资料本·条鱼尾上的毒箭》：“刘文龙上京后，宋元宗怎样戏弄她，报死信，又骗又逼，这样子怎咹活得下去。”《中国民间文学集成·阜宁县资料本·张郎休妻》：葛丁香一看，这怎咹好啊，也自尽了。”武仲平淮剧《登记》：“田大哥：……态度要好，人家大小也是个干事。苗二姐：干事怎咹？吃人！”

选 现时，当即。〔例〕《西游记》第四十一回：“却说那怪自把三藏拿到洞中，选剥了衣服，四马攒蹄，捆在后院里，着小妖打干净水刷洗，要上笼蒸吃哩。”同“旋”，参见“旋”条。

香头奶奶 女巫医。〔例〕《中国民间文学集成·盐城市歌谣谚语卷·胜利歌》：“破迷信，讲文明，/香头奶奶一扫清，/不信鬼来不信神，/得病就去找医生。”

香油 豆油。也泛指食用油。〔例〕王少堂《武松》上册：“施恩站不住了，脚底下好像踏了香油，‘不好！’直接要朝地下趴了。”《扬州评话选·探奸遭陷》：“桌上点了一张香油灯，几根灯草燃得烁亮。”

科猪 生育猪仔的母猪。〔例〕《西游记》第六十七回:“我老猪本来有三十六般变化。若说变轻巧华丽飞腾之物,委实不能;若说变山,变树,变石头,变土墩,变赖象、科猪、水牛、骆驼,真个全会。”

重条 布鞋底一般由两厚层缝钉而成,上面一层用布条包缝成光边,用于包边的布条叫“重条”。〔例〕《中国民间文学集成·盐城市歌谣谚语卷·麻将歌·条子》:“小小雀子飞得高(一条),/横吹笛子竖吹箫(二条),/孩子玩的三上吊(三条),/火车一走路两条(四条),/淡菜心里长红毛(五条),/高底香鞋绿重条(六条),/姐妹七人数她高(七条),/八角锤子捣辣椒(八条),/红头绳子把髻绕(九条)。”

重实实的 沉甸甸的。〔例〕《扬州民间故事集·癞子花头多》:“这时癞子已将水獭拎在手里,重实实的。”

笃 用缝纫机缝纫。〔例〕《中国民间文学集成·滨海县资料本·高邮西北乡》:“粉雀台笃它一面大镶大滚、大滚大镶大号的红绫兜,/送把我的妹妹挂在胸口。”

笃逗 ①正巧对准。〔例〕《中国民间文学集成·射阳县资料本·张敞画眉》:“……就瞄准窝篮子,一下子就砸下去了,一砸笃逗小孩子的太阳穴。”《中国民间文学集成·阜宁县资料本·孙悟空是吕纯阳生的》:“坑头拾起个小石子,往下一砸,不偏不巧,笃逗黎山老母奶帮子。”②完全正确。〔例〕《中国民间文学集成·阜宁县资料本·马良独修金山寺》:“有个胖子,是商人,说:‘做上席的腰眼最奘,理应先请上席财主放个样子。’那些家伙全喊逗,笃逗!”③适逢;恰巧。〔例〕《中国民间文学集成·阜宁县资料本·马良独修金山寺》:“那时光,笃逗四九天,西北风吼吼的,大雪直搅。”《中国民间文学集成·射阳县资料本·张敞画眉》:“这一天,正好朝廷里一个宰相船下来放粮,笃逗就到张敞所任之地。”

倈嘴 嘴角向左右腮帮牵拉的表情。描述别人特别高兴时往往说“他笑得嘴倈开来”。〔例〕《西游记》第五回:“大圣喝了一口,即咨牙倈嘴道:‘不好吃!不好吃!’”

垡头 “垡”,读如“伐”,入声。土块。口语中多说“垡头块子”。〔例〕陈登科《活人塘》:“地下的泥垡头,冻得如刀口一样的快,漫田过沟,高洼不平,比新铺的大马路上的石子还硬。”《中国民间文学集成·盐城市歌谣谚语卷·困难时间穿吃住》:“柴箔垡头砖垫铺,/五根檩条洋槐树;/三间房子八人住,/四张轭头股子铺。”

垡块 土块。〔例〕陈登科《风雷》第一部第一章:“我家圩后那二亩小麦,去年秋天种时,垡块都像小盆口一样,打也打不碎;后来我便车上水慢慢浸透,一耙就成了。”

顺绪话 吉利的话。〔例〕《中国民间文学集成·滨海县资料本·财迷精讨吉利》:“‘老太爷唉,我家姓常。’‘好蛮,长年富贵的长字。’他全说顺绪话。”

顺着毛抹 趁势顺从恭维他人。〔例〕王少堂《宋江》中册:“来吵,来吵,顺着毛儿抹吵,恭维他几句,代他消消气吵。”

顺趣 吉利。〔例〕《中国民间文学集成·射阳县资料本·福在丑人边》:“按风俗,初一早上起来开门的时候有一套关目呢,要点个财神把子把家里各个角落里统统燎一下子。戴成燎过之后,把柴把撂到外面,又回头奔家,抬头一看,屋顶上一头一条狗,一头一只猫。心里想:不顺趣。”

俏正正 又作“俏整整”。端正俊俏;挺刮漂亮。〔例〕王少堂《武松》上册:“乌纱扎在脑门,拱手英雄结,俏正正打在眉心,多么体面呀!”下册:“来的这位身高八尺,雪白粉嫩的皮子,眉清目秀,二十外岁,头戴皂纱软顶壮帽,乌纱扎额,拱手英雄结,俏整整打在眉心。”

俏刮 俊俏;漂亮。〔例〕《中国民间文学集成·阜宁县资料本·急拿王兆》:“不看周巧云生在乡下,人样子倒长的标标致致的,进城再打扮打扮,更俏刮了。”

促 奸狡;鬼点子多。〔例〕王少堂《武松》上册:“会七星的这个小伙子促呢!”《扬州民间故事集·“妙计啊,妙计!”》:“卖麻团的小伙促得很呢,他凑到曹操耳朵边,没得别的话,就是一句:‘我操你的祖宗。’”

促狭 又作“促掐”“促搯”。刁钻;诡诈。〔例〕《红楼梦》第二十一回:“死促狭小娼妇儿!一定浪上人的火来,他又跑了。”《水浒传》第四十一回:“又做这等短命促掐的事,于你无干,何故定要害他?”《醒世姻缘传》第二十回:“你一些好事不做,专干那促搯短命的营生,我久知你不得好死。”《金瓶梅词话》第六十八回:“怪小淫妇儿,使促狭灌撒了我一身酒。”《二刻拍案惊奇》第三十九卷:“谁人使促掐,把我的头发剪去了。”王少堂《武松》上册:“乔郓哥促狭透了,晓得到了底下,就不得足数拿了,非要在这个地方一文才少不掉。”

促急促忙 急急忙忙。〔例〕《金瓶梅词话》第六十五回:“我承望他到二十已外也罢,不想十八日就迎接,忒促急促忙。”

促狭痨 特别刁钻奸狡的人。〔例〕《扬州民间故事集·吉高故事》:“吉高是个促狭痨。他本当是个状元的料子,就被他自己浪浪荡荡地流落掉了。”

俐嘴 口齿犀利;说话尖刻。〔例〕《中国民间文学集成·阜宁县资料本·俐嘴媳妇》:“王妈一听,‘罢了,罢了,俐嘴媳妇,我认得你狠。’”

信口一塌 不假思索地说出来。〔例〕《扬州民间故事集·癞子花头多》:"第二天,癞子来到老爷大堂。老爷问:'你有本事打虎吗?''有!''有底高本事?''专射老虎屁眼!'癞子信口一塌。"

鬼风 旋转于地面的圈风。迷信说法,认为鬼魂现灵,会在地上打起圈风。〔例〕陈登科《风雷》第一部第四十五章:"怪不道,今天一早上,鬼风围着俺转啊。"

鬼打更 似有若无,有名无实,形同虚设。〔例〕《金瓶梅词话》第二回:"老身不瞒大官人说:我家卖茶,叫做鬼打更。三年前十月初三日下大雪,那一日卖了一个泡茶,直到如今不发市,只靠些杂趁养口。"王利器主编《金瓶梅词典》释为"歇没准。鬼混,胡乱打更",欠当。

待理不理 爱理不理。〔例〕《红楼梦》第九十五回:"二太爷,你们这会子瞧我穷,回来我得了银子,就是财主了,别这么待理不理的!"

食肠 胃口;食量。〔例〕《金瓶梅词话》第十四回:"蔡太师、杨提督好小食肠儿。"《西游记》第十八回:"食肠却又甚大,一顿要吃三五斗米饭。"《施公案》第三十九回:"施大人吩咐厨役,速速端面上来。这位六老爷本来食肠甚大,才见施公这等厚情,已经吃得十足了。"

胧 又作"脓""浓""拢"。将就;凑合。〔例〕《扬州评话选·程咬金卖筢子》:"今天筢子作兴能得到大价,好添本钱,胧到哪里算哪里。"《金瓶梅词话》第四十一回:"姐姐,你知我见的,将就脓着些儿罢了,平白撑着头儿逞什么强?"王少堂《武松》上册:"锅门口还有十几根芦柴,水缸里还有一点清水,我打官司急忙不得回来,你煮粥熬汤拢两个月。"

胆胆惑惑 心存疑虑。〔例〕《中国民间文学集成·盐城市郊区资料本·智斗狐狸精》:"丈夫一趟生意回来,看到女人瘦得这个样子,连忙问其原因。女人见丈夫回来又喜又忧,一肚子话没法说,到了晚上才胆胆惑惑地把发生的事情告诉丈夫。"

脉路脉路 掂量掂量。〔例〕《中国民间文学集成·射阳县资料本·老嫂救弟》:"小家伙一看豁子大了,只好如实把情况对嫂子一说。嫂子听过之后,脉路脉路开口了:'事情既已如此,泼水难收,明天只要你们听我话,这个事情还有办法解救。'"

狡强 "强",读如"犟"。狡赖;抗拒。〔例〕《老残游记》第五回:"念到此,玉大人说:'布匹尺寸颜色都与失单相符,这案不是你抢的吗?你还想狡强吗?拉下去站起来!'"

狠 读如"亨"。用拳头、榔头木棍之类捶打。〔例〕《金瓶梅词话》第九十一回:"衙门听了,亦发恼怒起来,又狠了几下。"

急忙 口语中也说“暂忙”。暂时。〔例〕王少堂《武松》上册：“锅门口还有十几根芦柴，水缸里还有一点清水，我打官司急忙不得回来，你煮粥熬汤拢两个月。”

蚀耗鬼 喜欢捉弄他人的人。〔例〕《中国民间文学集成·滨海县资料本·一百怕》：“酱园店就怕苍蝇渣，/醋坊就怕壁虎尿，/当铺店里怕老鼠，/尾精就怕蚀耗鬼。”

蚀秤 重量蚀耗。〔例〕陆文夫《小贩世家》：“其实也不算高价，我买来的虾每斤四角，卖出六角。三十里路还要蚀掉一斤秤，算下来熬了一夜天，跑了六十里，也不过赚了两三块钱。”

弯环 故意转弯抹角的言语、行为。〔例〕王少堂《宋江》中册：“我们这个兄弟，口快心直，他同人说没事就没事，一点弯环没有。”

亮月子 月亮。〔例〕王少堂《宋江》上册：“它上面呐，有个朱红的亮月子，就在百步之外，对着这个红亮月子射。”《中国民间文学集成·盐城市歌谣谚语卷·亮月歌》：“初一、二、三，/亮月没相干；/初四和初五，/亮月露一露；/初七和初八，/举手头顶看；/落四不落五，/十六参参土；/十七八，杀只鸭；/十八九，坐定守；/二十轮灯，月出一更；/二十二三，月出两头担；/二十五六头，月出好用牛；/二十八九，亮月扭一扭。”《中国民间文学集成·盐城市歌谣谚语卷·劝你今后不要赌》：“亮月子一出五月五，/手搀孩童劝丈夫。”《中国民间文学集成·射阳县资料本·巧对中举》：“他从天晚一直念到亮月子挂上了树，还没把这个对子对起来。”《中国民间文学集成·射阳县资料本·郑板桥的故事》：“今天是十五，亮月子不是特别圆吗？”《中国民间文学集成·阜宁县资料本·宰相不出门 能知天下事》：“大人啦，这些鸟雀叫‘明月鸟’，把亮月子叫出来就不叫了。”

亮性 有月亮的时段。〔例〕王少堂《武松》下册：“这种大亮性，作兴有人睡觉睡不着，到院子里来玩玩。”

度 以口含食物喂他人的动作。〔例〕王少堂《武松》上册：“何为‘度药’？度药者就是要金莲喝一口，靠着大老爹的嘴朝他肚里灌。”

疯疯傻傻 疯疯癫癫，行为轻狂。〔例〕《中国民间文学集成·盐城市歌谣谚语卷·离了妈妈要跳判》：“刁巴精，翻把巴，/只爱打扮不爱做，/离了妈妈要跳判，/跷腿亮脚往起摞，/疯疯傻傻常惹祸，/三天不打不能过。”

恒数 横竖；反正。〔例〕《金瓶梅词话》第二十四回：“你恒数不是爹的小老婆就罢了。是爹的小老婆，我也不怕你！”第二十九回：“左右是左右，我调唆汉子也罢，若不教他把奴才老婆汉子一条提，撵的离门离户也不算，恒数人挟不到我井里头！”第六十九回：“你们千差万差来人不差，恒数大家只要图了事，上司差派，不由自己。”

临到 轮到。〔例〕《扬州评话选·大破八门阵》：“看见啊，临到我们走阵啦。”

恼 得罪。口语中说“得罪人”叫“恼人”。《施公案》第六十四回：“黄老弟休要客套，咱们胜似同胞一母所生，如何恼着愚兄，我等也参透你是假去必回，何用追赶。”陈登科《风雷》第一部第二十章：“她这种人，谁还不知道，三岁孩子也看不起她，谁也不敢恼她。”

炸耳朵 震耳欲聋。〔例〕王少堂《武松》下册：“我本不来啊，你一定要叫我来，你看张都监这个官品，蛮喊乱叫，喊的炸耳朵，怎么好呢？”

烀 “烀”，读如“乎”。长时间地煮。〔例〕《醒世姻缘传》第四十四回：“有本事养老婆，就不要这们害怕，你就来家，我有长锅烀吃了不成？”《中国民间文学集成·滨海县资料本·鳗鱼治虚痨》：“姑娘就跟小青年去了，肚子饿了，旁的没得吃，就鳗鱼在锅里烀呢，就吃鳗鱼了。”

烂红眼 眼眶泛红、经常流泪的眼疾。〔例〕《中国民间文学集成·盐城市歌谣谚语卷·一百怕》：“鲜花就怕严霜打，/羊癫疯就怕掉下水。/鸡屎秃子怕日晒，/烂红眼就怕沙灰迷。”

烂泥 泛指泥土。〔例〕《扬州评话选·打焦俊》：“哼哈二将，四大金刚，个子还大呢，假的，烂泥做的，不怕个子小，打起来才结棍呢！”

烂桃 比喻品行低劣的人。此类人聚集在一起，口语中则说“烂桃子滚到一堆子去了”。〔例〕《金瓶梅词话》第七十二回：“原来是一个眼里火，烂桃行货子，想有什么好正条儿。”

炮熗 炮仗。〔例〕《金瓶梅词话》第二十四回：“只见家人儿子小铁棍儿，笑嘻嘻在根前舞旋旋的，且拉着经济，问姑夫要放炮熗。”“姑夫，你放过元宵炮熗我听。”第七十八回：“玳安与王经穿着新衣裳，新靴新帽，在门首踢毽子儿，放炮熗，又磕瓜子儿，袖香桶儿，戴闹蛾儿。”

烁亮 “烁”，读如“洒”。通明透亮。〔例〕王少堂《宋江》上册：“灯烛也点得烁亮。”“忽然听见旁边一阵风，赶快把眼光垂下来一望，烁亮的枪尖子奔自己右边肋巴骨戳过来了。”《扬州评话选·探奸遭陷》：“桌上点了一张香油灯，几根灯草燃得烁亮。”

差不多的 一般的。〔例〕王少堂《武松》上册：“那一刻大馆子里讲究家伙呀，拿出来的大小家伙考究没得二样呀……不像差不多的小馆子里都是杂凑班，上了巴锔的照常用。”

迸脆 极其清脆。〔例〕王少堂《宋江》上册：“黄信故意手腕子一拧，嚓啷！把这一只金斗撂了丈把远出去，落在箩底砖上，响声迸脆。”中册：“就在这个时间，忽听见堂上老爷迸脆的喉音。”

送亲 男女结婚，女方亲友伴送新娘到夫家，称为“送亲”。〔例〕《古今小说》第二十七卷：“到晚，莫司户冠带齐整，帽插金花，身披红锦，跨着雕鞍骏马，两班鼓乐前导，众僚属都来送亲，一路来，谁不喝采。”

送桩 旧时用红纸包住拴过牛的木桩送给不生男孩的人家，以祈生男孩的习俗。〔例〕《中国民间文学集成·盐城市歌谣谚语卷·送桩》：“一挂小鞭两丈长，/送桩的队伍排成行；/送桩送到张家墩，/观音送子下凡尘；/送桩送到李家舍，/麒麟送子送成对；/送桩送到你的家，/双生贵子笑哈哈；/煮篮红蛋把喜报，/外婆乐得哈哈笑。”

迷迷洋洋 迷迷糊糊；懒洋洋的样子。〔例〕《中国民间文学集成·射阳县资料本·白蛇的传说》：“有一天，白素贞突然饭也不吃、觉也不睡，整天迷迷洋洋，书房也不肯去。”

将才 刚才。〔例〕《老残游记》第十一回：“申子平把将才的话又细细的默记了两遍，方始睡卧。”文康《儿女英雄传》第十三回：“将才奴才来的时候，街上正打道呢！”《施公案》第一〇六回：“将才我见你面红耳赤，似乎有些气恼，那如何使得？”李涵秋《广陵潮》第五回：“他也不晓得将才诊的原是人家的左手。”王少堂《武松》上册：“我所以将才教传你下砒霜的法子啊。”“我这个状词，将才也细查过了，大概是可以用的，说缺点就这一点。”《扬州评话选·扬州劫法场》：“女儿将才把信送给我看，她的意思，也是想我到扬州去。”

将马 刚才。〔例〕《中国民间文学集成·盐城市郊区资料本·毛老爷》：“老爷，你将马说的嘛，毛多当官，毛少当差，哈巴狗比你毛多，应该当官，你比哈巴狗毛少，应该当差。”

将好 刚好；恰巧。《金瓶梅词话》第四十六回：“娘们来了，又被乔亲家拦在门首，让进去吃酒哩，也将好起身。”

将将的 恰好；正好。〔例〕《老残游记》第十八回：“问：‘做二十斤，就将将的不多不少吗？’说：‘定的是二十斤，做成了八十三个。’”

将脓 将就；坚持。〔例〕《金瓶梅词话》第四十一回：“姐姐，你知我见的，就将脓着些儿罢了。”

将养 增加营养以调理身体。〔例〕《金瓶梅词话》第五十八回：“他今年痴长五十五岁了。男女花儿没有。如今打了寒才好些，只是没将养的，心中想块腊肉儿吃。”

总在 大约。〔例〕《儒林外史》第二十五回：“鲍文卿接着银子……谢了太老爷的赏，说道：‘小的总在半个月内，领了儿子到太老爷衙门里来请安。’”王少堂《武松》上册：“这一向孽障没有出来，昨夜总在二更天，我们就四路梭巡，梭巡到景阳岗。”

姿五神六　神气活现、得意扬扬的样子。〔例〕《扬州民间故事集·桑树和楝树》：“原来，楝树又小又矮，皇帝封它‘平天王’了，有了威风，它就姿五神六地长得铺了下来。”

咨牙俫嘴　即龇牙咧嘴。指露出牙齿。〔例〕《西游记》第五回：“大圣喝了一口，即咨牙俫嘴道：‘不好吃！不好吃！’”

洼瘪塘　凹塘。〔例〕《中国民间文学集成·阜宁县资料本·稻、麦、蚕豆摆身份》：“水稻呢，挨了小麦一拳头，打昏了，秀出穗子就把头低下来，粒子顶头有个洼瘪塘。”

洒洒的　形容水、血之类的液体往下流滴的样子。〔例〕《扬州民间故事集·假佛像》：“哪晓得腿坐麻了，一软，一个面磕地，门牙磕掉四个，鼻子里血洒洒的。”

洗干净身子　推卸自己的责任。〔例〕《扬州民间故事集·学生姐姐和教书先生》：“啊？这话不对啊，我没有弄相思给你害啊，是你找到我头上来的，你想洗干净身子，我也要来洗个干净身子呢！”

洗锅把子　洗锅时用的刷帚。多用高粱穗衣或竹枝末梢扎成。〔例〕《郑板桥传说·六根清净》：“方丈火冒三丈，正要发作，郑板桥赶上前劝阻，当即接过洗锅把子，一挥而就。”

活　抖动。〔例〕《中国民间文学集成·阜宁县资料本·一家亲》：“黄师长一进院，就向我打招呼，老远就喊：‘老乡，您好！’走过来紧紧拉住我的手，上下活活。”

活扎扎的　活活地。〔例〕《中国民间文学集成·阜宁县资料本·九龙喷水漫泗州》：“这干石灰浆像开锅一样烫，独爪龙痛的直打滚，活扎扎的烧死了。”

活变　设法筹措（钱物）。〔例〕《金瓶梅词话》第六十七回：“那黑天摸地，哪里活变钱去？”《真本金瓶梅》第三十一回：“如今上任见官摆酒并治衣服夫马之类，共要许多银子使，那处活变去？”《醒世姻缘传》第一百回：“这漷县通州都是河路码头，离京不远，尽有生意可做，可以活变的钱。”

活话　随便说说的、不算数的话。〔例〕王少堂〈宋江〉上册：“既不准就罢了，我也没有允实了，我说的是活话。”

活食　额外所获。〔例〕陈登科《淮河边上的儿女》：“李振刚高高的个儿在前头，走到家院当心，四面一看，见堂屋后檐，一棵大柳树梢上，站着一只喜鹊，点点翘尾在那里叫，顺过枪，笑笑说：‘没中饭菜，弄个活食吃吃也好！’”

洋沟　即“阳沟”，与阴沟相对。〔例〕《金瓶梅词话》第十九回：“仰八叉跌了一交，险不倒栽入洋沟里。”

觉 分娩的预兆感。读入声。〔例〕李涵秋《广陵潮》第六回:“才说到此,那王老老已进了门,先望太太少爷请了安,说:‘少奶奶几时觉的?’”

觉头上 酣睡的时候。〔例〕陈登科《风雷》第一部第十八章:“这么晚,恐怕也是刚刚合起眼来,正在觉头上。你这时去找,人家是起来好呢,还是不起来好呢?”王少堂《宋江》中册:“宋三爷还在觉头上哩。”

觉老 表象年龄显得超过实际年龄。“觉”读入声。〔例〕陆文夫《二遇周泰》:“这时间,他酒也不喝了,人也觉老了,脾气变得像暴风雨前的天气。”

突 掉下;陷下;滑落;也作“遗失”解。〔例〕《金瓶梅词话》第五十四回:“那老子一路揉眼出来,上了马还打盹不住,我只愁突下来。”《中国民间文学集成·东台市资料本·稻穗是怎样来的》:“御犬叩谢了玉皇、太白金星……朝水里一突,浑身的稻子都掉到银河里去了。”《中国民间文学集成·阜宁县资料本·黄河与长江的传说》:“老头子撒腿就撵,撵到一座横山上,一下突下洼塘,四面很滑,找不到脚蹬子,爬又爬不上来。”

穿头 超前;抢先。〔例〕王少堂《宋江》上册:“慕容奸贼的轿子跟魏天保的马抵到东门不远,有人穿头送信把营房的门军。”

穿先 同“穿头”。〔例〕王少堂《宋江》上册:“老头子穿先跑到大堂口。”“朱贵穿先就走了,上了马,拎马下山。”王少堂《武松》下册:“他是个武职官,不理刑民案件,非要移到州里办不可,如施恩能穿先代武松把个州衙门稍微料理下子,把个堂事铺下子,监牢里头,再稍微用几个,武松就可以免吃多少亏苦。”

穿堂 房屋中前后两道门对开的房间。〔例〕《老残游记》第八回:“于是过了穿堂,就是台阶,上去有块平地,都是栽的花木,映着月色,异常幽秀。”

神气六国 自鸣得意或傲慢的神态。〔例〕《中国民间文学集成·阜宁县资料本·一包瓦瓷养了老》:“你这么大年纪了,还跟小伢学,书包汆的神气六国的。”

说死 说到底;无论怎么说。〔例〕陈登科《风雷》第一部第二十六章:“你有错误,说死还是家里人。”

说死除板门 一旦死了人,只能把自家的门板取下来打棺材。比喻陷入境,别无他法。〔例〕《中国民间文学集成·盐城市歌谣谚语卷·讽刺歌谣(六首)》:“一等人送上门,/二等人开后门,/三等人前后哼,/四等人说死除板门。”

说阴话 说风凉话;说怄人的话。王少堂《武松》下册:“内中有一位少年朋友说阴话:‘老大爷,我们不要挡他啊。我们挡,他还在块想朝上蹦哩。在我看,放漂亮些,急是不怪急,下不去啊!’”

说规矩话 说实在的。〔例〕陆文夫《修车记》:“说规矩话,王师傅,修车床的事要抓紧,我们的车床任务重,不能多停。"

说的话 姑妄言之;说说而已。〔例〕王少堂《武松》上册:"'喂,你不能骂老爷。''这是骂老爷?我不过这么说的话。'"

说项 说法。〔例〕王少堂《宋江》上册:"好。还是这一条射。这一条射,你去要换个说项。"王少堂《武松》下册:"要照你这个说项,这个人是很合宜的。"《扬州评话选·张松献地图》:"这幅图我们说的人,各人各说项。有人说,仿佛人家画的中堂画。在我看不在理由。"

说着 说过。〔例〕王少堂《宋江》中册:"我实情不知道李逵同你们二位哥是朋友,他也未曾说着。"

屌旦净光 口语中也说"屌塌净光"。丝毫不剩。〔例〕陈登科《风雷》第一部第十五章:"不管你种的高粱大豆,还是花生山芋,青菜萝卜,淹得屌旦净光,草也不会留下一棵。"

屎橛 "橛",读如"缺"。屎块。〔例〕梁实秋《雅舍小品全集·干屎橛》:"何为干屎橛?不要误会以为那是在粪场里我们所习见的纵横狼藉被阳光晒干了的屎橛。"

陡陡 突然。〔例〕陈登科《风雷》第一部第二十六章:"活见鬼,这也不是没有吃过。过去哪次来没有吃,陡陡变得……"

陡陡的 同"陡陡"。〔例〕陈登科《活人塘》:"天上陡陡地飘下雪花,沙沙落到他脸上,钻进他怀里。"

陡恁地 同"陡陡"。〔例〕《董西厢》:"陡恁地精神偏出跳,转添娇,浑不是旧时了。"

险了险 危险;差点儿。〔例〕《金瓶梅词话》第七十八回:"前日年里,为崔本来,说你爹大白日里不见了,险了险赦了一顿打。"

架子 样子。〔例〕王少堂《武松》上册:"马头昂多高的,马尾翘多高的,马腰压了塘下去,压成元宝翘的架子。"

结巴子 口吃的人。〔例〕王少堂《武松》下册:"他以为吃白大要说二话,也要来逞逞狠。说:'姊姊姊姊姊丈在在这里,大大大大叔在这里,武武武松人头不来便罢,人头如来,我我我我也要对他人头畅畅畅畅饮三三三三盅!'说话怎么这样结皱的啊?哎,天生的结巴子。"

绕下子 短时间地走一遭。〔例〕王少堂《宋江》上册:"几个小孩子,条把龙灯噢,不过在街上绕下子。"

绝寿子 短命鬼。骂人语,特定语境下也用于昵称。〔例〕《中国民间文学集成·盐城市歌谣谚语卷·劝你今后不要赌》:"人家赌钱场场赢,/绝寿子赌钱场场输。/家里没得摇钱树,/麻症绝寿哉,/家里没得摇钱树。"

绝物 脾气特别的人；对自己所钦佩的人的昵称。〔例〕《老残游记》第十五回："我想阁下齐东村一案，只有请补翁写封信给宫保，须派白子寿来，方得昭雪；那个绝物也不敢过于倔强。"

绞 用针线缝合。〔例〕王少堂《武松》下册："鲁大师把衣服脱下来，把这个猪尿泡贴着衣服反面肩窝的部位，孙二娘另外用块布蒙在尿泡上，把布连衣服四面绞好。"

统 移动；换。〔例〕《扬州民间故事集·吉高故事》："吉高当即拿来一条大板凳拦在大门口，坐下搓起绳来。财主说：'大门口要走人，统个地方搓吧！'"

统共 总共。〔例〕陈登科《风雷》第一部第二十八章："统共两部机子，全县上千个农业社，哪个不争呢？"

统身 统统；全部。〔例〕《扬州评话选·智取生辰纲》："约在下昼时分，统身回来，一起见先生销差。"

十 画

栽人 栽赃陷害他人。〔例〕《西游记》第二十三回："八戒道：'哥啊，不要栽人么。——大家从长计较。'"按，今江淮方言中仍有此说。人民文学出版社 1980 年 9 月版《西游记》注释为"捉弄人"，欠当。

栽害 同"栽人"。〔例〕李涵秋《广陵潮》第四十六回："冯老太一边骂，一面手指道：'就是他家！还有谁家敢栽害呢？'"王少堂《武松》下册："是，是刘龙、李豹跟配军有仇，栽害配军。"陆文夫《棋高一着》："刘如山叫了起来：'老天爷，你这话就是栽害人了！我哪一次把废品乖乖地收下来的？'"

栽猛 头朝下潜入水中的泅水法，比喻一去不复返或长时间不回。〔例〕《中国民间文学集成·盐城市歌谣谚语卷·侃空》："遍地大水漫屋脊，/干得五谷难下种。/屋檐口下掏螃蟹，/井底干枯裂了缝。/老爹有病想喝水，/哪有滴水润喉咙。/媳妇出门就栽猛，/儿子来回打澎澎。"

素袋 又作"膆子"。禽类的胃囊。〔例〕《西游记》第二回："悟空伸手一摸，笑道：'师傅没成算！我虽少腮，却比人多这个素袋，亦可准折过也。'"《中国民间文学集成·滨海县资料本·舔油屁眼》："你看这鸡子膆子里的食和鸡子的斤重逗吗？"

赶 ①适逢；恰巧。〔例〕《中国民间文学集成·盐城市歌谣谚语卷·钉大船》："新钉大宝舟，/五湖四海游；/向东赶西风，/向西赶东风，/向南赶北风，/向北赶南风，/一年四季是顺风，/过江过海赶平风。"②趁；乘着。〔例〕

《金瓶梅词话》第二十二回:“今日赶娘不在家,要和你会会儿,你心下如何?”第二十六回:“惠莲因思想他汉子,哭了一日,赶后边人乱,不知多咱寻了自尽。”

赶口 妊娠。〔例〕《中国民间文学集成·阜宁县资料本·文章不及江司马 造化不如李春方》:“小李子一想,我家这小子是春天赶的口,又住糟坊门口,就叫李春方吧。”

起天色 天空起黑云,即风雨欲来的气象。〔例〕《中国民间文学集成·射阳县资料本·癞蛤蟆巧吃天鹅肉》:“中饭一吃,西北角上起了天色,时间不长,大雨就下来了。”

起身 庄稼开始拔节上长。〔例〕《中国民间文学集成·盐城市歌谣谚语卷·月令、时、梅、伏、九》:“正月里天气暖,麦早起身秸子软。”陈登科《风雷》第一部第五十二章:“湖荡里的麦子,渐渐起身了。在那绿油油的湖面上,点缀着星星点点的菜花。”陆文夫《苏州人到广州来》:“从苏州出发时那麦子和油菜还没有起身,绿油油地紧贴着地面。”汪曾祺《多年父子成兄弟》:“清明节前,小麦还没有‘起身’,是不怕践踏的,而且越踏会越长得旺。”

起码货 起码。〔例〕王少堂《宋江》上册:“知寨官多大的身份?起码货。”

耽带 即担待。原谅;谅解。〔例〕《金瓶梅词话》第七十八回:“月娘道:‘一时不到,望哥耽带便了。’”

恶叉叉 凶神恶煞的样子。〔例〕《中国民间文学集成·盐城市郊区资料本·捉弄忤逆媳》:“母夜叉恶叉叉地说:‘哪个说的,今儿二十九还没晚喃。还爬过去!?’”

恶水 泔水。〔例〕王少堂《宋江》上册:“早市卖下来的家伙没有洗,案板肚里阴沟口蹾了个牛头缸,一缸恶水。”陈登科《风雷》第一部第四章:“祝永康挤干手巾,将洗脸水端到门口,泼进恶水池,用手指指说:‘你看,这个水他放在门口又臭又脏,多不好!’”

恶水缸 泔水缸。〔例〕《红楼梦》第六十八回:“自古说的‘当家人恶水缸’。”《金瓶梅词话》第五十一回:“当家人是个恶水缸儿,好的也放在你心里,歹的也放在心里。”《金瓶梅词话》第七十六回:“娘,你是个当家人,恶水缸,不恁大量些罢了,却怎样儿的。”旧式农村结婚仪式:新娘在搀亲老人的引导下用火钳搂(搅拌)泔水缸,一边搂着搀亲老人一边说着喜话。

恶声古怪 凶神恶煞的样子。〔例〕陈登科《活人塘》:“张学海是孙在涛的贴身子(当差的门丁),手里拿着盒子枪,恶声古怪地来到我家,不管三七二十一,老鹰抓小鸡一样,把你爸爸拖了就走。”

恶寒怕冷 “恶”，读如“焐”。浑身怕冷的感觉。〔例〕陈登科《风雷》第一部第五十七回：“黄大权躺在被窝里，突然浑身抖颤起来，震得连睡柜都有点晃动，嘴里直打哆嗦……方旭东道：‘你有点恶寒怕冷？’说着，便拉过黄大权的手，摸摸他的脉搏。”

逗 ①正确。〔例〕《中国民间文学集成·滨海县资料本·舔油屁眼》：“你看这鸡子膆子里的食和鸡子的斤重逗吗？”《中国民间文学集成·阜宁县资料本·刘小二与三姑娘》：“大妈，算你猜逗了，我今年正好十八岁。”②对准。〔例〕《中国民间文学集成·阜宁县资料本·树洞问天》：“你脚底下有根羽毛，用这根毛逗老奶奶儿子眼上一扫就好了。”③劝诱。〔例〕《儒林外史》第四十八回：“要作游，除非到南京去，那里有极大的书坊，还可以逗着他们刻这三本书。”

逗巧 凑巧。〔例〕《中国民间文学集成·滨海县资料本·刘关张拜兄弟》：“卖肉的是张飞。逗巧这天生意特别不好，闲着没事。”《中国民间文学集成·阜宁县资料本·正德皇帝江南私访》：“这时候，逗巧正德皇帝下江南私访路过此地。”

桠巴凑节 “桠巴”“节”，指树木的丫杈和结巴。雪上加霜；凑巧倒霉。〔例〕王少堂《宋江》中册：“竟就有这种桠巴凑节的事，独独遇到黄蜂刺这囚攮的，又碰上老相爷来这封要命的信，这不是该死了吗？”

桠根子 根底部位。〔例〕王少堂《武松》上册：“刚才老虎凝着劲，二面甩，尾巴根挺硬的，被武二爷一脚蹬去，他这个脚上，多好的功夫，也是挺硬的，硬碰硬，所以尾桠根子这一节断掉了。”

档子 物与物之间的空隙、间隔。〔例〕王少堂《武松》下册：“玩玩是假的，用手在武松脸上一量，右眼到左眼，档子多宽，眼睛到嘴，档子多长，尺寸又量去了。”

格里格楞整 端庄、大方。〔例〕王少堂《宋江》上册：“七百五十个，买了一双新靴子让他套起来。格里格楞整！”

格格铮铮 又作“格格正正”。同“格里格楞整”。〔例〕王少堂《武松》上册：“这个跑堂的样子就生得漂亮，身上穿件把衣裳格格铮铮，围裙头儿结得俏波波的。”《中国民间文学集成·盐城市歌谣谚语卷·小和尚找老婆》：“小和尚我万分着急难开口，/我就不免下山来；/山前到山后，/山左到山右，/山前山后山左山右，/去找一个，/刷刷括括俊俊俏俏格格正正体体面面俏老婆。”

格铮 同“格里格楞整”。〔例〕〔例〕王少堂《武松》上册：“这一个不坏，不但生得漂亮，衣服穿得又格铮，一点污斑都没有。”

格端 鹌鹑。〔例〕《中国民间文学集成·盐城市歌谣谚语卷·打起包袱走娘家》:“站起来没得扫帚高,/睡下来比枕头短尺把。/胡椒棵里能乘凉,/茄子棵里能跑马。/叫他下田去薅草,/他和田鸡打一架。/不是格端来拉劝,/一直打到黄稻收到家。”

校 读如“告”。灌;注。还可指把车船的货物、行李等捆绑好,如“校好车”或“车上东西已经校得很结实了”。〔例〕王少堂《宋江》中册:“他把个豆油灯里豆油校得足足的,两根长灯草点得烁亮。”

核子 难以消除的矛盾、隔阂。〔例〕王少堂《武松》上册:“这个仵作子跟老板有个核子。就是前日他带了几个朋友在望月楼吃酒,吃过了要赊帐。”王少堂《宋江》中册:“黄文炳心里就有了个核子了。”

样范 样子;架势。多指式样好。〔例〕《金瓶梅词话》第十四回:“此是过世老公公宫里御前作带回来的,外边那里有样范。”第九十五回:“薛嫂打开花箱,取出与吴月娘看,果然做的好样范。”《水浒传》第六十一回:“后头一个跟的道童,且是生的渗濑,走又走的没样范。”《儒林外史》第五十四回:“当年迟先生买了多少的家伙,都是古老样范的。”《歧路灯》第四回:“那鞋儿小的有样范,这脚手是不必说的。”

速些 “速”,读如“邵”。赶快;快点儿。〔例〕王少堂《宋江》上册:“黄大人他那口刀不好说话,凭你这个样子,也经不住他一下子!在我看你放漂亮些,速些跑!速些溜!”“你速些跑,还不能耽搁。”

贾(假)家马家 “家”,读如“嘎”,轻声。佯装。〔例〕《扬州评话选·扬州劫法场》:“今儿晚上我家去,办一只大布口袋,买两样菜,打两壶酒,贾(假)家马家去探监。”参见“假马”。

砻子 “砻”,读如“龙”,去声。木制用于除去稻壳的石磨状工具。〔例〕《中国民间文学集成·盐城市郊区资料本·扳倒“踢斛加尖”规》:“清朝时候,农民按田亩缴税。不是缴钱,都是把稻谷用木砻子一拉,脱去外层大糠,就缴那种糙子米。”

砻糠 “砻”,读如“龙”,去声。将稻谷在砻中加工所蜕的秕糠。〔例〕《扬州民间故事集·长工兄弟与财主》:“财主说:‘我家用砻糠搓绳。’老大一听忙说:‘砻糠哪能搓绳?我不会。’”

捎马子 旧时系在腰间的长条形钱袋。〔例〕《扬州评话选·程咬金卖筢子》:“右肩头上担了个青布做就的捎马子,捎马子上有四个字:‘百忍堂张’。捎马子里面鼓鼓囊囊,大概装着不少的钱。”王少堂《宋江》上册:“肩头上扛了个蓝布捎马子。”

捏鼻子 认输;自认倒霉;忍气吞声。〔例〕王少堂《宋江》上册:“王英呢，捏鼻子，不敢跟三哥拗犟。”中册：“由打这天起，就三天去一趟把头儿一扒，五天去一趟把些赌户的赌本一撸，这位张大爷只好捏鼻子，气死了。”

捆起来背住打 比喻到了特定的困境，也就能够挺得住。〔例〕王少堂《宋江》上册：“人是这个事，捆起来也背得住打。”

挫西 偏西。〔例〕李涵秋《广陵潮》第六十七回：“要逛庙宇须得早些，不要弄得日色挫西，才车儿马儿，闹得屁急急的，便是玩着也不舒服。”

捋 ①读如“滤”，去声。来回推拉。〔例〕王少堂《宋江》上册：“他没得力气，这口刀抓不动，回头在我们嗓子上头瞎捋啊，钝刀割肉，这个日子难过哩！”②读如“栾”。迎头阻拦。《中国民间文学集成·盐城市郊区资料本·帮穷人过好年》：“他家养七八百只鸭子，我家细的就跟他家大师傅捋捋鸭头。”

热吵 热闹。〔例〕《扬州评话选·天齐庙包公断太后》：“街面上逢集就热吵些，平时冷冷清清，没有大商店，只有一两家小杂货铺子。”《中国民间文学集成·滨海县资料本·四才女吟诗》：“这个楼台上亲家母长，亲家母短，喊的热热吵吵。”

捣 吃、喝的骂人话。〔例〕《金瓶梅词话》第五十二回：“我晓得你也不怕死了，捣了几钟酒儿，在这里来鬼混。”

捣叉子 背地里说人坏话；从中作梗。〔例〕《西游记》第三十六回：“这大圣正在前边发狠，捣叉子乱说，只见一个烧晚香的点了几枝香，来佛前炉里插。”

捣鬼 耳语；说悄悄话。〔例〕《扬州民间故事集·“妙技啊，妙技！”》：“什么叫‘附耳过来’？就是要跟你‘捣鬼’……”《扬州民间故事集·可恨东风不下梨》：“这个朋友呐，家头也穷，就去跟女人捣鬼：‘你到后院里头摘点瓜花炒炒。’”《中国民间文学集成·滨海县资料本·一百怕》：“……做媒怕受夹攻气，/聋子怕人捣他鬼。”《中国民间文学集成·阜宁县资料本·一包瓦瓷养了老》：“他跟马夫捣个鬼，马夫家去拿一个皮包，鼓鼓的。”

捣嗓子 吃、喝的骂人话。〔例〕《儒林外史》第五十四回：“你每日在外测字，也还寻得几十文钱，只买了猪头肉，飘汤烧饼，自己捣嗓子，一个钱也不拿了来家。”王少堂《宋江》下册：“‘哎，烧饼吃过了？’‘还没有捣嗓子哩。’”

挨 同“捱”，拖延、忍受。〔例〕《儒林外史》第五回：“挨过长夏，立秋以后，病又重了。”第三十二回：“大相公，我从前挨着，只望病好，而今看这光景，病是不得好了，你要送我回家去。”参见“捱”条。

挨挨抢抢 “抢”，读去声。主动接近、碰触他人的举动。口语中也说成“挨挨唱唱”。〔例〕《金瓶梅词话》第六十五回：“奶子如意儿无人处常在根前递茶递水，挨挨抢抢，掐掐捏捏，插话儿应答，那消三夜两夜。”第九十三回：“老者冷眼看见他，不叫他。他挨挨抢抢，又到根前，趴在地下磕头。”

挨排 依次。〔例〕王少堂《宋江》上册：“小大王望望，晓得关切好了，就一起退到高俫家祠门口墙根下，挨排站着。”陈登科《风雷》第一部第三章：“祝永康闷在屋里，仔仔细细，挨排看了一番，心里更有些踌躇。”

挨挨排排 同“挨排”。〔例〕《金瓶梅词话》第五十五回：“西门庆还未敢闯进，交翟官家先进去了，然后挨挨排排，走到堂前。”

挨摆 肯定；毫无疑问。〔例〕《中国民间文学集成·盐城城区资料本·替秀才改诗》：“你吟的什么诗啊。如此你马上就要被人家抓去坐牢抵命。‘二八女多娇’，你什呢法晓得人家十六岁的？挨摆是你害的呀。”

顿 ①又作“蹾”。平稳放置。〔例〕王少堂《武松》上册：“西门庆不晓得是什么东西，一埋头，金莲这颗头就顺着西门庆的右肩头滴溜溜地滚了下去，刚刚朝他面前一顿。”王少堂《宋江》上册：“早市卖下来的家伙没有洗，案板肚里阴沟口蹾了个牛头缸，一缸恶水。”②拉，拽。〔例〕《施公案》第七十五回：“贤臣顿辔加鞭，离府门不远，瞧见门前多人闹吵，原是内监。看见贤臣，一齐发怒，跑过拦路说话。”

桌肚 桌子底下。〔例〕王少堂《武松》上册：“看看李土地早吓得拱到桌肚里去了，萧城隍也吓软了，朝桌肚里拱。”

紧吞吞 紧紧的。〔例〕王少堂《宋江》下册：“那刻用铜钱哪，一串一百个钱紧吞吞的，都磨亮啦！”《中国民间文学集成·盐城市歌谣谚语卷·劝人教育后代根》：“五岁六岁惯痴情，/懒惰好吃会骂人。/砂糖果子芝麻饼，/吃得勤来买得勤。/偷了邻居的好衣物，/父母瞒得紧吞吞。”

逍停 安闲；逍遥；自在。〔例〕《西游记》第九十回：“逍逍停停，将众领出门外。八戒就取了若干枯柴，前后推上，放起火来。”

晒影 鱼在水面或水的浅层晒太阳。也泛指晒太阳。〔例〕《中国民间文学集成·射阳县资料本·甲鱼、老虎和松树》：“老虎经常跑到这里来饮水，甲鱼经常上来晒影，天长日久，他们建立了感情。”《中国民间文学集成·盐城市歌谣谚语卷·过去和现在》：“过去是：/一套褂裤难换身，/一双鞋子没有后跟，/丁头舍子漏雨难蹲，/返销救济跑得腿疼，/大寨工天天晒影，/资本主义批得头昏。”

鸭吵塘 人多吵闹混乱的氛围。〔例〕王少堂《宋江》下册：“你看我手下的弟兄们，就一起呱里呱啦，七嘴八舌，和鸭子吵塘差不多。”

唔们 我们。〔例〕《汪曾祺文集·戏剧剧本卷·裘盛戎》：“朱盛斌（念）领导唔们事业的核心力量是中国共产党，指导唔们思想的……”

晏 迟;晚。〔例〕《金瓶梅词话》第二回:“武大每日只是晏出早归,到家便关门。”《拍案惊奇》第五十三回:“那里人家睡得这般早,起得恁的晏。”《醒世恒言》第十六卷:“况兼门户谨慎,早闭晏开,如何进得他家?”王少堂《宋江》中册:“他能赶到安抚使辕门吃晏晚饭,日天长啦,这个时间到辕门上投文可是正好呀?”《扬州评话选·智取生辰纲》:“从发脚那天起,杨爷一直早起晏睡,时刻防备。”

晏歇 迟一会儿;等一会儿。〔例〕《负曝闲谈》第十六:“宝珠临去的时候,免不地说声:‘晏歇请过来。’”

趹 读如“决”,入声。跳越。〔例〕《西游记》第四十回:“八戒道:‘在便还在山前,只是如今风转了也。’行者道:‘管他甚么转风不转风,且走路。’因此,遂都无言语,恨不得一步趹过此山,不题话下。”

哩噢 句尾语气助词。两字合音读如“鸟”。〔例〕王少堂《宋江》上册:“就在家里坐坐罢啦,出来充魂哩噢!”

哼 音“恒”。为满足某种要求,向主管部门或当权者反复跑要。〔例〕《中国民间文学集成·盐城市歌谣谚语卷·讽刺歌谣(六首)》:“一等人送上门,/二等人开后门,/三等人前后哼,/四等人说死除板门。”

哼哼歪歪 因病痛而辗转呻吟的样子。〔例〕陈登科《活人塘》:“她哼哼歪歪站起,摇摇晃晃,穿过大街,走进街北小巷子里去。”《扬州民间故事集·程嵩故事》:“只见程嵩身穿皮袄,头戴皮帽,手捧‘汤婆’,脚踏火炉,哼哼歪歪地躺在天井藤椅上。”《中国民间文学集成·滨海县资料本·名医巧安胎》:“他的侄儿媳妇扶着哼哼歪歪的侄孙媳妇请他看病。”

啉 读如“床”。吃、喝。骂人话。〔例〕《金瓶梅词话》第一回:“普天世界断生了男子,何故将奴家与这样个货?每日牵着不走,打着倒退的。只是一味啉酒,着紧处都是锥扎也不动。”第五十七回:“你看这些蠢头村脑的秃驴,止会吃酒啉饭。”第九十回:“蘸生酱吃了半畦蒜,卷春饼啉了两担韭。”参见“噇”条。

啉捣 同“啉”。〔例〕《金瓶梅词话》第八回:“妇人道:‘我亲数了两遍,三十个角儿,要等你爹来吃。你如何偷吃了一个?好娇态淫妇奴才,你害馋痨馋痞,心里要想这个角儿吃?你大碗小碗,啉捣不下饭去?我做下的,孝顺你来!’”

吵 “吵”,读如“沙”,上声。语尾语气助词。〔例〕王少堂《宋江》上册:“这是什么玩艺吵?”陆文夫《万元户》:“‘你到底买不买吵?回个话嘛!’王主任敦促了。”

唏喷 喷嚏。〔例〕《金瓶梅词话》第五十一回:“卖瓜子儿开箱子打唏喷,琐碎一大堆。”

啊咦喂 又作“啊噫歪”。哎呀。〔例〕王少堂《宋江》上册：“啊咦喂，你大爷还嫌烦，像这样的差使啊，我们想都想不到。”《扬州民间故事集·说书的看见鬼 听书的被鬼迷》：“啊噫歪！烧香拜佛要认准菩萨，我那一套是书台上的花架子，你跟我动真功夫，不是要送我的老命吗！”

唉唏 叹词，两字均拖长音节。哎呀。表示厌恶或惋惜语气。〔例〕王少堂《宋江》上册：“‘唉——唏——！’花荣踩了一脚，叹了口气。”

罢罢 既然；难得。常用于表示应该珍惜的机会。〔例〕王少堂《宋江》上册：“罢罢今日见朋友细巧，倒要望望怎么个细巧法子。”《中国民间文学集成·盐城市郊区资料本·穷先生做官》：“你自己不写副对子贴贴吗？罢罢过个年哪！”

峨 （头颈）伸长而抬高。〔例〕《中国民间文学集成·阜宁县资料本·白蛇的传说》：“原来这白蛇天把没吃食了，见人开门，以为是主人来喂食的，头往外一伸，峨多高的。”

圆子茶 用于早茶或待客的汤圆。〔例〕《中国民间文学集成·阜宁县资料本·卖呆学话》：“主家赶忙又端上一碗圆子茶，但是没放筷子。”

圆丢丢 圆溜溜。〔例〕《西洋记》第四回：“上面有个紫巍巍、明晃晃、圆丢丢、亮灼灼的大金葫芦顶。”

圆眼 桂圆。〔例〕《儒林外史》第二十二回：“又剥了四个圆眼，一杯放两个，伺候停当。”

圆陀陀 略呈圆形。〔例〕《西游记》第七回：“圆陀陀，光灼灼，亘古常存人怎学？”

钱出在布眼里 货物好则价格高。比喻多花一点钱也值得。〔例〕王少堂《宋江》下册：“所以这个钱出在布眼里，一等价钱一等货。”

铁头犟 形容脾气极犟。〔例〕《扬州民间故事集·玫瑰千条鱼》：“原来运司衙门里有个差人爱敲竹杠，几次想吃厨师的白大，偏偏这厨师是个铁头犟，硬是不买帐，反把他碰了一鼻子灰。”《中国民间文学集成·阜宁县资料本·千手千眼观世音》：“缪庄萨见缪善铁头犟，来火了，下命把缪善关到一间空房子里，像个坐牢的样子。”

铁角斩方 形容棱角鲜明。〔例〕王少堂《宋江》下册：“这一位的年龄嘛，有六十开外，肉而又臭，铁角斩方。”

铎 读入声。①用调和好的黏土或面粉塑作一定形状的东西。〔例〕《中国民间文学集成·盐城市歌谣谚语卷·小和尚找老婆》：“一心想拿个木头雕一个，/又怕的蛀虫叮坏了我；/一心想拿个泥土铎一个，/又怕的喊它不睬我。”《中国民间文学集成·盐城市歌谣谚语卷·铎巴巴饼》：“铎巴巴饼，/

吃巴巴饼,/吃半边,/留半边,/留把外婆奶奶混半天。”②栽赃、诬陷。〔例〕《西游记》第九十四回:“好猢狲,你还害我哩!却是悟能说的,我们十节儿已上了九节七八分了,你还把热舌头铎我!”

缺口 在田埂上挖开的通水口。《中国民间文学集成·盐城市歌谣谚语卷·一百怕》:“人到老来就怕死,/小媳妇怕受公婆罪。/推小车子怕缺口,/小夫妻洞房怕风吹。”

缺子 同“缺口”。〔例〕王少堂《宋江》中册:“如其路上有什么缺子,你要慢慢的过去。”

特为 特地。〔例〕王少堂《武松》下册:“才爬起来,要出小恭,拎着裤子,趿着鞋子,披着衣服,芦笆门一开,院子里头尿尿未免太龌龊,特为跑到城脚跟去。”王少堂《宋江》上册:“秦明听见鸣金,当然要回马了,四位副将特为迎接上前。”《中国民间文学集成·阜宁县资料本·刘小二与三姑娘》:“你家三小姐东谈东不成,西谈西不就,今天特为来双阳庙敬香许愿”。

透肥 肥得很。透,程度副词,意即“很”“非常”。〔例〕《儒林外史》第十四回:“望着湖沿上接连着几个酒店,挂着透肥的羊肉。”

透熟 极其熟悉。“透”的用法和意思同上。〔例〕王少堂《武松》上册:“这个地方我透熟,我常来呀,每逢果子卖不掉,剩下落脚货,我就跑到这个庄上来,把它销掉了。”

笑嗨嗨 笑眯眯,笑盈盈。〔例〕《中国民间文学集成·盐城市歌谣谚语卷·共产党领导大反攻》:“秋季到来菊花开,/救星大兵来,/百姓笑嗨嗨,/机关枪小钢炮不住朝下栽。”

借借势 “借”,读如“加”。聊以补救、支撑。〔例〕王少堂《宋江》上册:“新年新岁的,身上总要有件把稍微整齐些的衣裳借借势吵,他都没得。”

倒头 用在名词前表示被修饰对象的低劣,或表示说话人对此不以为然。〔例〕《扬州民间故事集·医诗》:“老先生一望,啊呀,倒头漆匠把字弄错了。”陈登科《风雷》第一部第二十七章:“开啥的倒头会,俺才没那份闲工夫。”《中国民间文学集成·盐城市歌谣谚语卷·流亡五更》:“丈夫死的早,/为妻守空房,/哪天不哭三两场,/倒头日子怎么过?”

倒运 倒霉;运气不好。〔例〕《金瓶梅词话》第二十二回:“他就倒运,着量二娘的兄弟。那怕他二娘,莫不挟仇打我五棍儿也怎的!”《真本金瓶梅》第九十二回:“这个郎君,也是合当倒运!就吐实话,泄机与他,倒吃婆娘哄赚了!”

候摸 惩治。〔例〕《中国民间文学集成·滨海县资料本·箭箭逗屁眼》:“周围土匪看见个个眼红,说我们下决心到他家去候摸他,把钱弄到手。”

臭老鼠　为他人做事而落得坏名声的人。〔例〕《真本金瓶梅》第八十九回：“只恨死鬼当初，揽的好货在家里，弄出事来；到今日教我做臭老鼠，叫他这等放屁辣臊！”《金瓶梅词话》第七回：“我破着老脸，和张四那老狗做臭老鼠，替你两个硬张主。”

臭死　表示打的程度严重。〔例〕《金瓶梅词话》第十二回：“西门庆说道：‘吩咐带马回去，家中那个淫妇使你来，我这一到家，都打个臭死’！”

躬　①使劲往里钻。〔例〕王少堂《宋江》上册：“这一刻看见公差走轿杠底下躬进来，代他保轿杠。”《中国民间文学集成·盐城市歌谣谚语卷·五骂潘治安》：“骂一声潘治安，/害人的畜生，/在西射阳筑起土坝一层层，/躬在丘洞里，/梦想保残生。”②隐蔽；躲藏。〔例〕《中国民间文学集成·东台市资料本·墨鱼为什么喷黑水》：“他就是不听，躬在书房里读一刻书就打瞌睡。”参见“拱”条。

拿乔　又作“拿翘”。拿架子；故意表示为难，以抬高自己的身价。〔例〕《老残游记》第十二回：“一切总请二先生代为力辞方好，不是躲懒，也不是拿乔，实在恐不胜任，有误尊事，务求谅解。”《扬州评话选·张松献地图》：“张松大才，明白他的意思，把刘备一眼望：好！佩服！这个买手着实不丑。照这样一说，我不忙卖，要拿下子翘呢。”

拿舵　掌舵。〔例〕《儒林外史》第五十一回：“后面火舱里是一个十八九岁的妇人在里边拿舵，一眼看见船这边三个男人看月，就掩下身舱里去了。”

拿魂　占主导地位；起决定性作用。《扬州民间故事集·书场端大碗》：“正书说得好，还要靠插科打诨抓神，这位先生还就靠这一手拿魂哩。”

爱小　贪小便宜，图小利。〔例〕《西游记》第五十回：“出家人不要这等爱小。”“不期我这两个徒弟爱小，拿出这衣物来。”汪曾祺《讲用》：“我这叫‘爱小’，贪小便宜。”

脑子　脑浆。〔例〕王少堂《武松》上册：“你朝我面前跌，我只要个身子朝旁边一偏，你跌你的，你留不住，这一个旁擦子，照常把脑子栽出来。”下册：“正朝前头跑，踢笃，踢笃，肉头认定前头一头撞，通——！‘啊哟！’脑子几几乎撞出来。”

胳肢窝　腋窝。〔例〕王少堂《宋江》上册：“大家坐下来，鞋袜脱下来，裤子卷起来，鞋袜夹在胳肢窝里。”陈登科《风雷》第一部第十七章：“打开箱子，找了几件单衣，包包裹裹，往胳肢窝里一夹，走出房门。”第五十四章：“她胳肢窝里夹着毛线，手里拿着竹针，边织着毛线边走进办公室。”《中国民间文学集成·阜宁县资料本·周恒爽徒手捉敌》：“他……一伸手将一个敌兵抓住，挟在左胳肢窝里。”

脓颗疮 黄水疮。〔例〕王少堂《武松》下册《整理后记》：“武松举千斤石后，观众无不喝彩，别爪子也把两只手背对敲起来，还有手掌心害脓颗疮的一位，也不顾疼痛，用两个二拇指来做虫虫斗斗飞，代替鼓掌。”

留后手 为避免未来发生困难或问题而采取留有余地的措施。〔例〕《醒世姻缘传》第二十六回：“还多要了钱，仍要留一个后手，叫你知道他的手段。”

饿猴 性急；迫不及待。〔例〕王少堂《宋江》中册：“我银子倒是有，本来是把你的，就因你饿猴，犯嫌，罚你下节一起算！”

高头 上级；物体的上部。〔例〕陈登科《风雷》第一部第十章：“你说的，那怎么会和俺们一样呢？人家是高头派来的。”

高挑子 用竹竿高高挑起的条幅。〔例〕王少堂《宋江》上册：“街上人很多，可是他这骑马来，没得阻挡，人多远的就看见高挑子，晓得知寨大老爷来了。”下册：“你瞧不起我们乡下人，有点眼头见识哩。我看你手里掌的高挑子，上头好像有官衔嘛。”

郭 水浪冲击。〔例〕《中国民间文学集成·阜宁县资料本·孟姜女、秦始皇、楚霸王》：“肉球被海浪‘一郭一郭’的，‘郭’到海边，跟浪渣末子一起刮到海滩上的柴桩上。”

郭呆子求财 歇后语。越多越好。〔例〕《扬州评话选·李秀成出庄》：“我现在是郭呆子求财——越多越好，现在每天都有许多百姓来参加我太平军，我们都收，当然应该把他都收下来。”

斋粮 处理丧事期间所用的粮食。〔例〕《中国民间文学集成·盐城市歌谣谚语卷·打起包袱走娘家》：“亲妈妈哎亲妈妈，/你把我嫁个好人家：/堂屋没得个猪圈大，/锅屋甩起来一大揸。/草堆没得个螺丝大，/斋粮没得一大把。”

离经 过分；离谱。〔例〕王少堂《宋江》中册：“我匡的数目不离经啊。”《中国民间文学集成·盐城市歌谣谚语卷·劝人教育后代根》：“十七十八逞大人，/寻花问柳乱窜门。/结交赌友成赌棍，/家财输光卖祖坟。/无事生非常打架，/惹祸烧身进牢门。/生米已经成熟饭，/木已成舟难成人。/从小惯得太离经，/不怨父母怨谁人？”

离胡 离谱。〔例〕《中国民间文学集成·阜宁县资料本·武举陈为倚》：“每磨盘要十斗粮食，价钱高的太离胡了，穷人家买不起。”

站不长 不可能持久。〔例〕王少堂《宋江》上册：“他的体力站不长，他的功气不耐久，越到临了越不行。”

站水碗　以筷子在水瓶或碗中站立来判明哪个祖宗亡灵作祟的迷信作法。〔例〕李涵秋《广陵潮》第三回："秦氏到晚间便背地装了一碗清水，将三根筷子插在水里，口里请着各位祖宗，提着那一位，如筷子端然不倒，便就是那一位作祟，名字叫做'站水碗'。"参见"看水碗"条。

站闲　站在一旁，无所事事地旁观。〔例〕王少堂《宋江》上册："街上站闲的人也个个着惊，都以为穆老二没命了。"

站时　立刻；马上。〔例〕王少堂《宋江》上册："我如准了他，他就拿到好处，站时就能换双新靴子。""要果然遇到个把两个难玩的人啊，斗角儿啊，站时就出事了。"王少堂《武松》上册："这个嘴巴子你晓得打得多重啊？五条杠噢，活像五条麻花子，李逵的左嘴巴子站时就暄起来了，火烧不辣的。"

站脚　①立刻。〔例〕陈登科《风雷》第一部第四章："你站脚又变了，是不是嫌我们这个地方穷啊！"《中国民间文学集成·滨海县资料本·五醍浆的传说》："这塘很深很深。无巧不巧扫到渗水眼上去了，站脚渗水直喷。"②短暂的停留。〔例〕王少堂《宋江》上册："他们胆小，怕我们大人的威风，直即没有敢站脚，一起都逃命了。"

站窝　可供婴儿站立其间的摇篮。一般为木制或用稻草编制。口语中多说"站窝子"。〔例〕《中国民间文学集成·阜宁县资料本·渔滨河边》："一到这块，算盘一敲就要租、要捐，什么合作费、办公费、招待费、兴学费、烘火费、夏衣费、修理费、电话费、油酱费、慰劳费、送礼费、站窝费、风筝费、太太维持费，三七二十一，四七二十八，郑家共摊一百零九块。"

旁擦子　从旁接触或介入。在别人互相谈话时从旁插嘴叫"打旁擦子"。〔例〕王少堂《武松》上册："你朝我面前跌，我只要个身子朝旁边一偏，你跌你的，你留不住，这一个旁擦子，照常把脑子栽出来。"

畜人　"畜"读如"雪"，入声。指某种气味浓重、熏得人难受。〔例〕《西游记》第四十四回："我才进来时，那右手下有一重小门儿，那里面秽气畜人，想必是个五谷轮回之所。"

烧虾子等不到红　比喻急不可耐。〔例〕《中国民间文学集成·东台市资料本·郑鹏亮的故事》："东台县老爷收了鲁文正的贿，烧虾子等不到红，派皂役将郑鹏亮捉去。"

拳头榴　又作"拳头溜""拳头溜子""拳头墩"。攥紧的拳头。〔例〕《中国民间文学集成·滨海县资料本·徐开业中状元》："这桌上很奇怪，每人面前放一把七寸刀，放一块对刀肉，有拳头榴那么大。"王少堂《武松》上册："……而且一身的功夫，一身的本事，拳头溜上跑马，杀人不眨眼。"王少堂《宋江》上册："战场上要用兵器……拳头溜子大有什么用呢？"《中国民间文学集成·盐城市郊区资料本·和尚说大话》:“拳头溜子大的木鱼锤,把秃头打得血直沙。”

粑粑饼 黏结成块。〔例〕《扬州民间故事集·兴化面筋》:“两天后风平浪静,谁知面粉让湖水一泡,全成了‘粑粑饼’,像稀糊浆漂浮在水面上。”

粉嫩 形容极嫩。“粉”,程度副词。〔例〕李涵秋《广陵潮》第六十六回:“你老人家不用瞧不起我这女孩子,他还有一手好烹调,汆个肉圆儿粉嫩的,只愁夹不上筯子。”王少堂《武松》上册:“真美! 不高不矮,不胖不瘦;脸盘子雪白粉嫩,还带上桃花色。”

凉月子 月亮。〔例〕李涵秋《广陵潮》第三十回:“今夜凉月儿十分光亮,我也不曾睡觉,正坐在舱里,猛然听见太太们哭的这样沉痛,说凉月团圆儿的道理。”汪曾祺《大淖记事》:“凉月子一出照楼梢,打个哈欠伸懒腰,瞌睡字又上来了。”

凉机子 方凳子。〔例〕《真本金瓶梅》第二十七回:“西门庆一面揭开盒,里边攒就的把槅细巧菓菜,一小银壶儿葡萄酒,两个小金莲锺儿,两双牙筯儿,安放一张小凉机上。西门庆与妇人对面坐着,投壶耍子。”

凉靸子 “靸”,读如“搭”,阴平声。木底凉拖鞋。〔例〕王少堂《武松》上册:“张青躺在折迭椅上,凉靸子一脱,两个脚后跟朝凉靸子上一放。”

消 同“枵”。薄。〔例〕王少堂《武松》上册:“刀背子有一指厚,倒没有关系,越到刀尖子上越消,又消又尖。”《中国民间文学集成·盐城市歌谣谚语卷·十不全》:“生他娘一嘴黄牙齿,/里瘪外又翘,/嘴巴子瘦的蛋壳子‘消’,/未曾来说话,/臭气朝外冒。”《中国民间文学集成·盐城市歌谣谚语卷·劝夫莫要走花路》:“贪花人知错改错早回首,/切莫要花费银钞买忧愁,/你可知瓦儿消来砖儿厚? /怎比结发夫妻偕老白头。”参见“枵”“嚣”条。

消停 从容;安妥;停当。〔例〕《红楼梦》第四回:“他们家的房舍极是宽敞的,咱们且住下,再慢慢的着人去收拾岂不消停些?”《醒世姻缘传》第八回:“晁大官儿,你消停,别把话桶得紧了,收不进去。”王少堂《宋江》上册:“回头到瑞龙镇,只有几里路哎,到瑞龙镇找个客栈住一宿,你明日早上起来吃过东西,消消停停,亮头亮眼到清风寨,这个何等不好呢?”

涊 遭雨打;被雨淋。〔例〕王少堂《宋江》中册:“你们把轿子打进来吧,到里头来躲下子雨呀,免得轿子涊雨。”

海渣 将蟹类砸碎后腌制而成的小菜,生吃、熟吃均可。〔例〕《中国民间文学集成·东台市资料本·东海第一大鲜海渣》:“从此,沿海一带就有了海渣这种吃法,一直到现在还有人这样吃,味道确实鲜。”又称“蟹渣”,参见“蟹渣”条。

浪里不荡 不三不四;吊而郎当。〔例〕《中国民间文学集成·阜宁县资料本·周恒爽徒手捉敌》:“周恒爽手里拿根细木棒,不住地摇,嘴里曷曷呀呀的哼,像个浪里不当的家伙。”

害伢子 又作“害孩子”。妊娠。〔例〕《真本金瓶梅》第五十八回:“不是害病想吃,只怕害孩子坐月子,想定心汤吃!”《僧尼共犯》第二回:“但闻着荤酒气儿,就头痛恶心,恰似害孩子的一般。”《中国民间文学集成·盐城市歌谣谚语卷·早晨起来露水湿》:“哎!隔壁的大姐在害伢子哎嗨,/烧一碗鱼汤就送上她的门哪。”《中国民间文学集成·滨海县资料本·谗嘴大娘》:“十一月里来大雪寒,/谗嘴大娘害伢子作了床。”《中国民间文学集成·阜宁县资料本·伢子害得刁》:“隔壁有位小大嫂,/她的伢子害得刁。/正月里想吃老菱角,/二月又想嫩藕炒。”

宽坐 离席;坐得宽松一些。〔例〕《古今小说》第三回:“官人吃了几杯酒,睡在楼上,二位太保宽坐,等一等,不要催促。”

家去 回家去。〔例〕《金瓶梅词话》第十三回:“说毕,西门庆家去了。”《红楼梦》第八回:“说着便家去了。”《儒林外史》第五回:“严乡绅执意不肯,把小的的驴和米同稍袋都叫人短了家去,还不发出纸来。”《醒世姻缘传》第六十六回:“狄员外见留他不住,只得许他次早家去。”王少堂《武松》上册:“好啦,家去烧火、抱小孩子吧。”陈登科《淮河边上的儿女》:“我说没有用,你们家去翻。”《扬州评话选·朱元璋贩卖乌梅》:“让我来骂他一下子:‘滚你妈妈蛋!赢到几个,快活起来了,家去挺尸去!’”陈登科《风雷》第一部第二十章:“你替俺死家去。”

家伙 用于盛物的容器;工具。〔例〕王少堂《宋江》上册:“还有两个当差的,一个拎着短家伙,一个代老爷扛着这杆鋈银枪。”“早市卖下来的家伙没有洗,案板肚里阴沟口蹾了个牛头缸,一缸恶水。”

家来 回家来;进屋来。〔例〕《金瓶梅词话》第十二回:“家来同俺姑娘又辞你去,你使丫头把房门关了。”第四十四回:“爹家来了。”王少堂《宋江》上册:“要四个大个子在块伺候吗?我们分班,分两个上街去看灯,譬如我们两个上街看完了,家来,就让你们这两个上街看灯。”下册:“考究赌得连才上身的小褂裤都玩脱了,亏你还有脸家来睡觉哩!”王少堂《武松》上册:“都头,你老人家家来坐呀。”

家里头 又作“家里”。指妻子。〔例〕《中国民间文学集成·阜宁县资料本·姑嫂说笑遇财神》:“我家没得地方,家里头又要生养,你快到前面街上去吧!”

家事 又作“家私”。家产;家当。〔例〕《金瓶梅词话》第六十二回:“你家事大，孤身无靠，又没帮手，凡事斟酌，休要一冲性子。”《醒世姻缘传》第二回：“你听我说话：你的爹爹与你挣了这样家事，你不肯安分快活，却要胡做。”《老残游记》第十五回：“这家人家，虽算乡下的首富，终久家私要保不住，因此就没有应许。”《扬州民间故事集·双套的棺材》：“地主生怕他死后儿子会把家私败掉。”《扬州评话选·朱元璋贩卖乌梅》：“他的家私，我估计到了，只有一万两。”

宾郎 穿在牛鼻子里用于系缰绳的棰状物。〔例〕《西游记》第五十二回：“至今留下个拴牛鼻子里的拘儿，又名‘宾郎’。”

窄逼 狭小；拥挤。〔例〕《西游记》第六十七回：“行者忍不住，高叫道：‘你这老儿甚不通便！我等远来投宿，你就说出这许多话来唬人！十分你家窄逼没处睡，我等在此树下蹲一蹲，也就过了此宵。’”

窄僻 同“窄逼”。〔例〕陈登科《风雷》第一部第三章：“不瞒你说，我家虽窄僻一些，不管是区里的还是县里来的人，没有到乡政府去吃饭的，都是在我家里。”

窄鳖鳖 又作“窄逼逼”。狭窄；空间回旋余地小。〔例〕《醒世姻缘传》第六回：“幸得你没进去！衙门窄鳖鳖的，屁股也调不转的，屙屎溺尿的去处也没有。”第七回：“衙内窄逼逼的个去处，添上这们些人，怎么住的开？就是吃碗饭，也不方便。”

窊皱 窊，读如“瓜”。多指皮肤松弛而下垂。《西游记》第六十五回：“一个个都骨软筋麻，皮肤窊皱，捆了抬去后边，不分好歹，俱掷之于地。”

袖笼 袖管。〔例〕《扬州评话选·智取生辰纲》：“‘请问你的那要紧的东西可在身边？’‘可是五香梅子料？’‘是啊。’‘在我袖笼里面。’”《中国民间文学集成·阜宁县资料本·风谷仁能寺》：“他把写好的信揣在唐王的袖笼里，叫唐王到阴曹后，将这封信交把崔判官。”

被不住 经不起；受不得了。〔例〕《扬州评话选·古城会》：“孙乾喊起来了：‘松下来吵，我被不住啊，膀子要断啦！’”王少堂《宋江》下册：“你这个样子啊，也不够我打，一个巴掌也被不住呀。”

被住 经得起；承受得了。〔例〕《中国民间文学集成·阜宁县资料本·马良独修金山寺》：“那辰光，笃逗四九天，西北风吼吼的，大雪直搅，马良哪块被住病啦、饿啦、冷啦，只剩一口游气了。”

调歪 又作“掉歪”。调皮；不驯顺；故意刁难或唱反调。〔例〕《红楼梦》第七十八回：“俗话又说：‘女大十八变。’况且有本事的人，未免就有些调歪。”文康《儿女英雄传》第十五回：“虽说没甚模样儿，绝好的一个热心肠儿。甚么叫闹心眼儿、掉歪，他都不会。”

调谎 又作“掉谎”。说假话;撒谎。〔例〕《金瓶梅词话》第二十一回:“月娘忍不住笑道:‘没羞的货,丫头跟前也调个谎儿。’”刘庭信《端午好·金钱问卜》套:“便做道是李凉风不顺性,那一个袁天罡肯调谎?”《杀狗记》第七出:“岂知他是调谎的?”《红梅记》第二十八回:“难道我掉谎不成?”

谈闲 聊天。〔例〕《中国民间文学集成·阜宁县资料本·稻、麦、蚕豆摆身份》:“小麦和蚕豆年纪差不多,又住在一起。一天,他们两个谈闲。”

剥手指盖子 指闲着无事可做。〔例〕《中国民间文学集成·阜宁县资料本·黄克诚在南窑》:“假如下雨或寒天下雪,捞不到赶集又怎么办呢?群众说只好在家里剥手指盖子。”

剥嘴 咂嘴;亲吻。〔例〕《金瓶梅词话》第五十七回:“两个趁着没有人来,执手相偎,剥嘴咂舌头,两下肉麻,好生儿玩了一会儿。”

展 揩抹。“搌”的假借字。〔例〕《西游记》第七十五回:“不一时,将宝瓶抬出,放在三层门外,展得干净,揭开盖,把行者解了绳索,剥了衣服,就着那瓶中仙气,飕的一声,吸入里面。”

展布 抹布。〔例〕《水浒传》第七十五回:“阮小七叫上水手来,舀了舱里水,把展布都拭抹了。”

屙肚 腹泻。〔例〕《扬州评话选·朱元璋贩卖乌梅》:“昨天老奶奶屙肚,今天到晚,媳妇、孙子、伙计,一个个都屙肚睡倒,只有老头子一个人没有屙。”

奘 粗。〔例〕《扬州评话选·程咬金卖笆子》:“两个仰面孔,一张蒲包嘴,嘴唇厚得翻过来,像个蒲包口;粗喉咙,奘嗓子。”《中国民间文学集成·盐城市歌谣谚语卷·养女不嫁条龙庄》:“养女不嫁条龙庄,/十年要有九年荒。/麦穗子有苍蝇大,/芦秫秸子线香奘。”《中国民间文学集成·盐城市歌谣谚语卷·十只帮船》:“什么叫做竹子什么叫个柴,/什么叫做把人害?/奘的是个竹子细的是个柴。”《中国民间文学集成·阜宁县资料本·马良独修金山寺》:“有个胖子,是商人,说:‘做上席的腰眼最奘,理应先请上席财主放个样子。’”《中国民间文学集成·阜宁县资料本·文章不及江司马 造化不如李春方》:“秤有多长喃?有两庹长,小膀奘。”《中国民间文学集成·滨海县资料本·溻尿传》:“小辫没得鱼贯奘。”参见“壮”条。

陶碌 又作“陶漉”。折腾。〔例〕《金瓶梅词话》第六十一回:“他饮食先阻住了,肚腹中有甚么儿,只顾拿药陶碌他。”《歧路灯》第十二回:“你再休要这样,越陶漉的病不好,谁家就不害个病,越放宽心,那病自然好的快。”

狼犺 体积大,累赘。〔例〕《西游记》第六十七回:“那妖精神通广大,身体狼犺。”

通 破;形成孔洞。〔例〕《扬州评话选·古城会》:“鼓声震天,这面鼓差点个被他擂了通掉。”王少堂《宋江》上册:“里头袜子又通了,弟兄十个没有犯法,通身被赶出来了:全露在外头。”王少堂《武松》下册:“五六十个强盗打劫姨太太上房,将主在书房地都跳通了,上宿兵将一个没得。”

通身 统统;全部。〔例〕《醒世姻缘传》第四十三回:“敢是那刑房不进去,就和那禁子们鬼混,通身不成体统。”《金瓶梅词话》第七十七回:“通身只三两分资。”《真本金瓶梅》第七十五回:“一个汉子,你就通身把拦住了!”《醒世姻缘传》第四十三回:“敢是那刑房不进去,就合那禁子鬼混,通身不成道理。”王少堂《宋江》上册:“他这一声喊,手下孩子通身躲到后头去了。”王少堂《武松》下册:“我只顾一味的害武松,其他的一切,我通身不顾了。”

通脚睡 同床合被抵足而睡。〔例〕《西游记》第四十四回:“原来八戒与沙僧通脚睡着。”

难不成 难道。陈登科《风雷》第一部第七章:“刚刚发了你的救济粮,今天你又跑到乡政府来,吵吵闹闹,要发救济粮,难不成乡政府是生水井吗?”王少堂《宋江》上册:“你坐在这块等初十,难不成怕初十跑掉了吗?”王少堂《武松》上册:“你都头放心,你难不成怕我溜呀?”《扬州民间故事集·说书的看见鬼 听书的被鬼迷》:“难不成说书的也是耍拳的出身?”《扬州民间事集·父子算命》:“你怎么晓得人家骑的驴子是借的呢? 他家难不成养不起驴么?”

难为 谢谢。〔例〕王少堂《武松》上册:“大爷,难为你,请家来坐坐吧!”“啊,难为你,你这个人啦,是能办事,换旁人不行。”王少堂《宋江》上册:“三爷笑容满面,说‘好得很! 难为你干娘,这个媒做得不错。’”《扬州评话选·智取生辰纲》:“‘请问前面有什么地方好纳凉避午?’‘请听:离此还有十数里之遥,地名叫黄泥岗……那个地方纳凉避午好得很。’‘噢,难为难为。’”

难过 忌恨;隔阂。〔例〕王少堂《宋江》上册:“宋江并没有得罪他们,就因为宋江杀了阎惜姣,逃走之后,家里人同二赵处得不好,有了难过了。”王少堂《武松》上册:“就为这个赊帐,结了个难过在肚里头。”

十一 画

舂碓 “碓”,读如“跌”。用碓舂谷物的劳动。〔例〕王少堂《武松》上册:“乔大爷想玩饿狗舂碓,这一刻为何不玩啦?”

理摸 过问;处理。〔例〕《中国民间文学集成·射阳县资料本·诗文宴》:“有个县官到任之后,整天吃喝玩乐,不问民事,公文积压多高子的也不去理摸一下子。”

教馆 当教师。〔例〕王少堂《宋江》上册：“这一位可怜，通而不通，大概稍读几卷经书，在街上教馆的程度都不够，大约只能在乡村里头教教蒙童。”陈登科《风雷》第一部第二十三章：“他……在庄上地主家教个小馆，自以为混得顶不错的，人人都称他朱先生。”《中国民间文学集成·盐城市郊区资料本·穷先生做官》：“周家庄有个穷教馆的，穷到什么地步呢？过年连一张对子纸总买不起。”

勒 瞪。〔例〕《扬州评话选·皮五冒充五舅舅》：“生怕小媳妇进门，他双手把住门，眼睛勒多大。”

勒措 又作“扐措”。①强迫或故意刁难。〔例〕《西游记》第五十三回：“正是打死不如放生，且饶你教你活几年耳。已后再有取水者，切不可勒措他。”②克扣、刁难；刻薄。〔例〕《金瓶梅词话》第三回：“今年觉得好生不济，不想又撞着闰月，趁着两日倒闲，要做，又被那裁缝勒措，只推生活忙，不肯来做。”第三十三回：“经济道：‘这五娘，勒措出人痞来。’”第九十五回：“吴巡检又勒措刁难……”文康《儿女英雄传》第二十四回：“安太太笑道：‘倒不是送礼；我今日是扐措你娘儿们来了！’”

勒逼 逼迫。〔例〕《中国民间文学集成·盐城市歌谣谚语卷·梁山伯访友》：“二人正在情切处，/对对丫环步上楼门，/英台一惊松了手，/勒逼奴家上红城。”《中国民间文学集成·盐城市歌谣谚语卷·烟花女告状》：“十三十四学接客，/十五十六勒逼我接怀；/小小郎儿来，/哎嗨哎嗨唷勒逼我开怀。”

勒嗓子 声嘶力竭地叫喊。〔例〕《中国民间文学集成·盐城市歌谣谚语卷·讽刺歌谣(六首)》：“大队干部摇膀子，/生产队干部勒嗓子，/社员不揪吃幌子。”

黄芽菜 白菜。〔例〕《金瓶梅词话》第四十五回：“一碗黄芽菜并𤇆的馄饨鸡蛋汤，一碗山药烩的红肉圆子。”《醒世姻缘传》第五十五回：“又盛了一垫浅豆腐，一垫浅黄芽菜。”汪曾祺《故乡的食物》：“我们那里过去不种白菜，偶有卖的，叫做‘黄芽菜’，是外地运去的，很名贵。”《中国民间文学集成·射阳县资料本·增和桥》：“和尚看见这个小娘子手里拎个篮子，篮子里还有两棵黄芽菜。”《中国民间文学集成·阜宁县资料本·三十六州》：“要买毛笔到湖州，/要吃鳜鱼到福州。/吃的盐，出海州，/黄芽菜，吃韶州。/大蒜出在南徐州，/要吃茶馓到楚州。”

黄金万 大便的隐称。〔例〕王少堂《宋江》中册：“戴大爷抢步就进房了，伙计们跟在后头。‘大爷，你老脚下留神，黄金万！’”

黄秧 刚栽插而尚未返青的秧苗。〔例〕《扬州民间故事集·司徒庙的传说》:“第二天,兄弟五个到田头一望,满田的黄秧。”

黄狼拣病鸭咬 比喻弱者偏偏倒霉、遭殃。陈登科《活人塘》:“唉,黄狼拣病鸭咬,就这么凑巧的,可可打伤这条苦根。”

黄烧饼 烧饼。〔例〕王少堂《武松》上册:“我直接就在这块等了,等麻,肚里饿哩,就跟你借八个钱,买四个黄烧饼,当顿饭,跟他拼量。”

黄猫 黄鼠狼。〔例〕《中国民间文学集成·滨海县资料本·小月亮团团转》:“小月亮,团团转,/没得妈妈实难过。/跟爹睡,爹会打;/跟哥睡,哥会揪;/跟姐睡,姐不欢;/一人睡,黄猫拖。”

黄鼠狼子拖鸡 形容越来越少。〔例〕《扬州评话选·严秀打店》:“开始虽也蒙骗了不少顾客,可时间不久,顾客就像黄鼠狼子拖鸡——越拖越稀。”

萝卜缨子 萝卜的茎叶。〔例〕王少堂《宋江》上册:“这个打卖拳的算什么!孱头萝卜缨子!”王少堂《武松》下册:“这战场上就是那个花和尚吗?咦,算个什么!孱头!萝卜缨子!他哪里有我们那个岭下河南杀都监府凶手武松一半的威风。”

萎 困累、想睡的感觉。读阴平声。〔例〕王少堂《宋江》上册:“我真正萎得不得动,回去倒要睡觉了。”《扬州民间故事集·吉高故事》:“吉高在吉家庄混得半死不活的,想到别的庄上混碗饭吃,路走萎了,要船家把他也带上。”《中国民间文学集成·盐城市歌谣谚语卷·灶户叹五更》:“五更鼓儿催,/不睡有多萎,/指望有人来换我,/好家伙,又要上场把灰堆。”《中国民间文学集成·射阳县资料本·金玉翠》:“柳生说:‘我萎了,不知不觉地就睡着了。’”

萎头耷脑 又作“萎头耷颈”“萎头搭脑”。没精打采的样子。〔例〕陆文夫《井》:“这个‘夫人’太老了,又这么萎头耷脑的。朱进一,嘿嘿,你当心点。”《扬州评话选·大破八门阵》:“不光是他,所有走阵的人,这时候哪一个不头晕眼花、萎头耷颈?”陆文夫《大羊》:“龚春生萎头搭脑地出来,门外在下着小雪。”

菜池 菜畦。〔例〕《施公案》第八十五回:“贤臣听得明白,叫声‘施公’,同跑在菜池藏躲。”

梦扎扎 睡梦初醒、懵懵懂懂的样子。〔例〕《中国民间文学集成·阜宁县资料本·芦县令巧断无头案》:“芦县令正在睡中弧呢,梦扎扎地听到窗外有击鼓声。”

梦梦乍 同“梦扎扎”。〔例〕《西游记》第九十二回:“那呆子吃了自在酒饭,睡得梦梦乍道:‘这早备马怎的?’”

梦梦查查 又作“梦梦乍乍”。迷迷糊糊,似醒非醒的样子。〔例〕《西游记》第五十二回:“慌得那些妖精梦梦查查的,抱着被,朦著头,喊的喊,哭的哭,一个个走投无路,被这火烧死大半。”

啬刻 吝啬;小气。〔例〕《中国民间文学集成·阜宁县资料本·马良独修金山寺》:“马良看不惯这些腿子,钱越多越啬刻,要他们掏口袋,就这样惨,瞎扯蛮。”

硌人 坐卧在高低不平的地方所产生的不适感。〔例〕王少堂《宋江》中册:“咦喂!不得命喽,硌人喽!”

爽 ①将含水物提起或挂起,使水淋去。〔例〕王少堂《宋江》中册:“只看见李逵嘴里的水流流地出来了,不过这个朝外爽呀,没有喝的时候来得涌,稍许慢一点。”②草鞋上的筋绳。〔例〕《西游记》第一回:“足下踏草履,乃是枯槎就的爽。”

爽撇 又作“爽劈”。爽快;利索。〔例〕王少堂《宋江》上册:“花荣也还爽撇,只有这个样啊,你还能这一刻阻挡三哥不回去么?”王少堂《武松》上册:“长衣裳在身上总有点不便当,脱掉爽撇些。”“算帐爽撇得很:一壶酒,三分银子;两碟小菜,一钱银子,共计一钱三分银子!”下册:“包裹打开,把金银包袱朝包裹里头一放,复行一扎,两件就变成一件了,爽劈些。”

捧盘 端饭菜时用于盛碗碟的托盘。〔例〕《儒林外史》第二十二回:“寻了一个捧盘,两个茶杯,两张茶匙,又刮了四个圆眼,一杯里两个,伺候停当。”

捱 忍受痛苦,勉强支撑。〔例〕陆文夫《毕业了》:“吴黎捱起来了,立即摔开李曼丽的手:‘放开,这一次死不了,死了也好腾出地方来让你堆东西。’”陆文夫《有人敲门》:“我们两个一步一步地走回来,不是向前走,而是向前捱!”

掩 轻手轻脚、躲躲闪闪地走动。〔例〕王少堂《武松》下册:“兄弟两个,掩呀掩的,掩到屏风后头,朝下一站,隔着屏风向外偷看,可是看不到,武松是个背相。”

掩掩饥 略解饥饿,不吃饱。〔例〕《中国民间文学集成·盐城市歌谣谚语卷·讽刺歌谣(六首)》:“早上薄薄稀,/中上掩掩饥;晚上稀稀薄,/上铺睡不着;/被窝焐不暖,/夜壶已尿满。”

捎 向下按住;逮;捉。〔例〕王少堂《武松》上册:“老妈妈子上去,右手把武大脑后项脖子一把捎,把个头捎得埋下去。”《中国民间文学集成·盐城市歌谣谚语卷·渔谚》:“耐性子钓鱼,急性子捎鱼,没性子吃鱼。”《中国民间文学集成·滨海县资料本·圆谎》:“头尾一个也没捎得住。”《中国民间文学集成·东台市资料本·海上打鱼时不准在船中央吃饭》:“只见那鱼眼里直淌泪,直蹦直跳,几个人捎住,用刀砍下了头。”《中国民间文学集成·阜宁县资料本·周恒爽徒手捉敌》："周恒爽使劲往下掯，大个子拼命往上撑。"

掉 剩下。〔例〕《中国民间文学集成·滨海县资料本·妓女叹》："替我那浑身衣裳剥干净，/只掉个遮丑一条裙。"

掉歪 又作"调歪"。调皮；不驯顺；故意刁难或唱反调。文康《儿女英雄传》第十五回："虽说没甚模样儿，绝好的一个好心肠。甚么叫闹心眼儿、掉歪，他都不会。"按，陆澹安《小说词语汇释》释为"出坏主意"，欠当。

搁 顶住。读如"冈"，去声。《西游记》第五十六回："呆子慌了，往山坡下筑了有三尺深，下面都是石脚石根，搁住钯齿。"

掼 扔、摔。〔例〕《儒林外史》第三回："邻居见他不信，劈手把鸡夺了，掼在地下，一把拉了回来。"第二十七回："……把鱼接在手内，拿刀刮了三四刮，拎着尾巴望滚汤锅里一掼。"

掭 ①用毛笔蘸墨；也指在砚台上理顺笔毛或除去多余的墨汁。〔例〕《西游记》第三回："那判官慌忙捧笔，饱掭浓墨。悟空拿过簿子，把猴属之类，但有名者，一概勾之。"②拨动，使物伸展。〔例〕《拍案惊奇》第二十三卷："崔生忍耐不住，立起身来，幸得残灯未灭，重掭亮了。"

推三阻四 再三推辞。〔例〕李涵秋《广陵潮》第四十六回："目今你又这般回复我，你放明白些，你只管同我推三阻四，看我有本事用三指宽的封条，将你两扇大门封起来，大家伙儿干不成。"

推板 又作"推绊"。①低劣，差劲。〔例〕《郑板桥传说·大年初一卖扇子》："嗨，扇子上面画了几棵竹子，画得真不推板。"王少堂《宋江》上册："到梁山做大王也不为推板。"李伯元《官场现行记》第六回："办这个差使，无论如何推板，体制所关，总得有个分寸才好。"②怠慢，得罪。〔例〕王少堂《宋江》上册："他是海外封王嘛，二皇帝嘛，哪一个还敢推板他？"《扬州民间故事集·请问隔壁瘦黄狼》："好媳妇啊，这两句话又没有提到你一个字，更没有推板你，你哭什么吵？"《中国民间文学集成·盐城市郊区资料本·德行》："推板人，就是推板自己。"《中国民间文学集成·射阳县资料本·张玉书送亲》："赶快，送客老爷不可以推板哪。"《中国民间文学集成·阜宁县资料本·黄克诚在南窑》："那些妇女一听说面前真是师长，脸一红，感到推绊人，连连打黄师长的招呼，请师长原谅。"

搊 ①读如"扭"，去声。扭；拧。〔例〕《扬州评话选·古城会》："先生，你不晓得哩，他只要三个指头把人的头一搊，就没命了，这就叫拧头。"②读如"走"，形容脾气犟。〔例〕《扬州评话选·甘露寺相婿》："不怕贾华是个搊了又搊的角儿，这一下也不敢搊了，只好把双刀放下，跟随当差赶奔方丈室。"

掏火耙 又作"掏灰耙""掏火扒"。即从灶膛掏出灰烬时所用的木耙。

〔例〕《中国民间文学集成·阜宁县资料本·张郎休妻》:"葛丁香一看不好，跑上去连拖带拽，张郎任死不出来，结果只拽出一条腿，身子全被炭火烧成了灰。后来，人们就传说，掏火耙是张郎腿和脚变的，说腿是耙柄子，脚是掏灰耙头子。"《中国民间文学集成·滨海县资料本·谗嘴大娘》:"手伸出来像只掏火扒，/披头散发好似城隍庙里风流鬼，/一脸核桃麻子搽起粉来好像大马猴。"

掏渌 又作"淘碌""淘渌""陶漉"。折腾。〔例〕《金瓶梅词话》第十二回:"恐怕他家粉头掏渌坏了你身子。"

掐尖 先于他人抽取不该得到的份额。〔例〕《金瓶梅词话》第二十回:"西门庆笑骂道:'你这个小淫妇儿，单管爱小便宜儿，随出也掐个尖儿。'"第四十回:"西门庆笑道:'贼小油嘴儿，去处掐个尖儿。'"

掐把 又作"掐巴"。小气;吝啬;克扣他人。〔例〕《醒世姻缘传》第十五回:"该受人掐把的去处，咱就受人的掐把，人该受咱们掐把的去处，咱就变下脸来，掐把人个够。"第九回:"咱也要嫁闺女在人家哩，不与个样子，都叫人家掐巴杀了罢!"

接晌 早餐与中餐或中餐与晚餐之间吃的食物。〔例〕《中国民间文学集成·滨海县资料本·于二剥皮泡糕——拼着过》:"不省了，替我上街买三块糕来，我今天吃它一顿接晌。"《中国民间文学集成·阜宁县资料本·姐妹三个说大话》:"办喜事是操忙人的，吃了寿面，又喝寿酒，忙忙碌碌就到接晌时辰了。"《中国民间文学集成·盐城市歌谣谚语卷·十二月小伙计》:"三月小伙计天气长，/一天三顿接不上。/老板家里吃接晌，/小伙计没指望。"

掸 接触;探测。〔例〕《扬州民间故事集·庞公庞婆变河豚》:"吃了你的眼睛，嘴发酸;吃了你的血，头发昏;掸到你的鱼籽，肚发胀;掸到你的油，嘴发干。"王少堂《宋江》上册:"刘高一吓，也掸不到深浅。"

掸不到底 吃不准;摸不准底细。〔例〕王少堂《武松》上册:"起初，心眼里并掸不到底，生愁打不过蒋忠。"〔例〕《中国民间文学集成·阜宁县资料本·十八罗汉的来历》:"伙计到家一说，老板也掸不到底，只好照办啦!"

掸不到深浅 摸不到底细;不知好坏、结果如何。〔例〕王少堂《武松》下册:"姑娘直抖。不派啊，有人来救嘛，就跟人家走好了，为何又抖? 嗐，不怪她怕，姑娘这一刻掸不到深浅，心里糊涂住了。"

掴 "掴"，读如"虎"。①泼;撒。〔例〕陈登科《风雷》第一部第二十七章:"俺是想，过几天，麦地就掴上一层粪，今年不收它十担小麦，俺是不死心呵!"②因打翻而泼洒。〔例〕《中国民间文学集成·射阳县资料本·爱听奉承话》:"一阵大风把个叉子抵住的柴捆子刮倒了，把个豆腐汤全掴光了。"

《中国民间文学集成·射阳县资料本·贪心的哥哥凹鼻子》:"张大叫女人借点高粱种把他。张二拿到田里揞下去,天天去看,多少日子过去了,好不容易只出了一棵苗。"参见"戽"条。

掇 用双手挪动凳、椅等的动作。〔例〕《水浒传》第二十四回:"那妇人也掇条杌子近火边坐了。"《金瓶梅词话》第六十一回:"西门庆看了,即令春鸿、王经掇进去。"

掇哄 怂恿;唆使。〔例〕陆文夫《崔大成小记》:"丁健在旁边掇哄:'叫得再高点!'"参见"啜哄"条。

虚 着急。〔例〕陈登科《风雷》第一部第三十一章:"就是你虚,还有这么一点芦柴,包在俺一人身上。"陆文夫《万元户》:"你别虚,我们马上就竖天线,保证你今天晚上看好戏!"

虚头 价格、数量等被夸大之处;水分。〔例〕《金瓶梅词话》第十五回:"这家子打和,那家子撮合,他的本分少虚头大。"

虚吵 因着急、担忧而吵嚷。〔例〕王少堂《宋江》上册:"原是啊。你们再一虚,再一吵,把他吵乱了,再错拿一舵,那就更糟了。"

堂屋 平房正中的一间。〔例〕《二刻拍案惊奇》第二十六回:"请了伯子起来,到堂屋里坐下,就搬出菜肴来伯侄两个吃了一会。"

晀盹 打盹。〔例〕王少堂《宋江》上册:"这一位是老板,坐在柜台里头,晀盹晀了倒在地上睡着了。"王少堂《武松》上册:"这么大的案情不准,你多大的案情才准呢?你是晀盹呀,还是睡着了?"《中国民间文学集成·阜宁县资料本·阶级敌人没睡觉》:"大家都在晀盹,只有第三排上的一个人没瞌睡。"

眼一眨老母鸡变成鸭 形容变化快而奇特。〔例〕王少堂《宋江》中册:"你没有看见对过那些脸色可怕哩,眼一眨老母鸡就变成鸭了。"王少堂《武松》上册:"你看武松手头子多快,眼一眨,老母鸡就变成鸭了。"

眼生 生疏,不熟悉。〔例〕《金瓶梅词话》第三十三回:"今日趁着你姥姥和六娘在这里,只拣眼生好的唱四个儿,我就与你这钥匙。"

眼头见识 临场观察、判断、应变能力。〔例〕王少堂《宋江》下册:"你瞧不起我们乡下人,有点眼头见识哩。我看你手里掌的高挑子,上头好像有官衔嘛。"

眼张大个的 眼睛睁大一点。《金瓶梅词话》第三十五回:"我眼张大个的,他便倘剌在床上,拉着再不肯来。"按,"大个的",即"大一些"。《金瓶梅词典》释为"眼睛睁的大大的",欠熨帖。

眼张失落 眼睛四处看。〔例〕《儒林外史》第六回:"严贡生转身走进舱来,眼张失落的四面看了一遭,问四斗子道:"'我的药那里去了?'"

眼泪鼓鼓 眼泪汪汪的样子。〔例〕王少堂《宋江》中册:"可怜王二急得眼泪鼓鼓地。"

眼眨之间 又作"眼眨之工"。转眼间。〔例〕《扬州民间故事集·上河王少堂下河李佩章》:"奇怪得很,闹哄哄的书场眼眨之间就静下来了。"

眼睛一绰 眼珠往上一翻。多指人临终时的情状。〔例〕王少堂《宋江》中册:"这种样子的疼痛也只有戴宗熬得住。可是脸色不对了,满头有汗了,——一声有汗是吃不消了——眼睛一绰,昏晕了过去。"

眼睛上了膜子 口语中多说"眼睛上蓝膜子"。犹言"瞎了眼"。〔例〕王少堂《武松》下册:"往日间还有时大意,今日从一晚到这一刻,没有住腿,又是大月亮,五六十个强盗漫高,我们怎么看不见呢?眼睛哪块上了膜子了?"

啧声 做声,吱声。〔例〕《中国民间文学集成·盐城市歌谣谚语卷·讽刺歌谣(六首)》:"干部用钱手一伸,/会计用钱不啧声;/社员用钱两头奔,/左一奔,右一奔,/奔到条子还要查工分。"

蛇头鬼 不正经,行为轻薄的人。〔例〕《中国民间文学集成·盐城市歌谣谚语卷·打起包袱走娘家》:"亲妈妈哎亲妈妈,/你把我嫁个好人家:/堂屋没得个猪圈大,/锅屋甩起来一大揸。/草堆没得个螺丝大,/斋粮没得一大把。/公公活像个蛇头鬼,/婆婆活像个刀螂虾。"

啯嘟 "啯",读如"国",入声;"嘟",读如"独",入声。吞咽食物的声音。〔例〕《西游记》第十三回:"只听得啯嘟之声,真似虎啖羊羔。"第二十四回:"他就瞒着我们,才自在这隔壁房里,一家一个,啯嘟啯嘟的吃了出去。"

唱小唱 随口哼小调。〔例〕《中国民间文学集成·盐城市歌谣谚语卷·牵牛郎带新娘》:"牵牛郎,带新娘,/娶的河东纺织娘。/蚂蚱抬花轿,/蚂蚁发嫁妆;/蜜蜂来送礼,/送的白花糖;/蜘蛛来送礼,/送的珠罗帐;/萤火虫来送礼,/红灯笼亮堂堂;/叫哥哥没得送,/带个二胡来唱唱;/知了喊大曲,/油叫吱子唱小唱。"《中国民间文学集成·阜宁县资料本·水牛为何没有上门牙》:"……有人在后头陪你走,怕你闷得慌,还唱小唱(指打哩哩)给你听。"

唱唱 唱歌。前一"唱"为动词,后一"唱"为名词,构成动宾词组。〔例〕陈登科《赤龙与丹凤》第一部:"还能打啥的棒棒鞭,走村串户去唱唱?"《中国民间文学集成·盐城市歌谣谚语卷·牵牛郎带新娘》:"牵牛郎,娶新娘,/娶的河东纺织娘。/蚂蚱抬花轿,/蚂蚁发嫁妆;/蜜蜂来送礼,/送的白花糖;/蜘蛛来送礼,/送的珠罗帐;/萤火虫来送礼,/红灯笼亮堂堂;/叫哥哥没得送,/带个二胡来唱唱;/知了喊大曲,/油叫吱子唱小唱。"《中国民间文学集成·射阳县资料本·牛的来历》:"太白金星就叫人下次再用它的时候,在后面唱唱,就随嘴哼,打‘咪咪’。”

嘿 使带壳食物在口中竖立后用上下牙齿咬破的动作。读如“课”。〔例〕《醒世姻缘传》第六回:“傻孙!买这夯杭子做什么?留着这几钱银子,年下买瓜子嘿也是好的。”

噘 读同“决”,入声。一作“噘骂”。骂。〔例〕《金瓶梅词话》第七十二回:“他还嘴里比工砒里剥剌的,叫我一顿噘骂。”《中国民间文学集成·滨海县资料本·曹获秋查案》:“老爹爹唉,你不要多管闲事,被人噘噢。”

啜哄 又作“撮哄”。同“掇哄”。怂恿;唆使〔例〕《金瓶梅词话》第十三回:“他要了人家汉子,又来献小殷勤儿,啜哄人家老公。”元曲《青衫泪》二折白:“自从侍郎别后,尽着老虔婆百般啜哄,我再也不肯接客求食。”《中国民间文学集成·阜宁县资料本·刘小二与三姑娘》:“王二麻赢了钱,就撮哄张三、李四说,把刘小二请出来,你们就不焦了。”参见“掇哄”条。

逻 读如“栾”。阻拦;堵住对方的去路。〔例〕《真本金瓶梅》第二十五回:“叵耐来旺儿,昨日不知那里吃的稀醉的,在前边大嘤小喝,指猪骂狗,骂了一日,又逻着小的厮打。”

崩脆 又作“绷脆”。“崩”,程度副词。指声音很清脆。〔例〕《扬州评话选·严秀打店》:“上面的碗盏家伙全下了地了,打的粉碎,粗瓷的是‘乓咯唧嘡’,细瓷的是‘叮咯唧嘡’,酒杯、瓢羹是‘叮叮叮……’,酱油碟子是‘噔噔噔……’,声音不丑,崩脆透酥!”《扬州民间故事集·“妙计啊,妙计!”》:“到了台上,这个小伙还就不错,朝曹操面前一站:‘参见丞相!’嗓门子又绷又脆。”

圈浪子风 风因受阻而形成的圈风。〔例〕《中国民间文学集成·盐城市郊区资料本·刨树让风》:“你不看见嘛,周围都是树,有风也是圈浪子风。”

铛铛儿 打击乐器中的小锣,也称“手锣”。江淮方言中多说“小铛铛子”。〔例〕《金瓶梅词话》第四十五回:“贲四拿了一座大螺钿大理石屏风、两架铜锣铜鼓连铛儿,说是白皇亲家的,要当三十两银子,爹当与他不当与他?”“你看这外边两架铜锣锣鼓,带铛铛儿,通共与了三十两银子。”按,今江淮方言中仍有此说。王利器主编《金瓶梅词典》释为“一种打击乐器”,过于笼统;《金瓶梅方言俗语汇释》释为“铛儿,铃铎”,欠当。

铜角子 铜钱;铜板。〔例〕《中国民间文学集成·阜宁县资料本·“铁公鸡”吩咐后事》:“他到街上去,看见几个小孩在那块‘笃’钱,正巧有个铜角子滚到他面口,他弯腰把铜角子拾起来往嘴里一衔。”

铲慌 当面戳穿谎言。与“圆谎”相对。《中国民间文学集成·盐城市郊区资料本·辣谎》:“张三和李四以辣谎打赌,条件是:只许辣谎,不许铲谎,谁铲谎就是三百斤大麦。”

甜净 甜美而讨人喜欢。〔例〕《金瓶梅词话》第二回：“当时妇人见了那人生的风流浮浪，语言甜净，更加几分留恋。”《水浒传》第二十四回：“大官人，你在房里，着几句甜净的话儿，说将入去。”

鸹哥鸟 又作“刮锅鸟”。布谷鸟。〔例〕《中国民间文学集成·射阳县资料本·鸹哥鸟的传说》：“有一只鸹哥鸟站在这户人家门前的一棵大树上不停地叫着：‘刮锅，刮锅，不刮锅婆婆打多’。”《扬州民间故事集·莫姑姑——苦·按》：“扬州各地此类传说较多。如‘刮锅鸟’的传说，‘姑恶鸟’的传说等等。”《中国民间文学集成·盐城市郊区资料本·小燕子刮锅子》：“小燕子刮锅子，/刮到外婆奶奶家杀猪子，/肥肉瘦肉我不吃，/豆腐卜页尽我吃。”

秫子 “秫”，读如“演”。扬场时从刚脱粒的稻或麦中分离出来的秕谷和其他杂质的统称。〔例〕《中国民间文学集成·阜宁县资料本·蚊子的传说》：“提到这块，立刻把它拖到场边，用干草将蚊子盖好，上面加上一层厚厚的秫子，点火熏烟。”

做厂 在工厂里当工人。〔例〕陆文夫《二遇周泰》：“没出息的东西，你有一个头，两只手，哪里没有饭吃呀？走，跟我做厂去！”《有人敲门》：“老实告诉你吧，丹华。这些时我把许多事情想了又想，想到最后还是不能做厂。”

做夜作 做夜工。〔例〕《三遂平妖传》第六回：“胡子不做夜作，唤了安置，朝着里床自睡了。”《金瓶梅词话》第九十一回：“因见衙门打盹，在根前只顾叫不应，说道：‘老花子，你黑夜做夜作，使乏了也怎的，大白日打盹瞌睡？起来吃茶！’”

做亲 结为亲家。〔例〕《拍案惊奇》第二卷：“做亲两月，就骂着逼出去了，知他几时回家，没个定期。”《金瓶梅词话》第十七回：“既要做亲，须得要个保山来说，方成礼数。”

做臭老鼠 为他人做事而遭得臭名声。《金瓶梅词话》第七回：“我破着老脸，和张四那老狗做臭老鼠，替你两个硬主张。”王利器主编《金瓶梅词典》释为“在鲁南一带叫黄鼠狼，遇敌放恶臭气”，欠熨贴。参见“臭老鼠”条。

悠 手臂挥动。〔例〕王少堂《武松》下册：“天王堂千斤石他还能举过头哩，这担把重算个什么事。这个手托着，还在手里悠着。”

悠气 临终前微弱的呼吸。〔例〕《醒世姻缘传》第九回：“到跟前看了一看，一点猜得不差，使手摸了摸口，冰凉的嘴，一些悠气儿也没有了。”

俽 熏。〔例〕王少堂《宋江》下册：“没得命了。伙计，这个痨瘟的烟俽人哩。”

偷生抿熟 指女子偷情不择对象，既偷生人，又偷熟客。也泛指偷窃不择对象。〔例〕《西游记》第八十一回："行者道：'我想你有些儿偷生抿熟，被公婆赶出来的。'"按，抿，音"瓦"。本义指用瓢、勺之类的器具取颗粒状或粉状物的动作。《中国民间文学集成·阜宁县资料本·寻宝遇仙记》："很简单，就一个宝勺子，这个勺子只要朝空中抿一下子，说要金子，就是一勺子金子；说要银子，就是一勺子银子，只要你说一声，不问你要什么，都能抿的来。"在"偷生抿熟"一语中，"抿"沾染了"偷"的意义，则"抿"与"偷"同义。

偷吃扒拿　偷盗扒窃。形容某些人的行为不端，什么坏事都干。〔例〕东登科《风雷》第一部第三十三章："因她的父亲和哥哥，当年都是地痞流氓，也也继承父兄的衣钵，学了一套偷吃扒拿的伎俩。"

偷嘴　偷吃东西。〔例〕《西游记》第二十四回："这个不过是饮食之类，若说出来，就是我们偷嘴了，只是莫认。"

停下子　过一会儿；等一会儿。〔例〕《扬州评话选·智取生辰纲》："你们停下子上岗去卖酒，这一件事是活事，而且是最紧要的关口。"

偏了　先于别人或不与别人同时用餐的客套话。意为"对不起，我先用了。"〔例〕《真本金瓶梅》第三十四回："金莲道：'今日我已偏了杯，重复吃了双席儿，不坐了。'"《红楼梦》第十四回："凤姐正吃饭，见他们来了，笑道：'好长腿子，快上来罢。'宝玉道：'我们偏了。'"文康《儿女英雄传》第二十九回："……见了张太太，站起来道：'偏了我们了！赶了女儿的席来了！'"王少堂《宋江》中册："'你老吃饭。''我偏过你了，在浔阳楼吃的哎，吃得饱饱的。'"《扬州评话选·程咬金卖筢子》："时间不早，我得罪，得罪，得罪，回去偏饭。"按，王利器主编《金瓶梅词典》释"偏了杯"为"比别人多吃了酒"，欠当。

假马　又作"贾马"。口语中多说"贾(假)家马家"，其中"家"读如"尬"。装模作样。〔例〕《扬州评话选·天齐庙包公断太后》："包兴趴到外面站起来：'大人有何吩咐？'假马从外面进来，好像走外头才来的。"参见"贾(假)家马家"。

假马若鬼　又作"假马日鬼""假马入鬼"。徒有虚名；装模作样。〔例〕武仲平淮剧《登记》："啊唷喂，你俩个唱双簧吐苦水，哪块晓得我这个假马若鬼的干部，春节到现在工资一分不曾拿。"《中国民间文学集成·盐城市郊区资料本·父子斗》："老头子走着哼着，儿子假马若鬼的哭。"《中国民间文学集成·东台市资料本·墨鱼为什么喷黑水》："他……醒来也假马日鬼的把笔头放在嘴里咬咬，嘴边上弄得黑黑的，有时还把黑墨水吃下去。"

假假的　佯装。〔例〕《西游记》第九十七回："行者假假的惊恐。"

假蛔　知了。〔例〕《中国民间文学集成·盐城市郊区资料本·三害虫称能》："假蛔说道：'这算什么，我的本事比你们还要大。六月天气热难当，杨柳枝上我乘凉，皇娘听我天河曲，迷得与我来拜堂。'”《中国民间文学集成·盐城市郊区资料本·三句半》：“有一次在路上看到一个小孩子捉假蝌。”

徘 踩；踏。〔例〕《扬州评话选·扬州劫法场》：“法场上一阵混乱，老百姓，年纪大的，小孩子，妇道人家，跑的跑，跌的跌，也有踏死徘伤的。”

得为 特地；专为。〔例〕《中国民间文学集成·阜宁县资料本·赵宏本以墨当菜》：“有一天，赵宏本的家兄从凤谷到上海，得为去看他的。”

得过 过得去；还可以。〔例〕王少堂《武松》上册：“西门庆左右坐的这两个打手师爷本事不丑呀，拳术功夫着实得过，刀枪棍棒都能要呢。”

得时 得势。〔例〕《金瓶梅词话》第八十一回：“他家女儿见在他家得时，他敢直护他娘老子，莫不护咱不成？”

得罪 ①与人告别时的谦辞。〔例〕王少堂《宋江》中册：“不吃茶了，得罪三爷咧！”《扬州评话选·程咬金卖筢子》：“时间不早，我得罪，得罪，得罪，回去偏饭。”②谢谢。〔例〕王少堂《武松》上册：“弟兄入坐，金莲倒茶：‘二叔，请用茶。’‘得罪嫂嫂！’”

盘话 传话；搬弄是非。〔例〕《中国民间文学集成·盐城市歌谣谚语卷·一百怕》：“当铺店里怕老鼠，/屁精就怕吸血鬼。/远怕水，近怕鬼，/盘话人就怕打他嘴。”《中国民间文学集成·滨海县资料本·一百怕》：“远怕水，近怕鬼，/盘话人就怕打他嘴。”

盘程 又作“盘程钱”。盘缠。〔例〕吴敬梓《儒林外史》第三十三回：“娘子接着，他就告诉娘子前日路上没有盘程的这一番笑话，娘子听了也笑。”王少堂《宋江》上册：“居然有酒有食有盘程，两人心满意足。”《中国民间文学集成·滨海县资料本·锅盖鱼的来历》：“表弟兄俩带了盘程钱，出了门。”王少堂《宋江》中册：“不要紧，你们只带几个盘程钱，多余的一起存在我这里。”

斜角对过 斜对面。〔例〕《中国民间文学集成·盐城市歌谣谚语卷·东南风爽自然凉》：“买针要买西海西头、横铺砖头、竖铺石头、八字弄口，调转弯头，斜角对过，丈二长高头，石碑底下，一个摆摊老头，金针一对，两头尖尖，两眼圆圆，正对吾手里用，吾替郎绣花做衣裳。”

斜点角 对角。〔例〕王少堂《武松》下册：“骨殖包摆在哪块？拎在手里不好，把手占住；背在肩头，靠住枷带着，肩头也不好背。一想，有了。英雄就把这个包裹打开来，斜点角卷紧了，把自己的长衣服朝起一夙。”

脚底下画十字 走路不稳，脚步凌乱。〔例〕王少堂《宋江》中册：“这一刻，有一点头眩眼花，脚底下画十字了。”

脚绳 风帆上用于控制帆篷的绳索。〔例〕王少堂《宋江》下册：“管篷的篷脚绳手里理着;管艄锚的还是管艄锚,逸逸当当。”《中国民间文学集成·盐城市歌谣谚语卷·小小舟船下江东》:“忽然一阵狂风起啊,/吓得大姑娘脸通红。/只得把个脚绳松,/千金扣一断落下了一座五花篷,/嗯呀哎嗨呀。”参见“绳脚”条。

脚箩 篾制方形箩筐。〔例〕《中国民间文学集成·盐城市歌谣谚语卷·竹木相争》:“你说砌一个仓房,/堆了多少五谷杂粮?/没得我做成脚箩,/怎能挑谷进仓?”

脸嫩 容易害羞;不老练。〔例〕《扬州评话选·张松献地图》:“喔!我晓得了,看光景他这个买户脸嫩,不好意思开口。”

脸上没血 不知羞耻。口语中多说“脸上没血色”或“没血色”。〔例〕《金瓶梅词话》第七十六回:“人人有面,树树有皮,俺们脸上就没些血儿?”

脱 读如“特”。掉下;丢失。〔例〕王少堂《宋江》上册:“就爬起来添下子饭,这一活动,头一碗吃下去的饭就脱到肚子底下去了。”

脱当 中断。〔例〕王少堂《武松》上册:“刚刚街上脱当,走路的都没得,解围的当然也没得。”

脱脱的 一种空虚而略带惊悸的感觉。〔例〕王少堂《宋江》上册:“早上起来坐在房间里,肚里饿得脱脱的。”

脱脱哭 形容哭得伤心,哭个不停。〔例〕《中国民间文学集成·盐城市歌谣谚语卷·说中国 道中国》:“说中国,道中国,/蒋秃头,心太毒。/日本鬼子他不打,/派了中央军奔苏北:/专门扫荡新四军,/他的手段太残毒。/拆风车,抬跨轴;/抓壮丁,抢稻谷;/抢去帐子和衣服,/还有猪羊和牲畜,/杀人又放火,/打骂坐牢狱。/老百姓吓得脱脱哭,/一天喝不上三顿子粥。”

逸逸当当 不慌不忙;有条不紊。〔例〕王少堂《宋江》下册:“管篙子的拿着篙子给我把船头别着;管桨的把桨放在桨桩子上的,好好给我站在桨旁边;管舵杆的舵杆抓着;管篷的篷脚绳手里理着;管艄锚的还是管艄锚,逸逸当当。你们各执各事,预备随时开船。”《郑板桥传说·“书僮画竹”》:“笔啊,墨啊,砚台啊,宣纸啊,摆得逸逸当当。”参见“一一当当”条。

猫子嘴 谗嘴;贪吃。〔例〕王少堂《武松》上册:“武大老爷在日是个猫子嘴,喜欢弄一点小荤吃了玩玩。”

兜 对准。〔例〕《金瓶梅词话》第十二回:“被西门庆兜脸一个耳刮子,把妇人打了一交。”第五十八回:“哄得他低头瞧,提着鞋拽巴兜脸就是几鞋底子,打的秋菊嘴唇都破了。”

兜着豆子愁没得锅炒 比喻正愁找不到发泄的机会和报复的借口。〔例〕《扬州民间故事集·觑巴眼》:“他不晓得老杨树长在路边上,以为是跟哪个仁兄撞起来了。正兜着豆子愁没得锅炒(吵)呢,他就借题骂起来了。”《中国民间文学集成·阜宁县资料本·渔滨河边》:“郑廷皆正兜住个黄豆没锅炒呢,听到小顺这个话,正好逗小顺身上出气。”

猛 密。〔例〕《中国民间文学集成·盐城市歌谣谚语卷·格登代》:“(领)要说那个秧棵子栽得猛(啊),/(合)栽得猛(啊)。/(领)行距(那个)横竖推板门,/(合)(那个)推板门。”

猛一冲 贸然。〔例〕王少堂《武松》下册:“这个架子,猛一冲一望哩,茶壳架子。”王少堂《宋江》上册:“红雀子就像个红的哩,它一飞,两个大翅一展,你猛一冲望,就跟红旗子差不多。”

猛子 以头倒入水中的泅水法。〔例〕《西游记》第三十八回:“呆子真个深知水性,却就打个猛子,淬将下去。”

庹 “庹”,读如“塔”,入声。长度单位。两手臂侧平举时两手中指尖之间的距离为一庹。〔例〕王少堂《宋江》上册:“这一口刀放了样了,有一庹长,四让指宽,朱红漆刀把子,在脑后晃晃的。”《中国民间文学集成·射阳县资料本·李宝子和张小妹》:“小划子一共庹把长,两人只好面对面坐一块了。”《中国民间文学集成·阜宁县资料本·文章不及江司马 造化不如李春方》:“秤有多长喃?有两庹长,小膀奘。”参见“托”条。

麻叉 迷信指小鬼受阎王差遣捉拿人时所用的工具。江淮方言中骂人不得好死有说“麻叉搗的”。〔例〕《中国民间文学集成·射阳县资料本·吝啬鬼》:“你这个老东西真是钱钻心哪,那个响,是我们拖的麻叉声,马上要把你叉下油锅炸呢。”

麻布叉 麻布袋。〔例〕《中国民间文学集成·滨海县资料本·嫌穷爱富》:“老头子围个坏棉花胎子,儿子围个破狗皮,老奶奶围个麻布叉,一块去要饭了。”

麻花 面制油炸绳状食品。即“油绳”。〔例〕陈登科《风雷》第一部第八章:“尖尖的嗓子,对着人的耳朵叫着:‘烧饼油条,麻花馓子,要吃自己拿,不吃不要钱。’”王少堂《宋江》中册:“这个嘴巴子你晓得打得多重啊?五条杠噢,活像五条麻花子。”

麻花冻 薄冰。〔例〕《中国民间文学集成·滨海县资料本·邹韬奋脱险》:“日本鬼子是秋后的蚂蚱,还能蹦几天,跟鬼子办事好比站在麻花冻上,说下水就下水。”

麻花亮 天蒙蒙亮。〔例〕《中国民间文学集成·滨海县资料本·秦货郎让妻》:“秦货郎走后,天才麻花亮。”

麻花绺子 “绺”,读如“要”。两股或多股扭结在一起,像油绳的样子。

〔例〕王少堂《武松》下册："两只手朝怀里一滚，复行朝上一翻，两膀又一提劲，还是没有崩得下来，反而铐子打了个麻花绺子，弄得两只手动也不能动。"

麻里木足 感觉不灵便；麻木不仁，糊里糊涂。〔例〕王少堂《宋江》上册："不好！不好！他麻里木足，照常还不晓得哩！"王少堂《武松》上册："你看你这个人呀，麻里木足的。告诉你，你不能瞎喊呀！"《中国民间文学集成·盐城市歌谣谚语卷·糜秃、糜秃》："糜秃糜秃，/半路'走局'。/维持会长，/'麻里木足'。/认贼作父，/出卖祖国。"

麻虎子 传说中专偷吃别人小孩的恶人。〔例〕《扬州民间故事集·麻虎子》："假如小伢子哭闹不睡觉，只要说'麻胡子'来了，小伢子就吓得赶快闭上眼睛，不敢再哭了。久而久之，'麻胡子'又喊成了'麻虎子'，成了凶恶的代名词。"

麻筋 触击后容易发麻的筋络。也喻指要害处。〔例〕《扬州评话选·杨香武一盗九龙杯》："杨香武右手一抬，用两个指头，对着这个门堂官的右手一点，手面上有根麻筋……"《中国民间文学集成·射阳县资料本·李三戏弄吝啬鬼》："偏巧手上的一颗大戒指拍在大腿的麻筋上，但疼归疼，还是高兴的。"《中国民间文学集成·盐城市郊区资料本·有理敢拔护堤桩》："沈拱山的一席话，点中了贪官的麻筋子，一个个像个孝子一样，说不尽的好话。"

麻缏 "缏"，读如"潭"。粗麻绳。〔例〕《中国民间文学集成·盐城市郊区资料本·小舟船下江东》："顶风顶水弄啊弄不动啊，/麻缏拉得紧崩崩。"

痒痒屑屑 又作"痒屑屑"。轻微的痒感。王少堂《武松》上册："他就在这块刮刮望望，他也不打，把武二爷刮得痒痒屑屑的。"

章程 办法；主意。〔例〕王少堂《宋江》上册："这个事情还要另外想个善处之法。嗯，小弟倒有个章程。"陆文夫《万元户》："这都是他想的章程，我也不知道对不对？"《中国民间文学集成·盐城市歌谣谚语卷·五更五爱》："这才是牛郎织女七月赶七巧，/我就问稀奇古怪章程想得好。/我如不想个好章程，/小妹妹心里要着焦。"《中国民间文学集成·盐城市歌谣谚语卷·昨晚叫我去开会》："我两手打时没得章程。"《中国民间文学集成·盐城城区资料本·老强偷和小强偷》："这家伙比我章程多啊。"《中国民间文学集成·射阳县资料本·灶神的来历》："于是章程就拿定了。"同上《中国民间文学集成·射阳县资料本·诗文宴》"县官听这么一说没章程了，连忙把师爷找来碰头。"《中国民间文学集成·阜宁县资料本·一分钱人情》："儿子也惑住了，里外直转拿不定章程。"

旋 现；临时；随即。〔例〕《金瓶梅词话》第一回："那妇人见了，强如拾了金宝一般欢喜，旋打扫一间屋，与武松安顿停当。"第八回："至晚，旋叫王婆来，安排酒肉与他吃了。”景元启《新水令》套：“酒新泛萿砂煎，鱼旋打锦鳞鲜。”睢景臣《高祖还乡》套：“少我的钱差发内旋拨还，欠我的粟税粮中私准除。”

望 往。〔例〕《儒林外史》第二十七回：“太太忍气吞声，脱了锦缎衣服，系上围裙，走到厨下，把鱼接在手内，拿刀刮了三四刮，拎着尾巴望滚汤锅里一掼。”

望呆 无目的地观望。〔例〕王少堂《武松》上册：“武大出去，金莲自己梳理整理，想想闷人难受，出去望望呆，就朝芦芭门首一站。”“大家忙了雾起来了，哪个有工夫望呆呢？”王少堂《宋江》上册：“有个当差的，笑嘻嘻的，站在这块望呆。”《扬州民间故事集·漆砂砚》：“每当祖父做漆器生活时，他总是喜欢站在旁边‘望呆’，有时连上私塾都忘记了。”

望砖 覆盖在房椽上面的扁砖。〔例〕王少堂《武松》下册：“这个房里的形迹做好了，接着就把屋上的砖瓦朝地下撂，连望砖也一起都掀掉了。”

望着 眼看着；立刻。〔例〕王少堂《武松》下册：“这块温吞水把麻辫子一喷，执刑的就稳住这一根龙棍，望着武松的头和脸就朝起肿了。”

望望 看看、瞧瞧。〔例〕《金瓶梅词话》第十三回：“（花子虚）说道：‘蒙兄下降，小弟适有些不得已小事，出去望望，失迎恕罪！’”

惊嘬嘬 担心、害怕，战战兢兢的样子或感觉。〔例〕《西游记》第六十七回：“那老者见了他相貌丑陋，便也拧住口，惊嘬嘬的。”按，陆澹安《小说词语汇释》释为“吓得不敢作声”，欠当。

惯子 娇生惯养的孩子。〔例〕《扬州民间故事集·扬州八怪传说》：“不要看郑板桥从小生得又黑又瘦，脸上还有几颗‘细麻子’，他可是个惯子呢！”

惯宝宝 娇惯宠爱的孩子。〔例〕王少堂《宋江》上册：“难不成是个惯宝宝，这么大，腿上还扣铃铛？”汪曾祺《故乡的食物》：“另外还有一种吃法，用猪油煎两个嫩荷包蛋——我们那里叫做‘蛋瘪子’，抓一把炒米和在一起吃。这种食品是只有‘惯宝宝’才能吃得到的。谁家要是老给孩子吃这种东西，街坊就会有议论的。”

盖住盒子摇 在处理事情的过程中，暂不挑明真相，不揭穿秘密。〔例〕《扬州评话选·甘露寺相婿》：“他们用的这个计，本来是想盖住盒子摇的，被我一道喜道得干干净净。”李涵秋《广陵潮》第三十五回：“我劝你不如盖住盒子摇，便宜你许多呢！”

盖锅 穷得揭不开锅。〔例〕陈登科《风雷》第一部第十二章：“你相信我家已经盖锅了吗？要是自己的女儿也不相信，别人还会相信我家无粮断炊吗？”

着气 生气。〔例〕王少堂《宋江》中册："到了疯子，旁人喊到他疯子，他要着气的。"王少堂《武松》上册："都头，我劝你老人家不要着气。"

着呼呼 燃烧正旺。〔例〕王少堂《宋江》上册："手里的高挑、火把，着呼呼地就朝人头上撬"。

着惊 着急，慌张。〔例〕王少堂《宋江》上册："我刚才拍桌子，不是对你拍的啊，我是对于这桩事着惊啊，因为此地前首出过大事的，所以我才不许玩灯的。"

着躁 着急；烦躁。〔例〕王少堂《宋江》上册："王英正着躁，黄骠马朝前头一拎，再抬头朝前头望"。中册："你老人家不要着躁"。《扬州民间故事集·汪中的传说》："他一边吃，一边想，把所有的书都回想了一遍，还是对不上号。看看早饭已经吃完，汪中自己也有些着躁了。"王少堂《武松》下册："哪晓得武松这一阵子催，王洪心里着了躁……"

粘条 粘稠的液体下滴时所连成的线条。〔例〕《中国民间文学集成·射阳县资料本·郎中先生治酒痨》："时间一长，嘴里头就淌粘条了，看住看住就要没命了。"

粗 使劲推进。〔例〕《扬州民间故事集·觑巴眼》："哪晓得，来帮忙的过路人也是觑巴眼子。他开锁时，没有把钥匙投到锁里头去，他一粗，粗到鼻孔里头去了，鼻子被粗得有点让疼。"

断炊 断顿，没饭吃。〔例〕陈登科《风雷》第一部第十二章："你相信我家已经盖锅了吗？要是自己的女儿也不相信，别人还会相信我家无粮断炊吗？"王少堂《宋江》中册："你记不得啦？头一回也是你，家里刚刚也是断炊，也是你家来和我说的。"

断漏 不漏水。〔例〕《中国民间文学集成·盐城市歌谣谚语卷·风送江南第一舟》："新船新宝舟，/下河就断漏，/一篙捣碎水中月，/两橹摇过泰州奔扬州。"

剪子股 剪刀交叉式。〔例〕《扬州评话选·古城会》："两件兵刃成剪子股的架子，铮！把矛推过去了。"

盗斗子 盗墓。〔例〕王少堂《武松》下册："只看见他行过礼爬起来，抽了口烁亮的刀出来，要在坟堆旁边挖了。张老吃惊：这个和尚是来盗斗子的，所以不得不开口了。"

清大早上 清晨。〔例〕王少堂《武松》上册："老大哥，今个清大早上的，还没有洗脸，一口茶还没有喝，我们就都拱到梦里去啦！"

淌酒 酿酒。〔例〕《中国民间文学集成·滨海县资料本·五醍浆的传说》："'我们杏花村人淌酒。''噢，会淌酒，我替你们找个大户人家，就做做这个手艺,好不好呢?'"

混名 诨名;绰号。〔例〕《西游记》第十四回:"我在与你起个混名,称为行者,好么?"

淘碌 又作"掏渌""淘渌""陶漉"。折腾。〔例〕《金瓶梅词话》第七十九回:"越发淘碌的身子空虚了!"《醒世姻缘传》第二回:"抛撒了家业或是淘碌坏了大官人,他撅撅屁股去了,穷日子是你过,寡是你守。"《儒林外史》第二十一回:"恐怕这厮知识开了,在外没脊骨,钻狗洞,淘渌坏了身子。"

淴 读如"物",入声。遭水淹溺。〔例〕王少堂《宋江》中册:"行老板动气,把小老子带到江心,带下了大江,淴了不动啦!"

淤子泥 淤泥。〔例〕《中国民间文学集成·阜宁县资料本·渔滨河边》:"小顺子那个样子你还没看见喃,坏裤像狗咬的样子,赤脚大扒地,一腿的淤子泥,一路哭家来。"

袷裤 由前后四片缝合而成的夹裤,俗称"四片瓦"。不同于一般的夹裤,主要用于腿部保暖,屁股部位空缺。〔例〕《金瓶梅词话》第九十三回:"又与了他一条袷裤。"

随问 无论;不管。连词,表示条件不同而结果不变。〔例〕《金瓶梅词话》第七回:"这婆子爱的是钱财,明知道他侄儿媳妇有东西,随问什么人家他也不管,只指望要几两银子。"第十一回:"你看他嘴准洪也一般,随问谁也辩不过他。"第二十一回:"随问怎的,绑着鬼,也不与人家足数,好歹短几分。"

蛋瘪子 将蛋去壳而不调散,用油煎或水煮而成的食品。汪曾祺《故乡的食物》:"另外还有一种吃法,用猪油煎两个嫩荷包蛋——我们那里叫做'蛋瘪子',抓一把炒米和在一起吃。这种食品是只有'惯宝宝'才能吃得到的。谁家要是老给孩子吃这种东西,街坊就会有议论的。"

绰 ①向上扶、托。〔例〕王少堂《宋江》上册:"三老爷,你老人家请站上来。——来来,来噢,把三老爷绰一把!"②(眼珠向上)翻。〔例〕王少堂《宋江》中册:"这种样子的疼痛也只有戴宗熬得住。可是脸色不对了,满头有汗了,——一声有汗是吃不消了——眼睛一绰,昏晕了过去。"

骒猪 繁殖仔猪的母猪。〔例〕《中国民间文学集成·滨海县资料本·四才女吟诗》:"黑漆大门靠粉墙,/砚台掉下石灰缸,/骒猪溜进绵羊圈,/乌鸦落在鹭鸶行。"

绳脚 用于固定和掌握风帆方向的绳索。〔例〕《老残游记》第一回:"那八扇帆下,各有两人专管绳脚的事。"参见"脚绳"条。

紾 读如"绸"。用手汏洗织物的动作。〔例〕王少堂《宋江》上册:"且慢哪!请哪一位紾把热毛巾给我揩揩?"

绿澄澄 青绿色。〔例〕《中国民间文学集成·盐城市歌谣谚语卷·从此不到舅家门》:“小桃树,孤零零,/舅舅认钱不认人。/进屋叫我坎坐,/舅母见我不开声。/搬条凳子三角棱,/屁股坐得疼又疼。/盛碗馊饭冷冰冰,/舀碗汤水绿澄澄,/舅舅把我不当人,/从此不到舅家门。”

十二 画

替 仿样。如把某种鞋子依照鞋底、鞋帮的尺寸和样式描画在纸上,然后依样裁剪成图纸,这叫“替鞋样”。〔例〕《金瓶梅词话》第十三回:“昨日使丫头替了吴家的样子去了,今日教我捎了这一对寿字簪儿送你。”

替手脚 帮助,帮忙;做帮手。〔例〕《金瓶梅词话》第三十七回:“这个不打紧,明日教老冯替你看个十三四岁的丫头子,且胡乱替替手脚。”《中国民间文学集成·阜宁县资料本·黄毛三撒谎》:“黄毛三子,只要你能不撒谎,我就留你在家替替手脚,包叫你不愁穿吃。”

趁手 顺便。〔例〕王少堂《武松》下册:“趁手我告诉你,他现在在我衙门里拜为教师了,很好很好的。”王少堂《宋江》上册:“我趁手交代,饭店里人都认得这位老者。”“我趁手交代,他们回奔青州,把青州城里惊得是不可问了。”

趁早 务必;千万。〔例〕《金瓶梅词话》第七十六回:“你往哪去?是往前头去?趁早儿不要去。”

喜材 为健在的人预先打好的棺材。〔例〕《中国民间文学集成·盐城市歌谣谚语卷·喜材贴福》:“喜逢良日做喜材,/大红福字贴起来。/福字生得四角方,/恭喜老人永健康。/福字迎头贴得正,/恭喜老人万年春。/福字四角来贴好,/主人长寿永不老。”

斯文达礼 温文尔雅。〔例〕《中国民间文学集成·阜宁县资料本·乡下女子有文才》:“县官升堂一看,这人斯文达礼,不像小偷,就问他为何要牵人家的牛?”

惹人嫌 让人讨厌,厌恶。〔例〕《金瓶梅词话》第八十六回:“这春梅看见经济,说道:‘姐夫,你好人儿,就是个弄人的刽子手!把俺娘儿两个,弄的上不上下不下,出丑惹人嫌到这步田地!’”

葛绳 将两股或多股草条合成一条绳索。〔例〕陈登科《风雷》第一部第五十二章:“黄三和杜三春,正在门前葛牛绳。一见羊秀英,跟在春芳身后,笑得前仰后磕。”

落 赚;得到。〔例〕《金瓶梅词话》第二十回:“金莲道:‘就是揭实枝梗,使了三两银子满篡。掷着鬼，还落他二三两金子。'”《来生债》一："那老的与我这个银子，到家来落一觉儿好睡。”王少堂《宋江》中册："回头算账……我就落半个大菜钱用用。”汪曾祺《星期天》："每星期收了学杂费，全部归他处理。除了开销教员的薪水、油墨纸张、粉笔板擦、电灯自来水、笤帚簸箕、拖把抹布，他净落多少，谁也不知道。”

落子 篮子。〔例〕《中国民间文学集成·阜宁县资料本·渔滨河边》："小顺子拾是拾到蹦卜鱼的，走路上全被三十三师抢走了，连个坏落子都顺带了。”

落头 地方；位置。〔例〕《中国民间文学集成·盐城市郊区资料本·穷先生做官》："女将就对男将说了'我家没落头睡啊！'”《中国民间文学集成·射阳县资料本·话在人说》："你家这个房子……这个落头不大好。”《中国民间文学集成·射阳县资料本·苍蝇的来历》："如果没得东西把我吃，那能不能跟你借个落头把我住一宿呀？”

落雪 下雪。对于下雨、下雪，江淮方言多说成落雨、落雪，《金瓶梅词话》中四次写到落雪，文中都用“落”，还在第三回中将天上“掉”东西称作“落下来”。〔例〕《金瓶梅词话》第三十八回："他回道：'娘错了，是外边风起落雪了。'”

落脚货 剩下的劣等物品。〔例〕王少堂《武松》上册："这个地方我透熟，我常来呀，每逢果子卖不掉，剩下落脚货，我就跑到这个庄上来，把它销掉了。”《扬州评话选·程咬金卖篼子》："到了散集的时候，如还剩下三把五把落脚货，我们脱货求财，省得朝家里扛，二十文就卖，甚至于十七八文也可松手。”

棒头 玉米。〔例〕《中国民间文学集成·射阳县资料本·张三滑头》："棒头长得很好，尺把长的拐子，正在干旱，土地奶奶请龙王下了一场雨，棒头成熟了。张三夜里偷偷地把棒头拐子一扳。”

棒头拐子 玉米棒。〔例〕《中国民间文学集成·射阳县资料本·张三滑头》："棒头长得很好，尺把长的拐子，正在干旱，土地奶奶请龙王下了一场雨，棒头成熟了。张三夜里偷偷地把棒头拐子一扳。”

棒棒棱子 用芦柴棒或高粱秸编织起来的板状的东西。〔例〕《中国民间文学集成·盐城市歌谣谚语卷·小月亮 白沙沙》："小月亮，白沙沙，/打个包袱走娘家，/一走走到西河边，/迎面碰见亲妈妈：/多少人家你不把，/独巧把个绝人家。/房子没得猪圈大，/草堆没得一铁叉；/棒棒棱子做锅盖，/药葵秸子做火叉。/吃了上顿没下顿，/寒吃萝卜夏吃瓜。”

椰瓢 较小的葫芦瓢。〔例〕《扬州评话选·智取生辰纲》："'没得茶，就弄点水吃吃也能解解渴呀！’‘唉，对了，你啊，我的身上有的是椰瓢，请你代我带一瓢水来。’”“老爹，你望望我们的椰瓢看，也是毕剥焦干！周围一个溪涧汪塘都找不到，哪来的水？”

棍子鱼 鮰鱼。〔例〕《中国民间文学集成·东台市资料本·蒋家沙，五月里黄鱼没网拉》：“一时间虾兵蟹将，鱼贝类如山如云，蜂涌而到。有活蹦乱跳的鲜虾、对虾、龙虾、米虾；有串游飘飘的带鱼；有专耍恶作剧的乌贼；短小溜滑的棍子鱼。”

棺材本 留待买棺材的底本。也用来比喻保留资金的最低额度。〔例〕《金瓶梅词话》第二回：“西门庆听了笑将起来：‘我并不知干娘有如此手段！端的与我说这件事，我便送十两银子与你做棺材本。’”

逼鼠 对老鼠有威慑力。〔例〕王少堂《宋江》下册：“这只又好看，又好玩，不怕我家老鼠闹得厉害，有了这猫子板定能够逼鼠了。”

惑住 感到莫名其妙；迷惑不解。〔例〕《中国民间文学集成·阜宁县资料本·一分钱人情》：“儿子见父亲愁眉不展，就问什么难事，老爷就把事情告诉儿，儿子也惑住了，里外直转拿不定章程。”

硬扎 坚硬。〔例〕陈登科《风雷》第一部第十二章：“现如今他长大了，翅膀硬扎了，再想卡死他，也就难啦！”

硬正 硬气。〔例〕王少堂《武松》下册：“你打听打听，二老爹穷虽穷，最硬正的，饿断了嗓子，不到这个门上来借一文。”

硬斩硬剁 按章办事，果断处理。〔例〕王少堂《宋江》上册：“像花荣他有真才实学是不错，又不会巴结人，又是个寒士，要靠硬斩硬剁，所以这个功名就不能如愿了，只能做个知寨。”

硬挣 ①硬气；过硬。〔例〕《红楼梦》第九回：“茗烟在窗外道：‘他是东街里璜大奶奶的侄儿，那是什么硬挣仗腰子的，也来吓我们。’”王少堂《宋江》上册：“你看看刘高的这号后台，硬挣不硬挣呀？”《中国民间文学集成·滨海县资料本·告老鹰》：“莫把老鹰当小可，/它有几门硬挣亲，/压虎是它娘舅，/飞虎又是两连襟，/黄鹰是它大表兄，/白鹭同它亲加亲。”《中国民间文学集成·射阳县资料本·祝枝山饭店戏狂徒》：“那两个人倒也硬挣。”汪曾祺《大淖记事》：“小锡匠的硬挣把这些向来是横着膀子走路的家伙惹怒了。”②屏着气使劲；勉强撑持。〔例〕王少堂《武松》上册：“心里有话，嘴里又说不出来，只是朝着武二爷着急，就死命的硬挣。”

硬挣挣 硬棒棒。〔例〕王少堂《宋江》上册：“然后三道麻绳：肩头一道，齐腰一道，屈膝一道，把宋江连人带柱子绑得硬挣挣的。”《扬州民间故事集·秋狐老嬷嬷》：“我记得妈妈给我们吃的京果是硬挣挣的，香喷喷的。”

硬搊搊　“搊”，读如“邹”。同“硬挣挣”。〔例〕王少堂《宋江》上册：“胡子虽少，把了功夫，扶的硬搊搊的。”

裂麻缝　表面干涸后所裂开的细缝。〔例〕王少堂《武松》上册：“武二爷这一刻在楼下正在一肚子不除疑，想吹塘灰找裂麻缝哩，还当得起楼上有人走路吗？”

翘挣挣　“翘”，即俏丽；漂亮。〔例〕王少堂《宋江》上册：“乌纱扎脑门，拱手英雄结，翘挣挣打在眉心。”

暂忙　暂时；近期。〔例〕王少堂《武松》下册：“你把这贼配军解到城外方圆三二十里之内，把他办过之后，把他脸上金印挖了，悄悄的到我家里，就躲在我家里，暂忙不要现面。”

暂时　顿时；立刻。〔例〕王少堂《武松》上册：“奇怪哩，暂时两条腿就变了相啦，鼓起头二百个疙瘩。”《扬州评话选·古城会》：“一个个赶紧把袖口在眼睛上擦下子，灵得很哩，暂时眼泪滴滴的下来了。”

搭　两人或众人用手抬物。〔例〕《施公案》第六十九回：“看门人一见哪敢怠慢，跑出多人搭下驮子，抬下驮轿。”王少堂《武松》上册：“把老妈妈子搭到厨房里去，请她吃顿生活。”王少堂《宋江》中册：“有七八个人来搭李逵，黑大个子胖呀，又结实沉重呀，人少了搭不动，把李逵搭了先打了个招。”

搭闲　与人闲谈、聊天。〔例〕陆文夫《对头星》：“工房里家家的窗户都是明晃晃的，独有自己家里清火冷灶，黑沉沉的。赵根林知道，家主婆又出门搭闲去了。”

搭浆　质量低劣；马虎。〔例〕李伯元《官场现形记》第八回：“魏翩仞先替他交代新嫂嫂道：‘陶大人吃酒，菜是要好的，交代本家大阿姐，不要搭浆！’”

搭铺　用木板之类架床。〔例〕《金瓶梅词话》第四十一回：“一面卸了浓妆，春梅替他搭了铺，上床就睡了。”

搭跳　“跳”，跳板。“搭跳”即搁置起船和岸之间的跳板。〔例〕《警世通言》第一卷：“左右领命，唤齐众人，正欲搭跳上崖。”

揸　长度单位。拇指与食指（或中指）直线伸展后两指尖之间的距离为一“揸”。〔例〕《中国民间文学集成·盐城市歌谣谚语卷·打起包袱走娘家》：“亲妈妈哎亲妈妈，/你把我嫁个好人家：/堂屋没得个猪圈大，/锅屋甩起来一大揸。”《中国民间文学集成·盐城市歌谣谚语卷·看媳妇》：“手掀房帘看见她：/白果脸，尖下巴，/一双小脚没一揸，/这样的媳妇实可夸！”参见“一纳揸”“一拃”条。

揸住　当场被发现或抓住，叫“揸住”。〔例〕《金瓶梅词话》第十三回：

"好负心的贼！你昨日端的那去来？把老娘气了一夜！又说没曾揸住你。你原来干的那茧儿，我已是晓的不耐烦了。"

搉 "搉"，读如"歪"。斜躺着小睡。〔例〕《金瓶梅词话》第五十八回："那潘姥姥正搉在里间屋里炕上"。第七十二回："我说且倘倘儿去，搉在床上，还未睡去着也。"

搁 产妇即将临盆。〔例〕《中国民间文学集成·阜宁县资料本·马良独修金山寺》："眼看马良眼眨工夫就要死了，该派他到朱家投胎，朱家女人得搁(要临盆)了。"

搁觉 觉得，感觉到。〔例〕《扬州民间故事集·司徒庙的传说》："夜里，只听见外头呼——呼——，接着就搁觉下雨一样哗啦哗啦的。"

揪 读如"秋"，上声。①苦干。〔例〕《中国民间文学集成·盐城市歌谣谚语卷·讽刺歌谣(六首)》："大队干部摇膀子，/生产队干部勒嗓子，/社员不揪吃幌子。"《中国民间文学集成·盐城市歌谣谚语卷·积肥》："肥料到处有，/就怕你不揪，/锹和罱子不离手，/保证庄稼不得丑。"②惩治。〔例〕《中国民间文学集成·东台市资料本·铁嘴杨佟的故事》："他问清了来龙去脉，很不服气，决心亲手揪揪这个财主。"

揪采 理睬。"揪"读如"丢"。〔例〕《金瓶梅词话》第六回："楼上把武大灵牌丢在一边，用一张白纸蒙着，羹饭也不揪采！""把奴冷丢，不来揪采。"

插扛子 从旁介入或插手干预别人的事。〔例〕《醒世姻缘传》第九十五回："再说家仍是我当，不许你乱插扛子。"

搀亲 搀新娘或搀新娘的人。〔例〕王少堂《武松》上册："择日不如撞日，就是当天，一不用媒人，二不用全福，三不要搀亲，张二爷就随身的衣服，他家的姑娘也是随随便便，一块顶头布给姑娘朝起一顶，老头子一手搀一个，磕磕头，拜拜天地，就朝房间里一送。"

搀新奶奶 旧式婚礼中负责搀引新娘的老妇。〔例〕《中国民间文学集成·盐城城区资料本·看新娘》："搀新奶奶一见笑哈哈，/就把红纸捻子手里抓。"

搅 音"搞"。搀入，添加。〔例〕《金瓶梅词话》第三十四回："昨日蒙哥送了那两尾好鲥鱼与我；送了一尾与家兄去……余者打成窄窄的块儿，拿他原旧红糟儿培着，再搅些香油，安放在一个磁罐内。"

搅唠 指小孩之间的争吵。〔例〕《中国民间文学集成·滨海县资料本·麻将歌》："姐妹七个它最高(七条)，/姐妹们一多就搅唠(七条)。"

搉 "搉"，读如"壳"，入声。①迫使他人就范。〔例〕王少堂《宋江》上册："果然高抬市价来软搉我们，我们是什么人？我们是长解。我们这些脸色还把他搭？我们不搭人就罢了！”《扬州评话选·古城会》：“书上说，‘知之为知之，不知为不知’，我本来就不晓得，你还能搭住我晓得呀？”②用手卡住。〔例〕王少堂《宋江》下册：“那个人要抬头望呀，后头一个走上来把嗓子一搭，要叫他喊不出来。”

凿凿的 着实。〔例〕王少堂《武松》上册：“这伙计随嘴讲的，拿王婆开心的。她哩，就信以为真，回来就凿凿的跟西门庆谈了。”

量子 有把手，可以提拎的水桶。〔例〕王少堂《武松》上册：“你去把水烧滚了，拿个量子把水打得来。”参见“梡”条。

睃 “睃”，读如“逡”。凑近仔细地看。〔例〕《金瓶梅词话》第二回：“武松劝哥嫂吃。妇人便把眼来睃武松，武松只管吃酒。”王少堂《宋江》下册：“眼睛朝旁边睃了下子，一边是老爷的芦棚，这一边就是酒楼了。”

喷蛆 胡言乱语。〔例〕陈登科《风雷》第一部第五章：“不然她到区里还要乱喷蛆，胡说八道。”

喷香 “喷”，口语中读如“品”。香味很浓。〔例〕《扬州民间故事集·隋炀帝下扬州看琼花》：“王世充爬起来一看，看见观里开了一朵花：三十六个大叶，七十二个小叶，非常好看，还喷香的。”

嗒嗒嗤嗤 形容走路时步伐缓慢、漫不经心的样子。〔例〕《西游记》第二十三回：“那呆子拉着马，有草处且不教吃草，嗒嗒嗤嗤的，赶着马，转到后门首去。”

喳巴喳巴 咋咋呼呼，说话、做事喜欢超越自己职分地表现。〔例〕王少堂《武松》上册：“你呀，我们都头府上排解家务，要你来喳巴喳巴的做啥？”

晾 音“浪”。悬放。〔例〕王少堂《武松》上册：“武二爷手膀一抬，就把肋下这件孝衫风襟一摘，大袂朝开一敞，袖子一褪，把这件孝衫脱下来，就朝楼梯扶手上一晾。”

喇嘴 伶牙俐齿；言语刻薄。〔例〕《金瓶梅词话》第二十六回：“我若叫贼奴才淫妇与西门庆做了第七个老婆，我不是喇嘴说，就把潘字吊过来哩。”

跌跌冲冲 脚步不稳而跌跌撞撞的样子。〔例〕《中国民间文学集成·盐城市歌谣谚语卷·戒酒五更》：“四更鼓儿稀，/月儿斜了西，/好喝之人酒醉跌在地。/滚的浑身泥，/人事两不知，/两腿画十字，/嘴里乱咕叽，/跌跌冲冲眼发痴，/人人都发笑，/好像一个瘟头鸡。”

趴 横梗。〔例〕《西游记》第八十三回：“行者在里边叫道：‘张开等我出来！’那怪真个把口张开。行者变得小小的，趴在咽喉之内，正欲出来，又恐他无理来咬……把身一纵，跳出口外。”按，人民出版社1980年版《西游记》注释为“跳、越”，欠当。

跑 走。〔例〕《金瓶梅词话》第三回:"'我把门拽上,关你和他两个在屋里。若焦躁跑了归去时,此事便休了。'"第四十六回:"玳安道:'……这咱晚又往家里跑一遭。'"

跑小腿 为他人奔走效劳。〔例〕汪曾祺《讲用》:"于是纷纷托他代买。他也乐于跑这个小腿。"

跑不绊 跑的紧忙。绊,读如"攀",常加在动词前,表示动作紧忙,来不及。〔例〕《中国民间文学集成·盐城市歌谣谚语卷·火烧洋油栈》:"正在热闹时,/黑烟往上泛。/问道是哪块?/火烧洋油栈。/戏也不要看,/两腿跑不绊。"

跑年 春节期间乞讨。〔例〕《中国民间文学集成·阜宁县资料本·刘小二与三姑娘》:"承蒙好友厚待,我们玩的很开心,眼看年关到了,我们还想回去跑年呢!"

跑掉 儿童夭折的讳称。〔例〕《儒林外史》第六回:"到七日上,把个白白胖胖的孩子跑掉了。"

蛙子 "蛙",读如"喂",阳平声。青蛙。〔例〕《中国民间文学集成·盐城市歌谣谚语卷·小男人》:"小大姐,刷蒲包,/眼泪直往河里抛。/人家问他哭什呢?/哭的男人没多高。……/他被田鸡蛙子掼倒了;/蛙子趴在他身上呱呱叫,/他在蛙子身上把手招。"《中国民间文学集成·滨海县资料本·一百怕》:"小孩子怕的克父母,/黄狼就怕狗来追,/带肚婆娘怕过月,/蛙子就怕青草蛇。"

蛤蟆乌子 蝌蚪。〔例〕《中国民间文学集成·射阳县资料本·跑单帮的奇遇》:"船家很觉奇怪,望望自己口袋里的豆子,都变成了蛤蟆乌子。跳到水里去了。"

喝寡酒 只喝酒而不吃菜。〔例〕王少堂《宋江》中册:"'客还没有来,我不能吃大菜啊。''不要紧。你老人家不能喝寡酒啊。'"

喂啁哩嗨 举抬重物发力时或用于协调动作的号子。〔例〕王少堂《宋江》上册:"三老爷,你老人家请站上来。——来来,来噢,把三老爷绰一把!喂啁哩嗨——!"

喒们 "喒",读如"赞"。要么。〔例〕《红楼梦》第四回:"他们家的房舍极是宽敞的,喒们且住下,再慢慢的着人去收拾岂不消停些?"

赌东道 口语中也说"赌东东"。打赌。〔例〕王少堂《武松》上册:"马大爷,我来跟他赌东道。"王少堂《宋江》中册:"我是一肚子不服气,我才跟他赌东道的。"

赌吃嫖遥 形容什么坏事都干。〔例〕《中国民间文学集成·射阳县资料本·王大宝的奇遇》:"小翠起先说他,劝他,望他改正,他只是听不进,后来干脆整天赌吃嫖遥。"《中国民间文学集成·阜宁县资料本·乾隆私访凤谷》:"从那以后,这个寺里尽出些赌吃嫖遥的和尚。"

赌鳖气 又作"斗鹙气"。赌气。〔例〕《金瓶梅词话》第七十二回:"傻孩儿,你还不走跳着些儿还好?你与谁赌鳖气哩!"第八十五回:"你使性儿不进来,和谁赌鳖气哩?"《醒世恒言》第十四卷:"好笑今日曹门里周大郎女儿死了,夫妻两个争竞,道女孩儿是爷气死了,斗鹙气,约莫有三五千贯房奁,都安在棺材里。"

黑天摸地 黑夜间。〔例〕《金瓶梅词话》第六十七回:"那黑天摸地,哪里活变钱去?"《西游记》第八十四回:"那王小二听言,一骨碌爬起来,黑天摸地,又是著忙的人,捞著裤子当衫子,左穿也穿不上,右套也套不上。"

黑星 "星",读如"性"。晴天的夜晚没有月亮。〔例〕王少堂《宋江》上册:"到了深夜黑星,他这眼睛啊,着实就不错哩,旁人看不见的,他看得清清楚楚。"

黑窑碗 黑色陶制碗。〔例〕陈登科《风雷》第一部第十一章:"他看祝永康的言行,果然是随随便便,拿起旱烟袋也能吃,端起黑窑碗也能喝,与熊彬不大相同。"

黑黪黪 "黪",读如"产"。黑黝黝。〔例〕王少堂《宋江》上册:"宋江的一副相貌是不丑,黑黪黪的面庞,蚕眉凤目。"

铺 松散地向四周伸展。〔例〕《扬州民间故事集·桑树和楝树》:"原来,楝树又小又矮,皇帝封它'平天王'了,有了威风,它就姿五神六地长得铺了下来。"

销 闩。"闩门"又叫"销门"。〔例〕《金瓶梅词话》第二十三回:"于是走到角门首,拔下头上一根银簪儿,把门倒销了,懊恨归房,宿歇一宿。"王少堂《宋江》上册:"把他头上的头发一把抄,抄了把它搿起来,就走小铜圈里穿过去,打了个结,再用一根尺把长、指头壮的檀木棍子,把头发一销,头就不得动了。"

锅不动,瓢不响 比喻没有丝毫动静。〔例〕《中国民间文学集成·东台市资料本·粟裕同志在三仓的轶闻》:"由于形势紧张,大家都提心吊胆地怕敌人下乡骚扰抢劫,家家锅不动,瓢不响,蹲在家里不敢出头。"

锅门口 土砖锅灶的燃料入口处用于堆放柴禾和坐人烧火的地方。〔例〕王少堂《武松》上册:"叫她就坐在锅门口那个木头墩子上。"王少堂《宋江》上册:"不要说还有个好地方把我坐,就是叫我站到他家锅门口吃,我都情愿。"陈登科《风雷》第三十六章:"他高兴地骂道:'狗日的,谁叫你钻到锅门口睡觉的。'"《中国民间文学集成·盐城市歌谣谚语卷·月令、时、梅、伏、九》:"四月九,大风吼,乌鱼游到锅门口。"《中国民间文学集成·阜宁县资料本·张郎休妻》:"张郎一听,羞的没落头蹲,就往锅门口躲。"

锅头灶脑 厨房里的活计。〔例〕《金瓶梅词话》第九十四回:"针指女工,锅头灶脑,自不必说。"

锅屋 厨房。〔例〕《中国民间文学集成·盐城市歌谣谚语卷·打起包袱走娘家》:"亲妈妈哎亲妈妈,/你把我嫁个好人家:/堂屋没得个猪圈大,/锅屋甩起来一大揸。"《中国民间文学集成·阜宁县资料本·张郎休妻》:"范家佣人盛了满满一碗饭菜把张郎,还把他喊到锅屋里去吃。"

锅脐 旧式铁锅外底部形如碗底的部分。〔例〕《金瓶梅词话》第三十三回:"只怕还有些余血未尽,筛酒吃些锅脐灰就好了。"陈登科《活人塘》:"煞时脸上变得像锅脐底一样的黑,惊呆的看着她。"

锅烟灰 柴禾在灶中燃烧后附着在铁锅上的烟灰叫"锅烟灰",从锅脐部刮下的烟灰叫"锅脐灰"。〔例〕《金瓶梅词话》第三十三回:"只怕还有些余血未尽,筛酒吃些锅脐灰儿就好了。"陈登科《活人塘》:"生七月子,在十一月初三,天上下雪,滴水成冰,睡在人家车屋里,没得胡椒糖,弄一碗锅烟灰熬茶喝,千山万水一把尿一把屎一拃五寸养到这么大。"

锅铲子 跟着别人非名正言顺地去他人家吃喝的人。〔例〕《中国民间文学集成·滨海县资料本·三八二十三》:"草行老板说不客气,脚可走起来了,还把家里一个九岁的儿子带去做锅铲子。"

锅腔 用黄土烧制或用草泥辫编制的瓮状简易锅灶。〔例〕汪曾祺《大淖记事》:"这些人家都不盘灶,烧的是'锅腔子'——黄土烧成的矮瓮,一面开口烧火。"陆文夫《小贩世家》:"原来是一副油漆亮堂的馄饨担子,担子上冒着水气,红泥锅腔里燃烧着柴禾。"王少堂《宋江》下册:"肚里饿,只好先把锅腔子支起来弄顿吃下子再说了。"

锅塘 又作"锅膛"。灶膛。〔例〕陈登科《风雷》第一部第三十三章:"羊秀英清早从外边回来……拉了几下,锅塘里就呼噜呼噜的着起火来。"《中国民间文学集成·盐城市歌谣谚语卷·炕灶歌》:"烧火先烧里锅塘,/烧剩草,吃剩粮,/每年余上万担粮。"《施公案》第一百一十六回:"刁氏换了一身青衣,带了兵刃,入了地道。慢慢来至锅膛底下。"《中国民间文学集成·盐城市歌谣谚语卷·灶户叹五更》:"一手端粥碗,/一手管锅膛,/不是吃饭真是活抽嗓,/粥碗里茅草屑子实在脏。"

锅薄 锅巴。〔例〕《中国民间文学集成·东台市资料本·郑鹏亮的故事》:"他暗中拿了块银元给客栈的茶房,请他买一老斗糯米煮饭,炕成油锅薄，掐成十五个饭团子。”

锋快 又作“风快”。极其锋利。〔例〕王少堂《宋江》下册：“这不是寻常利刀，它锋快，是斩钉截铁，锋利得很哩。”《醒世姻缘传》第三十六回：“算计往那里下手，又寻下了刀疮药并扎缚的布绢，拿了一把风快的裁刀，要到那场园里边一座土地庙内，那里僻静无人，可以动手。”

锔 用骑缝钉连结、修补破裂了的锅、碗、缸等器具。〔例〕王少堂《宋江》中册：“破水池子不能盛水啊？锔过的，锔起来还不漏，就连这个舀水挑子都是半段头的货。”

短 拦路抢劫。〔例〕《儒林外史》第五回：“严乡绅执意不肯，把小的的驴和米同稍袋都叫人短了家去，还不发出纸来。”王少堂《宋江》上册：“强盗猖狂得很哩！黄信押解的囚车他都能短，我来他应派要跟我打啊！”

短桩 用红纸包住拴过牛的木桩送给不生男孩的人家以祈生男孩的习俗，称为“送桩”。短桩，是指用红纸包一双红筷子，藏在送桩人必经的路旁或桥头底下，如不被送桩人群发现，即取出送给另一户人家以表示可生男孩的习俗。〔例〕《中国民间文学集成·盐城市歌谣谚语卷·短桩》：“送桩没得短桩灵，/短下桩来送友邻。”参见“送桩”条。

矬 低矮；相形见绌。〔例〕汪曾祺《大淖记事》：“连保安队的弟兄也都觉得面上无光，在人前矬了一截。”

矬西 矬，又作“趖”。偏。太阳矬西，即太阳偏西，过了正午时分。〔例〕《醒世恒言》第二十七卷：“李承祖因睡得昏昏沉沉，不曾看天色早晚，只道不多一会，闻了此言，急回头仰天观望，果然日已矬西。”《儒林外史》第二十六回：“看着太太两只脚足足裹了有三顿饭时才裹完了，又慢慢梳头、洗脸、穿衣服，直弄到日头趖西才清白。”参见“趖”条。

矬桶 矬，这里读“夺”。低矮而无把柄的木桶。常用于对身材矮胖者的喻称。〔例〕王少堂《宋江》上册：“我早已听说过了，王家庄有个王矮子，王矬桶，出名的啊，我还没有跟你会过。”

稍袋 系在腰间的长条钱袋。〔例〕《儒林外史》第五回：“严乡绅执意不肯，把小的的驴和米同稍袋都叫人短了家去，还不发出纸来。”

秀 植物抽穗。〔例〕《中国民间文学集成·东台市资料本·传麦种》：“后来的麦子越长越不好，到了后期，一杆上只秀一个穗头，直至如今还是长的一个穗头。”参见“秀穗”条。

稀 又作“希”。很；极。〔例〕《金瓶梅词话》第二十五回：“叵耐来旺儿，昨日不知那里吃的稀醉的，在前边大喓小喝，指猪骂狗，骂了一日，又逻着小的厮打。”汪曾祺《小说三篇·求雨》：“人们戴着斗笠，把新拔下的秧苗插进稀软的泥里。”《老残游记》第八回：“我这两只脚还是稀软稀软。”王少堂《武松》上册：“执刑的把个板子摆在腿上，来回光啊光的，光的稀痒的，奇怪吔！”《曲江池》第三出：“天啊，这叫化头身子暗暗臜臜希臭的，你还想和他作伴。”《长生殿》第五出：“呸，希苦的，吃他怎么？”

稀开 稍稍打开一点儿。〔例〕陆文夫《人之窝》上部第二十八回：“只有阿妹把门稀开一点，伸头出去张张，说是看见一个女人，腰粗得像水桶似的。”

稀稀朗朗 稀疏；稀少。〔例〕王少堂《武松》下册：“他们才坐下来一刻工夫，茶馆里上客了。门堂里上了客，后头堂里也上了几桌客。头一发客稀稀朗朗，吃过算帐走了。”参见“希希朗朗”条。

稂不稂秀不秀 不伦不类。〔例〕《儒林外史》第三回：“老舅，莫怪我说你，这读书求功名的事，料想也是难了。人生世上，难得的是这碗现成饭，只管‘稂不稂秀不秀’的到几时？”参见“郎不郎秀不秀”条。

稂草 稻草。〔例〕陈登科《风雷》第一部第一章：“冬天，无衣无被，双手抱着膝盖，睡在稂草里长打的。”《中国民间文学集成·盐城市歌谣谚语卷·土改分田真正好》：“想起从前真可恼，/外出做工没人要，/嫌我力气小，/哎呀叶子哎，/唷哩叶子哎，/嫌我力气小。/周年到头吃不饱，/寒天没被没棉袄，/没得席子苫稂草。”《中国民间文学集成·盐城市郊区资料本·穷先生做官》：“我到东家草堆上去找两抱子稂草，往里头一环，包保不冷。”

等子 戥子。一种用于称金银或药物的小秤。〔例〕宋·李荐《师友谈记》：“秦少游言，邢和叔尝曰：‘文铢两不差，非称上称来，乃等子上等来也。’”《西游记》第七十三回：“道士对七个女子道：‘妹妹，我这宝贝，若与凡人吃，只消一厘，入腹就死；若与神仙吃，也只消三厘就绝；这些和尚，只怕也有些道行，须得三厘，快取等子来。’”《金瓶梅词话》第二十一回：“拿了一块，金莲上等子称，重一两三钱五分。”

等如 等于，如同。〔例〕王少堂《宋江》上册：“他所以没得事就在二堂口望望，等如监工。”

等称 对等；相称。〔例〕《中国民间文学集成·阜宁县资料本·文章不及江司马 造化不如李春方》：“凡是配夫妻，有姻缘才能相逢，才等称呢。”

筑 劚。抡起钯、镐之类砍或挖的动作。〔例〕《西游记》第五十六回：“呆子慌了，往山坡下筑了有三尺深，下面都是石脚石根，搁住钯齿。”第七十九回：“呆子忍不住手，举钯照头一筑，可怜把那个倾城倾国千般笑，化作毛团狐狸形！”

筛子上头 上等；优等。〔例〕《中国民间文学集成·盐城市歌谣谚语卷·格登代》：“领：要说（那个）秧手不齐整（那），/（合）不齐整（那）。/领：

尽是(那个)筛子上头人,/(合)(那)上头人。”

筛糠 因受惊吓而颤颤抖抖的样子。〔例〕《施公案》第一回:“二差闻听,筛糠打战,只是磕头,如鸡食碎米一般。”陈登科《风雷》第一部第三十六章:“小弟方生气地提起腿,狠狠的一脚将黄三踢开,走到桌前,摸到火柴,电起灯,看黄三仍躺在地上筛糠。”王少堂《宋江》上册:“王玉环也吓得直抖,跟筛糠差不多,却没有开口。”《扬州民间故事集·凹鼻子阿哥》:“老大听说要搜查,吓得浑身似筛糠。”

筋拽拽 有黏性,耐咀嚼。〔例〕《中国民间文学集成·盐城市歌谣谚语卷·瓦蛋歌》:“一瓦二,二月二,/挑荠菜,荠菜包饼,/筋拽拽,筋拽拽。”

焦 着急;发愁。〔例〕《醒世姻缘传》第八十三回:“虽这们说,你焦的中甚用?焦出病来,才是苦恼哩。”《金瓶梅》第五十一回:“见爹娘替我说情去了,我这回不焦了。”“头里一来时,把眉头忔绉着,焦的茶儿也吃不下去。”

焦心思 焦虑;发愁。〔例〕陈登科《风雷》第一部第三十八章:“今年的春耕生产,任务非常重,畜力又不足,有些缺乏劳动力的户家,都在焦心思,春耕无法下种。”《中国民间文学集成·阜宁县资料本·聪明的姑娘》:“两天过去了,人家要来拿书唻,会说笑话的人犯起愁来了,早饭也不吃了,睡在床上焦心思。”

焦面 炒熟的麦、米粉或锅巴粉。〔例〕王少堂《武松》上册:“武大老爹再朝木碗里一望,直接跟调的焦面差不多,干沰沰的。”

焦屑 同“焦面”。〔例〕汪曾祺《故乡的食物》:“我们那里还有一种可以急就的食品,叫做‘焦屑’。糊锅巴磨成碎末,就是焦屑。”“焦屑也像炒米一样。用开水冲冲,就能吃了。焦屑调匀后成糊状,有点像北方的炒面,但比炒面爽口。”《中国民间文学集成·盐城城区资料本·绕口令》:“一瓢焦屑泡瓢半,泡得瓢半有瓢半。”

循下来 萎靡不振。〔例〕王少堂《宋江》中册:“日里不无做事了,打岔了,谈谈说说了,到了晚上,坐下来没有一刻儿工夫,循下来了,头朝下垂了。”

番瓜 又作“蕃瓜”。〔例〕《中国民间文学集成·滨海县资料本·瓜王出征》:“打断骚瓜黑汉腿,/打得面瓜奶奶哼。/打得番瓜心害怕,/打得酥瓜泪纷纷。”《中国民间文学集成·阜宁县资料本·说大话》:“北沙人就说了:‘北沙、北沙、北北沙,北沙长个大蕃瓜。’”

馉饳 “馉”,读如“忽”,入声;“饳”,读如“度”,轻声。用米粉调制的羹状食品。其基本作法是将水烧开后,加米粉调和煮熟。〔例〕《西游记》第六十七回:“众人道:‘……我们都带得有干粮、果品、烧饼、馉饳在此。’”《金瓶梅词话》第二回:“西门庆道:‘敢是卖馉饳的李三娘子儿?’”李申《金瓶梅方言俗语汇释》释为:“一种面食品。其作法大体上是抟面为块,加上馅儿,或炸或煮。”此说欠妥。而李引《正字通》中的“《梦粱录》有馉饳菜,读如‘鹘突’,杂众味为之,犹《名物考》‘骨董羹’之类”中的“羹”字,恰恰最能说明“馉饳”的本意。

馋痨　又作“谗劳”。嘴馋贪吃成性。〔例〕《儒林外史》第六回:“那掌舵驾长害谗痨,左手把着舵,右手拈来,一片片的送在嘴里。”《金瓶梅词话》第八回:“好娇态淫妇奴才,你害谗痨谗痞,心里要想这个角儿吃?”第七十三回:“秋菊道:‘那个害馋痨,烂了口,吃他不成!’”《西游记》第二十五回:“清风骂道:‘我把你这个害谗劳、偷嘴的秃贼!你偷吃了我的仙果,已该一个擅食田园瓜果之罪。’”

猴子　①身上脸上长出的疙瘩。口语中也称“癞猴子”。〔例〕《施公案》第二回:“他徒弟曾对小的说过:因他师傅背后有黄豆大的九个猴子,故名九黄。”②骰子。〔例〕《扬州评话选·朱元璋贩卖乌梅》:“我有十八只骰子(又叫猴子),其名叫‘十八学士’,六只是真的,这叫个屉子,任何人总好掷。”

猱狮狗　卷毛狗。也用于比喻紧盯不舍、特别难缠的人。〔例〕《金瓶梅词话》第二十回:“俺家那大猱狮狗好不利害,倒没的把应二爷下半截撕下来。”

蛮子　对操江南口音的人的称呼。〔例〕《金瓶梅词话》第二十回:“西门庆更毕衣,走至窗下偷眼观觑,正见李桂儿在房内,陪着一个戴方巾的蛮子饮酒。”

就它　得了;算了;到此为止。〔例〕王少堂《宋江》上册:“哈哈,七成数就是十分数了。啊嗨!就它了。”“就它吧,难为你兄弟不要噜里不苏的了,我们大家掉过脸来走了。”“二公差这一望:‘啊咦喂,乖乖!就它吧!我们走吧!’”

就交　就像。〔例〕王少堂《宋江》上册:“他这个笑的声音就交这个撕布呐,没有二样。”

就作　就算;即使;退一步说。〔例〕王少堂《宋江》上册:“到了晚上,三哥不作不睡觉哎。就作二公差跟他同房睡,也不要紧。”王少堂《武松》上册:“大娘子就作胆小,我这个胆却是最大,一声到了傍晚,太阳一落,就来事了!”“我现在周身是口,难辩我的冤情!昏迷药就作是我把你吃的,武大老爹来捉奸,可是你叫西门庆打的?”

就身　合身。〔例〕王少堂《宋江》中册:“你上街去看看,看衣店里有就身的长衫买一件,把它换起来。”

就这话　与人说话时的赞同、附和语。意为“对”“是啊”“是这样”。

〔例〕王少堂《武松》上册："'不好！坏得很哩！不是生意啊，就怕来者是蒋忠约得来复打的啊。''就这话呢，就这话呢，我也怕这个！'"王少堂《宋江》上册："'你到地头就要谋到事哩，谋不到事怎么说呢？''谋不到事回头哎！''回头的盘缠没得啊！''就这话咧，没得法哎！'""'他们两个人到这时还不来吗？''就这话啦，不晓得玩到哪块去啦。'"

就差 简直；差不多。〔例〕王少堂《宋江》上册："他在街上找三哥，就差找疯了。"

就筋 抽筋。〔例〕《西游记》第三十八回："行者道：'老孙不要。你可把他都捻就了筋，单摆在那四十里路上两旁，教那些人不纵鹰犬，拿回城去，算了汝等之功。'"

就就 靠近；凑近。〔例〕陈登科《风雷》第一部第五十二章："你们这甥舅两个，都是死板了，不能往一起就就吗？"

敦牛 公牛。〔例〕《中国民间文学集成·盐城市郊区资料本·蚌游河的传说》："这天夜里，陈小二子将自己养的敦牛牵了去，把关河蚌精的房子叼破，把河蚌精放了出来。"《中国民间文学集成·射阳县资料本·三个女婿为丈人祝寿》："天上飞的是天鹅，地上走的是敦牛，桌上摆的是《春秋》，家里用的是丫头。"

愣怔 口语中也说"打愣怔"。发呆的样子。〔例〕王少堂《宋江》下册："我说老哥，你看你这一声噢，你把我兄弟吓了一个愣怔啊！"参见"打楞"条。

惶 被拖延、搁置。〔例〕王少堂《宋江》上册："十三上灯这一天，老爷把酒席摆好了，赏封都预备好了，请三老爷看灯，三老爷都没有把面子，惶下来啦。"

粪兜子 农人拾粪的工具，用柳条或柴篾编制而成，簸箕形，装有三角支架。〔例〕《中国民间文学集成·阜宁县资料本·龙大头的传说》："龙大头原名叫龙明，人都喊他老明，住阜宁南街。家里很穷，三间草房子，身上常穿个破大褂子，脚上穿双草鞋，夙着粪兜子四下拾粪。"

粧憨 佯装糊涂；佯装不知、未见。〔例〕《金瓶梅词话》第五十八回："知道我来，你也该点个灯儿出来，你如何恁推聋粧哑粧憨儿的？"

道奶奶 女道士。《扬州民间故事集·苍蝇的来历》："过去，有八个道奶奶，逢年过节总要一起去土地庙里烧香念佛。"《中国民间文学集成·射阳县资料本·长鱼的传说》："道奶奶看到杀猪的真的成了佛，自己也不管三七二十一，往里一跳，由于自己的心不诚，却变成一条长鱼游走了。"《中国民间文学集成·盐城市郊区资料本·白头翁的来历》："观音老母对她们说：'十八个强盗能得道，而你们道奶奶不能成仙。'"

装佯 故作疏忽。〔例〕王少堂《宋江》上册:“哪一个知道是他！早知道是宋公明嘛,不拿这个晦气买卖,装个佯让他请便了。”

装谎 撒谎。〔例〕《醒世恒言》第三卷:“再来时,换件绸缎衣服,教这些丫环们认不出你是秦小官,老娘也好与你装谎。”

装憨 同“粧憨”。〔例〕《金瓶梅词话》第二十一回:“你装憨打势,还在上坐着,还不快下来,与姐姐递个钟儿,陪不是哩。”王少堂《武松》下册:“他却把眼睛望下一垂,装看不见。心想:这个小毛贼不是正主儿,我放大方些,装憨,装看不见。”王少堂《宋江》中册:“戴大爷咧,装憨,他骨子里跟人叙交情的,再者还看着混江龙李俊的面子。”

湿溚溚 湿漉漉。〔例〕陆文夫《队长的经验》:“张洪叫喊着,拉开大门,一把抱住何德明的肩膀,发现他浑身湿溚溚的,衣服全给露水打潮了。”

温吞水 暖而不烫的水。王少堂《武松》下册:“这块温吞水把麻辫子一喷,执刑的就稳住这一根龙棍,望着武松的头和脸就朝起肿了。”

滑 溜;逃。〔例〕王少堂《宋江》上册:“王英把头一埋,冲出房门,滑掉了。”

滑扢虀的 “扢”,读如“格”,入声;“虀”,读如“机”。滑腻;滑溜。如口语中说:“刚下过雨,路上滑扢虀的的,不好行走。”“泥鳅滑扢虀的的,用手很难捉拿。”〔例〕《西游记》第七十二回:“那怪就都摸鱼,赶上拿他不住:东边摸,忽的又渍了西去;西边摸,忽的又渍了东去;滑扢虀的,只在那腿裆里乱钻。”按,陆澹安《小说词语汇释》将“滑扢虀”单独立目,显然失当。

滑的 光滑。“的”,读“滴”。〔例〕《西游记》第七十六回:“那妖怪晦气呀！卷我这夯的,连手都卷住了,不能得动;卷那们滑的,倒不卷手。”

滑滴滴的 同“滑的”。〔例〕王少堂《武松》上册:“一头的青丝,梳个花篮髻,滑滴滴的,直接能照见人的脸。”《扬州评话选·扬州劫法场》:“说着指头就把信一掸,他的指甲又长,这张方桌油漆得滑滴滴的,手这一掸,信一滑,走桌上掉下来了。”

溲话 “溲”,“馊”的假借字。溲话,即老话,过时话。〔例〕《西游记》第五十九回:“樵子道:‘大丈夫鉴毛辨色,只以求扇为名,莫认往时之溲话,管情借得。’”

游气 人或动物在临死时微弱的呼吸。〔例〕《金瓶梅词话》第三十八回:“我这两日,只有口游气,黄汤淡水谁尝着来?”第七十一回:“你还问春梅哩,他饿的只有一口游气儿,那屋里躺着不是。”《老残游记》第五回:“大人亲自下案,摸着四人鼻子,说道:‘是还有点游气。’”

游皮 又作“油皮”。最表层的皮肤。〔例〕王少堂《武松》上册:“武松虽然手内有刀,他从楼上一直把我追到桥头,未能伤我一块游皮。”“‘油皮也没有去嘛!’‘伤在哪块吵?’”参见“油皮”条。

游魂 游荡的骂人语。〔例〕《金瓶梅词话》第三十回:“春梅道:‘怪囚,失张冒势,恁唬我一跳!有要没紧,两头回来游魂哩。’”

窝子 位置;职位。〔例〕王少堂《武松》下册:“好,我这个窝子让了给你,我家里有事情,这块是个赢窝子。”《中国民间文学集成·滨海县资料本·王二提亲》:“从前,有一位教书先生,在淮城找到个教书窝子。”

窝屎 排解大便。〔例〕冯梦龙《古今小说》第三十五回:“劈得柴,打得水,会吃饭,能窝屎。”

窝篮子 摇篮。《中国民间文学集成·射阳县资料本·张敞画眉》:“二年前他家生个女孩,现在还围在窝篮子里呢。”

窖 音“告”。埋葬;埋藏。〔例〕陈登科《活人塘》:“那家伙指着李根生向她骂:‘妈里皮,你都与匪一鼻孔喘气,把他窖起来。’”《中国民间文学集成·盐城市歌谣谚语卷·十二月哭夫》:“正月里来多热闹,/思想起奴丈夫顾继超,/你在合德死的苦我的夫哎,/抛尸露骨无人窖。”《中国民间文学集成·盐城城区资料本·老强偷和小强偷》:“小强偷家只有妈妈。他到家叫妈妈把箱子窖起来。”

裤头子 短裤。〔例〕《中国民间文学集成·阜宁县资料本·小半仙寻宝》:“黄毛子什话这么说呢,他平时衣裳少,裤头子从来不换。”

裤脚子 裤脚管。〔例〕王少堂《武松》上册:“两只裤脚子卷到大腿椏巴,也用红带子勒起来。”

孱腰 躬起腰。孱,读如“赚”,去声。〔例〕《中国民间文学集成·盐城市歌谣谚语卷·攻打季家圩》:“三月里来三月三,/顾二胡子躬身把腰孱,/神大枪一拜出了汗,/火线一点炸两瓣。”

属野鸡 顾此失彼。组成歇后语:“属野鸡的——顾头不顾尾。”〔例〕王少堂《武松》上册:“属野鸡的怎么讲呀?就跟那野鸡在田里一个样子,野鸡在田里,藏头不藏尾。”

隔手 转托别人而不由自己亲手办理。〔例〕《红楼梦》第八十八回:“有什么事情,只管来找我。我如今在这院里了,又不隔手。”

隔占 份外占用或占有;浪费。〔例〕王少堂《宋江》中册:“他今日赶到上宪辕门,不必等回文,如等回文就要隔占日期,由都城回头再拿回文吧。”

隔两开 将事物或空间隔开,使之一分为二。〔例〕陆文夫《对头星》:“灶披间里隔两开,一面支炉灶,一面堆柴爿。”

隔肢 搔别人的腋下等敏感处使之痒痒。〔例〕《红楼梦》第七十回:“你快出去拉拉罢，晴雯和麝月两个人按住芳官，在那里隔肢呢。”参见“膈肢”条。

隔壁角落 到处；每一个角落。〔例〕《中国民间文学集成·东台市资料本·小气鬼》：“你房里隔壁角落的块块细细找找看。”

登时 顿时；即刻。〔例〕《儒林外史》第六回：“众人看严监生时，点一点头，把手垂下，登时就没了气。”《金瓶梅词话》第一回：“把大虫登时打死了。”

强如 ①等于，如同。〔例〕王少堂《宋江》中册：“哎，你看到嘴不到肚。斋僧不饱，强如活埋。”②只当，姑且当着。又作“佯如”。〔例〕王少堂《武松》上册：“点心太大了，再讲究馅心，人家要蚀本了，强如买馒头吃吧！”《扬州民间故事集·临死咬一口》：“妈妈不要哭了，打打倒算盘，佯如二十年前没有养我。”参见“佯如”条。③省得，免得。〔例〕《金瓶梅词话》第七十三回：“到明日，房子也替你寻一所，强如在这僻格喇子里。”第九十八回：“管情见一月，你稳拍拍的有百十两银子利息，强如做别的生意。”

强偷 又作“强头”。盗贼。〔例〕《中国民间文学集成·盐城城区资料本·老强偷和小强偷》：“一天夜里，来了个小强偷偷到老强偷家里了。”《中国民间文学集成·盐城市郊区资料本·倪大王的传说》：“从前，盐城有个倪大王，有家财，又有武功。江北一带的响马强头，都不敢去惹他。”

骚瓜 生瓜。〔例〕《中国民间文学集成·滨海县资料本·瓜王出征》：“打断骚瓜黑汉腿，/打得面瓜奶奶哼。/打得蕃瓜心害怕，/打得酥瓜泪纷纷。”

骚腿 腿脚蹬踢摆动。〔例〕王少堂《武松》下册：“又怕什么事？看见一匹三条腿的马在块骚腿，一个没头的尸腔子，鲜红的血冒在地下，一颗头离开远远的。”

十三 画

魂忒 要命。表示程度达到极点。〔例〕《中国民间文学集成·射阳县资料本·盐的由来》：“再说皇帝一看哪，是一包泥，把个皇帝气的魂忒。”

鹊桩 “鹊”，读如“秦”。鹭鸶。〔例〕《中国民间文学集成·射阳县资料本·柴刮刮替鹊桩做媒》：“鹊桩腿高颈长，找不到对象，就拜托柴刮刮替它找对象。”“鹊桩说：‘对呀，我们虽不拣良辰吉日，也要逗个双日，图个吉庆哪。’”

塌血 积在胸腔的血。又称“托心血”。〔例〕《中国民间文学集成·东台市资料本·拼死（洗）吃河豚》：“婆娘嫌腥气难闻，叫孩子扒，把每条鱼的塌血都扒得干干净净，而后又用水一遍又一遍洗。”

塘 凹陷。〔例〕王少堂《武松》上册:“马头昂多高的,马尾翘多高的,马腰压了塘下去,压成元宝翘的架子。”

塘灰 地面上的浮尘。〔例〕王少堂《武松》上册:“武二爷这一刻在楼下正在一肚子不除疑,想吹塘灰找裂麻缝哩,还当得起楼上有人走路吗?”王少堂《宋江》下册:“它不但能够挡汗哩,上长路,能挡塘灰。”《中国民间文学集成·盐城市歌谣谚语卷·说芦柴》:“塘灰龌龊扒外去,/外面金银扒进家。”陈登科《活人塘》:“遍地是塘灰、烟雾,呛得人张不开嘴,睁不开眼。”

鹊薄 胡说八道。〔例〕《西游记》第四十九回:“这个美猴王,性急能鹊薄,诸天留不住,要往里边犺。”

蒯 “蒯”,读如“宽”。①跌腾摔打。口语中也说“跌蒯”。〔例〕《西游记》第六十六回:“那行者乘此机会,一毂辘钻入咽喉之下,等不得好歹,就弄手脚,抓肠蒯腹,翻跟斗,竖蜻蜓,任他在里面摆布。”②轻碰。〔例〕《醒世姻缘传》第三十二卷:“咱不打就不打,咱既是打了,就蒯他两蒯,他也只说咱打来,咱不如就像模像样的打他两下子罢!”

蓬头鬼 头发蓬乱、面目可憎的样子。〔例〕《红楼梦》第五十二回:“麝月笑道:‘病的蓬头鬼一样,如今贴了这个,倒俏皮了!二奶奶贴惯了,倒不大显。’”

蒙里懵懂 糊里糊涂,莫名其妙。〔例〕陆文夫《没有想到》:“一时间把‘两句半’弄得蒙里懵懂,不知道管理员在他的半句后面又想了些什么!”

蒲鞋 用枯芦苇花、枯蒲草等编成的鞋子,样子比较粗糙、宽大,冬天可御寒。〔例〕《金瓶梅词话》第一百回:“不一时,陈经济来到,头戴孝巾,身穿白绌道袍,葱白缎氅衣,蒲鞋绒袜,与伯爵等作揖,打横坐下。”

献世宝 对丢脸、出丑的人或物的卑称。〔例〕《金瓶梅词话》第七十八回:“没轿子钱,别来!料他家也没少你这个穷亲戚,休要做大打嘴的献世宝!”

楂 撑开。与“合拢”、“收紧”相对。〔例〕《中国民间文学集成·盐城市歌谣谚语卷·十把花扇》:“四把花扇四角楂,/一面鲤鱼一面虾,/一面鲤鱼来戏水,/一面草虾往上爬。”

想头 ①指望;奔头。〔例〕李涵秋《广陵潮》第五回:“你腹中又要临盆了,若能生个男孩子,你还有点想头;若是再生个女儿,岂不是更添了一累吗?”②好处,有利可图的事。〔例〕《儒林外史》第十九回:“‘二相公,你在客边要做些有想头的事,这样人,同他混缠做什么!’”

想天法 想尽一切办法。〔例〕《扬州评话选·程咬金卖笆子》:“程大爷,你是做正用的,我兄弟想天法要使你称心。”

楞睁 呆滞，反应迟钝的样子。〔例〕《野叟曝言》第四十三回："他敢楞睁一点儿，咱就搠他三二十个透明的窟窿。"

楞楞睁睁 又作"睖睖睁睁"。发愣、发呆的样子。〔例〕《金瓶梅词话》第十九回："只见两个人进来，吃的浪浪跄跄，楞楞睁睁，走在凳子上坐下。"《醒世姻缘传》第三回："晁大舍正在西边凉亭上昼寝，听得这院里嚷闹，楞楞睁睁趴起来，趿了鞋来探问。"《西游记》第五回："这原来是个定身法，把那七衣仙女，一个个睖睖睁睁，白着眼，都站在桃树之下。"

棤椪枒槎 凹凸不平，枝叶交错。〔例〕《西游记》第二十八回："两个拳头，和尚钵盂模样，一双蓝脚，悬崖棤椪枒槎。"

梡 两耳柄间装有横把柄可供提拎的木桶。〔例〕《中国民间文学集成·盐城市歌谣谚语卷·火烧洋油栈》："正在热闹时，/黑烟往上泛。/问道是哪块？/火烧洋油栈。/戏也不要看，/两腿跑不绊。/众人来救火，/忙得满头汗。/有的抬大桶，/有的拎小梡，/水泼没得用，/蒲包装泥朝里掼。"参见"量子"条。

剬 读如"峦"。拦阻。〔例〕王少堂《武松》下册："他竖起大旗，招兵买马，积草囤粮，随后就招集本地一班游手好闲的亡命之徒，帮他在山上剬劫来往行人。"《扬州评话选·探奸遭陷》："他要在外剬住杨雄，这件事不能在家里谈，杨雄就在这几天回来，我可以托故，专在外面接住他。"

剬路 "剬"，读如"短"。拦路抢劫。〔例〕《扬州评话选·张松献地图》："看起来，强盗与反叛有别，强盗在人少的地方剬剬路，反叛的势力大，其实成则为王，败则为寇，何必硬钻字眼？"王少堂《武松》上册："料想这二生员不会把这银子现现的送把老爷，他们又是寒士，怕剬路了，剬下去自用了。"

赖厚 耍赖。〔例〕王少堂《宋江》下册："我今日赖厚，嘴说买你的膏药，这几个钱，哪够买你这张膏药？我给这几个钱不过遮盖旁人的耳目，你犹如送了把我的，我们留个交情。"

赖精 耍赖成性的人。〔例〕《金瓶梅词话》第六回："西门庆道：'你看老婆子，就是个赖精。'婆子道：'我不是赖精，大官人少不得赔我一匹大海青。'"

赖鹰 老鹰。〔例〕陈登科《风雷》第三十六章："唉！赖鹰扣在鳖腿上，飞不动，爬不动，听人摆治吧。"孙智宏淮剧《赶鸭》："老百姓饱饭刚刚吃三顿，/就说进了小康村。/不进小康逼着进，/个个成了骗人精。/番茄吹成冬瓜大，/麻雀说成老赖鹰。"参见"癞鹰"条。

碰了一鼻子灰 遭到拒绝或斥责，讨了个没趣。〔例〕《扬州民间故事集·玫瑰千条鱼》："原来运司衙门里有个差人爱敲竹杠，几次想吃厨师的白大，偏偏这厨师是个铁头犟，硬是不买账，反把他碰了一鼻子灰。”

雷堆 笨重，累赘。〔例〕《西游记》第三十回：“我这大圣部下的群猴，都是一般模样。你这嘴脸生得各样，相貌有些雷堆，定是别处来的妖魔。”

零头 数量较少，可指物品、工资等。〔例〕《金瓶梅词话》第六十一回：“王六儿在旁满满的又斟上一盏，笑嘻嘻说道：‘爹，你慢慢儿的消饮。申二姐这个才是零头儿，他还记得好些小令儿哩’”。

摸到 （在不识路的情况下）终于走到。〔例〕《金瓶梅词话》第五十九回：“玉楼笑道：‘就是李桂姐了。’月娘道：‘原来摸到他家去了。’”

摸索 做事动作缓慢，不利索。〔例〕李涵秋《广陵潮》第六十七回：“其实他老人家每逢外出去游玩，总不会快当的，单是他老人家梳头换衣裳，也要摸索好几个时辰呢。”

摸着 熟悉路道。〔例〕《中国民间文学集成·阜宁县资料本·听衬语》：“医生说：‘棺材店我摸着，你先回去告诉老板，我收拾收拾就去。’”

搅戗 具有主要支撑作用。〔例〕《醒世姻缘传》第二回：“如今咱下对症的药，破着四五贴‘十全大补汤’，再加上人参天麻两样搅戗的药，包他到年下还起来合咱玩耍。”

搬楦子 皮匠做布鞋，总要搬出大小不等的楦头以揎鞋，所以叫“搬楦头”。《说文通训定声》：“楦头，削木如履，置履中，使履成如式。”生活中用来比喻有意张扬他人的丑闻丑事，以扩大事态。〔例〕《儒林外史》第四十五回：“争风吃醋，打吵起来，又大家搬楦子，说偷着店里的店官，店官也跟在里头打吵。”

搊 读如“走”。绞。即握住条状物的两端同时向相反方向转动，使之受到挤压。〔例〕王少堂《宋江》上册：“把他头上的头发一把抄，抄了把它搊起来，就走小铜圈里穿过去，打了个结，再用一根尺把长、指头壮的檀木棍子，把头发一销，头就不得动了。”

搞子 又作“杲子”。事物；东西。〔例〕《中国民间文学集成·东台市资料本·王二和海三姑》：“王二渐渐地睁开眼睛，看看周围，奇怪哩！我这周围都是些什呢搞子呢？虾不像虾，蟹不像蟹，龟不像龟的。”《中国民间文学集成·东台市资料本·五湖四海真朋友》：“张大人就请来地方官员，办好酒水，做什的杲子？交家把四海，人权、财权总交把四海。”

搞伙 开销；支出。〔例〕《中国民间文学集成·阜宁县资料本·马良独修金山寺》：“到几百里外取土喃，盘缠搞伙多几成，开销不得了。”

搪哄人 说假话搪塞、欺骗人。〔例〕《中国民间文学集成·射阳县资料本·告阴状》：“你这个阎王不能做，说话搪哄人。”

搪望 盖草房时为了粘住所盖的草而先将泥土涂在柴箔上。〔例〕《扬州民间故事集·吉高故事》:“过去,老百姓都盖草房。盖草前,先用泥涂在望箔上,叫搪望。”

搳拳 捏紧拳头击打。〔例〕《海上花列传》第七回:“子富笑道:‘我先来打个通关。’乃伸拳从朱蔼人搳起。”

搧小扇子 怂恿;挑唆。〔例〕《扬州评话选·打焦俊》:“这个样子,他们两个人打不起来,要想办法叫他们打起来,老哥哥搧小扇子,你们替我扛顺风旗。”

搉簧 “搉”,读如“恰”,入声。原指开旧式锁时钥匙被卡在锁内簧片上。比喻不顺从或不投机。〔例〕王少堂《宋江》下册:“他说怎么样你就怎么样,你还不要和他拗犟。……别搉簧,要搉簧只有坏处还没得好处。”

搌 揩;擦。〔例〕王少堂《宋江》上册:“有当差的打了一把热毛巾上来,让黄大人搌搌手脸。”“吕方邀请大家上聚义厅入座,打了水,搌手脸,泡好茶,摆下丰盛的酒肴,众英雄开怀畅饮。”

搌布 抹布。〔例〕《中国民间文学集成·盐城城区资料本·礼度上的戏弄》:“他们说南方老爷太谗了,连搌布都吃掉了半边。”

睡中晧 睡午觉。〔例〕《中国民间文学集成·阜宁县资料本·芦县令巧断无头案》:“芦县令正在睡中晧呢,梦扎扎地听到窗外有击鼓声。”

睡长觉 死。骂人语。〔例〕《金瓶梅词话》第三十四回:“贼强人,把我只当亡故了的一般,一发在那淫妇屋里睡了长觉也罢了!”

睡晧 睡觉。〔例〕《中国民间文学集成·盐城市歌谣谚语卷·十八岁姑娘七岁郎》:“奴家今年十八岁,/匹配给西庄七岁郎。/晚饭碗未丢要睡晧,/要我把他抱上床。”

暄 松软。〔例〕《中国民间文学集成·盐城市歌谣谚语卷·小小石头出山中》:“娘子生来手段巧,/米饼做得暄又甜。/左邻右舍数第一,/我吃在口中喜连连。”

暄起 肿起;鼓起。〔例〕王少堂《宋江》中册:“这一个嘴巴子你晓得打多重啊?五条杠噢,活像五条麻花子,李逵的左嘴巴子站时就暄起来了,火烧不辣的。”

戥毫 “戥”,读如“等”。戥子或秤上系住秤砣的线绳。口语中也说“毫系”。〔例〕王少堂《武松》上册:“小老板伸手把帐桌上一把戥子拿过来,银子朝戥盘里一摆,右手两个指头捻住戥毫,左手就把戥花一理,一抬平。”

暖寿 在生日前一天举行的祝寿仪式。〔例〕李伯元《官场现形记》第三回:“于是定了头一天暖寿,是本公馆众家人的戏酒。第二日正日,是营务处各营官的。"

嘟 东西放在水锅里烧开后继续烧煮。〔例〕王少堂《武松》下册:"一把上新籼米,放在瓦缶子里加水,炖在干炭炉子上,就跟煮差不多,让它嘟,要把米嘟花了。"

跨轴 农用风车的车心与汲水槽之间的传动轴。〔例〕《中国民间文学集成·盐城市歌谣谚语卷·说中国 道中国》:"说中国,道中国,/蒋秃头,心太毒。/日本鬼子他不打,/派了中央军奔苏北:/专门扫荡新四军,/他的手段太残毒。/拆风车,抬跨轴;/抓壮丁,抢稻谷。"

跶 "跶",读如"达",入声。脚跟不入鞋窝而踩着鞋帮的穿鞋方式。〔例〕《中国民间文学集成·盐城市歌谣谚语卷·你说邋遢不邋遢》:"小小扇子刮东刮,/娶个老婆死邋遢。/头不梳,把花插;/脸不洗,拿粉抹;/褂子不钮腰内煞,/裤子不穿围裙扎;/脚不洗鞋子跶,/你说邋遢不邋遢。"

跷腿亮脚 形容坐姿不正、不雅。〔例〕《中国民间文学集成·盐城市歌谣谚语卷·离了妈妈要跳判》:"刁巴精,翻把巴,/只爱打扮不爱做,/离了妈妈要跳判,/跷腿亮脚往起摞,/疯疯傻傻常惹祸,/三天不打不能过。"

跐 ①踩;蹬。〔例〕《列子·天瑞》:"若著步跐蹈,终日在地上行。"《水浒》第二十二回:"宋江仰著脸,只顾踏将去,正正跐在火锨柄上,把那火锨里的炭火都掀在那汉脸上。"《金瓶梅词话》第十四回:"吴月娘在炕上跐着炉壶儿,孟玉楼、潘金莲两边打横,五人坐定,把酒来斟。"②滑动。〔例〕王少堂《武松》上册:"忽然火又朝起一烘,棺材盖子朝旁边一跐,哪晓得外头烧枯了,里头尸首还整整齐齐没有化哩。"参见"一跐一滑"条。

跐牙 张口说三道四。〔例〕《红楼梦》第十六回:"我也老了,有的是那两个儿子。你就另眼照看他们些,别人也不敢跐牙儿的。"

跳 跳板的简称。〔例〕《中国民间文学集成·盐城市歌谣谚语卷·住》:"倒墙不倒基,卖船不卖跳。/卖屋不卖灶,卖船不卖跳。"

跳起来 总共,所有加在一起。〔例〕《儒林外史》第五十四回:"陈和尚大怒道:'丁诗,你几年桃子几年人! 跳起来通共念熟了几首赵雪斋的诗,凿凿的就呻着嘴来讲名士!'"

路远没轻担 无论怎么轻的东西,担久了就会觉得沉重。比喻同一件事情做久了,就不会觉得轻松。〔例〕《西游记》第八十回:"八戒说:'路远没轻担,教我驮人,有甚造化?'"

跟首跟 紧接着;立即。〔例〕《中国民间文学集成·滨海县资料本·一女嫁三婿》:"一下子就说成了,跟首跟送彩礼,一个月就带人了。"

跟前 面前。〔例〕《儒林外史》第三回:"有个邻居早把那一只鞋寻了来,替他穿上,(范进)见丈人在跟前,恐怕又要不骂。”第三十八回:“那人见郭孝子支到跟前,从缸里跳上来。”

嗳 打嗝。饭后打嗝叫“嗳饱气”。〔例〕《醒世姻缘传》第四回:“吃了药,放两三个屁,打两个嗳,这胀饱就要消动许多。”

嗌 语塞。〔例〕《老残游记》第二十回:“说到这里,就嗌住了。”

嘲 读如“刷”,入声。吮吸。〔例〕《扬州评话选·朱元璋卖乌梅》:“你看人家姓朱的才是大仁大义,哪个像你的,挖一会屁眼,还要嘲一会指头。”《中国民间文学集成·盐城城区资料本·徐铎嘲笔》:“徐铎赶紧上去嘲起菩萨手中的笔,嘲着、嘲着顿觉心胸豁亮,诗章满腹,感到自己头脑清醒,变得聪明了。”

罨 读如“碗”。手掌成瓢状握粉状或颗粒状食物往嘴里送。〔例〕《金瓶梅词话》第五十三回:“先将符药一把罨在口内,急把酒来大呷半碗,几乎呕将出来。”

矮矬矬 矬,读如“驼”。身材特别矮小。王少堂《武松》上册:“这矮矬矬只是只纸老虎,你怕他做什么?”王少堂《宋江》上册:“王英更气,你骂他旁的话还可忍,骂到他矮矬矬,他个子矮最怕人骂这句话”。

稖头 玉米。〔例〕《中国民间文学集成·阜宁县资料本·打稖头》:“打稖头,磨稖头,/手拿鞭子催耕牛,/牛呀牛,/你是我们一家宝,/耕田地,磨粮食,/辛辛苦苦到年头,/为的是一家老小吃的不用愁。”

催妆 正式结婚的前一天。〔例〕《中国民间文学集成·滨海县资料本·空棺材下葬》:“催妆这天夜里,她姨姐姐突然到驴棚喊门:‘姨弟,快备驴子!’”

像个红的哩 “像个……的哩(呢)”,是个固定搭配。“像个”加在形容词前,为程度副词。意同“非常”“相当地”“很”。〔例〕王少堂《宋江》上册:“这个王贵在大寨主面前,言听计从,红哩,像个红的哩。”《扬州评话选·天齐庙包公断太后》:“不得命了,冤枉出在我地保家里了,我的妈妈有很大的冤枉,很大! 大概这个冤枉像个大的哩。”《中国民间文学集成·盐城市郊区资料本·张玉书私访》:“张长仲家有大小两个老婆,大老婆像个犿强的呢,他养的儿子,专门包个高明的教书先生。”

傻白 雪白。〔例〕《西游记》第六十七回:“说金子幌眼,说银子傻白,说铜钱腥气。”

躲懒 偷懒。〔例〕《老残游记》第十二回:“一切总请二先生代为力辞方好,不是躲懒,也不是拿乔,实在恐不胜任,有误尊事,务求谅解。”《施公案》第一回:“施公闻听,说道:‘无用奴才,连个九黄、七猪都不知道,还在本县面前应役么？分明要偷闲躲懒，安心抗差玩法！’”

舅老爷 内兄内弟。〔例〕《扬州民间故事·吉高故事》：“姐夫这时才明白，上了小舅老爷的当了。”王少堂《武松》上册：“西门庆那两位舅老爷也夹在闲人里面，向衙门里走去。”

舅舅理 旧时舅舅对外甥具有绝对权威，如外甥分割财产时由舅舅说了算。故称不容争辩的决断或理由为“舅舅理”。〔例〕王少堂《宋江》上册：“这叫‘舅舅理’，他家三哥就要坐当中，旁人就应派坐旁边。”

𤕣𤕣 父亲。“𤕣”，读如“拜”。〔例〕《中国民间文学集成·盐城市歌谣谚语卷·鳇鳇子》：“鳇鳇子，在哪里？/在海里。/什么海？毛蟹。/什么毛？喜鹊毛。/什么喜？芦花喜。/什么芦？香炉。/什么香？檀香。/什么檀？酒坛。/什么酒？烧酒。/什么烧？狐臊。/什么狐？茶壶。/什么茶？开茶。/什么开？一把钥匙两头开，/一脚踢死你干𤕣𤕣。”《中国民间文学集成·盐城市郊区资料本·一笔之差》：“朱老子的一个十五岁的儿子割牛草回来，看见有人揹住自己的𤕣𤕣打，上去不问三七二十一就是一刀，把姓仇的左膀子砍断了。”

腰眼 即腰部。〔例〕《中国民间文学集成·阜宁县资料本·马良独修金山寺》：“有个胖子，是商人，说：‘坐上席的腰眼最奘，理应先请上席财主放个样子。’”

腿劲弯 膝盖处。〔例〕《中国民间文学集成·阜宁县资料本·刘小二与三姑娘》：“姑娘为早早离开这地方，红着脸，一脚踩在小二腿劲弯上，跨上驴背。”

触掐痨 刁钻促狭、爱捉弄人的人。〔例〕《中国民间文学集成·盐城市歌谣谚语卷·十不全》：“看定了良辰吉日好，/来了大花轿，/吹吹打打真热闹，/放鞭又放炮，/抬轿子的‘触掐痨’。/咦呀呀咦呀，/走路只是跑。”

煞气 解恨。〔例〕《真本金瓶梅》第十八回：“信那没廉耻的歪淫妇，浪着嫁了汉子，来家拿人煞气！”《金瓶梅词话》第二十六回：“那奴才淫妇想他汉子上吊，羞急，拿小厮来煞气。”第八十九回：“没廉耻的囚根子，没天理的囚根子！淫妇出去吃人杀了，没的禁拿我煞气。”

煞恨 解恨。〔例〕王少堂《武松》上册：“我今天如把二叔叔蒙倒杀了，一声知道，是景阳岗精拳捕虎的武松武二爷，我就要拿刀把我自己柘了，也不煞恨！”

煞馋 解馋。〔例〕王少堂《宋江》中册：“拿筷子一块块的吃，吃了不煞馋”。陆文夫《还债》：“大家都建议食堂里养两头肥猪，到时候可以煞煞馋，打打牙祭。”

痴不愣怔 呆头呆脑的样子。〔例〕陆文夫《有人敲门》:“我的手在裤缝上擦着,痴不愣怔地望着马师傅,什么话也说不出来。”

意不过 过意不去,不好意思。〔例〕《金瓶梅词话》第八十九回:“长老见收了他布施,又没管待,又意不过,只顾再三催促。”

意思帐 聊表心意;表面应付。〔例〕王少堂《宋江》上册:“今天嘛,本当要丰富一点,实在手头不宽,太菲了。嗯——,意思帐啦!你们就先收着”。

粯子 “粯”,读如“憨”。大麦仁;大麦仁或玉米仁被磨碎后,粗一点的也叫“粯子”,比粯子细一点而尚未成粉状的叫“糁子”。〔例〕《郑板桥传说·西寺里的对子》:“这时苍松气坏了,当天中午改换吃粯子饭,连大米也吃不到了。”《中国民间文学集成·盐城城区资料本·怕老婆》:“一晃过了个把月的好日子,一天家中要舂大麦粯了,平常都是男人上碓子的。”

漓漓拉拉 延绵不断,拖泥带水的样子。〔例〕《醒世姻缘传》第五十三回:“晁无咎只见他冬瓜似的搽了脸上粉,抹了一嘴红土胭脂,漓漓拉拉的使了一头棉种油。”

滚钩 带有钩刺的渔具,在水中拖动时,鱼一旦碰到,就会被钩住。〔例〕《中国民间文学集成·盐城市歌谣谚语卷·小小舟船下江东》:“推开格子转回头来看啊,/看鱼翁啊站在那船头,/下的还是滚钩,/拉网啊拿鱼啊实情儿忙不休。”

滚热 非常热,开锅的。〔例〕《儒林外史》第十四回:“望着湖沿上接连着几个酒店,挂着透肥的羊肉,柜台上盘子里盛着滚热的蹄子、海参、糟鸭、鲜鱼。”第四十七回:“虞华轩在书房里摆着桌子……摆着五六碗滚热的肴馔,正吃在快活处。”

滂 从水下浮上水面。〔例〕王少堂《宋江》上册:“大王老爷,我们不要包心。虽淹死了,还可以滂上来,遇到善人还弄个棺材睡睡。”

裩裤 短裤。俗称“裩头子”。〔例〕《金瓶梅词话》第七十三回:“于是解松罗带,卸褪湘裙,坐换睡鞋,脱了裩裤,上床钻在被窝里,与西门庆并枕而卧。”第一百回:“只见几个汉子,都蓬头精腿,裩裤兜裆,脚上黄泥流,进来放下锹镢。”《中国民间文学集成·滨海县资料本·妓女叹》:“替我那浑身衣裳剥干净,/只掉个遮丑一条裩裤。”

辟子 底浅口平的碗或盆子。〔例〕《扬州民间故事集·厨师和徒弟》:“说着又转到小碗橱这块,望见上头有个辟子,里面放的木耳。”

嫌好失歹 故意刁难嫌弃。〔例〕陈登科《风雷》第一部第二十七章:“素云是多么好的人啊!手儿巧,咀儿能,干起活来一个顶十个,他还嫌好失歹,要找什么年轻漂亮的呢!”

嫌腥 置于某种行为之后，表示“不这样那才怪呢”。〔例〕《金瓶梅词话》第七十五回：“你走千家门，万家户，在人家无非只是唱。人叫你唱个儿，也不失了和气，谁教他拿班做势的，他不骂他，嫌腥！”

叠角崭方 方方正正，棱角分明。〔例〕《扬州评话选·张松献地图》：“张松写上叠角崭方的拿起架子来。这位客人来吃了顿酒饭，就抬高物价，陡长两码，以为奇货可居。”

缠 对付、应付或打扰。〔例〕《金瓶梅词话》第二十八回：“妇人笑道：‘好个牢成文惯的短命！我没气力和你两个缠。’”

缠工夫 多耗费时间。〔例〕《中国民间文学集成·盐城市歌谣谚语卷·格登代》：“领：要说（那个）秧差缠工夫啊，/（合）缠工夫（啊）。/领：全是（那个）苍蝇脚的根，/（合）（那）脚的根。”

十四　画

熬饥 能保持较长时间不觉饥饿。〔例〕《扬州民间故事集·吉高故事》：“老板不是站在草垛上招手的吗？我想，定是老板怕薄粥不熬饥，叫我们回家吃饭了。”

墙拐子 外墙拐角处。〔例〕王少堂《宋江》下册：“街旁有条小巷子，他就朝巷子里一掩，扒着墙拐子，眼睛望着，耳朵听着。”

墙倒众人推 比喻失势的人遭到众人的反对、攻击。〔例〕《红楼梦》第五十五回：“墙倒众人推，那赵姨娘原有些颠倒，著三不著两，有了事都赖他。”

趖 读如“嵯”，阳平声。偏；歪。〔例〕《儒林外史》第二十六回：“看着太太两只脚足足裹了有三顿饭时才裹完了，又慢慢梳头、洗脸、穿衣服，只弄到日头趖西才清白。”参见“矬西”条。

槅扇 “槅”，读如“格”，入声。屏风；腰门。〔例〕《金瓶梅词话》第七回：“薛嫂推开朱红槅扇，三间倒坐客位，正面上供养着一轴水月观音、善财童子，四面挂名人山水，大理石屏风，安着两座投箭高壶。”

榷子 “榷”，读如“哈”，入声。农用风车和脚踏水车汲水槽中用于固定括水木板的链条式木质履带。〔例〕《中国民间文学集成·盐城市歌谣谚语卷·脚板子底下水连天》：“小小车轴两头尖，/十二个车栓子颠倒颠，/拂板榷子如跑马，/脚底板子底下就水连天。”

遭瘟 倒霉；遭殃。〔例〕《西游记》第三十七回：“三藏回入里面道：‘是哪三桩？’行者道：‘明日要你顶缸、受气、遭瘟。’”《金瓶梅词话》第一回：“你看我家那身不满尺的丁树，三分似人，七分似鬼。奴那世里遭瘟，直到如今。”

王少堂《宋江》上册:“这一舞遭了瘟了。”《中国民间文学集成·盐城市歌谣谚语卷·胜利歌》:“沿海沦陷共七省,/处处城池住日军,/虽然亡城又亡乡,/黎民百姓活遭瘟。”

酸子 对迂腐文人的鄙称。〔例〕《二刻拍案惊奇》第四卷:“若不还他时,他须是贡生,酸子智慧,必不干休。”《金瓶梅词话》第六十三回:“到明日,大宋江山管情被这些酸子弄坏了。”第六十四回:“那酸子每在寒窗之下,三年受苦,九载遨游,背着个琴剑书箱来京应举,怎得了个官,又无妻小在身边,便希罕他这样人。”《儒林外史》第二十四回:“凭他什么大官,也只坐在下面。若遇同席有几个学里酸子,我眼角里还不曾看见他哩!”

酸文假醋 又作“酸文带醋”。斯斯文文,慢条斯理的样子。〔例〕《红楼梦》第一百零九回:“这有什么的! 大凡一个人,总不要酸文假醋才好。”陈登科《风雷》第一部第一章:“二叔,用不着你来酸文带醋啦,金花早赔过不是了。”

摺子 “摺”,读如“折”,入声。用竹篾或柴篾编制的、用于圈囤粮食的席条。〔例〕《儒林外史》第二十二回:“第二日清早,卜诚起来,扫了客堂里的地,把囤米的摺子搬在窗外廊檐下。”《中国民间文学集成·盐城市歌谣谚语卷·说芦柴》:“小锣子一打格排排,/府上门口戗捆柴。/莫把此柴看小可,/一样做出几样来:/打起摺子长又长,/仓房能囤万吨粮。”参见“折子”条。

雌 涎皮赖脸地等候着沾靠他人。〔例〕《真本金瓶梅》第五十八回:“他爹要便进我屋里,推着孩子雌着和我睡,谁耐烦,叫我就撺掇往别人屋里去了。”第七十二回:“你来雌汉子,你在这屋里,是什么人?”第八十五回:“你还要在这里雌饭吃?”《金瓶梅词话》第十一回:“我去时还在厨房里雌著,等他慢条丝礼儿才和面儿。”第三十五回:“贼雌饭吃花子唇的,再不烂了贼亡八的屁股门子。”

雌牙扮齿 对别人言语的谑称。〔例〕《醒世姻缘传》第十九卷:“连唐氏到后边去的时节,晁大舍对了晁住、李成名两人的媳妇,也绝不合他似往时雌牙扮齿。”

雌牙鬼 面目丑陋的人。〔例〕《金瓶梅词话》第二十三回:“你问那雌牙鬼囚根子,口里六说白道的,把我的肐膊都气软了。”

雌嘴 涎皮赖脸地等候着沾靠吃喝他人的东西。〔例〕《醒世姻缘传》第四十八回:“那老没廉耻的来雌嘴,我叫你留他吃饭来?”

蜡渣黄 浅黄色。〔例〕《金瓶梅词话》第五回:“王婆当时就地下扶起武大来,见他口里吐血,面皮蜡渣也似黄了,便叫那妇人出来,舀碗水救得苏醒。”第三十三回:“月娘乞了一惊,就不上去。众人扶了下来,諕的脸蜡渣儿黄了。”《醒世姻缘传》第五十九卷:“素姐抖搜着尿裹脚发恨。狄希陈唬的个脸蜡渣黄,逼在墙上。”

蹋 叮;爬;聚到一起。〔例〕《中国民间文学集成·盐城市郊区资料本·宋泽夫的传说》:“收到点粮食,就像案板上摆下一块大肥肉,角壁旮旯的苍蝇,‘呜嗡呜嗡’地蹋上来了。”

嘈人 饥饿或多吃粗粮后胃里不适的感觉。口中往往泛酸水。〔例〕《西游记》第二十七回:“桃子吃多了,也有些嘈人,又有些下坠。”参见“点点潮”“潮人”条。

嘘吵 遇事不冷静;虚张声势。〔例〕《中国民间文学集成·滨海县资料本·麻将歌》:“说你胖来腿乱跷,/大胖子说话嘘吵吵。”

嘘嘘吵吵 同“嘘吵”。〔例〕陈登科《活人塘》:“小三妈没有坐,嘘嘘吵吵地说:‘今天上午,保长张学海,带了三个还乡团,到圩子上。’”陈登科《风雷》第一部第六章:“万寿年一来知道,朱锡坤就是这么个嘘嘘吵吵的脾性,二来因祝永康是生人,不便与他顶起来。”

嗾哄 “嗾”,读如“措”,入声。怂恿;唆使。〔例〕陆文夫《献身》:“老师弟,你行行好,不能嗾哄我往火坑里跳。”《有人敲门》:“那一天施丹华原想下班以后去买书,是我嗾哄她从城墙上翻过去的,没有我她不会旷工,要批评应当批评我!”

锹响 死期已近。旧式土葬用锹挖坑埋葬尸体,故病人听见锹响,就意味着即将死亡。〔例〕《中国民间文学集成·盐城市歌谣谚语卷·人人心向共产党》:“毛毛毛,大红袍;/蒋蒋蒋,大锹响;/汪汪汪,大丢裆。/日已落,草将亡,/伪军肯定不久长。/一轮红日出东方,/人人心向共产党。”

锻磨 石匠铣深石磨上下两块接触面的齿槽的活动。〔例〕《中国民间文学集成·盐城市歌谣谚语卷·当家、计算》:“账要勤算,磨要勤锻。”

稳定 肯定无疑。〔例〕《金瓶梅词话》第三十四回:“若不然,送到东平府,女子稳定偿命。”《金瓶梅》第四十七回:“这一拿去,稳定是个凌迟罪名。”

稳扣扣 保准;笃定;十拿九稳。“扣”,读如“搭”,入声。即吴语中的“稳笃笃”。〔例〕《金瓶梅词话》第十九回:“你老人家只管家去坐着,不消两日,管情稳扣扣教你笑一声。”按,这是江淮方言中的常用语。李申《金瓶梅方言俗语汇释》释义正确,但词目误作“稳拍拍”;王利器主编《金瓶梅词典》释义也正确,但说“扣,疑为‘拍’字的误刻”,则明显有误。

膆子 禽类的食囊。〔例〕《中国民间文学集成·滨海县资料本·舔油屁眼》:“你看这鸡子膆子里的食和鸡子的斤重逗吗?”

膈肢 搔别人的敏感处使之痒痒。〔例〕文康《儿女英雄传》第二十七回："张姑娘道：'姐姐，再不起来，我上去膈肢去了。'"参见"隔肢"条。

膈肢窝 腋下。〔例〕陈登科《活人塘》："沈长友好似受了委屈，看了大凤子一眼，把烟袋往膈肢窝一夹，头一低就走了。"

鼻塌嘴歪 形容高兴或被动无奈到了极点的样子。〔例〕《扬州民间故事集·癞子花头多》："等癞子跑走了，她拾起野鸡，回去跟老头子、大姑娘吃得鼻塌嘴歪。"《中国民间文学集成·盐城城区资料本·错读字据得丑妇》："这个新郎只好鼻塌嘴歪地回去了。"《中国民间文学集成·射阳县资料本·马玉仁的传说》："这一来，姓王的地主只好鼻塌嘴歪地自认晦气，让老百姓车水灌田了。"

裹肚 束在腰间用于保暖或存放钱物的囊带。〔例〕《喻世明言》第二卷："一日挑了油担出门，中途因里急，走上毛厕大解，拾得一个布裹肚，内有一包银子。约莫有三十两。"

瘟臭 形容臭得厉害。〔例〕《扬州评话选·皮五冒充五舅舅》："啊！瘟臭的！这条巷子脏死了！尿屎满巷子的！"

膂力 气力，体力。〔例〕《金瓶梅词话》第七十七回："若论这狗拘的，膂力尽有，掇轻服重都去过。"王少堂《宋江》上册："郑天寿的内功膂力皆不行，他只能用这么重的枪。花荣就嫌轻，嫌短。轻点也可以敷衍用，不过在手里觉得有些打飘。"

辣子 比喻性格粗放泼辣、不拘小节但又不易对付的人。〔例〕《红楼梦》第三回："他是我们这里有名的一个泼辣货，南京所谓'辣子'，你只叫他'凤辣子'就是了。"

辣抽抽 辣乎乎的感觉。〔例〕《中国民间文学集成·盐城市歌谣谚语卷·十只舟船》："四只舟船到东沟，/一船山芋一船藕，/顺带一船辣抽抽。/街上大姐不识货：/什么为个山芋？什么为个藕？/什么为个辣抽抽？/乡下大姐多巧妙：/实心子山芋空心子藕，/大椒角子辣抽抽。"

辣谎 撒谎。〔例〕《中国民间文学集成·盐城市郊区资料本·辣谎》："张三和李四以辣谎打赌，条件是：只许辣谎，不许铲谎，谁铲谎就是三百斤大麦。"

辣燥 性格泼辣，动作迅速、利索。〔例〕《儒林外史》第二十七回："鲍老太道：'这管他怎的！现今这小厮傲头傲脑，也要娶个辣燥些的媳妇来制着他才好。'"

端 蘸。〔例〕《中国民间文学集成·盐城市歌谣谚语卷·小麻雀》："鳖说的，四只爪子爬不动，/为何不杀老河蚌？/蚌说的，/嘴一张水一沙，/为何不杀大草虾？/虾说的，罢了吧，/酒端端，油端端，/你吃得了吧！"

端瓢 当乞丐。〔例〕《中国民间文学集成·盐城市歌谣谚语卷·子女教育》:“从小娇苗,到老端瓢。”

慢忙 别忙,别着急。〔例〕陆文夫《有人敲门》:“我说:‘慢忙得意吵,你怎么能去航海?你认识航海的人?’”

熰 读如“抽”。熏。〔例〕《西游记》第七回:“只是风搅得烟来,把一双眼熰了,弄做个老害病眼,故唤作‘火眼金睛。’”

糁子 “糁”,读如“彩”。大麦仁或玉米仁磨成的细颗粒,尚未成粉状。〔例〕《中国民间文学集成·东台市资料本·陈老总和房东》:“你不嫌弃,糁子粥,老咸菜,管饱!”参见“糕”条。

澌 溅。多指烟、火、灰尘等喷发、升腾、飞扬。〔例〕《金瓶梅词话》第四十六回:“两个因按在一起夺瓜子儿磕,不防火盆上坐着一锡瓶酒,推倒了,那火烘烘望上腾起来,澌了一地灰起去。”“只当两个把酒推倒了才罢了,都还嘻嘻哈哈,不知笑的是甚么。把火也澌死了,平白落了人恁一头灰!”

滴水檐 廊檐或屋檐。有防雨水下滴而设的水槽装置,区别于普通屋檐。〔例〕《施公案》第一二九回:“下役答应,搀着屠户,来到角门。该值人喊报犯人进去。前有两人提着脖子,推推拥拥,到了滴水檐下,一齐用力。”

滴滴达达 滴,读如“低”。故意惹事、纠缠,使人烦恼。〔例〕《扬州评话选·皮五冒充五舅舅》:“他们洞房花烛以后,媳妇不好有婆婆来管她,不准你做公公的跟她滴滴达达的!”

漾 抬起手对着一定的目标准备作某一动作。〔例〕《中国民间文学集成·东台市资料本·赵颜借寿》:“这时棋正下得顶手,黑脸拿了一个棋在手上,这么漾啊漾的,就碰到旁边的茶杯儿,随手就端起茶杯喝了一口。”

寡话 唠叨;多嘴多舌。〔例〕王少堂《宋江》上册:“哎,这个有点讨厌哩,分黄信的神,这叫‘空拳费力,寡话劳神。’”

寡酒 无菜佐酒,纯喝酒。〔例〕《金瓶梅词话》第九十五回:“再有甚点心,拿上一盒子与他吃。省得他又说,大清早晨拿寡酒灌他。”《醒世姻缘传》第三十七回:“那闺女待要留他吃饭,外边那牵马的又催。两个吃了两杯寡酒,送出狄希陈行了,他方上了马,也进城来。”

寡嘴 多嘴多舌;说的多,做得少。又作“扯嘴”“扯寡”。〔例〕《金瓶梅词话》:“一个叫做孙天化,表字伯修,绰号孙寡嘴。”《西游记》第十四回:“我若是被他笼络了,不但辜负了数千里而来,且又便饶了他耍着寡嘴。”李涵秋《广陵潮》第四十九回:“你这坏货!快替我将你这寡嘴闭起来!”

疑心生暗鬼 疑神疑鬼。〔例〕《中国民间文学集成·射阳县资料本·贪心的哥哥凹鼻子》:“不要疑心生暗鬼的,那块个生人摸到这里来呀?”

疑惑 怀疑;误认为。〔例〕《儒林外史》第二十五回:“那两个书办道:‘鲍太爷,你疑惑我这话是说谎么?只要你肯说这情,上岸先兑五百两银子与你。’”王少堂《宋江》上册:“我这个拍桌子喊不准,其实是因为这件事拍桌子,三哥哥如有误会,疑惑我对他拍桌子,叫三哥哥心里就不乐了。”

疑龊 怀疑;疑惑。〔例〕《金瓶梅词话》第十三回:“金莲虽故信了,还有几分疑龊在心中。”

缩头夹颈 缩头缩脑的样子。〔例〕陈登科《风雷》第一部第十二章:“自己活像个猴子一般蹲在凳子上,叼着烟卷,缩头夹颈。”“何老九缩头夹颈,抱着膝盖,苦眉皱脸,闷声不响,蹲在墙跟抽烟。”

十五 画

趟鸭 群鸭。〔例〕《中国民间文学集成·东台市资料本·副业谚》:“要得发,养趟鸭。”

墩 故意以言语使人怄气、不愉快。〔例〕《金瓶梅词话》第五十八回:“他又来我跟前说话长短,教我墩了他两句,他今日使性子家去了。”

蔽道 偏僻。〔例〕《扬州评话选·天齐庙包公断太后》:“草桥镇不在交通要道上,这个地方是蔽道,过客少得很。”

槽牙 臼齿。〔例〕《红楼梦》第三十九回:“贾母道:‘眼睛牙齿还好?’刘老老道:‘还都好,就是今年左边的槽牙活动了。’”王少堂《宋江》下册:“莫忙!你还不晓得上一槽下一槽哩。左边下一槽,第三第四两个槽牙。”

飘打飘打 形容走路时脚步飘摇不稳的样子。〔例〕陆文夫《有人敲门》:“马明远当然不知道事情的厉害,上衣向身上一披,飘打飘打地走起来了,要把我带到马师傅那里去。”

磙子承头 装在农用石磙两端的木制轴,套上绳索后即可拖动磙子转动。〔例〕《中国民间文学集成·盐城市郊区资料本·石磙子的官司》:“太阳晒得干焦令壳的,磙子承头个个摇得动。”

撵线 捻转捻砣(木制扁圆体,一面装轴)纺纱合线。〔例〕《真本金瓶梅》第九回:“武松走到哥哥门前,揭起帘子,探身入来,看见小女迎儿在楼穿廊下撵线。”

撒村 讲粗话、脏话。〔例〕《西游记》第三十九回:“唐僧道:‘都进去,莫要撒村,先行了君臣礼,然后再讲。’”

撩 挑逗。〔例〕《金瓶梅词话》第二十八回:“今日我着实撩逗他一番,不怕他不上帐儿。”

撩骚 挑逗异性。〔例〕《中国民间文学集成·东台市资料本·十绣》："红娘子来女多姣,/关门落锁哪去了?/不在东家去玩耍,/不在西家去撩骚。"

撅 蜷曲;折。〔例〕《金瓶梅词话》第十九回："连忙和春梅把脚带割断,解救了下来。撅了半日,吐了一口精涎,方才苏醒。"第四十二回："韩玉钏道:'唐胖子吊在醋缸里,把你撅酸了。'"《中国民间文学集成·盐城市歌谣谚语卷·灶户叹五更》："一更鼓儿上,/烧火刚要旺,/晚饭送到锅门旁,/没筷子撅上两根芦柴棒。"

撑硬船 口语中多说"撑硬头船"。坚持与别人顶牛、唱反调;不顺随。〔例〕《金瓶梅词话》第七十二回："如今时年尚个奉承的,拿着大本钱做买卖,还放三分和气,你若撑硬船儿,谁理你?"

撮弄 捉弄;玩弄。〔例〕《金瓶梅词话》第三十三回："大嫂和二哥被街坊众人撮弄儿,拴到铺里,明早要解县见官去。"

撮哄 怂恿;挑拨。〔例〕《真本金瓶梅》第一回："说这一干共十数人,见西门庆手里有钱,又撒漫肯使,所以都撮哄着他,耍钱饮酒,嫖赌齐行。"《中国民间文学集成·射阳县资料本·癞蛤蟆巧吃天鹅肉》："他们受奸臣撮哄,就把皇帝的玉玺一偷往荷花池八角井里一丢。"

撞 聚集,凑数。〔例〕王少堂《武松》上册："你先把数目报过了,人数十二个,刚才分三起,撞不起十二个来。"王少堂《宋江》上册："你在大朋友面前丢我们这种人。银子数目撞不起来嘛,你要告诉我咧。"

撞数 凑数。〔例〕王少堂《宋江》中册："这块刚好少十两,拿过来撞数,随后我再还他。"

撇过头 回过头。〔例〕《中国民间文学集成·阜宁县资料本·文章不及江司马 造化不如李春方》："小伙子把三句半帖子往怀里一揣,晚上带把大锹,挑上风头挖个坑,把母亲尸首埋了,撇过头就往回走。"

觑巴眼 指近视眼。〔例〕《扬州民间故事集·觑巴眼》："哪晓得,来帮忙的过路人也是觑巴眼子。他开锁时,没有把钥匙投到锁里头去,他一粗,粗到鼻孔里头去了,鼻子被粗得有点让疼。"

瞒上不瞒下 私下解决;不公开。〔例〕《金瓶梅词话》第二十六回："你还有甚亲故,俺们看阴师父分上,瞒上不瞒下,领你到那里,胡乱讨些钱米,勾你路上盘费便了,谁指望你甚脚步钱儿。"第八十五回："小大姐扶持你老人家一场,瞒上不瞒下,你老人家拿出他箱子来,拣上色的与他两套,叫薛嫂儿替他拿了去,做一个念儿,也是他番身一场。"

瞎扯蛋 又作"瞎缠蛮"。①形容品质低劣;情况很不景气;太糟糕。

〔例〕《中国民间文学集成·盐城市歌谣谚语卷·十只帮船》:“六只帮船送我到江南,/一船桑叶一船蚕,/还有一船瞎扯蛮。/……青的是桑叶白的是蚕,/反动派叫瞎扯蛮。”《中国民间文学集成·射阳县资料本·报复》:“今年就这么瞎扯蛮算了,明年我代你去报复他。”《中国民间文学集成·东台市资料本·渔人就医》:“真是瞎缠蛮,你要知道,那眼子虽小可出大鱼呢!《中国民间文学集成·阜宁县资料本·马良独修金山寺》:“要他们掏口袋,就这样惨,瞎扯蛮。”②故意闲扯谈,以拖延时间。〔例〕王少堂《武松》上册:“老板正跟他瞎扯蛮,又听见楼上有了动静啦。”《中国民间文学集成·盐城城区资料本·说话要带点弯子》:“你这是瞎扯蛮,大哥现在做官了,你这种说法,不是丢他面子吗?”③胡搅蛮缠。〔例〕王少堂《宋江》上册:“你又跟我瞎扯蛮了!”

瞎屁不识 文盲。骂人话。〔例〕《中国民间文学集成·阜宁县资料本·陈毅要山》:“庞友兰本来就看不起新四军,他认为新四军都是瞎屁不识的泥腿子凑合起来的,斗大的字识不了半口袋,没有什么本事。”

瞎诌 胡编乱造。〔例〕《金瓶梅词话》第六十一回:“西门庆道:‘你这花子,单管只瞎诌,倒是个女先生。’”

影影的 心存疑虑。〔例〕《金瓶梅词话》第四十六回:“常言:‘算的着命,算不着行。’想前日道士说我命短哩!怎的哩!说的人心里影影的。”

影影绰绰 影影约约,模糊不清。〔例〕《红楼梦》第一〇一回:“(王熙凤)虽然毛骨悚然,心中却也明白,只见小红丰儿影影绰绰的来了。”《金瓶梅词话》第八回:“那贼秃冷眼瞧见帘子里一个汉子,和婆娘影影绰绰,并肩站立。”第六十二回:“恰似影影绰绰,有人在我跟前一般。”

噎人 说话使人怄气。〔例〕《红楼梦》第三十二回:“史湘云道:‘你不说你的话噎人,倒说我性急。’”

噎住 言语突然中断。〔例〕《老残游记》第二十回:“许亮道:‘这水灵不灵?倘若药不倒他,我们就毁了呀。你试验过没有?’吴二说:‘百发百中的。我已……’说到这里,就噎住了。”

踩生 受新生儿家人的邀请第一个进门的外人,被作为新生儿取样的习俗。〔例〕《中国民间文学集成·射阳县资料本·民俗九篇》:“婴儿落地,凡是第一个进产房的人,叫做‘踩生’。传说谁第一个进房,这个婴儿今后品行前途就近似于谁。因此,人们为图吉祥,总是请品德好,人厚道,出息大的人为自家的孩子‘踩生’。”

踩脚后跟 背地里说人坏话,揭人短处。〔例〕《中国民间文学集成·阜宁县资料本·马良独修金山寺》:“他一嘴,你一言的:‘这家伙太狂了,又不怕踩脚后跟。’”

踏车跑线 以人力脚踏水车车水，为了记时换班，制一绕线竹架子插在车轴一头，车轴转动线则绕，以绕线记时。跑线是一轴线快绕完时的最后冲刺。〔例〕《中国民间文学集成·盐城市郊区资料本·刨树让风》："低头看看秧田，干得裂开了缝。再抬头望，有八个人在踏车跑线。"

踏尿 遗尿。〔例〕《中国民间文学集成·阜宁县资料本·知县与小偷》："王小二把猪尿泡往太太被窝里一揣。太太睡的朦朦胧胧的，翻了一个身，把个猪尿泡压炸了，热乎乎的水淌了一滩。她以为是自己踏的尿呢。"

踏板 放置床前借以登床的木制单层台阶。〔例〕《金瓶梅词话》第七十三回："这春梅摸了摸，果然只有一只金玲珑坠子，便点灯往那边床上寻去，寻不见；良久，不想落在床脚踏板上，拾起来。"陆文夫《队长的经验》："自己泼水揉面，摊起两锅饼来，用羊肚白毛巾包着，放在床边的银柜上；又把一双新球鞋找出来，放在踏板上。"

噗 溢出，喷。〔例〕王少堂《武松》下册："只看见这个人眼睛半睁着，嘴面前噗了一堆鲜红的血沫，西北风一吹，血沫倒发紫色了。"

噇 读如"床"。吃、喝。骂人话。〔例〕《金瓶梅词话》第五十七回："你看这些蠢头村脑的秃驴，只会吃酒噇饭。"《水浒传》第五十三回："虽是吃了一顿棍棒，却也诈得些酒肉噇。"《西游记》第五十四回："那八戒哪管好歹，放开肚子，只情吃起。也不管甚么玉屑米饭、蒸饼、糖糕……一骨辣噇了个罄尽。"《儒林外史》第十一回："在镇上赌输了，又噇了几杯烧酒，噇的烂醉。"《喻世明言》第二卷："老娘便骂道：'兄弟在此专等你的衣服，你却在那里噇酒，整夜不归？又没寻你去处！'"参见"咮"条。

稻青子 尚未完全成熟的稻禾；稻子发芽后长出的幼苗。〔例〕《扬州民间故事集·司徒庙的传说》："弟兄五个统统都挑家来了，去告诉妈妈：'妈妈，我们挑家来了。''一起堆起来。''堆起来？妈妈，这是稻青子，一堆不捂烂掉吗？'"

僻格刺子 又作"背旮旯子"。极其偏僻的地方。〔例〕《金瓶梅词话》第三十七回："到明日，房子也替你寻一所，强如在这僻格刺子里。"文康《儿女英雄传》第十五回："怎么著！你们连个大厅也不开，把人家让到那背旮旯子里去，这都是你们干出来的！"

艎板 横铺在船舱上的木板。〔例〕王少堂《宋江》上册："把上头两块艎板朝开一推，在闷艄底下踮了一脚。"《中国民间文学集成·盐城市歌谣谚语卷·渔谚》："取到鱼艎板都会说话。"《中国民间文学集成·盐城市郊区资料本·闯鸭趟》："施财主认为事已证实，一脚跨上船头，就要揭艎板。"

膘 油炸空心肉皮。〔例〕《中国民间文学集成·阜宁县资料本·龙大头的传说》:"阜宁有三二,不请自到。蟹黄烧膘,鱼皮闹闹,调解事情,不公不道。"

躲 读如"丹"。两头搁实,中间悬空摆放。〔例〕《西游记》第三十八回:"那龙王前走,这呆子随后。转过了水晶宫殿,只见廊庑下,横躲着一个六尺长躯。"

獦蚤 "獦"读如"革",入声。跳蚤。〔例〕王少堂《宋江》下册:"我听见说过,说是楼上倒还干净,就是獦蚤多。"参见"虼蚤"条。

瘪稻 秕谷。〔例〕陈登科《风雷》第一部第三十七章:"鸭子不吃瘪稻,肚里有食。他饿了,自己会回来的。"

瘪塘 凹窝。〔例〕《中国民间文学集成·阜宁县资料本·武举陈为倚》:"床边上磨出个很深的槽子,刹坏了几十条板凳,练功房四转子没有一处好墙,捣了不少瘪塘。"

瘫子娶媳妇 后接"坐等",形成歇后语。比喻以逸待劳,坐等成功。〔例〕《扬州评话选·圯桥进履》:"这个树根长了凸在土外,就把它当个小板凳,坐下来,朝树干上一倚,来个瘫子娶媳妇——坐等,单看哪个来的早。"

瘫子掉在井里 后接"捞起来也是坐",形成歇后语。比喻即使经过努力而达到了某一目的,也意义不大或无济于事。〔例〕《儒林外史》第二回:"周进听了这话,自己想:'瘫子掉在井里——捞起来也是坐',有甚亏负我?"

潮人 饥饿时胃部渗酸水的感觉。〔例〕王少堂《宋江》中册:"你老人家肚里怕有点饿了吧?我小人晓得你老人家肚里要潮人了。"参见"嘈人""点点潮"条。

潮虫啃板油 饥饿时肠胃难受,犹如饥虫在啃食体壁的脂肪。〔例〕王少堂《武松》下册:"武二爷不晓得这个原因,心里十分诧异,走着两边望着,肚里头饿得直叫。不但肚里饿,还直接像有潮虫啃板油。"

糊 即"煳"。物品经火变焦发黑。〔例〕梁实秋《雅舍小品·窝头》:"变戏法的急得跳着脚大叫:'快回家去吧,窝头糊了!'"

糊里不涂 糊里糊涂;不明事理。〔例〕王少堂《宋江》上册:"王婆糊里不涂,她作兴还不晓是赃物哩。"

糕子 "糕",读如"彩"。大麦或元麦磨成的细粒。〔例〕《中国民间文学集成·盐城市歌谣谚语卷·有女不嫁六大锅》:"六大锅,命儿苦,/糕子粥,臭蟹卤,/一吮嘴一鼓。"参见"糁子"条。

憨皮 疲塌,做事不利索。〔例〕《红楼梦》第三十回:"素日开门关门,都是那些小丫头们的事。他们憨皮惯了,早已恨得人牙痒痒。"按,陆澹安《小说词语汇释》释为"顽皮",欠当。

十六　画

鞘马子　“鞘”,读如“骚”。旧时系在腰间的条状钱袋。〔例〕文康《儿女英雄传》第四回:“两个骡夫帮着抬进房来放在炕上,回手又把衣裳包袱、装钱的鞘马子、吃食篓子、碗包等件拿进来。”

薄子　用芦苇编的帘子,为增加强度,中间可夹杂编入小竹杆。〔例〕《中国民间文学集成·阜宁县资料本·县官点名》:“有个差人一想,后面晒罗卜干子的薄子大概就是,便收收卷卷抬上来。”

颠东颠东　形容行走时充满信心、精神抖擞的样子。〔例〕《邻女语》:“忽见对过邻舍土房内踱出一个年老婆子,扎着裤腿,撑着杖头,颠东颠东的走进店来。”

颠倒颠　互为颠倒。〔例〕《金瓶梅词话》第二十五回:“红粉面对红粉面,玉酥肩并玉酥肩;两双玉腕挽复挽,四只金莲颠倒颠。”《中国民间文学集成·盐城市歌谣谚语卷·脚板子底下水连天》:“小小车轴两头尖,/十二个车栓子颠倒颠。”

整头脑子　口语中多说“整脑壳子”。指不开窍的笨脑袋。〔例〕王少堂《宋江》上册:“从前多数的女子就是心里打不开,不能化解。这么有的人就都说女眷们是整头脑子。”

整走　荡然无存。〔例〕《中国民间文学集成·射阳县资料本·癞蛤蟆巧吃天鹅肉》:“二蛤蟆一听,二百钱整走。”《中国民间文学集成·阜宁县资料本·马良独修金山寺》:“爬上金山,一望寺院年久失修,破漏不堪,满眼荒凉相,兴趣整走,不想再玩耍了。”

醒睡　努力使自己不要睡得太沉。〔例〕《金瓶梅词话》第五回:“武大道:‘却是好也!生受大嫂,今夜醒睡些,半夜里调来我吃。’”

霍绰　“霍”,读如“滑”,入声。气派,好看;漂亮。〔例〕《金瓶梅词话》第三十一回:“难得这等宽样好看;哥,你到明日系出去,甚是霍绰,就是你同僚间,见了也爱。”按,王利器主编《金瓶梅词典》释为“阔绰”;李申《金瓶梅方言俗语汇释》释为“阔绰,显贵”,均欠当。

霍起来　狠狠地;突然地。〔例〕王少堂《宋江》中册:“宋三爷这些地方来得灵巧,觉得后头头发松下来了,好,头一埋,认定左边绰膀子的这个小伙子的左手手面子高头,霍起来就是一口。”

霍铎霍铎　像声词。〔例〕《老残游记》第六回:“那窗户上的纸,只有一张大些的,悬空了半截,经了雪的潮气,迎风霍铎霍铎价响。”

擗　读如“痞”，入声。分出；两手用力向两旁拉开以分裂手中之物的动作。〔例〕《金瓶梅词话》第七十三回：“去年为后边大菩萨喜事，他还说我背地里得了多少钱，擗了一半给他才罢了。”《中国民间文学集成·射阳县资料本·陈为倚的传说》：“他趁狼不备，猛窜上前，两手抓住狼的两只后腿，迅速使劲一擗，把恶狼擗成了两瓣。”

嘴上挂油瓶　生气的样子。因人在生气时往往噘着嘴，这噘着的嘴唇可供挂油瓶。〔例〕《西游记》第三十六回：“师父老大不济事！你进去时，泪汪汪，嘴上挂油瓶。”

嘴敞　多言多语，不善保密。也作“嘴贪”。〔例〕陈登科《活人塘》：“妈妈没有敢对你讲，怕你嘴敞，以后怕被外人知道。”

嘴强　即“嘴犟”。嘴硬，不肯认错。〔例〕《拍案惊奇》第三十六卷：“牛黑子还自喳喳嘴强，推著杜郎道：‘既约的是他，不干我事。’”

嘴碎　多言多语；容易泄密。〔例〕《红楼梦》第六十二回：“二则姨妈老人家嘴碎，饶这么样，我还听见常说你们不知过日子，只会糟蹋东西，不知惜福呢！”陆文夫《对头星》：“施招娣虽然嘴碎，寻相骂却是不来的。”

篙钻　装在撑船篙子落水一端的铁钻头。〔例〕《中国民间文学集成·盐城市郊区资料本·游湖捣官船》：“官船到了，船家拿起篙子，不问三七二十一，一篙钻，两篙钻，三篙钻，对准官船捣了过去。”

膨糠　大麦糠。〔例〕《中国民间文学集成·阜宁县资料本·张郎休妻》：“你是三斗三升膨糠命，还挂在杨柳枝上呢！一阵大风起，刮的影无踪。”

膫子　“膫”，读如“辽”。雄性生殖器。〔例〕明·徐渭《四声猿·狂鼓吏渔阳三弄》：“〔校喝云〕禽兽！丞相跟前，可是你裸体赤身的所在？却不道驴膫子朝东，马膫子超西！你那颓丞相膫子朝南，我的膫子朝北。”《金瓶梅词话》第七回：“张四，你休胡言乱语！我虽不能不才，是杨家正头香主。你这老油嘴，是杨家那膫子唇的！”《醒世姻缘传》第八十九回：“你是人家那鸡巴大伯！膫子大伯！”

鞑舌子　“鞑”，读如“搭”，入声。说话口辞不清。〔例〕《中国民间文学集成·盐城市歌谣谚语卷·十怕歌》：“大胖子怕热（一）汗水多，/鞑舌子怕咬（二）嘴打锣；/推车的怕上（三）坡，/懒汉子怕事（四）厌恶做；/小伢子怕焐（五）气难喘，/道人怕吃肉（六）专吃素；/食道癌怕吃（七）不下肚，/坏鞋子怕拔（八）不能穿；/大麻风怕酒（九）痒难过，/坏棉袄怕虱（十）做成窝。”

磨　移动。〔例〕王少堂《宋江》上册：“还算黄信裆下来得老扎，晓得不对，屁股头子一磨，身子赶快朝左边一歪，才算稳住了。”中册：“戴宗下来把宋江脸磨过来对着九江府。”

磨磨旋　回合。〔例〕《中国民间文学集成·盐城市郊区资料本·倪大王的传说》:“这个和尚呐,打了几十个磨磨旋,还是不分胜败。”

懒黄病　黄疸病。因生黄疸病的人体弱乏力、懒得干活而俗称“懒黄病”。也借指懒惰的恶习。〔例〕《醒世姻缘传》第三十四卷:“那老儿名唤丁文,约有六十多岁,原是赵完的表兄,因有了个懒黄病,吃得做不得。”

懒龙伸腰　比喻懒惰的人偶尔变得勤快起来。〔例〕《金瓶梅词话》第二十一回:“玉楼、金莲进来,说道:‘李大姐好自在,这咱时还睡,懒龙才伸腰儿。’”

糖圆子　圆形颗粒状糖块。《中国民间文学集成·盐城城区资料本·白蛇前传》:“有个女人,抱个细小的在桥上走,看到卖糖圆子,细小的哭了没得过身要吃糖圆子。”

壁囱子　开在墙壁上的烟囱。〔例〕《中国民间文学集成·滨海县资料本·没锅烟囱的传说》:“响水、灌南、灌云等县境内,自古以来,农村好多人家屋上看不见锅烟囱子,不是闷囱子,就是壁囱子。”

十七画以上

攀　多指在招供时牵扯别人。〔例〕《金瓶梅词话》第四十七回:“那两个船家甚是攀你,你若出官,也有老大一个罪名。”

攘　借助风力推动。帆船,俗称“攘风船”。〔例〕《中国民间文学集成·射阳县资料本·考老大》:“老大不住地叫船工把篷放下来,扯上去,再看看其它的船都是一个劲地攘,而他们的船不停地扯篷,放篷。”

攘骂　冲着对方毫无顾忌地骂。〔例〕《金瓶梅词话》第一回:“与大户攘骂了数日,将金莲甚是苦打。”按,今江淮方言中仍有此说。王利器主编《金瓶梅词典》释为“应作嚷骂。吵闹叫骂之意”,欠当。

攮　①借助风力推动。如,帆船称为“攮风船”。〔例〕李涵秋《广陵潮》第四十九回:“得了顺风,不扯起篷来只管往前攮,更待何时?”王少堂《宋江》下册:“不问过江顺风不顺风,打起篷来攮。”②大胆地以言语顶撞对方。〔例〕《金瓶梅词话》第一回:“后主家婆颇知其事,与大户攮骂了数日,将金莲甚是苦打。”③唇。〔例〕《金瓶梅词话》第六十二回:“狗攮的淫妇,管你甚么事!”《醒世姻缘传》第七十回:“陈公公骂道:‘这狗攮的好可恶! 这不是欺我么!’”《歧路灯》第十五回:“你们这些狗攮的,单管惹人的气!”④吃、喝。骂人话。〔例〕《金瓶梅词话》第五十五回:“四人坐下,唤过卖打上两角酒来,攮个葱儿、蒜儿。"《醒世姻缘传》第八十三回:"小选子也会走到后面,成大碗的酒,成碗的下饭,偷将出来,任意攮颡。"

攮子 尖刀。〔例〕《施公案》第八十七回:"且说三人围住性本,王殿臣见性本手法漏空,跟进一步,'哧'一攮子,扎住性本的手腕。"《活地狱》:"有的百姓,平时身上都带着一把攮子。"

鬌 读如"假"。旧时女性盘发髻时加进的假发。〔例〕《中国民间文学集成·射阳县资料本·穷秀才写对联》:"女人又不体面,男人就说:'你头鬌拿去卖掉,买张红纸家来。'"

螺螺 螺丝。〔例〕《中国民间文学集成·盐城市歌谣谚语卷·一摇二摆》:"一摇二摆,送哥下海。/取鱼摸虾,早点回家。/摸个虾,带把妈妈。/摸个鱼,带把姨。/摸个歪歪,带把乖乖。/摸个螺螺,带把哥哥。/摸个蚬子,带把姐姐做针线匾子。"

蹚着 碰到、惹上。〔例〕王少堂《宋江》中册:"你只怕是蹚着邪了。……你这门没有人开,墙没有人爬,洞没有人挖,箱子又锁得好好的,东西怎么会少脱的呢?"

蟭蟟 "蟭",读如"假";"蟟",读如"留",轻声。蝉。〔例〕《西游记》第三十四回:"那大圣闻言,就拔了一根毫毛,叫'变'!变作个半截的身子,在葫芦底上。真身却变做个蟭蟟虫儿,钉在那葫芦口边。"

嚣 薄。〔例〕《金瓶梅词话》第七回:"大官人多许他几两银子,家里有的是那嚣段子,拿上一段,买上一担礼物,亲去见他,和他讲过,一拳打倒他。"第三十五回:"金莲道:'我就去不成,也不要那嚣纱片子。拿出去倒没的教人笑话。'"《醒世姻缘传》第八卷:"那天又暖和了,你把糊窗户的嚣纱着上二匹,叫人看着,也还有些体面。"第六十五回:"只这十年来,咱这里人们还知道穿件嚣纱片子。"参见"消""枵"条。

蹩脚蟹 比喻无能的人。〔例〕陈登科《风雷》第三十二章:"你又来捉俺这只蹩脚蟹了。俺斗大的字,也认不识二升,看啥的信。"

歡 读如"欢"。快速。口语中催人行动加速说"歡速些"。〔例〕《中国民间文学集成·盐城市歌谣谚语卷·捣窗户》:"手拿红漆筷,/站在窗户外,/戳的快,养的快,/养个儿子做元帅!/戳的歡,/养的歡,/养个儿子超过沈万山。"

嚼舌 胡说八道。多指背地里说人坏话,搬弄是非。又作"嚼舌头"。〔例〕《荡寇志》第八十二回:"我活了这七十多岁,永不见过甚么是刀兵,你们这般嚼舌。"《红楼梦》第六十三回:"背地嚼舌,说咱们这边混帐。"《金瓶梅词话》第七回:"你这嚼舌头老淫妇!"李涵秋《广陵潮》第六十六回:"和尚是佛门弟子,有道行的高僧,我这老货嚼舌头嚼昏了,怎么说出这种话来?”

嚼舌根 同“嚼舌”。〔例〕《红楼梦》第三十八回:“平儿手里正剥了个满黄螃蟹,听如此奚落他,便拿着螃蟹照琥珀脸上来抹,口内笑骂:‘我把你这个嚼舌根的小蹄子。’”《金瓶梅词话》第十二回:“是那个不逢好死的嚼舌根的淫妇,嚼他那旺跳的身子!”第二十五回:“是那个嚼舌根的,没空生有,枉口拔舌,调唆你来欺负老娘?”第七十六回:“白眉赤眼儿,你嚼舌根!”

嚼蛆 同“嚼舌”。胡言乱语。骂人话。〔例〕《豆棚闲语》:“我是听别人嘴里说出来的,即有差错,你们只骂那人嚼蛆乱语罢了。”洪亮吉《晓读书斋初记》:“今人所谈不经者,谓之嚼蛆。”《金瓶梅词话》第七十二回:“口里一似嚼蛆的,不知说的什么。”《红楼梦》第五十七回:“倒不是白嚼蛆,我倒是一片真心为姑娘。”李涵秋《广陵潮》第五十二回:“柳春跳起来重重向那仆妇脸上吐了一搭唾沫,说‘死娼妇,你嚼蛆呢。’”陈登科《风雷》第一部第十章:“你又胡说瞎道了,再乱嚼蛆,我摘掉你的舌头。”

臊精 妖艳、淫荡的女人。〔例〕《西游记》第七十九回:“那里走!我打你这个哄汉子的臊精!看钯!”

翻来吊去 翻来覆去。〔例〕《金瓶梅词话》第三十二回:“东家也不消教他每唱了。翻来吊过去,左右只是这两套狗挝门的,谁待听你!”

翻调 违拗;反对。〔例〕《醒世姻缘传》第九十五回:“你想你又没带了多少人来,我听说还有跟的个小厮,翻调也只有两个。”

翻眼努大睛 眼珠翻转不停、主意多端、不太安分的样子。〔例〕王少堂《宋江》下册:“就这样吧,我们就再朝上流腾腾吧。来的是些什么船呀?我就不懂了,一个个都翻眼努大睛的嘛。”

翻嘴 顶牛;反诘、申辩。〔例〕《中国民间文学集成·盐城市歌谣谚语卷·拆灶》:“全村心惊肉跳,/等候工作组拆灶。/伟大的军事行动,/请老少不要起哄。/老爹磕头协商,/老奶奶眼泪汪汪。/不行不行,/这是英明决定。/谁敢翻嘴,/就是拖共产主义后腿!”

儾 读如“囔”。鼻孔通气不畅,说话瓮声瓮气。口语中有“儾鼻子”和“儾鼻虎”的说法。〔例〕《西游记》第七十六回:“原来被行者揪着鼻子,捏儾了,就如重伤风一般。”

鬨 读如“冈”。争吵。〔例〕王少堂《宋江》上册:“小大王正你一锭我一锭的在块分哩。……正分着鬨着,宋三爷来了。”王少堂《武松》上册:“他们这些有钱的人家,总要点假面子,每每丈夫外头有条把小路,家里女眷顾面子不好鬨吵。”《中国民间文学集成·盐城市歌谣谚语卷·劝人教育后代根》:“九岁十岁不教训,/还说乖乖年纪轻。/走起路来无正象,/斜过身子往前奔。/不是与人来鱎吵,/就是打伤他家人。/旁边邻居来告诉,/还怪人家没理论。”

鱎嗓　“鱎”,读如“冈”;“嗓”,读轻声。吵架。〔例〕王少堂《宋江》下册:“不是叫你和他鱎嗓打架啊! 鱎不得,是打不得! 一鱎一打,码头口出事,那一来就误了事了!”《扬州评话选·皮五冒充五舅舅》:“王家豆腐店不为桩事,一碰就作气,难隔三天不鱎嗓,今天当桩事作气哩。”《扬州评话选·打焦俊》:“由此老太和焦俊三天一吵五天一鱎。”《中国民间文学集成·东台市资料本·谚语》:“穷鱎嗓,富烧香。”

蟹渣　将小蟹捣碎后腌制而成的小菜。又称“海渣”。〔例〕《中国民间文学集成·阜宁县资料本·武举陈为倚》:“种过他家田的农民知道他辞官来家了,就备了些高粱酒,把平时舍不得吃的老鸡杀了,又称了二斤豆腐,请倚三大人的客,家里人只炖了些蟹渣卤就饭。”《中国民间文学集成·射阳县资料本·私塾先生小故事四则》:“教书从此莫下乡,/乡间恭敬太太平常。/有草有蛆和蟹渣,/无油无酱菜花汤。”参见“海渣”条。

鲟花鱼　鳜鱼。〔例〕汪曾祺《故乡的食物》:“我的家乡富水产。鱼中之名贵的是鳊鱼、白鱼(尤重翘嘴白)、鲟花鱼(即鳜鱼),谓之‘鳊、白、鲟’。”汪曾祺《金冬心》:“甲鱼只用裙边。鲟花鱼不用整条的,只取两块嘴后腮边眼下蒜瓣肉。”

鲹子　“鲹”,读如“参”。也称“鲹鱼”“鲹鲦鱼”。身体小,呈条状,侧扁,白色。生活在淡水中。〔例〕陈登科《风雷》第三十六章:“四两重的浮水鲹子,游进大海里,还能翻出多大的浪花。”

劗　读如“沾”。剁。〔例〕王少堂《武松》上册:“我今天如把二叔叔蒙倒杀了,一声知道,是景阳岗精拳捕虎的武松武二爷,我就要拿刀把我自己劗了,也不煞恨!”“厨房里二三十个伙计,不约而同,手上活计都丢下来了。劗肉的不劗肉了,剖鱼的不剖鱼了,剥葱的葱也丢下来了。”

穰草　稻草。也称“管草”。〔例〕《中国民间文学集成·东台市资料本·王心斋先生的故事》:“那个人家到场上穰草堆子捧草,忽然发现草堆子里有一个青布包。”

劚　读如“虑”,阳平声。把剪、刀口之类放在需要截开的物体上慢慢地来回推拉。即慢割。〔例〕王少堂《宋江》上册:“两个手又把自己枕的个枕头搬了朝大腿上一放,枕头布一解,把枕头翻过来,线缝用剪子劚下来。”

懵懂话　梦话;不明事理的话。〔例〕《老残游记》第十回:“今日遇见先生,以为如拔云雾见了青天,不想又说出这套懵懂话来,岂不令人闷煞?”

盪　读如“汤”。轻微的碰击。〔例〕《西游记》第二十二回:“只是盪了一下儿，教你没处贴膏药，九个眼子一齐出血。”

豁子 ①豁口。〔例〕王少堂《武松》上册：“啊！开裂了，鼻准上出来个小豁子，鲜血直淋。”王少堂《宋江》中册：“张二爷朝旁边一站，把绸裤子上头被李逵撕的豁子，提上来，朝裤带子里头一塞。”陈登科《风雷》第一部第五十五章：“你看到她那个左耳垂上有个豁子没有？”《扬州民间故事集·仪征孟姜女》：“他用拐杖把长城捣了个大豁子，挖出了万喜良的尸骨，交给了孟姜女。”②纰漏；事故。〔例〕王少堂《宋江》下册：“他们做事是最认真的，小了篷船就不会出大豁子了。”陆文夫《献身》：“老板的一家都相信我，只要我卖力气，不出豁子，饭碗稳保，年年还要加点薪水。”《中国民间文学集成·盐城市郊区资料本·有理敢拔护堤桩》：“爹爹叫你弄，你就不要怕，天大的豁子由我挡。”按，鲁迅在《怎么写——夜记之一》中写道：“记得年幼时，很喜欢看变戏法，猢狲骑羊，石子变白鸽，最末是将一个孩子刺死，盖上被单，一个江北口音的人向观众装出撒钱的模样道：Huazaa！ Hazaa！大概是谁都知道，孩子并没有死，喷出来的是装在刀柄里的苏木汁，Huazaa 一够，他便会跳起来的。”大致相同的话，鲁迅在《现代史》和《朋友》这两篇文章中也曾写过。对其中的“Huazaa”，国内所有的选本几乎无一例外地注释为“抛钱的声音”。如钱理群、王德后编的《鲁迅作品全编》注释为：“Huazaa，用拉丁字母拼写的象声词，译音为‘哗嚓’，形容抛钱的声音。”这当属误解。因为无论所抛的是纸币还是金属币，都不是“Huazaa！”的声音，也就是说，不像声；再说，变戏法的人此时此地模仿抛钱的声音，也不合语境。鲁迅当时住在上海，他所说的“江北人”，多指长江以北的江苏人，他所说的“江北口音”，多指江淮方言。在此方言区的口语中，当一个人对另一个人述说某中险情、不幸遭遇或重大事故时，听者往往附和说：“豁子啊！”这里的“豁”读如“滑”，用拼音来拟声，即为“Huazia”，如果连续快读，便是“Huaza”，因为是感叹语、惊叹语，语尾延长，便成“Huazaa”。翻译成汉语，那就是“豁子啊！”变戏法的人借戏法中的小孩之“死”，惊呼“豁子（纰漏）啊！”以此来渲染悲剧气氛，骗取观众对这“死”去的小孩的同情，从而慷慨解囊。

癞鹰 老鹰。〔例〕《中国民间文学集成·滨海县资料本·告老鹰》：“我主凤凰你细听，/我家是个避难人。/告的东山老癞鹰，/一张大嘴吓死人。”参见“赖鹰”条。

戳 把参差不齐的东西的一端在平面上反复上下提放，使之整齐的动作。〔例〕王少堂《武松》下册：“把这个草理顺了，两手抃着草，草头对着地下慢慢的戳，要把草戳齐了，往刀口里送。”

后 记

江淮方言，是长江以北至淮河两岸的方言。这一方言区域，包括安徽省内长江两岸、江苏省的江北大部、九江、南京至镇江的两岸沿江地区。在吴承恩的《西游记》、曹雪芹的《红楼梦》等很多著名的白话文学作品中，都出现了不少江淮方言词语。

笔者出生于江淮方言区域，在那里生活了20多年，后来又在地处典型的吴语方言区域的苏州大学文学院工作了30多年。离开故乡久了，每当读到含有江淮方言词语的作品，如闻乡音，倍感亲切。因而对于作品中的江淮方言词语也就格外关注。

1987年，笔者在《苏州大学学报》(哲学社会科学版)发表了题为《〈西游记〉中的苏北方言词语汇释》(与石汝杰合作)一文，得到了一些同仁的鼓励，认为这篇文章纠正了不少对于《西游记》中的江淮方言词语的误释。从此，笔者对汇释文学作品中的江淮方言词语产生了浓厚的兴趣。20多年来，一有闲暇，便广泛阅读自己所能收集到的含有江淮方言词语的古今文学作品，日积月累，收获颇丰，并在《苏州大学学报》、香港《语文建设通讯》、日本《花园大学文学研究纪要》、日本白帝出版社《中国语研究》等刊物上陆续发表了《〈中国古典小说用语辞典〉辨误》《鲁迅杂文中的"HAZAA"辨释》《陆文夫作品中的方言》《〈小说词语汇释〉指瑕》《一些容易被误释的江淮方言词语》《〈金瓶梅〉中的江淮方言》《〈老残游记〉中的江淮方言词语》《〈红楼梦辞典〉释义指瑕》等相关单篇论文，共10万多字，在这些研究基础之上，最终形成了这本书稿。

拙稿即将付梓，笔者由衷地感谢苏州大学文学院和苏州大学出版社的各位领导的关心与支持；感谢责任编辑周建国同志，他对拙稿的审读极其仔细，耗费了大量的心力，所提修改意见极为中肯、到位，尤其令笔者感动的是，他以自己的研究所得，为拙稿增补了50多个词条，使拙稿更趋丰富、完备。

由于笔者才疏学浅，谬误和不当之处在所难免，恳请读者和方家批评、指教。

作 者

2013年3月